张文初 著

20世纪前期西方诗学的经验之思

樟园百花论丛

知识产权出版社
全国百佳图书出版单位

图书在版编目（CIP）数据

20世纪前期西方诗学的经验之思/张文初著.—北京：知识产权出版社，2019.11
ISBN 978-7-5130-6460-6

Ⅰ.①2… Ⅱ.①张… Ⅲ.①诗学—研究—西方国家—20世纪 Ⅳ.①I106.2

中国版本图书馆CIP数据核字（2019）第193845号

责任编辑：刘 江　　　　　　　　责任校对：王 岩
封面设计：张 冀　　　　　　　　责任印制：刘译文

## 20世纪前期西方诗学的经验之思

张文初　著

| | | | |
|---|---|---|---|
| 出版发行：知识产权出版社有限责任公司 | | 网　　址：http://www.ipph.cn | |
| 社　　址：北京市海淀区气象路50号院 | | 邮　　编：100081 | |
| 责编电话：010-82000860转8344 | | 责编邮箱：liujiang@cnipr.com | |
| 发行电话：010-82000860转8101/8102 | | 发行传真：010-82000893/82005070/82000270 | |
| 印　　刷：北京嘉恒彩色印刷有限责任公司 | | 经　　销：各大网上书店、新华书店及相关专业书店 | |
| 开　　本：720mm×1000mm　1/16 | | 印　　张：19.5 | |
| 版　　次：2019年11月第1版 | | 印　　次：2019年11月第1次印刷 | |
| 字　　数：288千字 | | 定　　价：78.00元 | |

ISBN 978-7-5130-6460-6

出版权专有　侵权必究

如有印装质量问题，本社负责调换。

# 目　录

第一章　"经验"的历史语义 …………………………………………… 1
第二章　西方经验诗学在 20 世纪前期的兴起与类型 ………………… 33
　　第一节　20 世纪前期西方经验诗学的兴起 ……………………… 35
　　第二节　20 世纪前期西方经验诗学的三大类型 ………………… 52
第三章　本体论的经验诗学………………………………………………… 63
　　第一节　里尔克：诗是经验 ……………………………………… 65
　　第二节　艾略特：创作经验的潜在本体化 ……………………… 80
第四章　杜威：艺术即经验……………………………………………… 109
　　第一节　"分区论"批判 ………………………………………… 111
　　第二节　艺术和经验的同一：三个层面的阐释 ………………… 137
　　第三节　经验的形而上解读 ……………………………………… 154
第五章　经验主义视域中的经验诗学…………………………………… 175
　　第一节　里普斯移情论的"对象化"经验机制 ………………… 177
　　第二节　桑塔耶纳：对象化经验的审美建构 …………………… 192
　　第三节　"异托邦"经验的诗学呈现 …………………………… 204
第六章　海德格尔艺术经验四论………………………………………… 217
　　第一节　器具之器具存在的经验和作品之作品存在的经验 …… 220
　　第二节　"制造大地"和"建立一个世界"的经验 …………… 245
　　第三节　艺术、诗、语言的关联经验 …………………………… 267
　　第四节　艺术经验的反平庸性 …………………………………… 291

# 第一章 "经验"的历史语义

经验：英文 experience；法文 expérience；德文 Erlebnis / Erfahrung。汉语《辞海》释"经验"为"经历、体验"或"泛指由实践所得来的知识或技能"。《新牛津英汉双解大词典》(The New Oxford English–Chinese Dictionary) 释为：体验（experience：practical contact with and observation of facts or events）；（尤指工作）经验（the knowledge or skill acquired by such means over a period of time, especially that gained in a particular profession by someone at work）；经历（an event or occurrence which leaves an impression on someone）。法文 expérience 在权威法语词典《小罗伯特》(Le Petit Robert) 上的解释是：（1）体验某事的事实，这种事实被视作知识、学问或者技能的扩展或丰富（1° Le fait d'éprouver qqch., considéré comme un élargissement ou un enrichissement de la connaissance, du savoir, des aptitudes）；（2）绝对用法：被视作教育［活动］的对某事的实践（2° Absolt. La pratique que l'on a eue de qqch., considérée comme un enseignement）。德文 Erlebnis：经历的事，阅历（das einem passiert）；（美好的、印象深刻的）经历、事件（ein sehr schönes ein drucksvolles Ereignis）。❶ 经验，体会，阅历［Erfahrung：ein Wissen od. Können, das man nicht theoretisch aus Büchern, sondern in der Praxis (durch eigene Erlebnisse)］。❷ 德文的 Erlebnis 和 Erfahrung 都是"经验"，两者的基本区别是：前者侧重指个体性的经验；后者偏重指超个体的经验。胡塞尔和海德格尔的经验论就分别用 Erlebnis 和 Erfahrung 两个词。

汉语和各主要西语"经验"的词典语义显示，该词不同语种的含义相

---

❶ 叶本度. 朗氏德汉双解大词典［M］. 北京：外语教学与研究出版社，2007：522.
❷ 叶本度. 朗氏德汉双解大词典［M］. 北京：外语教学与研究出版社，2007：511.

互之间有极大的同一性。这与"道"、"气"(中)、"存在"、"逻各斯"(西)等表示本体论含义的中西词汇语义的迥然相异明显不同。"经验"的同一性说明不同民族的文化和生存毕竟有相通性、可比性。从同一性的层面看,"经验"在中西主要词典上的含义都蕴含着对动态性、事实性的规定,蕴含着对实体性的否定。"经验"作为学术话语在现代语境中的凸显当与对实体性的否定有关。

"经验"在现代西方哲学中的含义远比词典含义复杂。怀特海认为,经验是构成世界的"现实实有"(actual entities):"最终的事实都一样是现实实有;而且这些现实实有都是点滴的经验,复杂且又相互依赖。"❶ 本雅明说:"经验是生活的相似性(lived similarity)。"❷ 杜威指出:"经验是一个詹姆士所谓的具有两套意义的字眼。……它不仅包括人们做些什么,遭遇些什么,他们追求些什么,爱些什么,相信和坚持什么,而且也包括人们是怎样推动和怎样受到反响的,他们怎样操作和遭遇,他们怎样渴望和享受,以及他们观看、信仰和想象的方式——简言之,能经验的过程。"❸ 现代"精神科学"的创始人狄尔泰从生活角度理解"经验",认为经验就是活生生的生活经验(lived experience);并认定生活经验是当下性的、前反思的生命意识:"生活经验不会作为某种被知觉和表征的事物向我呈现。它不给予我,但它属于我;因为我可以对它有一种反思性的领会;当它属于我时,我可以当下性地拥有它。"❹ 现代现象学哲学用"生活经验"解读"生活世界",认为"生活世界"即是"生活经验的世界";并把"生活经验的世界"视为现象学研究的根源和目标。❺ 美国不列颠百科全书出版公司出版的《西方大观念》(*The Syntopicon: An Index to the Great Ideas*

---

❶ [英]A.N.怀特海.过程与实在[M].周邦宪译,陈维政校.贵阳:贵州人民出版社,2006:24.

❷ Benjamin. Experience [M] //Selected Writings (2). Princeton University Press, 1985: 553.

❸ [美]杜威.经验与自然[M].傅统先,译.北京:商务印书馆,2015:21—22.

❹ W. Dilthey. Poetry and Experience [M] //Selected works (1). Princeton University Press, 1985: 223.

❺ Max van Manen. Researching Lived Experience: Human Science for an Action Sensitive Pedagogy [M]. State University of New York Press, 1990: 53.

of Western Civilization）将"经验"纳入全书仅有的 102 个大观念之中，在对之加以解释时凸显了其含义的复杂："人们把经验看作知识的一个源泉。有时又把经验说成我能所知的所有内容。人们有些时候把经验等同于感官知觉；有些时候则认为经验还包含着更多的内容——记忆和想象行为。有时经验还被看作思想、感觉、欲望以至意识的全部内容及心灵和/或精神生活各个方面的总和。经验的内涵既可以是私人的，也可以是公共的，既可以是主观的，也可以是客观的——既可以指无人可与分享的东西，也可以指对所有生活于同一世界、具有共同常识的人不言而喻的东西。经验还可以从其他角度来分类，比如直觉的或审美的经验，宗教经验，神秘经验。经验还会让人在某项技艺或某类实用操作方面成为行家。""一个人如果对于某类事情的操作或某样东西的制作拥有很多经验，也就能把这类事情做得更漂亮"，"就此而言，经验就是实用的"；"不过，经验也会因为完全相反的理由得到赞美——人们因经验本身之故而从经验中得到快乐，把经验作为目的本身来追求……"❶

"经验"在西方思想史上是一个常用的术语。思想史上的赋义蕴含着明显的历史变异。从古希腊到 20 世纪初，"经验"主要含义的发展大致有五个阶段：古希腊到文艺复兴的"心智化"；"认识论时代"的"感知化"；"浪漫时期"的"诗意化"；19 世纪的"工具化"；20 世纪初的"实在化"。

一

古希腊的特点是侧重从"心智化"角度理解"经验"。亚里士多德说："虽然年青人能成为数学家和几何学家或在同这些东西相似的领域中表现才干，但是，人们认为，在年青人那里找不到实际的智慧。原因就在于这种智慧不仅有关于普遍的东西，而且还关心个别的东西，个别东西与经验亲近，而年青人没有经验，因为经验需要一长段时间才能获得。"❷ "动物

---

❶ 西方大观念（第一卷）[M].陈嘉映，等译.北京：华夏出版社，2008：376.
❷ [美]莫蒂默·艾德勒，查尔斯·范多伦.西方思想宝库[M].《西方思想宝库》编委会，译编.长春：吉林人民出版社，1988：512.

与人不同，它靠现象和记忆生活着，只有一点点与生活相关联的经验；但人类还凭技艺和推理而生活。人们往往从记忆中积累经验，同一事物的反复记忆最后产生对经验这一事物的能力。经验非常像知识和记忆，但人类实际上是由经验得到技术和知识；浦罗说'经验造就技术，无经验就凭运气。'❶亚里士多德的这两段论述明确地揭示了经验和心智的同一。后一段从人和动物的差异性上言说。前一段从年轻人和年长者的不同上立论。亚里士多德的这种观念可以说是整个古希腊时代共有的观念。其他思想家虽不一定像亚里士多德一样明确地把经验和心智并提，但其看法实质上是共同的。柏拉图在《泰阿德篇》中借苏格拉底的口说："你想一想所有产婆是怎么回事，这样做能够帮助你理解我的意思：……人们说，这是因为生育的保护女神阿尔忒弥自己没有孩子，因此，她不允许不育的妇女做产婆，因为自身没有生育经验的人无法获得生育的技艺。她把接生这种特权赐给过去曾经生育的妇女，因为考虑到这些人现在与她相似。"❷助产婆自己有生孩子的经验，也就有给孩子接生的知识，因此能够超越年轻人，担当接生的重任。在柏拉图的这一段论述中，经验即等于有用的知识。希罗多德的《历史》里有一段关于斯巴达人的叙述。斯巴达人遇到一个名叫叙达尔涅斯的人。后者用自己生活的经验劝斯巴达人为国王波尔涅斯效劳。斯巴达人回答说："叙达尔涅斯，你对我们的劝告是欠公平的，因为你的经验是片面的，还有超过你的经验的知识这一面。一个奴隶的生活你是理解的，但是由于你没有尝过自由的滋味，你绝不能说出它是甜或苦。唉，假如你知道自由是什么的话，你就会敦促我们不仅用长矛，而且用大斧去战斗了。"❸斯巴达人所说的经验是切身的体会。在斯巴达人看来，这种切身体会也就是知识，也就是对于事物的真切的领会。

古希腊经验心智化的解读范式一直延续到文艺复兴时期。中世纪阿奎那

---

❶ [美]莫蒂默·艾德勒，查尔斯·范多伦.西方思想宝库[M].《西方思想宝库》编委会，译编.长春：吉林人民出版社，1988：511.

❷ [古希腊]柏拉图.柏拉图全集（第二卷）[M].王晓朝，译.北京：人民出版社，2003：661.

❸ [美]莫蒂默·艾德勒，查尔斯·范多伦.西方思想宝库[M].《西方思想宝库》编委会，译编.长春：吉林人民出版社，1988：512.

在阐释"希望"的时候说:"希望被每一增进人的力量的事情产生,例如富裕、力量,而且还有经验,因为正是通过经验,人才具有容易办成事情的可能性。"❶ 文艺复兴时期的蒙田说:"再没有比对知识的欲求更自然的了。我们尝试着用一切方式去达到它。当推理不能帮助我们时,我们就用经验。"❷ 经验作为人的力量,能够使人办成事情;经验如同推理一样,能够让人获得知识;这样的观念同古希腊哲人对经验心智性的认同在思维范式上是相同的。

心智属于知识的范畴。古希腊人的经验、心智、知识重视"实用性"。有经验,就意味着有知识、有智慧,有技艺,有应对困难的能力,有处理事情的方法,就能在生活的战场上立于不败之地。荷马《奥德修纪》有以下一段关于奥德修斯的叙述:"缪斯在我的心中,她通过我吐露一个人的故事。/ 这个人熟悉所有竞斗的技艺,/ 他是一个漫游者,在特洛伊城 / 荣耀地抢夺了要塞之后,/ 多年来追寻着自己的目标。他到过许多城邦,/ 学到了许多远方人的思想,/ 在海上,他心中经历了许多艰辛的日日夜夜,/ 而他的争斗只是为了保全他的性命,/ 把他的船友们带回家园。"❸ 荷马的这一段描述强调的就是奥德修斯的经验丰富,以及由此而获得的优异的生存能力。在古希腊,经验作为心智的实用性,与古希腊人经由"存在""逻各斯""努斯"等词语所表现出来的对形而上的追求构成了明显的不同。但在另一方面,经验的实用性又并不表明它完全是一个形而下的概念。在"经验"中,同样也有形而上的成分,只是这种成分不如"存在""逻各斯"等概念那样集中、那样凸显。相形之下,"经验"更具有整体性、综合性,兼顾形而上和形而下两个层面的含义。

在西方思想史上,从知识论或认识论的角度理解经验是源远流长的传统。但是古希腊人对于经验的心智化理解与后代很不相同。后代如后面要

---

❶ [美]莫蒂默·艾德勒,查尔斯·范多伦.西方思想宝库[M].《西方思想宝库》编委会,译编.长春:吉林人民出版社,1988:51.

❷ [美]莫蒂默·艾德勒,查尔斯·范多伦.西方思想宝库[M].《西方思想宝库》编委会,译编.长春:吉林人民出版社,1988:185.

❸ 荷马.奥德修纪[M].杨宪益,译.上海:上海译文出版社,1979.转引自[美]莫蒂默·艾德勒,查尔斯·范多伦.西方思想宝库[M].《西方思想宝库》编委会,译编.长春:吉林人民出版社,1988:511.

讨论的"认识论时代"的经验解读，完全是从个体心理的层面入手。而古希腊的解读着眼的是人的行动、人的生活经历。奥德修斯的漫游、参与竞斗、抢劫要塞、海上漂泊，等等，都是具体的身体性的经历。虽然这类经验不可避免地要涉及并通过人的心理官能，如知觉、情感、领悟等表现出来，但知觉等深入人的内心的具体功能如何构成在古希腊时期还来不及关注。古希腊人还是在自身和环境相互作用的整体层面上领会自我的经验，并从实用的维度上衡量它们的意义与价值。

从亚里士多德的经验论看，在肯定经验的实用性意义的同时，关注其内含的局限已经是古希腊人经验思考的一个方面。亚里士多德在《形而上学》一书中曾特别地比较经验和技术的区别。"在实际活动中，似乎经验并不低于技术，甚至于有经验的人较之有理论而无经验的人更为成功。其原因是，经验是个别的知识，而技术为普遍的知识，而业务与生产都是有关个别事物的；因为医生并不为'人'治病，而只为'加里亚'，或'苏格拉底'或其他有此个别姓名而有幸成为人的人治病。假如只有理论而无经验，认知普遍原则而不知其中包含个别事物，这种医生常常治不好病。因为所要治愈的都是些个别的人。不过，我们仍然认为知识和理解属于技术而不是属于经验，我们认为技术家比具有经验的人更聪明（智慧由普遍认识产生，不从个别认识得来）；这就因为前者知道原因，后者却不知。凭经验，知道事物之所然而不知其所以然，技术家却知其所以然及其原因。……一般说来，人们有无理论的标记在于：知其所以然者能教授别人，不知其所以然者不能执教；所以，与经验相比，技术才是真正的知识；技术能传授，只凭经验的人则不能。"❶亚里士多德重技术轻经验的原因归纳起来有三个方面：技术是普遍性的知识，经验是个别的知识；技术知其所以然，经验只知其所然；技术能传授，经验不能传授。"普遍"和"个别"关涉的是知识的适用性范围。"知其所以然"和"知其所然"意味着前者"了解本质"，而后者"只知道现象"。"可传授"和"不可传授"标志着前

---

❶ [美]莫蒂默·艾德勒，查尔斯·范多伦.西方思想宝库[M].《西方思想宝库》编委会，译编.长春：吉林人民出版社，1988：981.

者可言说、可理性化；而后者不可言说、不可理性化。重普遍轻个别、重本质轻现象、重理性轻非理性，是古希腊也是西方后来相当长的历史时期中始终占压倒地位的普遍观念。亚里士多德对经验和技术的区分既属于后代西方传统普遍认可的观念，也是他个人整体哲学观的表达。亚里士多德把知识和科学分成三大类：理论科学、实践科学、制作科学。制作科学的主要意义是制造出产品。实践科学的主要意义在实践活动本身上面。理论科学的意义既体现于产品，也体现于活动本身。活动高于产品，因此实践科学高于制作科学。能同时兼顾活动和产品的知识又高于只重视某一方面的知识，因此，理论科学又高于实践科学。知识三分标示出了理论在亚里士多德思想中的崇高地位。理论的崇高把普遍性、本质、理性确认成了压倒个别性、现象、非理性的特征。亚里士多德的"技术"指的就是可理性化的、普遍性的、关注事物本质的知识，因此就比"经验"有了更高的地位。不过，这种相对于"技术"而言的对于"经验"的贬低同亚里士多德以及整个古希腊时期"经验心智化"的观念并不矛盾。经验的心智化仍然有其重要意义。前引亚里士多德本人对于经验的肯定、对于医生职业的认同，就充分地说明了这一点。如果从更深的层面看，两者不矛盾的原因在于两者源于同一个东西：对知识的追求。经验心智化的意义在于经验是知识，虽然相对于"技术"的普遍性，它只是个别的知识；但不管怎样，它仍然是知识。作为知识，经验高于本能、高于动物拥有的短暂的记忆。在这方面，经验实际上也包含理性化、包含"技术"。前引亚里士多德关于人与动物的比较就明确地认定了人的经验是包含技艺和推理的。"经验心智化"和"经验低于技术"两种论述只意味着一个区别：相对于那些普遍性程度更高的知识（"技术"），经验因其个别性更强，在理性化方面有所逊色。不过，还可以注意的一点是：亚里士多德在讨论知识和经验的个别性时未必没有矛盾。从与技术的比较上看，他有明确地对经验个别性的否定。但从他对年轻人和老年人、对数学家和哲学家的比较上看，他未必否定经验的个别性。他说："年青人没有经验，因为经验需要一长段时间才能获得。……一个年青人能成为数学家，而不能成为哲学家或物理学家。

这是因为数学的对象凭借抽象而存在，而那些其他学科的第一原则则是来自经验。"❶从这些论述中看不出老年人低于年轻人、哲学低于数学的比较，因此也就看不出对经验个别性的贬低。

古希腊对经验的肯定源于对心智和知识的推崇。放到中西比较的背景上看，古希腊对经验心智化的推崇有重要的借鉴意义。中国古代不重视经验，更不重视从知识的维度思考经验。古汉语中有"经历"一词，侧重于言说对事情经过的亲身践履，不强调心智和知识的获得。《词源》不收"经验"一词（可查1983年修订版）。《古汉语大辞典》收了"经验"，指出其义是"经历体验"，给出的唯一例证是《红楼梦》第四十二回一个人物所说的一段话："虽然住了两三天，日子却不多，把古往今来没见过的，没吃过的，没听过的，都经验过了。"❷因为时代的晚近和语体的特殊，《古汉语大辞典》"经验"词条的收录很难说明古汉语对"经验"一词的使用。从"都经验过了"一语来看，也看不出对心智和知识的重视。古代中西"经验"一词的这种不同，背后是对知识的不同态度。从伦理化和自然化的观念出发，中国古代不重视知识论，因而也就不重视从人们自身的经验中去提升自己的心智水平。另外，亚里士多德所论经验的不可传授性可以同中国古代庄子的有关思想作对比性的阅读。庖丁不能言解牛之妙，轮扁不能语斤，都是庄子用来说明高级经验不可言说的著名故事。不过，庄子与亚里士多德有一很大不同。在庄子看来，不可传授不意味着知识品格的降低；恰好相反，它意味着知识品格的高扬。庄子认为，可传授的只是糟粕，不可传授的才是精华。"语之所贵者，意也，意有所随。意之所随者，不可以言传也。"❸

二

西方思想史上的"认识论时代"，如果是同之前的"本体论时代"和

---

❶ ［美］莫蒂默·艾德勒,查尔斯·范多伦.西方思想宝库［M］.《西方思想宝库》编委会,译编.长春：吉林人民出版社,1988：512.
❷ 古汉语大词典［M］.徐复,等编.上海：上海辞书出版社,2001：1435.
❸ 庄子集解［M］.北京：中华书局,1956：87.

之后的"语言论时代"相对而言时，包括从培根到19世纪的几百年时间。如果纯粹着眼对认识机制的研究，则主要指从笛卡尔到康德的一段时间。美国哲学家理查德·罗蒂说，从古希腊到20世纪末的西方哲学史可以分为三大阶段："关心事物的古代和中世纪哲学，关心观念的17世纪到19世纪的哲学，以及关心语词的现代开明的哲学。"❶罗蒂所说的"关心观念的时代"也就是一般所说的"认识论时代"。罗蒂的观点有普遍的认同性。不过，它同"从笛卡尔到康德纯粹认识机制研究时代"的分段没有本质上的矛盾，因为从笛卡尔到康德的认识论研究正是"认识论时代"的核心代表。本书以这一"核心代表"定义"认识论时代"。

认识论时代的经验研究依旧是在知识论的大视野中展开。但与前代不同的是，这个时期的知识论研究已经进入更具有心理学意义的层面，已经不是一般性的探讨经验作为心智的意义和价值，而是集中于研究经验作为具体心理机制的展开和发生。而这里的具体心理机制又主要是感觉、知觉、感受这类与推理、反思、抽象思考等相异的心理功能。

认识论时代的认识研究和经验研究分两派展开。一派是以培根、霍布斯、洛克、休谟等为代表的英国经验主义。另一派是以笛卡尔、康德等为代表的理性主义。两派都重视从感知的层面思考经验。

培根的经验观开始凸显感知在经验中的地位。在《新工具》一书中，培根写道："现在，说到经验的根据……直到目前，我们不是还没有根据，就是只有极其薄弱的根据。还不曾有人做过搜索工作，去收集起一堆在数量上、种类上和确实性上，足够的、关于个别事物的观察……""凡在观察中是粗疏模糊的东西在指教时就一定是欺罔和无信。"❷这些话虽没有直接说到感知性经验或经验的感知性，但它所说的"观察"和"收集给心灵带来信息和满足的个别事实"，实际上都是在谈"感知性经验"或主要是在谈"感知性经验"。培根反对陷入理智的陷阱或假相，有著名的四种假相研究；培根极为重视在科学研究中对事例的搜集，要求"以详尽无遗收集

---

❶ [美]理查德·罗蒂.哲学和自然之境[M].李幼蒸，译.北京：商务印书馆，2004：245.

❷ [英]培根.新工具[M].许宝骙，译.北京：商务印书馆，2008：84.

例证为基础""渐次增加一般性的诸多步骤"❶的方式来进行研究：这些都建立在对感知性经验的推崇上面。

洛克的经验论在强调经验的感知性方面具有代表英国经验主义哲学的理论意义。洛克认为，知识来自于经验。没有经验就没有知识。人的头脑本是一块白板，上面空空荡荡的，什么也没有。人在拥有经验之后，才拥有观念，拥有知识。经验是什么呢？经验主要就是对外界事物的感知。"我们可以假定人的心灵宛如白纸一样，没有任何特性和观念，然而，它又如何拥有那样多的观念呢？人的匆促和无限的遐想既然能在人的心灵中画出几乎无限的花样来，则人心究竟何以能够得到那样多的材料呢？他们在推理和知识方面的原料是从哪里来的呢？对此问题，我可以用一个词来回答，那就是'经验'。我们的一切知识都导源于经验，而且是以经验为基础的。因为我们能够观察外界的可感对象和内在心灵的知觉和反省的活动，所以，正是由此观察的运用，才为我们的理解活动提供了可以思索的原材料。这正是知识的两个源泉，由此发源出我们所已有的或自然而然具有的知识。"❷从直接的行文上来说，洛克的这段话主要是给出两个结论。第一个是说一切知识都来自经验。第二个是说经验即是知觉和反省两种活动。洛克另有论述说："所有观念都来自于感知和反省。"❸由之也可证"经验"即是"感知"和"反省"。从"经验即是知觉"的层面上，洛克肯定了经验与知觉的同一。不过洛克的这一肯定不具有绝对性，因为它也肯定了经验和"反省"的同一。"反省"既然和"知觉"并提，就显然不同于"知觉"。但如果作更深入地分析，则可以认为经验和知觉的同一在洛克的思想中是具有绝对性的。确认这一点的第一个依据是对"反省"的理解。按照洛克的观念，"反省"是"对在人们内心中诸种观念运作

---

❶ [英]索力．英国哲学史[M]．段德智，译．陈修斋，校．济南：山东人民出版社，1992：30.

❷ [英]洛克．人类理解论[M]．关文运，译．北京：商务印书馆，1959.转引自[美]莫蒂默·艾德勒，查尔斯·范多伦．西方思想宝库[M]．《西方思想宝库》编委会，译编．长春：吉林人民出版社，1988：516.

❸ Stephen. The British Empiricist [M]. Taylor & Francis e-Library, 2007：75.

的知觉"。❶ 从前面所说的与"知觉"并列的角度来说,"反省"与知觉无关,且相对立。从这里说的"对……诸种观念的运作的知觉"来说,"反省"属于"知觉"的一种。另外,更重要的是,按照洛克的观点,被"反省"的"诸种观念"实际上也是来自"知觉"的。英国哲学史家索利指出:"按照洛克的见解,反省是观念的一个原初的但并非独立的源泉。如果没有感觉,心灵就不会有任何东西来对它进行活动,而因此也就不会有关于它的活动的任何观念。'一个人开始有观念'是'在其开始有感觉的时候'。心灵活动本身并不为感觉所产生,但却要求感觉提供加工的材料。"❷ "知觉"既包含"反省",同时又是"反省"的本源:在这样的意义上,"知觉"就具有了绝对同一于经验的品格。确认知觉和经验绝对同一的第二个依据是对"经验"本质的理解。按照洛克的论述,所谓"经验"本质上就是给"人的心灵"提供能让其"画出几乎无限的花样"来的"材料"。而提供"这样材料"的活动,正是感知,正是感觉、知觉的活动。只有感知才能给人的心灵提供丰富的材料,只有感知才能让人的心灵有作画的能力。

理性主义在确认经验的感知性方面与经验主义有相同的一面。笛卡尔说他"为了在我们自身和世界这本大书中找到""学问",他特意"把自己余下的青春用来游历,去访问各国的宫廷和军队,与各种气质和各种身份的人往来,收集各种经验,在命运提供给我的那些际遇中考验自己,并且随时对遇见的种种事物注意思考,以便能够从中获得好处"。❸ "收集各种经验"以便获得"学问",这与古希腊的"心智化"传统大体相同。而由"访问""与人往来""置身于际遇中""注意遇见的事物"等构成的"经验",虽不说完全是"感知化"的,但应该说至少在很大程度上是以"感知"为主体的。

理性主义的"经验感知化"在康德的思想中有极为明晰的表达。康德说:"我们的一切知识都从经验开始,这是没有任何怀疑的;因为,如果

---

❶ Stephen. The British Empiricist [M]. Taylor & Francis e-Library, 2007: 75.

❷ [英]索力. 英国哲学史 [M]. 段德智, 译. 陈修斋, 校. 济南: 山东人民出版社, 1992: 118-119.

❸ [美]莫蒂默·艾德勒, 查尔斯·范多伦. 西方思想宝库 [M].《西方思想宝库》编委会, 译编. 长春: 吉林人民出版社, 1988: 515.

不是通过对象激动我们的感官，一则由它们自己引起表象，一则使我们的知性活动运作起来，对这些表象加以比较，把它们连结或分开，这样把感性印象的原始素材加工成称之为经验的对象知识，那么知识能力又该由什么来唤起活动呢？所以按照时间，我们没有任何知识是先行于经验的，一切知识都是从经验开始的。"❶ "一切知识都是从经验开始"的断定意味着是从知识的大背景上讨论经验。什么是经验呢？"经验"就是：对象激动感官；引起表象、使知性活动运作起来；对表象加以比较、连结或分开；把感性印象的原始素材加工成对象知识。按康德的表述，"经验"也可以简单地称为"对象知识"或"关于对象之知识"❷。"经验"作为"对象知识"时，"经验"是以成果形态表现出来的"知觉"，因为在康德的观念中，"对象知识"是与感觉印象不同的以知觉形态构成的对于整体性对象的把握。知觉不同于感觉，超越感觉。感觉只涉及个别印象，知觉则是整体构建。但假如不从最终的成果形态看，而从具体的动态性的认知过程来看，则经验应该包括从最初的感觉到最后的知觉这一整个过程。在这一过程中，感觉、知觉都是动态性的活动，而非静态性的成果。怎么样理解康德的论述是一个问题。但不管怎么样理解，有一点是明确的：无论是理解成与感觉相异的静态性的成果（知觉），还是理解成动态性的认知活动，总之，在康德的观念中，经验都是感知性的。

与洛克式的经验主义不同的是，理性主义的"经验感知化"并不意味着将经验看作知识的本源。康德说："吾人之一切知识虽以经验始，但并不因之即以为一切知识皆自经验发生。盖即吾人之经验的知识，亦殆由吾人所受之于印象者及吾人之知识能力（感性印象仅为其机缘）自身所赋予者二者所承。"❸ 康德所说的"知识自经验始"和"知识自经验发生"是两个概念。前者只意味着从时间的规定性上看，任何知识都与经验有一定的关联。后者则是从知识的本源上说的。"本源"是事理逻辑上的概念，不同于时间性的规定。从本源上说，并非知识一定来自于经验。康德强调知

---

❶ [德]康德.纯粹理性批判[M].邓晓芒,译.杨祖陶,校.北京：人民出版社,2004：2.
❷❸ [德]康德.纯粹理性批判[M].蓝公武,译.北京：商务印书馆,1960：1.

识不以经验为"本源"有两个层面的依据。第一,在某种意义上存在那种完全与经验无关的知识。康德称这种知识为"先验知识"或"先天的知识":"我们在下面将把先天的知识理解为并非不依赖于这个或那个经验,而是完全不依赖于任何经验所发生的知识。""先天知识"与"经验知识"不同。"经验知识"依赖经验;"先天知识""完全没有掺杂任何经验性的东西"。❶ 第二,即使是完全依赖经验的经验知识也不能说经验即是知识的本源。康德认定,包括经验性知识在内的任何知识,其形成都依赖两个方面:"通过印象所接受的东西"和"我们固有的能力"。"印象所接受的东西",即是"感知性经验"所提供的东西;而"我们固有的能力"在康德的观念中即是著名的先验图式。

按照古希腊时代的观念,经验的感知化意味着经验地位的降低,因为在古希腊的理性主义背景下,感知是不被重视的。苏格拉底就说过:"知识不存在于对事物的感受中,却存在于由感觉而引起的思想中。"❷ "如果我的眼睛看着事物或想靠感官的帮助来了解他们,我的灵魂会完全变瞎了。我想我还是求援于心灵的世界,并且到那里去寻求存在的真理好些。"❸ 但在认识论时代,经验的感知化与之不同。无论是在经验主义的语境中,还是在理性主义的视域中,经验的感知化都不是负面性的现象。这种不同,根源在于认识论时代对于认知的本体性推崇。理查德·罗蒂说:"大多数思想史家惊奇地发现,我们现在称作'知识论'的东西在十七世纪以前的思想家思想中只起着微不足道的作用。"❹ 奎因说:"认识论学者梦想着一种第一哲学,它比科学更坚实,并可用于证明我们对外部世界的知识。"❺ 认识论把认知研究推入第一哲学的位置,把认识活动加以本体化,就意味着

---

❶ [德]康德.纯粹理性批判[M].邓晓芒,译.杨祖陶,校.北京:人民出版社,2004:2.

❷ [古希腊]柏拉图.柏拉图全集(第二卷)[M].王晓朝,译.北京:人民出版社,2003:706.

❸ 北京大学哲学系外国哲学史教研室.古希腊罗马哲学[M].北京:生活·读书·新知三联书店,1961:175.

❹ [美]理查德·罗蒂.哲学和自然之镜[M].李幼蒸,译.北京:商务印书馆,2004:208.

❺ [美]理查德·罗蒂.哲学和自然之镜[M].李幼蒸,译.北京:商务印书馆,2004:209.

对认识活动所包含的各种机制各种功能都加以本体化了。虽然在康德那样的理性主义那里,感知的地位未必有先验图式那样高,但这种比较是发生在认识机制自身范围之内的。相对于认识活动之外的一切,比如,身体、实践、世界的客观存在,等等,"感知"的地位仍然是很高的,因而仍然是思想家集中关注的目标。一个有趣的问题是,苏格拉底贬低"感觉"时同样是以之同"思想""灵魂"作比较的结果,似乎参考的背景是和理性主义者一样。既如此,其地位的抑扬为何不同呢?回答是:苏格拉底的比较虽然表面上同样是发生在心灵内部,但构成这一心灵的背景与理性主义者的心灵背景完全不同。理性主义的心灵是认知心灵,其背景是认识论哲学。苏格拉底的心灵是非认知性的,其背景是存在论哲学。在理性主义这里,感知与非感知性的"我思"(笛卡尔)、"先验图式"(康德)的区别,是认识功能的区别。这一区别及由之带来的对"感知"地位的低配不意味着在整个人生活动的领域中对感知的贬低。但在苏格拉底的视域中,情形则恰恰是:"感觉"和"思想""灵魂"的差异意味着"感觉"在整个人生活动领域中地位的低下。古希腊之所以不像认识论时代一样,将经验感知化,主要原因固然是因为在当时认识论的重要性还没有凸显出来,另外,是否也是因为"经验的心智化高扬"和"感觉地位的低下"两者根本上不相对应呢?

## 三

本书所说的"浪漫时期"与传统所说的浪漫主义运动的时代有关,特指 18 世纪末期到 19 世纪初期的一段时间。浪漫时期"经验"的"诗意化",意味着"经验"完全走出传统知识论的视域,成为标识人生价值的一个理念。对于浪漫时期的浪漫主义者来说,经验意味着有意义的经历、阅历、感受、体会;意味着对人生境遇的广泛而深切的感触,具体而丰富的品味;富有质感的解读;意味着生活世界的开拓,人生意义的增添,生命质量的提升。经验的诗意化在歌德的浮士德身上有强烈的凸显:"我的胸中已解脱了对知识的渴望，/将来再不把任何苦痛斥出门墙，/凡是赋予整个人类的一切，/我都要在我内心中体会参详，/我的精神抓着至高与至深的东西不放，/将全人类的苦乐堆积在我心上，/于是小我便扩展成全人类的大我，/最后我也和全人类一起消亡。"❶浮士德所说的"体会参详"，就是"经历、体验"，也就是"经验"。浮士德的观念是歌德的观念，也是一代浪漫主义者的人生追求。

英国思想家以赛亚·伯林说："就我所见而言，这就是浪漫主义的本质：意志，以及作为行动的同义词，作为因其永远在创造而无法被描述的人；你甚至不能说他在创造自己，因为没有自我，只有运动。这就是浪漫主义的关键所在。"❷在浪漫主义者看来，"个人性格、意志、行为，这就是一切。""人的真正本质不是消极接受——休闲、沉思，而是能动性。"❸浪漫主义"崇拜真诚和纯洁而不是效率以及探索与知识的能力；崇拜自由而不是幸福；崇拜冲突、战争、自我牺牲而不是妥协、调整、宽容；崇拜野性的天才、流浪者、受难的英雄、拜伦笔下的邪教徒、家神和恶魔，而不是被作乱者们的宣言和纲领吓呆了的顺从的、文明的、值得尊敬的或市侩的社会"❹按照伯林的研究，浪漫主义包含两个方面：对意志和行动的高扬；对事物和世界内在结构的否定。这两个方面一正一反，合成同一个特征。只有否定事物的内在结构、内在规定性，才可能有对个体意志和行动的高扬。当人承认事物有内在结构和内在规定性时，人就只能服从事物，就不可能任由个人的意志和行动去发挥、去闯荡。反过来，高扬意志和行动，就意味着在观念上否认事物有限制人、制约人的自身的规定性，就意味着在行为上率性而为，肆意挥洒，天马行空，纵横驰骋。

伯林对浪漫主义的解读与本书所说的浪漫主义将经验诗意化完全吻合。"经验"原本就包含"行动"。英文和法文的"经验"（experience,

---

❶ [德]歌德.浮士德[M].童问樵，译.石家庄：河北人民出版社，1996：104.
❷ [英]以赛亚·伯林.浪漫主义的根源[M].吕梁，等译.南京：译林出版社，2008：138.
❸ [英]以赛亚·伯林.现实感[M].潘荣荣，林茂，译.南京：译林出版社，2004：207.
❹ [英]以赛亚·伯林.现实感[M].潘荣荣，林茂，译.南京：译林出版社，2004：213-214.

expérience）一词从词源学上说，均来自于拉丁文 experientia。Experientia 的含义是：尝试性的行动。在除了认识论时代的其他历史时期，"经验"甚至可以说是以"行动"为主要内容。前引荷马所描述的奥底修斯的"竞斗""漫游""抢夺要塞""海上历险"等既是荷马所推崇的奥底修斯的"经验"，也是他的"行动"。杜威在阐释"经验"一词的内涵时指出，经验就是有机体和外在环境的相互作用。"直接经验来自于自然与人的相互作用。在这种相互作用之中，人的能量积聚、释放、抑制、受阻、遂愿。欲望与实现，行动的冲动与这种冲动被抑制，循环往复，周而复始。"❶ 所谓"相互作用"，更具体地说，就是有机体的"做与受"（doing and undergoing）。"做"，即是"行动"，毫无疑义。"受"，至少就原文 undergoing 的含义而言，也是行动性的。伯林说浪漫主义推崇行动，这就等于说浪漫主义推崇"经验"。这是一方面。另一方面，"推崇"本身意味着"诗意化"，包含了"诗意化"。伯林所说的浪漫主义的"行动"是在否定世界的客观性结构的基础上的"行动"，是建立在主体"意志"纵情发挥的基础上的"行动"，是无拘无束、自由自在的行动，是不受外在世界的阻碍、限制的行动。这样的"行动"当然就是"诗意化"的，因为它能让主体感受到生命的激越、辉煌、壮丽。

要明确的一点是：浪漫主义的经验诗意化，主要不是表现在理论言说上对"经验"一词作诗意化的阐释，而是表现在实践层面上对"生活经验"作诗意化的改造。对此，我们可以读一读赫兹利特的《我与诗人们的交往》。赫兹利特这样描写他眼中的柯勒律治以及他给自己的影响："一七九八年""柯勒律治先生来到施鲁斯伯里"，"他打开了话匣子就说个没完"，"始终使这个小镇沉浸在一种愉快的悬念之中"，❷ "他那精美的言辞仿佛将整个物质世界化作透明体"。❸ "他在伯明翰应邀去参加一个集会，晚宴以后，他抽了点烟，躺在沙发上睡去……他突然醒来，揉揉眼睛四下张望，然后便绘声绘色地讲述起他梦中所见的三重天上的景致，一口气讲

---

❶ [美]杜威．艺术即经验[M]．高建平，译．北京：商务印书馆，2005：15-16.
❷ 十九世纪英国文论选[M]．北京：人民文学出版社，1986：1.
❸ 十九世纪英国文论选[M]．北京：人民文学出版社，1986：14.

了三个小时。""我""被他富于想象的信条吸引过去"。"那几个月里，冬天的寒风对我表示欢迎；春风则给我以安慰和灵感。金光四射的落日，夜空中银辉闪烁的星星，照耀着我的行程，为我展示新的希望和方向。"❶这些话描述的是柯勒律治和赫兹利特的"经验"。这些经验无疑都是富有诗意的。浪漫主义者所追求的人生经验就是这种诗意化的人生经验。这种经验的一般性特征可以从赫兹利特的下列描绘中看出："当我们年幼时……我们的想象力是实实在在的。我们处于沉睡与苏醒之间时，能瞥见一些稀奇古怪的形状在影影绰绰却又辉煌灿烂地闪光，将来总有一些东西比我们眼前的东西更加美好。如同在睡梦中充沛的血液给予大脑所想象的东西以温暖和真实性，在青春年少时，我们的思想也被蓬勃的朝气所包裹、滋养；我们无牵无挂幸福地呼吸，未来的重任推动着心脏有力搏动，我们对真与善寄托了不可动摇的信心。"❷

历史上的浪漫主义者崇尚美。在真、善、美、功利、安宁等构成的价值版图中，浪漫主义将美作为最高的追求。罗素说："浪漫主义运动的特征总的说来是用审美的标准代替功利的标准。"❸罗素的论述是符合实际的。像华兹华斯、雪莱、济慈、施莱格尔、蒂克、诺瓦利斯等著名的浪漫主义者都是醉心于审美的诗人。济慈说："我因为对美的渴望和眷恋而写作。"❹"最美的应该最有力量。"❺浪漫主义的"审美至上"也就意味着"经验的诗意化"。审美本身是感性的经验。"经验"在历史上的浪漫主义诗人眼中，虽然不一定是伯林所说的"行动"，很多时候也包括心灵性的感受，但有一点是肯定的：它一定是感性的现象。在这一点上，"经验"和"审美"同质。另外，审美是令人愉悦的合目的性的体验，这就构成了对经验的诗意化的要求。它要求经验是诗意化的，因为只有诗意化，才具有审美价值，才是审美的。这也就是说，在浪漫时期，经验的诗意化是由审美至

---

❶ 十九世纪英国文论选[M].北京：人民文学出版社，1986：26.
❷ 十九世纪英国文论选[M].北京：人民文学出版社，1986：17.
❸ 十九世纪英国文论选[M].北京：人民文学出版社，1986：216.
❹ Sidney Colvin. Letters of Keat[M]. Macmillan，1928：185.
❺ [丹]勃兰兑斯.十九世纪文学主流 第四分册：英国的自然主义[M].北京：人民文学出版社，1984：154.

上所决定的。当浪漫主义者把审美从传统的真善美及功利等构成的价值版图中遴选出来，成为最高的价值目标时，经验就跟着被改造了，就从以前依附知识论的网络中被提取出来了，成为合目的性的诗意体验的内容。

与崇尚美相一致，浪漫主义者醉心于诗歌和艺术。对于浪漫主义者来说，诗歌和艺术是美的最高体现。也因为是从美的追求出发而做出的选择，诗歌和艺术在浪漫主义者手中也就特别偏重于美，而鄙视对于功利的追求、对于真和善的依附。诗艺的审美化使浪漫主义的"艺术经验"发生相应的变化。施莱格尔有关于艺术经验的论述，从中可以看出变化的端倪。"有些人已经开始行动了，仿佛他们希望在哲学中经验什么新东西似的。然而，哲学的本领就是把现存的艺术经验和现有的艺术概念变成科学，把艺术观点藉一种渊博的艺术史加以提高、拓宽，并把那种逻辑的气氛灌注到那些由绝对的自由思想同严肃主义结合起来的对象之上。"[1] "哲学没有能力预先给人注射或变出经验和理解力，也不应该有这种要求。"[2] "首尾一致的经验主义以有助于消除误解或预订真理而告结束。"[3] 引语的重心是诗和哲学的差异。哲学"预订真理"、崇尚逻辑。施莱格尔观念中的"诗"则是自主性、原创性的感性活动。"谁若把培育感官作为他的存在的目的和核心，他就是艺术家。"[4] "诗的生命与力量在于诗从自身出发……"[5] "一切自主性都是原始的，都是独创性……"[6] 因为两者的迥然相异，所以施莱格尔强烈地拒绝将诗隶属于哲学的统治之下，而要求给诗以自主性地位。自主性是施莱格尔这类浪漫主义者赋予艺术经验的新的品格。这种新的艺

---

[1] ［德］施勒格尔.雅典娜神殿断片集［M］.袁春，译.北京：生活·读书·新知三联书店，2003：45.

[2] ［德］施勒格尔.雅典娜神殿断片集［M］.袁春，译.北京：生活·读书·新知三联书店，2003：100.

[3] ［德］施勒格尔.雅典娜神殿断片集［M］.袁春，译.北京：生活·读书·新知三联书店，2003：149.

[4] ［德］施勒格尔.雅典娜神殿断片集［M］.袁春，译.北京：生活·读书·新知三联书店，2003：156.

[5] ［德］施勒格尔.雅典娜神殿断片集［M］.袁春，译.北京：生活·读书·新知三联书店，2003：157.

[6] ［德］施勒格尔.雅典娜神殿断片集［M］.袁春，译.北京：生活·读书·新知三联书店，2003：184.

术经验的品格与浪漫时期"经验的诗意化"相吻合。对于浪漫主义者来说,经验的诗意化以艺术经验的获得为主要目标。经验的诗意化主要通过艺术经验的获得实现自身。此其一。其二,艺术经验只有在自主性得以保障的前提下才能真正显示出自身的力量和魅力;依附于他者的艺术经验不是真正的艺术经验,也不具有真正属于自身的力量和魅力。其三,只有在艺术经验真正拥有了自身的力量和魅力时,经验才可说是最终实现了浪漫主义所期待的诗意化。

## 四

1830年,黑格尔离世。有人认为这标志着德国唯心主义哲学的退场。同样,这一事件也可以看成作为运动的浪漫主义的谢幕。西方历史从此进入19世纪。19世纪的"经验"出现了一个特殊的形态:"实验"。

"实验",英文experiment,与传统的经验不同。经验主要是从人们日常生活的层面而言;实验则是科学技术人员在实验空间中进行的活动。经验可以是浪漫主义类型的诗意化行动;实验则是纯粹的获取知识的行为。经验可以是无意识的;实验则绝对是有意识的活动。经验随机性地展开,不包含对参与因素、展开过程的人为控制;实验则是非随机性的,其参与因素和展开过程完全由人控制。经验可以是涵盖很广的人们的现实生存活动,实验则是纯粹的科学研究的方式、手段。在西方历史上,实验作为科学手段,而且常常是指用于经验性的自然科学的研究,而不用于属于人文范畴的形而上学,甚至也不用于自然科学中的数学这样的理论学科。实验是获取知识的手段;经验在很长历史时期中也属于知识范畴。两者都同知识密切相关,但两者同知识的关联很不相同。在经验领域,知识作为后生性结果出现。而作为实验对象的知识,则常常有预定性的形态:它预先以猜想、假说的方式呈现出来,实验是对其进行检验。《西方大观念》引拉瓦锡的话对此作了证明:"在任何情况下,我们都应让我们的推理接受实验的检验,并把实验与观察的自然之路作为追寻真理所应遵循的唯一道

路。"❶

不过，尽管有很多的不同，"实验"仍是"经验"的儿子。实验属于经验的范围，是经验的一种特殊的形态。作为所属性形态，实验体现出经验的基本规定。同经验一样，实验是人的活动、人的行动。作为人的行动，实验包含着杜威所说的人和外部环境的相互作用。实验继承自古希腊到18世纪的经验的传统，将自身隶属于知识，以寻求知识和真理作为自身的职志。作为求知活动，实验和经验一样，以主客观的分立和统一作为基本的矛盾运动的方式而展开。实验因为是经验在科技层面的展开，因为是纯粹受制于科学研究的方式、手段、"工具"，从经验自身演变的历史行程来看，实验因此意味着经验在19世纪被"工具化"。

按照有关学者的分析，实验在功能层面上服务于三种类型的目的，这也就是说实验有三种用途。❷第一种是检验假说、提供测量结果、使数学表达得以施用于自然。"检验假说"适用于所有经验性的自然科学。西方历史上包括伽利略的《关于两门新科学的对话》、牛顿的《光学》、哈维的《心血运动论》、拉瓦锡的《实验化学原理》、法拉第的《电学研究集》等著名经典的诞生，都借助了实验；研究者都曾对其假说作过严格的检验。数学本身的演绎不依赖实验。但数学的成果能否施用于自然，则需要实验。伽利略在研究加速运动时，就曾用斜面实验的测量结果来判定两种对抗性的数学理论，看哪一种与自然现象相符。伽利略说：在"将数学证明用于自然现象解释的"科学中，"以精当的实验为基础的科学原则一经证实，就会成为整个上层理论的基础"。❸第二种是用于归纳的材料依据。"一个判决性的实验提供一个清楚的个例，而从中概括出的一般性结论却可以施用到所有情况。牛顿的光学实验即属于此类。"❹实验的第二种用途与第一种用途的区别在于：第一种是相对于假说而作的检验；第二种则是就事实本身作出验证。当某种事实被验证之后，从中再归纳出普遍性的原理。"实验的第三种功用表现在对未知现象领域的探索上，其目的与其说是归

---

❶ 西方大观念（第一卷）[M].陈嘉映，等译.北京：华夏出版社，2008：382.
❷❸❹ 西方大观念（第一卷）[M].陈嘉映，等译.北京：华夏出版社，2008：383.

纳或证实，不如说是发现。"❶第三种用途不要求有预定的假说，它只是就现象本身进行实验，任由实验本身提供新的结果。法拉第曾对这种类型的实验作过论述："电学是这样一个领域，其每一部分都需要实验性的研究。实验性研究的任务不仅是对新效应的发现，而且是对制造已知效应的技术手段的发展完善。"❷

  学者们对实验的三种用途的分析完全适用于19世纪的实验。尽管实验并非产生于19世纪，但19世纪的科学实验在规模、深度、力度上都是空前的，史无前例的。19世纪实验的这种凸显与19世纪的历史发展有关。19世纪的主题是社会、物质、科技。随着德国唯心主义和全欧性的浪漫主义的谢幕，19世纪的历史从个体转向社会、从精神转向物质、从情感性的感受转向科技。在19世纪，社会主义、唯物主义是影响深远的时代思潮。科技革命给19世纪带来了巨大的历史嬗变。德国哲学史家弗里德里希·希尔说："1848年之后，自然科学、技术科学、经济学和各国间的权力斗争挤到社会大舞台的前面，成为新的麻醉品。"❸作为经验一种独特形态的实验在19世纪兴盛，原因就在于它适应了19世纪文化精神的需要。实验是科技手段，自然满足19世纪科学发展的要求，也确实带来了19世纪科技的巨大成就。科技是物质主义精神在知识领域的体现。物质主义的强盛要求科技的发展，要求实验手段的运用。"社会"作为主题，与"实验"虽不直接相连。但其潜在的呼应可在多个层面上发生。"社会"主题的要旨在于历史以"社会"，而不是以个体、自然的形式向前推进。"社会"的发展、完善需要科技和实验提供物质成果。"社会"自身的组织性、有序性，同"实验"所依凭的理性精神本质上相同。"社会"对个体情感性因素的排斥与"实验"所重视的客观性、事实性、因果性相对应。当然，这里说的都是亲和性的一面。历史本身是复杂的。两个即使是本质上相同的事物之间有时也可能有相斥的情形。但不管怎样，19世纪的社会、物质、科技等主题与经验的实验化在总体上是相互吻合的。正是这种吻

❶❷ 西方大观念（第一卷）[M].陈嘉映，等译.北京：华夏出版社，2008：383.
❸ [奥]希尔.欧洲思想史[M].赵复三，译.桂林：广西师范大学出版社，2007：483.

合，才有实验在19世纪的凸显。

19世纪的文化带来实验的兴盛，造成经验的"工具化转移"。这种转移当然有其历史性的成就。但毋庸置疑，它也是具有极大负面意义的事件。随着实验的兴盛，实验自身包含的主客体因素各自壮大。这种壮大所造成的二者之间的尖锐对抗以至于发展到了主体自身无法忍受的程度。19世纪末开始的反主客二元对立的哲学思潮的蓬勃兴起，就是此种不堪忍受的情绪的表达。

经验实验化对于经验来说，是一种"窄化"。经验原本是丰富多样的。它可以是个体的行动、个体的思绪、个体的感知，也可以是群体性的体验。它可以是生存经验、政治经验、宗教经验、艺术经验。实验只是一种科技经验。当经验只以科技经验的形式出现时，经验原本具有的丰富性就被扼杀了、消除了。这对于人来说，是一种灾难。

实验是工具化的，是为科技、为物质经济的发展服务的。经验从古希腊时期起，就有知识化的倾向。但在历史上，经验从来没有完全工具化。浪漫时期的诗意化更是带来了经验的解放。把经验实验化、工具化，对于经验的意义是一种绞杀，是人难以承受的劫难。

正是因为这些负面效应，19世纪一方面以极其强大的力量和气势推进经验的工具化，另一方面也产生了相当有力的反叛。唯美主义、象征主义思潮的蓬勃发展就是这种反叛的表现。伽达默尔在《真理与方法》中说，在德国文化中，19世纪70年代以后，Erlebnis（经验，《真理与方法》中译为"体验"）一下子成了"常用的词"。而这个词的主要含义是生命的整体性领会。"生命就是在体验中所表现的东西"，"如果某物被称之为体验，或者作为一种体验被评价，那么该物通过它的意义而被聚集成一个统一的意义整体。""因而我们称之为体验的东西，就是意指某种不可忘却、不可替代的东西，这些东西对于领悟其意义规定来说，在根本上是不会枯竭的。"❶ 伽达默尔虽然认定，德国19世纪的文献如狄尔泰的著作中的体验

---

❶ ［德］伽达默尔．真理与方法：哲学诠释学的基本特征（上卷）［M］．洪汉鼎，译．上海：上海译文出版社，2004：86.

是一个认识论概念，但这一概念是在目的论的意义上被采用的。所谓"目的论意义上的采用"就意味着体验是生存所追求的目的，这也就是浪漫时期的诗意化经验的主旨所在。伽达默尔所描述的德国19世纪"Erlebnis"一词的兴起及其目的论意义层面的赋义也可用来说明经验的工具化所遭遇的反叛。

"反叛"作为"经验工具化"的对立面，参与构成了19世纪西方的经验解读。从这样的意义上说，用"工具化"来描述19世纪的经验论有片面性。不过，所谓"工具化"，以及连同前面的"心智化""感知化""诗意化"，都只是就时代的主导性倾向而言；从这样的层面看，"工具化"的描述大体还是可以认可的。

## 五

到20世纪初，西方的经验解读进入实在论范式。

"实在"和"实在论"在西方思想史上是使用频率极高的概念，也是含义非常复杂的范畴。《西方哲学英汉对照词典》关于"实在"的解释是："一个经常使用但含义模糊的术语。有时，它指存在之所是，与'现象'对立。……有些哲学家把我们的语言和感知所指涉的客观实在和作为我们的语言或思想模式的形式实在区别开来。有时，它也用来指独立于我们的意识和意志的客观实在。……就我们的目的而言，把'实在'界定为与现象相关的一种就足够了，我们承认它独立存在于我们自己的意志之外……"❶ 相应的，关于"实在论"的主要阐释是："实在论是一个家族相似的观念，指承认种种对象和属性的客观存在的各种理论。这些对象和属性包括外在世界、数学对象、共相、理论实体、因果关系、道德与美学属性、他人的心等。实在论的中心思想是，某些或全部这些事物存在，独立于我们的心灵，且不论我们是否知道或相信它们存在。"❷ 本书在柏格和卢

---

❶ ［英］布宁，余纪元.西方哲学英汉对照词典［M］.北京：人民出版社，2001：858.
❷ ［英］布宁，余纪元.西方哲学英汉对照词典［M］.北京：人民出版社，2001：857.

克曼的定义上使用"实在"和"实在论"。所谓"实在",就是独立于我们的心灵或意愿的客观存在;所谓"实在论"则是认同这样一种客观存在的理论。

西方20世纪初对经验的实在论解读,或者说经验的实在化,是一种普遍的观念。著名思想家如詹姆士、杜威、胡塞尔、怀特海、海德格尔、维特根施坦、本雅明、阿多诺都坚持经验实在论的立场,在不同程度上都有关于经验实在论的思考。下面讨论詹姆士和海德格尔两人的有关研究。

美国著名心理学家、哲学家威廉·詹姆士有资格成为我们第一个论及的倡导经验实在论的思想家。下面一些论述是他在《彻底的经验主义》一书中作出的。"过去二十年来我曾对'意识'之是不是一种实体表示过怀疑,过去七八年来我曾对我的学生们提出过这样的一个意见,即意识是不存在的,并且打算告诉他们在经验的实在里边有着同意识的实用价值相等的东西。"[1] "如果我现在进而谈用概念性的经验来认知知觉性的经验,那么也会证明出这是一种外在关系。一个经验是知者,另一个经验将是所知的实在;……"[2] "一种经验主义,为了要彻底,就必须既不要把任何不是直接所经验的元素接受到它的各结构里去,也不要把任何所直接经验的元素从它的各结构里排除出去。对于像这样的一种哲学来说,连接各经验的关系本身也必须是所经验的关系,而任何种类的所经验的关系都必须被算做是'实在的'和该体系里的其他任何东西一样。"[3] "元素固然可以因为事物原先的安排改正了而被重新分配,但是,在最后的哲学安排中,必须给每一种类的所经验的事物(无论是关系项或是关系)找到一个实在的位置。"[4] "洛采谈到实体时所说的:像一个实体那样做就是成为一个实体。难

---

[1] [美]威廉·詹姆士.彻底的经验主义[M].庞景仁,译.上海:上海人民出版社,1965:2.
[2] [美]威廉·詹姆士.彻底的经验主义[M].庞景仁,译.上海:上海人民出版社,1965:13.
[3] [美]威廉·詹姆士.彻底的经验主义[M].庞景仁,译.上海:上海人民出版社,1965:21.
[4] [美]威廉·詹姆士.彻底的经验主义[M].庞景仁,译.上海:上海人民出版社,1965:22.

道这句话在这里引用不正是地方吗？难道我们在这里不可以说：在经验和实在是一回事这样的一个世界里，所经验为连续的东西就是实在连续的东西吗？……在各关系项和它们的分别都是属于经验中的事这样的一个世界里，所经验的连接必须至少同其他任何东西一样实在。如果我们没有什么现成的超现象的绝对来把整个经验世界一下子化为非实在，那么这些所经验的连接就将是'绝对'实在的连接。"❶上述引语的一个特点是：在讨论"经验"时都连带着使用了"实在"一词。这一现象表明了詹姆士的一个基本观点：经验是实在的，或者说是具有实在性的。"经验是实在的"的主要意思是：经验不是虚幻的东西。理解经验的实在性就要理解"实在"在西方思想中的崇高地位。从柏拉图开始，西方思想就极力崇尚实在，追求实在。柏拉图以此为基础，借"洞穴"之喻指出，人们在现实中所感知的东西都是虚幻的，都是幻象；只有现象世界背后的"理念"才是真实的。阿诺德说，作为构建西方文化的核心支柱之一的"希腊精神最重视的理念是如实看清事物之本相"。❷法国大批评家圣伯夫认为，自古希腊以来西方幸福观的实质就是思想，就是知道世界的真实。"C'est le Bonheur des homes，——人何时得到幸福？当他们厌恶邪恶之时？——不；当他们日日夜夜按照主的律令进行修炼之时？——不；当他们逐日临近死亡之时？——不；当他们手拿棕树枝走在耶路撒冷之时？——不；'quand ils pensent juste'当他们能正确地思想，当他们的思想撞击出火花的时候，就是感到幸福之时。"❸"正确地思想"即知道事情的真相。"知道事情的真相"虽然和"崇尚实在"并不完全等同，但二者本质上一致：前者以后者为基础。因为只有"崇尚实在"，才有认识层面对真实的追求。"经验是实在的"这一断定的意义还应从詹姆士时代社会文化心理的层面理解。当时的特点是：一切都在风雨飘摇之中，整个世界都陷入了不可信的危机，人们已经几乎找不到可以认为是实在的东西了。托马斯·哈代受爱因斯坦相

---

❶ [美]威廉·詹姆士.彻底的经验主义[M].庞景仁，译.上海：上海人民出版社，1965：32.

❷❸ [英]阿诺德.文化与无政府状态[M].韩敏中，译.北京：生活·读书·新知三联书店，2008：99.

对论的冲击，写过一首诗，其中有句云："现在爱因斯坦来了，提出某种观念 / 这里许多人，/ 对此还不太明白。/ 它认为时间、空间和运动都不存在，/ 既没有早也没有晚，/ 既没有方也没有直，/ 有的只是弧形海面。"❶英国诗人奥登说：我们"为逝去的时代而哭泣"，"在'因为'变成'仿佛'之前，或毋庸置疑的肯定变成偶然之前……"❷没有了"因为"，没有了"毋庸置疑的肯定"，也就是说没有了事物的因果关系，没有了事物的必然性、确定性，没有了能够被肯定的实在。在此种普遍弥漫的"没有"面前，"经验的实在性"就具有了特别的意义。

与其"特别的意义"相吻合，"经验的实在化"在詹姆士的思想中还具有另外一层含义。这就是：经验是最终的实在。所谓"最终的实在"的意思是：除了经验外，世界上其他的一切都不再具有实在性；只有经验是实在的。詹姆士在《彻底的经验主义》一书的开头就谈到，"思想"和"事物"、"精神"和"物质"、"灵魂"和"肉体"这样一些传统哲学用来概括世界构成因素的概念在他的时代都已经破产了。经验的实在性正是在传统观念完全崩溃的基础上提出来的。由于传统的实体崩溃了，能够构成世界的东西最后就只有经验；世界就是由经验构成的。詹姆士说："物质的东西是用存在的原始素材或性质做成的；而我们对物质东西的思想与此相反，没有什么存在的原始素材或性质来做成它们；有的只是思想在经验中行使的职能。"❸"这个世界，恰好和知觉的世界一样，最初是作为一种经验的混沌来到我们这里的，不过不久就条理分明了。"❹

上述论析没有涉及詹姆斯经验实在论的最深刻的层面，不过就本书要达到的目的而言，已经足够。现在来看看德国思想家的思考。

海德格尔在20世纪40年代初发表了一篇题目叫《黑格尔的经验概念》的长文。文章是针对黑格尔1807年出版的《精神现象学》的"导言"

---

❶❷ [美]斯特龙伯格. 西方现代思想史[M]. 刘北成，赵国新，译. 北京：中央编译出版社，2004：465.
❸ [美]威廉·詹姆士. 彻底的经验主义[M]. 庞景仁，译. 上海：上海人民出版社，1965：2.
❹ [美]威廉·詹姆士. 彻底的经验主义[M]. 庞景仁，译. 上海：上海人民出版社，1965：8.

中有关经验问题的论述而作的理论阐释。在《黑格尔的经验概念》这篇文献中，海德格尔对经验作了多方面的论述，提出很多内涵丰富的论断，比如：经验是存在者的存在；经验是绝对之绝对性；经验是显现者本身的显现；"经验的决定性的本质环节在于：意识在经验中获得新的真实的对象。"❶

海德格尔的论断是在阐释黑格尔的经验论时提出来的。它们是海德格尔对黑格尔观点的说明，但它们同时又是海德格尔自己观点的表白。海德格尔的这些论断，没有提到"实在""实在论"等语词，但深入领会可以发现它们同样属于实在论的范畴。下面分析"经验是存在者的存在"和"经验是绝对之绝对性"两个论断，对其实在论内涵加以说明。

黑格尔的"导言"有十六节，也就是十六段。在第十四节的开头，黑格尔说："（十四）意识对它自身——既对它的知识又对它的对象——所实行的这种辩证的运动，就其替意识产生出新的真实对象这一点而言，恰恰就是人们称之为经验的那种东西。"❷海德格尔紧接着写道："这里，黑格尔以'经验'一词所指为何？他指的是存在者之存在。存在者此间已成了主体，并由此成了客体和客观的东西。存在自古以来就意味着：在场。"❸"经验是存在者之存在"的论断自此处提出之后，后文曾反复言及。比如，"'经验'现在是存在之词语"。❹"经验乃是那个作为主体的根据主体性而得到规定的存在者的存在状态"；❺"经验乃是一种在场方式，也即一种存在方式"；❻"经验乃是那个作为意识而在意识之形态中在场的存在者的存在状态"。❼海德格尔把这些论述所包含的思想都归结为黑格尔的思想。但即使海德格尔对黑格尔的解读是准确的，人们也得承认这些思想也是海德格尔自己的。而且如果从话语层面而言，更应该说，它们完全

---

❶ ［德］马丁·海德格尔.林中路［M］.孙周兴，译.上海：上海译文出版社，1997：191.

❷❸ ［德］马丁·海德格尔.林中路［M］.孙周兴，译.上海：上海译文出版社，1997：187.

❹ ［德］马丁·海德格尔.林中路［M］.孙周兴，译.上海：上海译文出版社，1997：187.

❺❻ ［德］马丁·海德格尔.林中路［M］.孙周兴，译.上海：上海译文出版社，1997：191.

❼ ［德］马丁·海德格尔.林中路［M］.孙周兴，译.上海：上海译文出版社，1997：203.

属于海德格尔本人。区分存在与存在者,是海德格尔的基本哲学观。海德格尔认为,存在虽然总是存在者的存在,但存在不同于存在者,存在不是存在者。在海德格尔看来,从柏拉图以来的两千多年的西方哲学虽然在话语形式上总是以存在为主题,但实际上关注的是存在者;西方哲学把真正的存在遗忘了。现代西方文化和西方人的生存出现的灾难根本上就是源于存在的遗忘。海德格尔说经验即是"存在","存在状态"意思就是经验不是存在者,不能从存在者的角度理解经验。海德格尔的经验存在论与经验实在论的同一在哪里呢?同一就在于:"存在"首先就是"实在"。前面关于实在论的言说已经表明:"所谓'实在',就是独立于我们的心灵或意愿的客观存在。"这里的"客观存在"与海德格尔所说的"存在",确实有区别。区别在于"客观"一词不适用海德格尔的"存在"。区别也在于很多实在论者的"实在"并不一定像海德格尔的存在论一样强调存在和存在者的不同。但除了这两个"区别","存在"和"实在"没有差异,存在即是实在,实在也即是存在。在这样的意义上,海德格尔对于经验的存在论言说,也就是对于经验的实在论言说。

"经验是绝对之绝对性"的论断同样出现于海德格尔对黑格尔"导言"第十四节的解读之中。海德格尔说:"黑格尔在'经验'一词中所思考的东西首先说明思维体(res cogitans)作为心灵主体(subjectum co-agitans)是什么。经验是绝对主体的呈现,这个绝对主体乃在表现中成其本质并因而自我完成。经验乃是绝对主体的主体性。作为绝对表现的呈现,经验是绝对者的在场(Parusic)。经验是绝对之绝对性,是绝对在彻底的自行显现中的显现。"[1] "经验是绝对之绝对性"这一论断中的"绝对性"指不是抽象的特性,而是具体的形态,也就是海德格尔常说的"存在状态",英译"绝对性"用的absoluteness就是从"具体状态"上翻译的。"经验是绝对之绝对性"这一论断是从"经验是绝对主体的呈现"这一更基本的论断中推导出来的。理解黑格尔的"绝对主体"应注意三个方面。第一,"绝对"是区别于"相对"而说的。"绝对"在黑格尔时代是一个使用频率特高的

---

[1] [德]马丁·海德格尔.林中路[M].孙周兴,译.上海:上海译文出版社,1997:192.

术语。"绝对"意味着不受限制、不受支配、自本自根、自主自为，完全处于自身之中。第二，"主体"也是德国唯心主义哲学的基本范畴。"主体"至少有两种解释。一种是相对于客体而言的、同时又对客体有支配性的人自身或人的心灵。另一种只是就具有主动性、自主性而说的实体。黑格尔的"主体"属于第二种。在黑格尔这里，主体不是人，不是人的心灵或理性，而是绝对精神。第三，绝对主体的"呈现"是一种状态，即存在状态。由"绝对主体的呈现"而构成的"绝对之绝对性"因此也就是绝对精神的自行演变的状态。在黑格尔这里，这种绝对精神的自行演变当然是"实在"的。虽然，"实在"和"实在论"一词无法完全包括黑格尔的"绝对精神的自行演变"的所有哲学内涵，但在相反的意义层面上说"绝对精神的自行演变"、说"绝对之绝对性"具有"实在性"、属于实在论的意义范围，则是完全没有问题的。在这样的意义上，海德格尔的关于经验的"绝对之绝对性"的阐释也就属于经验的实在论了。

# 第二章　西方经验诗学在20世纪前期的兴起与类型

"诗学的经验之思"可以简称为"经验诗学"。为论述的方便，本书下面就多用"经验诗学"代替作为主题词的"诗学的经验之思"。要说明的是，既然所谓"经验诗学"只是用来替代"诗学的经验之思"的语词，"经验诗学"的"诗学"就不是一门学科，也不是一种系统化的理论，而只是指"思考活动"。"经验诗学"也就只是在诗学层面上对经验展开的思考、解读、诠释。另外，"诗学"一词在现代学术语境中有多方面的含义。《新普林斯顿诗与诗学百科全书》指出，"诗学"（poetics）一词内涵有5种：一指诗歌理论；二指文学原理；三指批评范式；四指具体作家的创作方式；五，义同一般所说的"理论"，指所有人文学科的思考。笔者眼中的"诗学的经验之思"的"诗学"以亚里士多德的定义为基本依据，包括对所有艺术形态的思考，同时还包括亚氏没有凸显的对一般美学经验的研究。

## 第一节　20世纪前期西方经验诗学的兴起

西方经验诗学在20世纪前期的兴起是一个不争的事实。美国著名小说家亨利·詹姆士（1843～1916）从"经验""是作为社会动物的我们领会和应对发生在我们身上的事变的方式"[1]的观念出发，把艺术创作看成

---

[1] Jennifer Eimers. The Continuum of Consciousness: Aesthetic Experience and Visual Art in Henry James's Novel [M]. New York: Peter Lang Publishing, Inc., 2013: 2.

"创造变形性经验"❶的过程。詹姆士说:"经验的主要含义就是自由。"❷从"自由"的观念出发,詹姆士强调经验的开放性、无所不包性:"因此,我毫无保留地对一个新手开始自己的谈话:'凭着经验,而且只凭着经验'的那句话,如果不立即补充一句:'请试做一个不遗漏任何事情的人吧',我就会感到这一劝告的全部严重缺陷。"❸奥地利诗人里尔克高呼:"诗并不像一般人所说是情感⋯⋯——诗是经验。"❹杜威认定:"艺术即经验。"海明威说,"小说中的人物""必须出自经过作者自己消化了的经验"。❺艾略特和里尔克一样在经验和情感的对立中将诗从传统的情感论里剥离出来,放入经验论的范式之中加以思考:"诗歌不是感情的放纵,而是感情的脱离";❻"一件艺术品在欣赏这件艺术品的人身上所起的作用是一种经验,这种经验在性质上不同于任何非艺术的经验。"❼本雅明关注现代艺术中"震惊经验"对传统"灵韵"的取代:"抒情诗⋯⋯把以震惊经验为标准的经验当作它的根基";❽"波特莱尔把震惊经验放在了他的艺术作品的中心";❾"普鲁斯特(Proust)的作品《追忆似水年华》或许被视为企图在今天的境况里综合地写出经验的尝试";"只有诗人才是胜任这种经验的唯一主体"。❿美国批评家布鲁克斯则从"统一性"的层面定义经验在文学中的本体论地位:"诗人最终的任务是统一各种经验。他显现给我们的应是经

---

❶ 转引自 Jennifer Eimers. The Continuum of Consciousness: Aesthetic Experience and Visual Art in Henry James's Novel [M]. New York: Peter Lang Publishing, Inc., 2013: 2.

❷ 美国作家论文学 [M]. 刘保端,译. 北京:生活·读书·新知三联书店,1984:43.

❸ 美国作家论文学 [M]. 刘保端,译. 北京:生活·读书·新知三联书店,1984:47.

❹ [奥]里尔克. 给青年诗人的信 [M]. 冯至,译. 上海:上海译文出版社,2011:93.

❺ [美]海明威. 海明威谈创作 [M]. 董衡巽,编选. 北京:生活·读书·新知三联书店,1985:3.

❻ [英]托·斯·艾略特. 艾略特文学论文集 [M]. 李赋宁,译. 南昌:百花洲文艺出版社,1994:11.

❼ [英]托·斯·艾略特. 艾略特文学论文集 [M]. 李赋宁,译. 南昌:百花洲文艺出版社,1994:7.

❽ [德]本雅明. 发达资本主义时代的抒情诗人 [M]. 张旭东,魏文生,译. 北京:生活·读书·新知三联书店,2007:136.

❾ [德]本雅明. 发达资本主义时代的抒情诗人 [M]. 张旭东,魏文生,译. 北京:生活·读书·新知三联书店,2007:137.

❿ [德]本雅明. 发达资本主义时代的抒情诗人 [M]. 张旭东,魏文生,译. 北京:生活·读书·新知三联书店,2007:131.

验自身的统一体，正如人们可以通过自身经验而感知的一样……诗就是现实的幻象，至少是仿象——它应该是一种经验，而非仅仅是关于经验的表述或是从经验中抽象出来的东西。"❶上述诸家，虽然论述的角度有别，但有一点是共同的，就是认为诗艺即经验；经验是文艺的本源所在、生命所在。里尔克、杜威的判断句将此观点表达得很直接。詹姆士说的"凭着经验，而且只凭着经验"陈述的是同一意思。海明威、艾略特、本雅明、布鲁克斯或者自述创作感受，或者诠释经典作家作品，目的也都在于证明经验在文艺世界中具有本体论层面的意义。

20世纪前期经验诗学的兴起有复杂的原因。它是极为广泛深刻的西方哲学、文化和整体性社会心理急剧变化的产物。前述"经验的实在化"就是这种变化的重要表征。"经验实在化"意味着"经验"地位的提升，经验诗学的兴起是经验地位提升的结果。了解经验诗学的兴起，首先要体会的就是经验地位的提升。经验地位提升的一大原因是原先排斥经验的基本思维范式随着20世纪的到来陷入了被"清场"的境地。这些被清场的思维范式首先是传统西方的超验（the transcendent）思维和先验（the transcendental）思维。超验思维热衷于建构超验的世界。由《圣经》文化信仰和柏拉图式的来世观所支撑的"天国"就是一个超验的世界。"人的孩子们投靠在你的翅膀的遮护下。他们必定会因为你殿里的肥甘，得以饱足。你也一定会让它们喝快乐河的水。因为在你那里，有生命的源泉；在你的光芒中，我们一定能看到光"❷：这是《旧约》中关于天国的描绘。这是一个绝对超验的世界。它与人间无缘，与人们现实生活的经验无关。人们只有在来世才能进入，也只有圣洁的灵魂才能进入。中世纪的人们就生活在这种天国信念的主宰之中。"一切思想、一切组织，都被一种把灵魂看做是凡间朝圣者的宗教所支配；世风堕落，罪恶横行；痛苦贫穷普遍存在，幸福不在现世，只能指望来世，还得假定现世生活的引诱和享乐没使

---

❶ ［美］布鲁克斯. 精致的瓮：诗歌结构研究［M］. 郭乙瑶，等译. 上海：上海人民出版社，2008：197.

❷ ［美］莫蒂默·艾德勒，查尔斯·范多伦. 西方思想宝库［M］.《西方思想宝库》编委会，译编. 长春：吉林人民出版社，1988：1648.

我们上当。同时，有种雅各式的天梯从这位旅行者搁头的石块直伸入他所向往的天堂，他看见天使们在梯子上面上上下下：美丽的故事、奇妙的理论、安慰人心的仪式。"❶柏拉图的来世观所昭告的"来世"也是一个超验的世界。诺夫乔伊说，柏拉图的来世观指的是下面"这种信仰：不仅真正'实在的'、而且确实善的东西，它们在实质性的特征上是与人的自然生活中、人类经验的日常过程中发现的任何东西完全相反的，无论这些东西多么正常，多么理智和多么吉祥"。❷"来世观"把现实的经验世界看作虚幻的世界，反而把来世的非经验的世界认作真实的、实在的世界。超验世界对经验的否定从文艺复兴以来遭到了猛烈的攻击。文艺复兴时期的人文主义者以对于尘世生活的热烈追求颠覆了中世纪的基督徒对于天国的忠诚。在人文主义者眼中，"人间寰宇不再是一个泪之谷，一个在朝圣途中走向彼岸世界的处所，而是一个提供异教快乐、名誉、美丽和冒险机会的地方了"。❸17世纪以来的科学主义理性主义思潮则在思辨理性和实验证实的层面无情地撕碎基督教天国观念的实在性。到19世纪末，尼采一声"上帝死了"的高喊把人们从天国的超验世界中完全惊醒。至此，"超验"思维急剧地向"经验"思维转移。

与这种转移相呼应的，还有先验思维的退场。"先验"也蕴含着对经验的否定，特别是在知识论的层面上。知识论上的先验思维主要由康德哲学所建立。康德哲学中的"先验"对"经验"的否定首先在于对"经验"作为知识之"源"地位的剥夺。在康德看来，知识"始"于经验，但不"源"于经验；知识源于经验材料和先验原则的结合。康德认定，任何知识的构成都离不开其中所包含的先天的、先验的成分。知识的"必然性和严格普遍性"源自"先天知识"。❹以概念和判断表现出来的知识其中总

---

❶ [美]乔治·桑塔亚娜.诗与哲学：三位哲学诗人卢克莱修、但丁及歌德[M].华明，译.桂林：广西师范大学出版社，2001：3.
❷ [美]诺夫乔伊.存在巨链：对一个观念的历史的研究[M].张传有，高秉江，译.南昌：江西教育出版社，2002：26-27.
❸ [英]罗素.西方哲学史（上卷）[M].何兆武，李约瑟，译.北京：商务印书馆，1976：589.
❹ [德]康德.纯粹理性批判[M].邓晓芒，译.杨祖陶，校.北京：人民出版社，2004：3.

含有先验的先天的因素。以"物体"这个概念为例:"如果你从物体这个经验概念中把它的颜色、硬或软、重量,甚至不可入性这一切经验性东西都一个个地去掉,这样最终留下的是它(现在已完全消失了)所占据的空间,而这是你不能去掉的。""同样,如果你从任何一个有形的或无形的对象的经验性概念中把经验告诉你的一切属性都去掉,你却不可能取消你借以把它思考为实体或依赖于一个实体的那种属性。"❶康德哲学中的"先验"对"经验"的否定性还有一个方面:虽然知识是由经验和先验共同构建的,但就先验和经验相比时,先验高于经验,重于经验。这样说的依据有多个方面。第一,康德最重视的真理的必然性和普遍性都是来自先验,不来自经验。第二,就经验和先验的相互作用而言,"先验形式的方面(时空直观和知性范畴)是主宰、支配、构造感性材料的主要方面。知识的获得主要靠这一方面作用于感性经验。""先验的方面是矛盾的主要方面。"❷第三,康德在哲学史上主要是以唯心主义哲学家的身份出现,这种身份的确立也意味着"先验"对于康德来说是更主要的一方面。从康德始,先验思维在历史上发挥了重大的作用。19世纪费希特的"绝对自我"、新康德主义的"目的论"都以康德的先验思维为依据,或者说都包含有康德的先验思维的成分。20世纪初奥伊肯(1846~1926)的理论还认定:"我们不能在内心里灭绝对真理和爱的渴望,对过真正的精神生活、不逐现象之波而漂流的希望。人心中要没有一无限的力量的活动,人的不断追求,自我活动的冲动,直接领悟和无限性,就不可思议。"❸奥伊肯所说的那种与人的现实追求相区别的"人心中的无限的力量"在很大程度上就是一种先验形态的东西。但如同超验的命运一样,康德离世之后,先验论就开始遭遇挑战。进入20世纪,先验思维遭受到更沉重的打击。罗素否定康德的先验时空观。胡塞尔在谈到自己前期的现象学观念时说:"《逻辑研究》赋与现象学以描述心理学的意义……尽管可以把描述心理学理解为经

---

❶ [德]康德.纯粹理性批判[M].邓晓芒,译.杨祖陶,校.北京:人民出版社,2004:4.
❷ 李泽厚.批判哲学的批判[M].北京:生活·读书·新知三联书店,2007:67.
❸ [美]梯利.西方哲学史[M].葛力,译.北京:商务印书馆,1995:548.

验的现象学，但是必须把它从先验的现象学中分离出来。"❶ 马赫（Mach，1838～1916）指出："如果物理的经验不告诉我们，有许多等值的不变的事物存在着，如果生物的需要不促使这些事物积聚起来，那么计数就是毫无目的、毫无意义的了。如果我们的环境是完全不固定的，就像梦中那样瞬息万变，那我们又何必计数呢？……既然数学的工作只能限于利用计算者对自己的整理活动的经验，去证明计算结果与原始资料符合一致，数学又怎能为自然颁布先天的规律呢？"❷ 这些都是"经验"对于"先验"的攻击。胡塞尔、马赫式的攻击大体上还是认识论的，虽然其中蕴含了目的论的成分。20世纪前期经验思维对于先验思维的取代则主要是发生在生存论的层面上，而不是在认识论层面上。经验的实在对于20世纪的人来说，不仅是解决知识的可能性问题，同时还在于解决生存的可能性和合目的性的问题。加缪说："真正的哲学问题只有一个：自杀。判断生活是否值得经历，这本身就是在回答哲学的根本问题。其他问题——诸如世界有三个领域，精神有九种或十二种范畴——都是次要的。"❸ "次要"是因为它们属于知识论。而"生活是否值得经历"的"判断"不能由理论思考提供，只能由实际经验给予。加缪笔下的默尔索在行将被枪毙的前夜感觉到："夜晚的气息，土地和盐的气息，清醒了我的头脑。夏季沉睡中神奇的安静，像潮水似的透进我的全身。"有此经验，他不再感到恐惧。想到明天要死，他说："为了作一个好的结束，为了避免感觉自己太孤单，我只用想我受刑的那一天，一定有许多人来看，对我发出咒骂的呼声，就行了。"❹ "就行了"是因为生活给了他"夏夜的宁静"的经验。特定的经验让他感觉到了人生的满足。经验在20世纪前期越过先验而凸显出来，主要原因就在于此。

除了表现为对超验和先验的取代之外，经验在20世纪初的凸显与哲

---

❶ ［德］埃德蒙德·胡塞尔. 现象学的观念［M］. 倪梁康，译. 上海：上海译文出版社，1986：3.
❷ 李泽厚. 批判哲学的批判［M］. 北京：生活·读书·新知三联书店，2007：105.
❸ ［法］加缪. 西西弗的神话［M］. 杜小真，译. 桂林：广西师范大学出版社，2002：3.
❹ ［法］加缪. 局外人［M］. 孟安，译. 上海：上海文艺出版社，1961：97.

学观念的整体性变革有关。哲学观念的整体性变革最主要的是实体性观念的破灭。实体（substance）是西方哲学史上的重要范畴。各个时期的大哲学家几乎都对之有自己的理解。亚里士多德将它理解为"本体"，把它"定义为支撑其它一切东西的终极主体"。❶ 笛卡尔说："对于实体，我们可以理解为无非是那样存在着的一个东西，以致它不需要任何其它东西就能存在。"❷ 洛克认为："如我已说过，因为无法想象这些简单观念怎样能独自存在，于是我们就习惯于假定出某个基质，这些简单观念存在于它之中，而且确实由它所引起，因此我们称它为实体。"❸ 综括历史上的"实体"观念，有下列几点是各家都认同的：第一，"实体"是实际存在的可以对象化的某个东西；第二，它有自主性、能够自身决定自身的存在；第三，它能决定它物的存在，它是整个世界的最终的实在。这样一种实体性观念在20世纪遭到了严正的拒绝。维特根施坦在《逻辑哲学论》的开头断言："世界就是所发生的一切东西。""世界是事实的总和，而不是物（das Ding）的总和。"❹ 实体观念设定的"可以对象化的东西"就是"物"，物质性的物，或者精神性的"物"。实体观念认为世界是由物构成的，由作为实体的最终的物所决定的。维特根施坦的"事实"构成了对"物"、对作为"物"的"实体"的彻底取消。海德格尔指出，存在不是存在者；存在者由存在构成，存在才是万事万物的本源。世界根本就不是一个实体性的概念，也不是由实体性的物构成。在《存在与时间》中，海德格尔认定世界是意义的总和。在《艺术作品的本源》中，他指出世界要从世界化的角度理解。无论是对于存在的本体性定位，还是对于世界的解读，海德格尔的理论都构成了对于传统的实体性哲学的根本性颠覆。怀特海的过程哲学则从"过程""现实实有""摄入"等基本观念出发，取消传统的实体观念。怀特海说："'现实实有'——亦称'现实事态'（actual occasion）——是构成世界的终极实在事物。在现实实有背后不可能找到任何更实在的事

---

❶ [英]布宁，余纪元.西方哲学英汉对照词典[M].北京：人民出版社，2001：963.
❷ [英]布宁，余纪元.西方哲学英汉对照词典[M].北京：人民出版社，2001：964.
❸ [英]布宁，余纪元.西方哲学英汉对照词典[M].北京：人民出版社，2001：966.
❹ [奥]维特根斯坦.逻辑哲学论[M].郭英，译.北京：商务印书馆，1962：22.

41

物。"❶ "经验"正是在"实体"被推翻之后的哲学的选择。经验不是静态性的可以对象化的东西,经验是动态的过程,是具体的事态,是事物的具体存在的丰富性的展开。怀特海正是在这样意义上将他认作世界最终实在的"现实实有"解释成具体的"经验":"现实实有都是点滴的经验,复杂而又相互依赖。"❷

20世纪前期经验诗学的兴起还源于诗学自身观念的嬗变。传统的西方诗学有两大观念:再现论和表现论。再现论从古希腊的模仿观念起,中经文艺复兴时期的镜子说,一直到17世纪和18世纪的理性模仿说,在整体上支配了几千年间西方人对文艺活动的理解。表现论,又可名为"主体性理论",是随着浪漫主义运动而来的另一大文艺观。表现论或认定文艺是作家情感的表现,或宣称想象是诗歌的最本质的因素,或把文艺的根源归之于艺术家的某种特殊才能(如济慈所钟情的"消极能力"),成为继再现论之后在整体上影响西方文艺发展的基本观念。从18世纪末期开始,再现论和表现论两大观念先后受到了猛烈的攻击。再现论所受到的攻击首先来自浪漫主义,随后来自唯美主义、象征主义、现代主义等众多思潮。1812年,让·保罗在其《美学入门》中说:"现在的时代精神自私地毁灭世界与万物,以便能在虚无中创造出自由的活动空间。"❸ "世界与万物"的被毁灭也就是再现论的崩塌。让·保罗的话是针对浪漫主义说的,但也适用于后起的象征主义、现代主义等派别。从历史上看,对再现论的攻击从两个层面展开。其一是攻击它的合理性,其二是怀疑它的事实性。浪漫主义、唯美主义和象征主义首先从合理性层面对再现论发起攻击。攻击者提出的问题是:"现实"即使像再现论认定的那样"实际存在",但它具有进入艺术世界的资格吗?象征主义者马拉美说:"从你的歌中将现实驱除,因为现实是卑鄙的。"❹ 英国唯美主义者王尔德一方面宣称:"艺术

---

❶❷ [英]A.N.怀特海.过程与实在(卷一)[M].贵阳:贵州人民出版社,2006:24.
❸ [德]胡戈·弗里德里希.现代诗歌的结构:19世纪中期至20世纪中期的抒情诗[M].李双志,译.南京:译林出版社2010:120.
❹ [德]弗里德里希.现代诗歌的结构:19世纪中期至20世纪中期的抒情诗[M].李双志,译.南京:译林出版社,2010:109.

开始于抽象的装饰，随着就产生具有纯想象的令人愉快的作品，这种作品处理非现实的和不存在的东西。……艺术绝对不关心事实；她发明，她想象，她做梦，她在自己和现实之间保持着不可侵入的栅栏……"❶ 另一方面又认定：现实和艺术相比是苍白的，没有力量的，没有范导作用的；不是艺术摹仿现实，而是现实摹仿艺术。"生活对艺术的摹仿远远多于艺术对生活的摹仿。……一个伟大的艺术家创造一个典型，而生活就试去摹仿它……"❷ 极端的象征主义者如法国作家于思曼《逆天》中的德泽森特、法国作家维里耶《阿克瑟尔》中的阿克瑟尔都是对现实充满厌恶甚至憎恨的人物。阿克瑟尔对自己的恋人说："跟我们刚才的幻境相比，明天所有的现实又算得了什么？我们还可以对这孤清的晚星希冀些什么？这世界，你说这世界吗？世界对那粒结了冰的泥土，可曾说过什么？……活下去不过是对自己的亵渎。"阿克瑟尔劝恋人和自己一起自杀。最后，"二人饮下杯中的毒鸩，一起在极乐之中死去"。❸ 阿克瑟尔类型的对现实的否定已经不只是诗学层面的态度，而是人生哲学层面的选择。但后者的决绝自然意味着前者的必然：连生命都无法与这样的"现实"共存，又何况艺术？虽然阿克瑟尔、德泽森特都是作品中的人物，但他们否定现实的内心感受是不同程度地存在于所有象征主义者身上的。

对再现论所推崇的"现实"的"合理性"的否定，与对它的"事实性"的否定密切相关。有没有一个独立存在的"现实"？这在西方历史上一直是悬而未决的问题。柏拉图的洞穴理论告诉人们，人们所看到的所谓"现实"其实是虚幻的，不真实的。不过，柏拉图在否定感性现实的同时，肯定了理念世界的存在。这一理念世界在超越于人的意识的层面上仍可叫作"现实"，只不过，柏拉图在很大程度上否定了艺术和这"理念现实"的同一性与关联；因此，他的再现论是否定性的再现论：艺术的再现只是以再现形式构成的对再现的背叛。到浪漫主义时代，哲学家和诗人从人类心灵的能动性出发，提出了对现实的新的质疑：有一个存在于人类心

❶❷ 伍蠡甫.西方文论选（下卷）[M].上海：人民文学出版社，1964：113.
❸ [美]威尔逊.阿克瑟尔的城堡：1870年至1930年的想象文学研究[M].黄念欣，译.南京：江苏教育出版社，2006：188-189.

灵之外的现实吗？浪漫主义者的回答大多是否定的。依据康德的哲学，知识以及出现在知识中的世界主要是由人的先验思维构建起来的。依据费希特的哲学，一般意义上的自我和与之相对的非我都由绝对自我建构而成："自我在自我之中对设一个可分割的非我以与可分割的自我相对立。"❶ 可分割的自我和可分割的非我合在一起构成人们通常所谓的世界；由此，世界就是由"不可分割的绝对自我"建构而成。在此意义上，所谓"现实"即"世界"就不可能是真正被"再现"的现实，而只能是人们所"创造"的现实。费希特式的观念代表了一部分浪漫主义者对现实的彻底否定。艾布拉姆斯对浪漫主义的分析不那么极端，不像费希特式的以绝对自我吞没现实。艾布拉姆斯为"现实"保留了一定程度的"事实性"。在著名的《镜与灯：浪漫主义文论及批评传统》一书中，艾布拉姆斯认为最适合用来比喻浪漫主义心灵的意象是"灯"。"灯"与象征再现论的"镜子"不同。后者的作用是"映现"。被映现的东西原本就存在。"映现"的目的只是真实地显现原本存在的事物。"灯"是照亮、照见某种处于黑暗之中的存在体的东西。虽然离开了"心灵的灯"，人们通常认可的清晰明亮的"现实"并不存在，但在远离心灵之灯的地方，毕竟又有一个"准现实"的黑暗的存在体。从这一方面来说，艾布拉姆斯在一定程度上肯定了"现实"的"事实性"。但在另一方面，仍然要看到，艾布拉姆斯的"灯喻"同样凸显了现实存在的危机性，因为黑暗之中的事物是不在人们的视野之中的，在某种程度上可以说等于不存在。到19世纪末20世纪初，现实的"事实性"出现了更为严重的危机。现代科技的巨大进步带来的自然世界的退场使人们发现好像已经完全置身于人工物的世界之中。世界是被创造出来的，不是原本就存在的：这是现代人普遍具有的感觉。本雅明关于"现代人失去了古代人曾有的宇宙体验"❷ 的论述就包含此种"世界人工化"的感觉在内。同样，由于科技的巨大发展，生产力水平的空前提高，社会生活的节奏急剧加快，刚刚还存在的东西转眼之间已成陈迹：这种快速变化也

---

❶ ［德］费希特.全部知识学的基础［M］.王玖兴,译.北京：商务印书馆,1997：27.
❷ 刘北成.本雅明思想肖像［M］.上海：上海人民出版社,1998：119.

自然使人们怀疑世界上是否真有确定的东西存在。人类语言意识的觉醒可以列为导致现实感消失的同样重要的一大因素。被认为是改变或深刻影响了20世纪人文科学发展的索绪尔的语言学理论是在20世纪初提出的。索绪尔的语言符号论、任意性关系说等重要思想在20世纪之初的出现有如惊雷，把人们从传统的现实感中惊醒。有些人由此认定，没有什么现实，所谓"现实"不过是人类语言的构造。也有些人虽然不否定现实的存在，但不再相信现实可以"再现"：人们企图用来再现现实的语言本身是不透明的；人们所能把握、所能领悟的只有语言本身。

对表现论的"合理性"与"事实性"层面的否定，可从对作为总体的被表现体的否定上看，也可从对各个具体的被表现体的否定上看。"作为总体的被表现体"在浪漫主义那里就是"自我""心灵""个体""主体"这样的实体。对自我和个体的否定早在17世纪玄学派诗人多恩的著述中就可以看到。多恩的布道词有名言：不要问丧钟为谁而鸣，它为你敲响。"丧钟为每一个人敲响"意思就是：每一个人都不是能够独立存在的个体。这就意味着否定了个体的独立性、个体性。19世纪初诗人济慈反对华兹华斯在诗歌中追求"自我的崇高"，强调诗人是没有自我、没有个性的生灵。20世纪的到来伴随着对浪漫主义自我的严厉清算。白璧德将人的自我二分化，要求以古典式的均衡来对抗浪漫主义的自我扩张。"人是两种法则的产物：他有一个正常的或自然的自我，即冲动和欲望的自我；还有一个人性的自我，这一自我实际上被看做是一种控制冲动和欲望的力量。如果人要成为一个人性的人，他就一定不能任凭自己的冲动和欲望泛滥，而是必须以标准法则反对自己正常自我的一切过度的行为，不管是思想上的，还是行为上的，感情上的。这种对限制和均衡的坚持不仅可以正确地确定为希腊精神的本质，而且也是一般意义上的古典主义精神的本质。"❶ 劳伦斯在谈到他的小说创作时说："你不要在我的小说里找人物过去的那种稳定的自我（ego）。这里有另一种自我，在其作用下，个人变得面目全非，而

---

❶ ［美］白璧德. 卢梭与浪漫主义［M］. 孙宜学，译. 石家庄：河北教育出版社，2003：11.

且仿佛经历着同类异形的种种状态，需要我们有比过去更强的识别力，才能发现它们乃共有一个根本不变的成分。"❶ 白璧德从共时性层面否定了传统自我的完整性，劳伦斯则是从历时性层面否定了自我的恒定性。两种形式的否定都既涉及合理性层面，也涉及事实性层面。

"各个具体的被表现体"包含很多方面。在华兹华斯、诺瓦利斯等浪漫主义诗人那里"被表现体"主要是情感；在柯勒律治眼中主要是想象；在济慈看来则主要是"消极能力"（Negative capability）。我们可以主要看看对情感和想象的否定。对情感的否定从浪漫主义运动退潮之后就已开始。罗斯金著名的"感情误置论"就是一种带有否定性的观点。罗斯金（1819~1900）的《论感情的误置》一文发表于1856年。"感情的误置"说的是在诗歌中情感导致对事物的感知出现失真的现象。"诗人的心情将一个活物的这些特点加在它上面，在这种心情中悲哀已使理智脱了臼。一切强烈的感情都具有同样的效果。它们在我们心中使一切外界事物的印象产生了一种虚妄，这种虚妄，我一般把它称之为'感情的误置'。"❷ 在浪漫主义诗人眼中，这种现象是诗人创造能力高度发挥的表现，是应被推崇的现象。但罗斯金用"虚妄""理智脱臼"之类的词语来言说它，抵制浪漫主义式的推崇。罗斯金认定，"最伟大的诗人并不常容许这种虚妄，只有第二流的诗人才非常喜欢它"。❸ 到20世纪初对浪漫主义情感创作论的否定已成普遍的风尚。修正、质疑和颠覆从不同层面、用不同方式展开。"对象化"是当时最具影响力的范式。桑塔耶纳的美学建构、里普斯的移情论、艾略特的"客观对应物论"都强调，艺术和美不是感情的直接宣泄，而是情感在客观对象性事物中的呈现。桑塔耶纳、里普斯虽然不完全否定情感，但他们认为艺术和审美不能没有对象。情感必须对象化。只有融汇在对象中的情感才可能是审美情感。艾略特除了强调对象化，还直接对华兹华斯的情感论展开批判："因此，我们不得不认为，'在平静中被回忆的感情'是一个不准确的公式。那是因为诗歌既不是情感，又不是回忆，更

---

❶ [英]利维斯.伟大的传统[M].北京：生活·读书·新知三联书店，2002：39.
❷❸ 十九世纪英国文论选[M].北京：人民文学出版社，1986：202.

不是平静,除非把平静的含义加以曲解。"❶艾略特由此断言:诗歌不是表现情感,而是逃避情感;不是表现个性,而是逃避个性。

20世纪初对浪漫主义想象论的颠覆首先可看瑞恰兹的理论。从一般意义上说,瑞恰兹推崇想象,而且推崇柯勒律治的想象论。在瑞恰兹看来,柯勒律治的想象论是"柯勒律治对文艺理论的最伟大的贡献……后人除了在解释上以外,很难对他所说的话有所增减"。❷瑞恰兹本人就是以阐释柯勒律治思想的方式展开他的想象研究的。但有趣的是,正是这种推崇性的阐释首先构成了对被推崇对象的背离。柯勒律治从诗人的想象既不同于17世纪霍布斯所褒扬的"幻想"(fancy),也不同于18世纪的思想家们所崇尚的"联想"(association)的规定性出发,强调想象是对于现实中不可能存在的境界的创造。但在瑞恰兹这里,想象只是人的内心冲动的组织,内心冲动的条理化。"与诗人相比,一个普通人是把十分之久的冲动压制下去的,因为一个普通人没有能力有条不紊地处理这些冲动。……但是一个诗人,由于他有优越的组织经验的能力,就不受这种必然的压制。一般情况下相互干扰、相互冲突、相互独立、相互排斥的冲动,在诗人身上结合成一种稳定的平衡状态。"❸"在艺术家身上活跃着的这些冲动""彼此变更着对方,因而获得很大程度上的条理化。"❹柯勒律治从理想和现实的对立上论想象;瑞恰兹则是从心理学的层面、从心理冲动的条理化上论想象。柯勒律治强调想象世界与现实世界的相异、对立。瑞恰兹的结论恰好相反。想象使心理冲动条理化,结果就是"受到抑制的冲动解放了","我们和现实的接触增加了";❺"由于我们的人格有更多的部分被吸引,因此其他事物的独立性和个性也就变得更大。我们好像从四面八方看到这些事物";❻"我们好像看到事物的真相,而且因为我们解脱了由于我们自己不善调节而引起的茫然状态,所以,'这整个不可理解的世界/

---

❶ [英]托·斯·艾略特.艾略特文学论文集[M].李赋宁,译.南昌:百花洲文艺出版社,1994:10.
❷ 伍蠡甫,胡经之.西方文艺理论名著选编[M].北京:北京大学出版社,1987:52.
❸❹ 伍蠡甫,胡经之.西方文艺理论名著选编[M].北京:北京大学出版社,1987:53.
❺ 伍蠡甫,胡经之.西方文艺理论名著选编[M].北京:北京大学出版社,1987:54.
❻ 伍蠡甫.现代西方文论选[M].上海:上海译文出版社,1983:304.

的沉重而令人疲倦的重量/减轻了'。"❶在瑞恰兹的想象论里，我们看到的是主体心灵和现实事物的应和、融合，主体对客体的拥抱，主体在客体中的投入。

瑞恰兹式的背离，发展到20世纪30年代，就出现了海德格尔式的"棒喝"："诗并非对任意什么东西的异想天开的虚构，并非对非现实领域的单纯表象和幻想的悠荡漂浮。"❷当然，这是一种更彻底的对创造性想象的否定，它的背后是连同对整个自我、对诗人自身创造性地位的连根拔起。

再现论和表现论在20世纪初的整体性退场内含的一个核心问题是主客二元对立观念的崩溃。主客二元对立观念包含主体和客体的三个规定：实体化、二元化、对立化。将主体和客体看作实体，是传统哲学和诗学的基本观念。此种观念的深远影响从前面关于"实体"的讨论中就可看到。20世纪初对"实体"观念的解构自然包含对主、客这两种实体的解构。白璧德式的自我二分、劳伦斯式的自我变化、19世纪以来对"现实"的消解，所有这一切都在冲击着主客的实体性。马克思、恩格斯的《共产党宣言》中有一名句：一切确定的东西都烟消云散了。这"一切东西"里面自然也包含主客体。世界的构成无疑是复杂的、繁复的。把世界所有的因素囊括并分析成主体和客体两大成分是思维简单化的表现。现代人怀疑世界能否用主客两大因素来加以涵括。"二分"因此被认为是一种漠视事物复杂性的理论范式。即使主客体的二分有一定的道理和实用性，那么，主客之间也不一定只有对立。主客可以是相异的因素，但相异并不一定对立。相异可以是相互补充、相互呼应、相互结合。用"对立"来解释主客关系在思维方式上是简单化，在实际生活中则导致了现代社会的严重灾难。对主客二元对立思维的反思和解构同样从19世纪起就成了重要的思想意向。前引罗斯金《论感情的误置》的开头是这样一句话："平庸的德国人和矫揉造作的英国人，最近在我们中间大肆运用了形而上学家们多事地制造出

---

❶ 伍蠡甫.现代西方文论选［M］.上海：上海译文出版社，1983：305.

❷ ［德］马丁·海德格尔.林中路［M］.孙周兴，译.上海：上海译文出版社，1997：56.

来的两个最该反对的字眼：'客观的'和'主观的'。"❶ "客观的"和"主观的"也就是"客体的"和"主体的"，英语里都是用 objective 和 subjective 来表述。只不过，客观和主观是侧重从认识论上说，而客体和主体则不一定限于认识论。罗斯金认为这两个字"完全没有用"，应"把它们清除掉"。❷ 这种反主客二元的态度在 20 世纪初很普遍。就诗学上对主客二元思维的颠覆来说，英国女作家伍尔夫的《班奈特先生和勃朗特太太》值得特别重视。该文并没有直接讨论主客思维的问题。伍尔夫直接提出并试图回答的问题是：1910 年前后的人和文学有何不同？伍尔夫首先肯定："在 1910 年 12 月左右人的性格变了。"❸ 由于人的性格的变化，文学也变了。伍尔夫用"爱德华时代"和"乔治时代"的区分来标识变化前后的人和文学。她说：可以把"威尔斯、班奈特、高尔斯华绥算作爱德华时代的人，把福斯特、劳伦斯、斯特拉契、乔伊斯和艾略特算作乔治时代的人。"❹ 那么这前后的变化、不同在哪里？就人的不同来说，伍尔夫主要是用她在火车上碰到的一个她称为"勃朗特太太"的老人的形象来做说明。老人有何特点？伍尔夫对之作了很多描绘，其中最重要的如："不知为什么我觉得她的气氛里有些悲剧的、雄壮的东西，同时又洒上了想象的、奇妙的色彩。……她显得很矮小，很顽强，弱小同时又有英雄气概"；❺ "她造成的印象足以压倒一切。像是刮进来的一股风，像是一股烟火味。它是怎样构成的——这压倒一切的、特殊的印象。在这种时刻，无数互不相关互不协调的念头在脑子里一拥而上；我们看见她，看见勃朗太太处在各种不同的景况之中"；❻ "她的形象都是鲜明的。……你晚上就寝时各种复杂的感情使你迷乱。就在一天里，千万个念头闪过你的脑中；千万种感情在惊人的混乱中交叉、冲突又消失。……她是一位有无限的能力和无止境的多样性的一位老太太。……她就是我们借以生活的精神，就是生命本身。"❼ 伍尔夫的这

---

❶❷　十九世纪英国文论选[M].北京：人民文学出版社，1986：199.
❸❹　伍蠡甫.现代西方文论选[M].上海：上海译文出版社，1983：107.
❺　　伍蠡甫.现代西方文论选[M].上海：上海译文出版社，1983：112.
❻　　伍蠡甫.现代西方文论选[M].上海：上海译文出版社，1983：111.
❼　　伍蠡甫.现代西方文论选[M].上海：上海译文出版社，1983：124.

49

些描绘突出的是"多样""复杂""奇异"。关于"文学的不同",伍尔夫认定,在爱德华时代,也就是1910年前的文学,重心是在写人的环境、人的物质世界的构成。在1910年后,即乔治时代的文学,重心则在于写活生生的人,写像勃朗太太这样的性格多样化复杂化的人。伍尔夫认为乔伊斯、艾略特的作品就体现了新时代的写作特征,虽然他们的描写并非一定尽善尽美。在上述并没有涉及主客思维的言说中,我们仍然可以感受到伍尔夫对于传统主客二元观念的颠覆。伍尔夫说勃朗太太给人一种特殊的印象,如风、如烟火味的印象。这印象由什么成分构成?其性质是主观的还是客观的?显然都不是。它是那种从中看不出主客观之分的混沌的印象。所谓"千万个念头闪过""千万种感情在惊人的混乱中交叉、冲突又消失",这是就作为客体的勃朗太太说的,还是就作为主体的作者自己说的?同样不可能明晰地加以辨别,因为它同样混含了主客两个方面。就人来说,主客二分的观念失效了。就创作来说同样如此。伍尔夫认为新的创作方式就是要"把勃朗太太拯救出来"。❶ 而"拯救勃朗太太"的前提就是放弃传统的主客二分的思维方式。既不用主客二分的范式来区别勃朗太太自身的生活,比如像传统思维那样把她的生活环境看作客观性的一面,把她的心理意识看作主观的一面;也不用主客二分的方式来处理被描写的对象(客)和作者对之加以描写的方式(主)。一句话,"拯救勃朗太太"就是把勃朗太太给人的印象、把勃朗太太的复杂性多样性原原本本地呈现出来,而在这种原原本本的呈现中,何者属于主观、何者属于客观之类的辨析完全被抛弃了。伍尔夫就是以这种"不着一字"的方式无形中成就着罗斯金所说的"清除主客"的任务。

颠覆传统的观念和思维范式,造成经验诗学的出场。这一"造成"具有必然性。既然原有的观念和思维失效,就必须有新的观念和思维起而代之。这是一般逻辑使然。除了这个一般逻辑,更重要的是经验诗学的出场还具有"非我不可"的个别必然性。原有观念和思维的失效是整体结构上的。整体结构的解体并不意味着它内含的全部因素都要埋葬。就再现论来

---

❶ 伍蠡甫. 现代西方文论选 [M]. 上海:上海译文出版社, 1983: 122.

说，作为静态的客体的事物和世界不再可取，但动态的、过程性的、具体性的、事实性的现象和形态呢？它们也会消失吗？显然不会。在这样的意义上它们需要被重视、被珍惜、被保护。同样，作为实体性的、支配和控制外界事物的心灵不再被认可，但柏格森哲学所昭示的那种动态的、绵延的心理状态也要抛弃吗？詹姆士所说的那种流动的意识也是虚幻的吗？以实体方式相互分立、相互对立的主客体虽然过时，但原来用主客体命名的那些原始性的生命现象当它们以原在性的相互融合的方式出现时也要被拒绝吗？回答显然都只能是"不"。不能抛弃不应被抛弃的因素。这些不应被抛弃的因素是什么呢？从它们的非实体性、非静态性、非恒定性、交互性、包容性等角度来说，它们就是经验，意识经验、生活经验。在再现论表现论退场之后，经验诗学的出场因此具有必然性。

经验诗学的出场相应地具有两个层面。一是理性意识的层面。思维在理性层面意识到再现、表现等不可能再作为主导性的观念支配人们的文学活动，于是就倡导经验诗学。里尔克、杜威等人的理论建树包含这一层面的逻辑。理性建构的作用建立在理论对实践的指导效应上。主动地以某种原则、某种观念为指导方针，以实施某种类型的实践，这在现代人的生活中已成为常态。就此而言，理性建构有可取之处。二是无意识的层面。当作家在创作中发现静态性的人格不再存在，出现在面前的人物都是勃朗太太那种"有无限的能力和无止境的多样性的"人时，作者会在不知不觉中放弃原来的人格类型，而追寻眼前的活生生的勃朗太太。当诗人发现自己生活中的原生性情感因为多种原因而无法构建审美的境界时，原生性情感就会在诗人的笔下发生变化，或者被对象化，或者被理性化，或者干脆被弃置于一旁，而任由自己的感觉在玄远空灵神秘的世界里遨游，如艾略特在《荒原》中所做的那样。所有发生在创作中的这类变化都是原有创作方式退场、经验诗学出场的表现。经验诗学在无意识层面的发生相对于理性层面来说，自然是更为强大的发生方式。它更具有不可阻挡的力量。20世纪前期经验诗学的兴起主要是以这一层面为基础的。

经验诗学的发生是多方位的、全面的。这种全面性与"经验"概念本身的"无所不包性"有关。显示这种"无所不包性"的一个重要现象是：许多并不企图以经验作为诗学本体的理论著述，在讨论诗艺的本质和核心因素时，都往往自觉或不自觉地使用"经验"一词。伍尔夫在谈到托尔斯泰的《战争与和平》时，以"经验"来概述小说中所写的全部内容："他足以使你不但想起他本身而且还通过他的眼睛去认识各种各样的事情——宗教、爱情、战争、和平、家庭生活、省城的舞会、日落、月亮的升起、灵魂的不灭。我看，人类经验中没有一点不是包括在《战争与和平》里。"❶ 瑞恰兹在讨论想象的"组织"作用时以"经验"为基本依据。瑞恰兹说平衡状态所具有的"吸取力""是一切艺术的最有价值的经验所共有的特点"，❷ "我们曾经强调诗人的经验必须能随时取用……他有优越的组织经验的能力……对大多数人来说……这种经验……根本成为不可能了，他们只有通过艺术才能接受这种经验。"❸ "经验"一词的无所不包性使它在20世纪初诗学发生根本变革时成为重要的选项，因为根本性的变革需要有强有力的取代物。但同样也是因为这种无所不包性，它不能满足那种对诗学作既深刻又难免片面性的学术思考的要求。20世纪最兴盛的形式主义诗学虽然仍然可以认为是基于诗学经验的挖掘而发生的理论探索，但它在专题性方面无疑突破了"经验"的一般性规定。也就是因此，人们无法用"经验诗学"来概括20世纪前期的全部诗学思考，更无法以之概括20世纪后期随着后现代主义思潮的兴起而带来的诗学嬗变。

## 第二节　20世纪前期西方经验诗学的三大类型

20世纪前期西方诗学的经验之思可以分为三大类型：本体论层面的经验之思、经验主义视域的经验之思、实在论层面的经验之思。放到"经验

---

❶ 伍蠡甫.现代西方文论选[M].上海：上海译文出版社，1983：113.
❷ 伍蠡甫，胡经之.西方文艺理论名著选编[M].北京：北京大学出版社，1987：56.
❸ 伍蠡甫，胡经之.西方文艺理论名著选编[M].北京：北京大学出版社，1987：52.

诗学"的命名方式上来说，三种类型则分别是：本体论的经验诗学、经验主义视域中的经验诗学、实在论层面的经验诗学。

本体论的经验诗学是把经验作为诗性本体的诗学。本体和本体论首先是一个哲学范畴。本体（Noumenon）在哲学上指"作为可理解对象和终极实在的事物"。❶ 在海德格尔式的现象学产生之前，它是相对于现象，即"显现的或可感的事物"而言的。康德把本体看作超越于感性、直观或经验界限的存在，属于不可知物，称为"物自体"。"一个本体的概念，即一个完全不应被思考为一个感官对象、而应（只通过纯粹知性）被思考为一个自在之物本身的物的概念，是完全不自相矛盾的；……"❷ 海德格尔的现象学认为，没有超越现象的本体。如果要认定本体，那么现象即本体。不过，海德格尔的现象学所认定的"现象"同传统的本体论所认定的"现象"不同。在海德格尔的思想中，"现象"是"就其自身显示自身者，公开者"。❸ "现象"并不等于一般意义上看到的东西。"现象"与"假象""现像"不同。"假象"是"假装显现"的东西，其显现与实际情形相反。"现像"则是"通过某种显现的东西呈报出某种不显现的东西的。'现像'是一种不显现"。❹ 当把"现象"作为"本体"时，"本体"仍有相对于"现像""假象"的区别性意义。由此，"本体"在一般意义上有"本质""本源""最终实在"之类的含义。本体和本体论作为概念范畴可以在不同的层面上使用，可以有宇宙本体、生存本体、社会本体、历史本体诸类说法。本书所说的是诗性本体。诗性本体即在文艺活动中作为本源或最终实在的最重要的诗性因素。

本体论上的经验诗学即以经验作为诗性本体的诗学理论。早在19世纪末，狄尔泰的诗学就有关于经验本体的论述。狄尔泰在《哲学与诗人之

---

❶ [英]布宁, 余纪元. 西方哲学英汉对照词典[M]. 北京：人民出版社, 2001：690.

❷ [德]康德. 纯粹理性批判[M]. 邓晓芒, 译. 杨祖陶, 校. 北京：人民出版社, 2004：231.

❸ [德]马丁·海德格尔. 存在与时间[M]. 陈嘉映, 王庆节, 译. 熊伟, 校. 北京：生活·读书·新知三联书店, 1987：36.

❹ [德]马丁·海德格尔. 存在与时间[M]. 陈嘉映, 王庆节, 译. 熊伟校. 北京：生活·读书·新知三联书店, 1987：37.

人生观》一文中说:"一切诗歌作品,从脱口而出的民谣到哀斯奇勒斯的神话或歌德的《浮士德》,其一致处在于,它们都表现了一个'事件',这个词取其所含的'经验'之意——无论是可能的和现实的、我们自己的和别人的、过去的和现在的经验。"❶一方面,"事件"即"经验";另一方面,"事件"是所有文艺作品的共同的因素,是体现不同文艺现象的同一性的因素:这就意味着"经验"在狄尔泰看来是文学世界中最重要的本质性的东西,是文学的"本体"。20世纪初倡导经验本体论的诗学代表是里尔克、杜威。里尔克,全名莱尔·玛利亚·里尔克(1875~1926),奥地利作家,20世纪的伟大诗人。海德格尔在《诗人何为》一文中说,里尔克是世界黑夜的时代代表"诗意的经验并承受了那种由形而上学之完成而形成的存在者之无蔽状态"❷的卓越诗人。里尔克在《马尔特·劳利兹·布里格随笔》中写道:"因为诗并不像一般人所说是情感(情感人们早就很够了),——诗是经验。"❸"诗是经验"即对于经验的本体论言说。它意味着:经验是诗的本质所在,本源所在,是诗的最终实在。"诗是经验"的定论对经验的本体性确认蕴含两个层面。第一,它本身以断定性言说方式对诗和经验的同一性给予揭示,从而构成经验的本体性确认。第二,它对经验的本体性确认还缘于对"诗是情感"的否定。"诗是经验"建立在对"诗是情感"的否定之上。"诗是情感"意即"诗源于情感"。"诗源于情感"是自浪漫主义以来的著名的诗学本体论观念;它以对于情感的本源性地位的确认构建了对于情感的本体论言说。在学理逻辑上,"诗是情感"包含两个方面。一是对于情感本体性地位的设定;二是该设定所依据的本体论的思考方式和言说方式。"诗是经验"对于"诗是情感"的否定,只意味着否定前一个方面,即否定情感的本体性;不意味着否定后一方面,即不否定其中所包含的本体论的思考方式和言说方式。换言之,"诗是经验"的言说在否定情感本体性的同时,实际上继承、借助了原论断中蕴含的本体论思考。仅从此"继承""借助"意义上言,"诗是经验"也是本体性的

---

❶ 刘小枫.德语诗学文选(上卷)[M].上海:华东师范大学出版社,2006:407.
❷ [德]马丁·海德格尔.林中路[M].孙周兴,译.上海:上海译文出版社,1997:280.
❸ [奥]里尔克.给青年诗人的信[M].冯至,译.上海:上海译文出版社,2011:93.

言说。

杜威（1859～1952）是美国著名的实用主义哲学家和教育学家。杜威的诗学理论主要凝聚在他的名著《艺术即经验》一书中。杜威在哲学上崇尚经验。"杜威坚定地相信经验的证据，他认为自然界的诸过程产生极大的价值。经验的多重属性既不是'在主体中'，也不是'在客体'中，因为主体和客体是从二元论来设想的。"❶ 在《艺术即经验》中，杜威以经验作为本体性因素阐释艺术的构成和发展；该书的书名即蕴含着对经验的本体性推崇。"艺术即经验"的英语原文是 Art as experience；"即"是"as"的中译。"as"翻译成"即"，依据的是 as 作为介词的语法功能。as 作为介词，"used to refer to the function or character that someone or something has［用于某人或某物的功用或特点］作为、以……的身份"。❷ as 的介词功能可有两种情况。一种是多项选择性的，即作为众多情况中之一种。在这一意义上，杜威"Art as experience"的书名可以理解为：以经验形态出现的一种艺术。这样说时，不排斥有另外形态的艺术。另一种是等同性的，即艺术和经验同一。它意味着：经验即艺术，艺术即经验；"艺术"除了"经验"之外没有另外的形态。从杜威在书中的论述来看，as 的功能是"等同性"的。杜威讨论的是经验和艺术的同一，经验作为诗性本体的品格。

经验主义视域中的经验诗学在 20 世纪前期具有极为多样繁复的形态。在美国学者比厄斯利（Monroe C.Beardsley）的《西方美学简史》中，用"经验主义"的标题囊括的诗学派别和诗学观念包括：艺术史家和艺术批评家以艺术作品为资料来源所展开的研究；从达尔文到斯宾塞到格兰特·艾伦、卡尔·格鲁斯、让-马里·居约所进行的关于生理性美学经验的研究；20 世纪初由许多美学家以更为"内省的方法"（比厄斯利语）进行的关于"移情"（Einfühlung）、"心理距离"（psychical distance）、"联觉"（synaesthesis）的研究；关注美和艺术的秩序、比例或其他可度量特征的、"为审美价值寻找数学公式"的经验研究；格式塔的心理研究；以弗洛伊

---

❶ ［英］伊丽莎白·迪瓦恩，等.20 世纪思想家辞典 生平·著作·评论［M］.贺仁麟，总译校.上海：上海人民出版社，1996：139.

❷ 新牛津英汉双解大词典［M］.上海：上海外语教育出版社，2007：108.

德和荣格为代表的深度心理学研究；关于原始文化的研究。另外，受分析哲学的影响而形成的分析美学的研究虽然本身就其研究对象而言，很难说属于经验主义的范围，但因为它"将自己与20世纪经验主义哲学的一个主要运动（指分析哲学——引者）结合在一起"❶ 因而也带有了经验主义性质。比厄斯利的"囊括"是否准确可以讨论，值得注意的是，它有力地说明了一个为现代美学史家特别重视的现象：美学研究在认识论方式上从超验、先验向经验的转移。英国美学家李斯托威尔说：整个近现代美学建立在"鲜明地不同于它在上一个世纪的前驱"的思想方法的基础之上，❷"这种方法不是从关于存在的最后本性那种模糊的臆测出发，不是从形而上学的那种脆弱而又争论不休的某些假设出发，不是从任何种类的先天信仰出发，而是从人类实际的美感经验出发的。而美感经验又是从人类对艺术和自然的普遍欣赏中，从艺术家生动的创造活动中，以及从各种美的艺术和实用艺术长期而又变化多端的历史演变中表现出来的。这主要是一种归纳的、严格说来是经验的方法，是费希纳所大胆开创的'从下而上'的方法。这一方法伸开双臂接受经验所能提供的全部事实，不管这些事实看起来多么微不足道。"❸ 经验主义作为认识方法在18世纪的英国即已广受推崇。18世纪英国的经验主义美学和诗学在关于联想、巧智、审美趣味的研究方面有很多重大发现，产生了很多开创性的成果。经验主义诗学在19世纪末20世纪初再度归来，既继承了历史上的经验主义的遗产，又有重大的推进。关于其独特性至少可以注意两个方面。第一，它是全欧性的思潮。除英国外，德国、法国、奥地利等原本拒绝经验主义的大陆国家都在推崇经验主义的认识方式。被李斯托威尔认为是开创了"自下而上"的方法的费希纳就是德国心理学家。作为经验主义诗学重要一派的移情论美学也主要是发生在德国。著名的移情论美学家费希纳、里普斯、谷鲁斯等都是德国人。第二，它的发生与近现代形而上学的崩溃、与西方的现代性批

---

❶ [美]门罗·C.比厄斯利.西方美学简史[M].高建平，译.北京：北京大学出版社，2006：355.
❷ [英]李斯托威尔.近代美学史评述[M].蒋孔阳，译.上海：上海译文出版社，1980：1.
❸ [英]李斯托威尔.近代美学史评述[M].蒋孔阳，译.上海：上海译文出版社，1980：2.

判、与科学主义思潮特别是心理学的汹涌密切相关。而这些因素都是18世纪英国经验主义诗学做梦都不会涉及的。

实在论层面的经验诗学是仅仅把经验作为实际存在的且在一般哲学层面上与超验、先验相对的前提性因素而展开的具体研究。实在论层面的经验诗学因此应该是：它在一般哲学层面上确认经验的实在性；在艺术学上以艺术经验的实在性的确认为前提；它可以是把某种具体的经验作为艺术本体，但这种本体一定是经验性的，不是超验的、先验的；而且关于此种本体的经验性在具体的论述中有清晰的说明。如果不是以经验的实在性为前提，如果在具体的理论言说中没有表明所研究的是经验，那么这样的研究就不属于实在论经验诗学。关于此种类型的经验诗学，笔者选择海德格尔在《艺术作品的本源》中对几种具体艺术经验的探讨作为代表性个案加以剖析。海德格尔对器具之器具存在和作品之作品存在的研究、对艺术真理的发生所包含的大地和世界的研究、对艺术、诗、语言的相关性经验的研究，都是建立在他自己的经验感受的基础之上的。他研究的都是他自己的经验。他的研究不是像传统的很多研究一样从超验和先验的设定出发。而且，海德格尔在自己的言说中表明了其研究的经验实在性。实在论层面的经验诗学着眼的是具体的经验本身；它不要求对经验作总体性的概括，不要求对经验作形而上的论证。具体的经验是丰富多样、千差万别的。只要诗学的研究是针对某种具体的诗性经验进行的，且都在具体的理论言说中表明本体现象的经验性，就都可以说是属于实在论层面的经验诗学。前文已经就"实在"和"实在论"作过专题讨论，并指出：所谓"实在"简单说来就是"实实在在的存在"。在简单意义的层面上，"实在"只与"虚幻"相对。就实在论经验诗学而言，要注意的一个问题是：诗性经验的实在性不与传统所说的诗性的虚构、想象、幻觉、梦境、神话等虚幻性的场景意象相对立。诗艺中存在"虚幻性的场景意象"。人们也非常重视"虚幻性场景意象"在诗艺中的地位，认为诗的魅力正来自于它。清代学者章学诚论易象时说："有天地自然之象，有人心营构之象。天地自然之象，《说卦》为天为圆诸条，约略足以尽之。人心营构之象，睽车之载鬼，翰音之登天，意之所至，无不可也。"❶ 章学诚说的"人心营构之象"就是与"实象"相对的"虚像"，或谓"虚幻之象"。"睽车之载鬼"说的是易经《睽卦》中的内容。该卦说，人在遇事不顺（"睽"即指此状态）时会孤独狐疑，感觉中会看到一辆大车载着鬼怪在奔驰。"翰音之登天"来自《中孚卦》。"翰音"指鸡声。"鸡声震天"，这同碰见鬼一样，都是心理作用；所见之象都是"虚象"。章学诚认为"虚象"是"情之变易为之也"。❷ 它显示了人的内心情感，对于诗歌来说，很重要。历史上重视情感、想象、梦幻、神话的诗人学者都是极为重视"虚象"的人。陆机说"课虚无以责有"，❸ 司空图说"妙造自然"，❹ 恽南田说"皆灵想之所独辟，总非人间所有"，❺ 都是在强调虚象在诗艺世界中的地位。诗艺的"虚象"与"诗性经验实在性"两者不矛盾的原因在于，虚象之"虚"指的是"象"本身作为符号所指示的场景事物不具有实在性。虚象除了其象作为符号的指示性外，还有它自身作为心理现象的产生、构成、演变的一面。就这一面来说，虚象可以是实实在在的心理现象，因而具有实在性。不过，可以注意的一点是：对于自身具有多面性的现象，历史的选择可能有偏重。在浪漫主义时代，诗人们会突出追求虚象之"虚"。而在20世纪前期，人们更重视的是经验的实在性，更重视的是"象"本身的形态，是它作为实实在在的心理现象发生和演变时所呈现出来的纷红骇绿、动魄惊心。

经验诗学的三大类型相互之间有同一性。同一性在于它们都属于"经验诗学"的范畴，都取决于它们以"经验的实在性"为基础。"本体论的经验诗学"和"经验主义视域的经验诗学"虽然有别于"实在论的经验诗学"，但它们同样是以"经验的实在性"为基础。"实在论的经验诗学"以"经验的实在性"为底线、为依据而形成自身。"本体论的经验诗学"和"经验主义视域的经验诗学"则在此底线之外附加有更多的规定。"本体论

---

❶ 章学诚.文史通义校注（上）[M].叶瑛，校注.北京：中华书局，2014：18.
❷ 章学诚.文史通义校注（上）[M].叶瑛，校注.北京：中华书局，2014：18.
❸ 郭绍虞.中国历代文论选（一卷本）[M].上海：上海古籍出版社，1979：67.
❹ 郭绍虞.中国历代文论选（第二册）[M].上海：上海古籍出版社，1979：205.
❺ 转引自宗白华.美从何处寻[M].重庆：重庆大学出版社，2014：63.

经验诗学"附加的规定是经验的本体化。"经验主义视域的经验诗学"附加的规定是经验的认识论意义。另外，就研究的具体展开来说，三种经验诗学都以经验为具体的研究对象，都是围绕经验而展开自身的学理思考。这也是它们的共同之处。

"同一"是三种类型的经验诗学的"关系"内涵之一。与之相对的是它们相互之间的区别。前已言及，区别主要来自"附加"。可就三者分别进行比较。就"实在论经验诗学"和"本体论经验诗学"的不同来看，区别在于后者把经验作为诗艺的根本因素，前者则没有此附加性规定。在具体言说时，"本体论经验诗学"对于经验的本体性论证成为此种诗学的主要学理性内容。相应地，"经验"会作为内涵极小而外延极大的宏大性范畴，借助于全称综合性判断的言说范式，展现出其广阔的无所不包的概括性。在"实在论经验诗学"中，经验只是作为基础性的、既定的具体因素加以确认，论证不会围绕经验的价值或地位而展开，而只着眼于其具体的构成和属性。相应的，"经验"的外延会尽可能地缩小，而内涵则以极丰富的形态展开；"经验"不会企图构成对他者的宏大性概括，而只会就自身展现其特殊魅力。就"实在论经验诗学"和"经验主义视域经验诗学"的区别而言，附加的规定是后者属于认识论的范围。经验作为认识的依据出现。研究者重视的是从"经验"出发，找出某种秘密，得到某种本质上"超越"经验的发现，比如事物的本质、规律性之类。"实在论的经验诗学"虽然也是对艺术经验的研究，但"经验"在这里不只是认识的出发点，同时还是认识的归宿。认识就在于说明该经验本身。最终被发现、被说出的东西不构成对该经验的超越；它仍属于该经验。就被思考、被言说的最终结果仍属于经验自身而言，"实在论的经验诗学"本质上不属于认识论，而类同于本体论。至于"本体论经验诗学"和"经验主义视域经验诗学"的区别也很清楚："本体论经验诗学"只在于确认"经验"作为诗艺的本质、本源；而属于认识论的"经验主义视域的经验诗学"则是在于把人们的认识引导到超越于诗性经验的新的发现上去。

前已说明，所谓"经验诗学"只是"诗学的经验之思"的替代语。其所包含的类型在"诗学的经验之思"的言说方式上来看，分别是：诗学本体论的经验之思、经验主义诗学视域的经验之思、经验实在论层面的经验之思。具体到"思"的层面上来理解，"诗学本体论的经验之思"是对于以整体性形态出现的经验的本体性地位的思考；"经验主义诗学视域的经验之思"是从认识论层面展开的对于各种具体的诗性经验的思考；"经验实在论层面的经验之思"是以经验的实在性为基础所展开的对于具体的诗性经验的思考。

经验诗学三种类型的分析与传统的"类型分析"有一不同之处。传统的"类型分析"着眼的是同一水平层面的存在体的不同。比如，从同为"有生命"这一水平层面上，人们可以把宇宙间的"生物"区分为植物、动物、人三大类型。但"经验诗学"的三种类型，不是基于同一水平层面的不同对象的分析。"本体论的经验诗学"着眼的是某种诗学体系的整体，比如里尔克的诗学、杜威的诗学。此处的"诗学"或"诗学之思"，指的是杜威、里尔克诗学思想的整体构成。整体之思侧重的是经验的本体性地位。"经验主义视域中的经验诗学"关注的是以经验主义的认识论方式对具体的经验进行的思考，侧重点在认识方式和经验的认识论意义上。"实在论的经验诗学"关注的是某种具体的经验本身，侧重点是该经验自身的内在构成、属性等。"诗学体系""认识方式""具体经验本身"三者不是同一水平上的形态。此处可以提出的一个问题是：既然三者不是同一水平层面的不同形态，三者是否能相提并论？能否把它们作为并列的三种形态看待？如果从传统类型分析的范式看，对这一问题的回答当是否定的。但事情在于，尽管三者作为被研究对象不位于同一水平，尽管三种诗学各自选择的思考方式不同，三种诗学之间还是有同一性的。这同一性前面已作阐释：它们关注的对象都是经验；三者也都是在经验的实在性层面展开的思考；三者都具有挑战、颠覆传统的超验论和先验论哲学、再现论和表现论诗学的意义。从逻辑上说，不同对象之间既有同一性，就可以基于其同一作对比性的阐释；至于其"同一"是否发生在"同一水平层面"上就奠定其可比性这一点而言完全可以忽略不计。"同一"只是可比性研究的基础，并不是其结果。"同一"在同一水平层面的发生完全可以作为对比性研究的重要内容而对之加以重视，但不应该将之作为阻碍建立可比性的前提。三种经验诗学各自包含的"诗学体系""认识方式""具体经验本身"的差异就可以如此看待。从历史的层面看，把"经验之思"这一现象凸显出来，分析其复杂性构成和内含的形态差异，了解其与传统哲学观和诗学观的区别，对于认识20世纪西方诗学的发展未尝没有意义。

　　三种经验诗学以其各形态之间的差异形成的整体性联结类似于金字塔型的结构。一方面，越往下，体量越大，但其自身的异质性越淡化。实在论层面的经验诗学是最底层的也最庞大的存在体。因为它庞大、处于底层，与他种诗学的连接广泛，与它者的融汇更明显，它自身的异质性不突出。当然，不突出，也不等于说没有特殊性。它仍然有它自身的限定。也由于有它自身的限定，因此也并非所有20世纪前期西方的诗学都可以说是经验诗学。另一方面，越往上，则体量越小，但其异质性则越鲜明。处于塔尖的本体论层面的经验诗学就属于这种类型。在20世纪前期的西方，真正属于杜威、里尔克式的经验诗学不是特别多。但是它们作为经验诗学的特殊性则异常突出。异质性淡化的诗学其代表某种独特诗学的资质也相对贫弱。异质性强烈的诗学则更有资格成为所属之独特诗学的卓越代表。相比于实在论层面的经验诗学，本体论经验诗学在代表经验诗学方面就更有资格成为首选类型。人们要认识20世纪前期西方经验诗学的特质，更应该关注的就当是里尔克、杜威等为代表的诗学类型。

# 第三章　本体论的经验诗学

本体论的经验诗学最值得注意的是里尔克、艾略特、杜威三人的思想。本章讨论里尔克和艾略特。杜威的思想丰富，单独列章。

## 第一节　里尔克：诗是经验

在诗学史上，里尔克是第一个以异常明确的方式确认"经验本体"的伟大诗人。

下面一段话，常为论者引用。为便于阐释里尔克的经验本体论，本书仍得不避其长，重引：

> 因为诗并不像一般人所说是情感（情感人们早就很够了），——诗是经验。为了一首诗我们必须观看许多城市，观看人和物，我们必须认识动物，我们必须去感觉鸟怎样飞翔，知道小小的花朵在早晨开放时的姿态。我们必须能够回想：异乡的路途，不期的相遇，逐渐临近的别离；——回想那还不清楚的童年岁月；想到父母，如果他们给我们一种快乐，我们并不理解他们，不得不使他们苦恼（那是一种对于另外一个人的快乐）；想到儿童的疾病，病状离奇地发作，这么多深沉的变化；想到寂静、沉闷的小屋内的白昼和海滨的早晨，想到海的一般，想到许多的海，想到旅途之夜，在这些夜里万籁齐鸣，群星飞舞，可是这还不够，如果这一切都能想得到。我们必须回忆许多爱

情的夜，一夜与一夜不同，要记住分娩者痛苦的呼喊和轻轻睡眠着、翕止了的白衣产妇。但是我们还要陪伴过临死的人，坐在死者的身边，在窗子开着的小屋里有些突如其来的声息。我们有回忆，也还不够。如果回忆很多，我们必须能够忘记，我们要有很大的忍耐力等着它们再来。因为只是回忆还不算数。等到它们成为我们身内的血、我们的目光和姿态，无名地和我们自己再也不能区分，那才能以实现，在一个很稀有的时刻有一行诗的第一字在它们的中心形成，脱颖而出。❶

里尔克的这一段"经验"描述见于他的长篇小说《马尔特·劳利兹·布里格随笔》（以下简称《布里格随笔》）。该书从1904年开始写作，到1910年完成。《布里格随笔》创作的时段正是里尔克思想发生重大变化的时期。为便于言说，本书把《布里格随笔》中对经验的描述称为"布里格描述"。

一

"诗是经验"，是针对传统的"诗是情感"的观念而言。

"诗是情感"是浪漫主义诗学的核心观点。人所皆知的著名论断，如华兹华斯"诗是强烈情感的自然流露"、拜伦"诗歌就是激情"❷、米尔"诗歌是情感的表现或吐露（uttering forth）"❸等一类说法在浪漫主义时代和浪漫主义文献中随处可见。它们以强有力的方式确证着诗艺和情感的同一。里尔克早年也接受浪漫主义的观念，他曾被人称为"新浪漫派"的代表。谈到早年的创作时，里尔克曾这样描述自己："那时，大自然对我还只是

---

❶ ［奥］里尔克.给青年诗人的信［M］.冯至，译.上海：上海译文出版社，2011：93.
❷ ［美］M.H.艾布拉姆斯.镜与灯：浪漫主义文论及批评传统［M］.郦稚牛，张照进，童庆生，译.北京：北京大学出版社，2004：56.
❸ ［美］M.H.艾布拉姆斯.镜与灯：浪漫主义文论及批评传统［M］.郦稚牛，张照进，童庆生，译.北京：北京大学出版社，2004：54.

一个普通的刺激物,一个怀念的对象,一个工具。……我还不知道静坐在它面前。我一任自己内在心灵的驱使……就这样,我行走,眼睛睁开,可是我并未看见大自然,我只看见它在我情感中激起的浅薄影像。"❶在创作情绪上,那时的里尔克内心沸腾着因文明的晦暗、人性的堕落、生存的沉沦而带来的特别的忧伤、恐惧。比如,《诗人》一诗所写:"哦,时辰,你离弃我而去,/你那扑打着的翅膀使我遍体鳞伤/只是,我该如何来打发我的歌喉/我的黑夜,我的白日?/我没有情人,没有房屋,/在我活着的地方没有位置/我被捆绑在所有的物上,/这些物膨胀着把我吞噬。"❷

正是这种自我情感的浪漫派的表现方式被后来的里尔克放弃。在1903年前后里尔克开始转变。这年8月他在给人的信中说:"我想重回所有自己曾经走过的路,并从起点重新出发。所以,我想把自己从前到现在所做的一切都化为乌有。"❸ 在"诗是经验"的"布里格描述"之后,他也紧跟着说:"但是我的诗不是这样写成的,所以它们都不是诗。"❹

何以里尔克背叛自己、背叛传统的浪漫派?何以情感的诗不是诗、经验的诗才是诗?前引"里尔克早年的自我描述"给出这样的解释:他认为诗应该关注大自然。早年,他只把"大自然"当作"普通的刺激物""怀念的对象""一个工具"。即使他"静坐在它面前",他也熟视无睹,而"一任自己内在心灵的驱使"。中国古人"借景抒情""托物言志",认定"一切景语皆情语"。这种观念有点类似里尔克自述的"早年"。在里尔克这里,"关注大自然"与"抒写情感"是对立的。因为二者对立,他否定自己的早年,也否定浪漫主义的抒情传统。但二者何以必然对立?为何"书写大自然"就同"抒写情感"水火不容?里尔克没有给出进一步的言说。从华兹华斯的创作来看,书写大自然和抒情其实可以不对立。华兹华斯以情感为诗之本体,但他同样崇尚大自然、叙写大自然。大自然和抒情在华兹华斯身上合二为一。为何在里尔克这里二者就无法兼容呢?可见,里尔克否

---

❶ 崔建军.纯粹的声音:倾听《杜英诺悲歌》[M].北京:东方出版社,1995:35.
❷ 刘小枫.诗化哲学——德国浪漫美学传统[M].济南:山东文艺出版社,1986:190.
❸ 崔建军.纯粹的声音:倾听《杜英诺悲歌》[M].北京:东方出版社,1995:35.
❹ [奥]里尔克.给青年诗人的信[M].冯至,译.上海:上海译文出版社,2011:94.

定情感还有更深刻的原因，不只是要叙写"大自然"的问题。

　　从里尔克所说的"经验"能找到他放弃情感的更深的原因。抛开各具体情形的差异不谈，里尔克"布里格描述"中所说的"经验"有一共同的特点：它们都是超越自我内心的、与事物打交道的、具体的经历、活动。"观看""城市"与"人和物"；"认识动物"；"感觉鸟怎样飞翔"；"知道小小的花朵在早晨开放时的姿态"：这里的"观看""认识""感觉""知道"，都涉及对象。没有所涉对象，如鸟的飞翔、花朵的开放，就构不成经验。由此可知，经验包含与之打交道的对象。"观看""知道"都是人的认识性活动，包含人的感官、思维、想象等心理功能的运动。另外，人的感官、思维都隶属于人的身体，与对象打交道的活动也因此包含人的整个身体的运动。由此可知，经验是心与物、身与心、主体与客体多种因素交互作用的活动。上述里尔克所说的"认知活动经验"可称为"直接经验"，与之相异，还有一类；这类可称为"间接经验"。这就是"布里格描述"中接下来所说的"回忆"，包括回忆异乡的路途、不期的相遇、儿童的疾病、大海的夜晚，等等。"回忆"相对于直接性的知觉，可以说是"间接性的"，因为那些被经历的情形已不是当下直接发生的。但"间接"不等于不重要，不等于当年直接经历时的心物、身心、主客交融的机制因之失去效应。就里尔克的心理感受而言，可以说，"间接"比"直接"更重要，"间接"发生的心物交融、身心一体、主客同一比"直接"时的情形作用更大、更能激动里尔克的内心、更能使他进入销魂的创作境界。从"布里格描述"把重心放在"回忆"上，而不是放在开头那种"直接认知"上，就可以明白里尔克的心理偏向。另外要看到，"回忆"本身也是经验，一种心理性经验。"回忆"作为心理活动，当它发生时，它本身也是直接性经验。同认知性直接经验不同的是，经验的对象有一点变化。认知性直接经验的对象是被认知的事物，如城市、花朵开放的姿态，是纯客观的对象。回忆性经验的直接对象则是当年对事物的认知、经历，是主客一体的活动。"回忆"本身作为直接性经验也有它自身的机制、规律、结构等，所以它也可以作为经验展开。

综上所述，里尔克放弃情感、崇尚经验的缘由就在于：前者是纯主观的心灵感受，后者则是身心交融、心物同一、主客一体的情形。里尔克需要脱离前者的状态，进入后者的情形之中。他最初以书写大自然为由告别自己，实际上他这时所说的"大自然"只是一种表面性的依托，或者说只是一种促使他发生变化的契机。核心则是纯自我主观内心世界的告别。里尔克的变化是发生在他个人身上的经历，但实际上有时代的重大推动在内。在里尔克所生活的时代，西方社会正在发生剧烈的嬗变。主要的变化即是从浪漫式的内心感受向心物交融的转移、从唯心论的主观意识向主客融合的转变。这种变化发生在整个社会的层面，发生在哲学、美学、文艺等各个领域。胡塞尔的现象学把意向性作为核心范畴，强调意识总是意向性的、总是指向客体对象的。这就意味着在哲学层面取消唯心论所奠定的纯粹主观意识的地位。桑塔耶纳的自然主义心理学美学、里普斯的移情论美学均强调对象化。前者以情感对象化为主要命题，后者以自我的对象化为基本范畴。"对象化"（objectification）虽然未必是走出内心的最高选择，但它无疑标志了纯内心世界的破灭，标志了诺瓦利斯当年激动人心的"走向内心"（der Weg nach innen）的口号的退场。里尔克的转变正是时代的巨流所为。里尔克的特殊之处是没有用哲学的语言来明白地阐释从心物分离向心物融合、从主客分隔向主客一体的改变，而是用实际包含这种变化的"经验"一词及其观念来主导自己的嬗变。

## 二

如同艾布拉姆斯所述，在一种简要言说的层面上，文学可以分析为四大要素：世界、作者、作品、读者。浪漫主义的诗学是典型的作者诗学。它重视的是作者。它从作者和作品同一的层面来解释文学的奥秘。浪漫主义的诗人和理论家认为，诗的奥秘全在于诗人身上。了解诗，就是了解诗人，也需要了解诗人。柯勒律治说："诗是什么？似乎无异于问诗人是什么。对一个问题的答案，也就包括了对另一问题的解答。因为，这是诗的天才本身所产生的特性，而诗的天才是善于表现并润色诗人自己心中的形象、思想和感情的。"❶ J. 米德尔顿·默里认为："了解一部文学作品，就是了解作者的灵魂，而作者也正是为了展示其灵魂而创作的。"❷ J.G. 赫尔德说："每一首诗，尤其是每一首伟大而完整的诗篇，每一部灵魂和生命之作，都是其作者的危险的出卖者……你看出的不仅是平民百姓所说的这个人的诗才；你还可以看出在他的各种才能和癖好中哪些是主要的；看出他创造意象的方式，看出他如何调节整理这些意象以及他的各种印象的混杂状态；看出他心中最隐秘的东西，同时也常常是他一生中注定要经历的东西……"❸ 浪漫主义这种作者本体论观念的出现是诗学史上的一次重大变革，它意味着从根本上改变传统的再现论。之所以会有这种变革，则与时代各方面因素交互作用有关。本书无暇在此处探讨其变化的根由，只想指出，浪漫主义的各种观念都是与这种作者本体论联系在一起的，都是以之为基础的。包括华兹华斯对情感的推崇、柯勒律治对想象的思考、雪莱对浪漫诗魂的呼唤、济慈论创作的消极能力（negative capability）等，都是如此。

里尔克否定情感的本体性。从简单逻辑层面看，里尔克应是背离作者本体论的，因为在华兹华斯式的情感论里，情感和作者同一，二者相互依存，互为存在的条件，失去了一方，另一方也不再存在。但在里尔克这里，情形恰恰相反。里尔克既否定情感，又依旧是在作者本体的层面上展开其诗学思考的。经验本身包含人。经验是人的经历、体验。如果对经验的内在要素作细致的分析，首先要确定的是主体的要素，即经验的主体，或者说作为经验者的人。人作为经验的主体，几乎就内定了"作者"在里尔克所说的经验中的本体地位。因为从四要素的角度看，只有作者和读者是人；而里尔克在20世纪初期不可能把读者作为本体看；所以，剩下

---

❶ 十九世纪英国诗人论诗[M].北京：人民文学出版社，1984：69.
❷ [美]M.H.艾布拉姆斯.镜与灯：浪漫主义文论及批评传统[M].郦稚牛，张照进，童庆生，译.北京：北京大学出版社，2004：278.
❸ [美]M.H.艾布拉姆斯.镜与灯：浪漫主义文论及批评传统[M].郦稚牛，张照进，童庆生，译.北京：北京大学出版社，2004：289.

来的备选项目就只有作者了。上面是从"经验"一词的语义逻辑所做的分析。该分析表明:"经验"一词本身在一定程度上前定了作者的本体性地位。当然,最重要的依据不在这里,而在里尔克对经验本身的描述上。里尔克讨论的经验本身即是"作者"的经验。里尔克是在作者如何写作的语境下展开"布里克描述"的,他说:"我们应该(当少一"以"字——引者)一生之久,尽可能那样久地去等待,采集真意与精华,最后或许能够写出十行好诗。"❶里尔克一生重视的问题就是"写"。人们对诗艺的钟情可以有许多不同的方式。有的人钟情于诗中的某种成分,有的人注重诗在历史上的地位,有的人感兴趣的是如何读诗。而里尔克重视的是"写"。这种重视源自里尔克自己的作者身份。从"布里格描述"的具体展开来看,无论是说认知性直接经验,还是间接性回忆经验,里尔克讲的都是作为"作者"的我们应该怎么做。他所描述的那些经验的主体就其身份而言,都是从事诗歌创作的作者。

前文说,从"四要素"的简单逻辑层面看,"经验"一词就前定了作者的本体地位。这样说的前提是经验和作者的同一。但抛开四要素的简单逻辑,可以看到,经验不一定与作者同一,或者说不一定与浪漫主义所说的那种"作者"同一。且看下面一段论述:"诗人的经验,也就是进入起改造作用的催化剂本身的那些元素,分为两类:感情和感受。一件艺术品在欣赏这件艺术品的人身上所起的作用是一种经验,这种经验在性质上不同于任何非艺术的经验。这种经验可能由一种感情形成,也可能是好几种经验的组合;还有,对于作者来说,存在于特殊的单词、短语或意象中的各种感受,也可能和上述的感情加到一起来合成最终的结果。也有可能,伟大的诗歌可以不直接运用任何感情而写成,而是单独由各种感受组成的。"❷这是艾略特关于文学经验的论述。很显然,艾略特所说的"经验"与里尔克所说的"经验"完全不同。其中一个最大的区别是:艾略特谈的是创作过程中的创作经验;而里尔克的经验是前创作的经验。艾略特谈的

---

❶ [奥]里尔克.给青年诗人的信[M].冯至,译.上海:上海译文出版社,2011:93.
❷ [英]托·斯·艾略特.艾略特文学论文集[M].李赋宁,译.南昌:百花洲文艺出版社,1994:7.

是纯正的文学经验；里尔克所说的本质上是非文学经验，是生活经验。如果我们把里尔克式的经验视为"作者经验"，强调其中蕴含着经验和作者的同一；则艾略特的经验只能说是"创作经验"，其中不包含经验和作者的同一。当然，我们也可以把艾略特式的经验视为处于创作过程中的作家的经验，而把里尔克式的经验视为作家的生活经验。另外，还可以看到，创作过程中的作家经验，只有艺术家才有。而作家的生活经验则是普通百姓都可以有的。普通百姓也可以看小鸟飞翔、看鲜花开放、记住分娩者的痛苦、陪伴即将离开人世的亲友。他们在生活方式上与作家相同。

既是普通百姓的日常生活经验，又是作者的经验：经验在此似乎有两重性。但这两重性不是由经验本身造成的，而是由经验主体，即作者造成的。作者本身具有两重性。他既是普通人，又是从事文学活动的作家。当他以普通人的方式生活时，他的经验是普通人的生活经验。但就他具有把自己普通的生活经验带入创作中这一可能性而言，他的经验是作者的经验。说"作者经验"时，"作者"不与普通人相对，只与作品创作相对，与读者的阅读相对，与再现论所说的"世界"相对。

浪漫主义诗学在理论上强调诗人与诗作同一。这种"强调"有其前提与基础。其"前提"是：浪漫主义诗人以其特有的方式实实在在地营造了自身心性（包括"生存"）与诗的同一。浪漫主义的作者本体论是由此种"营造"实现的。浪漫主义的"营造"以双边靠拢的方式展开。在"诗"这一边，浪漫主义力求将诗同化于作者的心性、作者的生存。浪漫主义不重视或者说不像西方现代派和形式主义诸流派一样着力于挖掘诗与现实生存的差异；不像杜威所指斥的现代艺术的"分区"（compartmentalization）一样，特意从形式技巧等方面去寻找艺术的安身立命的特殊性。浪漫主义从人生的重大主题出发拥抱诗艺。自我、自由、爱情、死亡、冒险等这些属于人生的重大追求同时是他们的诗歌所追求的重大目标。在"心性"和"生存"这一边，浪漫主义则努力将之诗化，努力将之同日常的普通人的生活感受拉开距离。比如情感，华兹华斯强调其回味性、反思性。想象，柯勒律治将之改造成具有特异综合性能的心理能力。雪莱从拥抱诗魂的能力层面解读爱。济慈用"消极能力"来言说诗人作为普通人的现实生存。浪漫主义谈的是现实生存，谈的是人所共有的心性，但他们的现实生存和共同心性又是迥异于日常世俗的情形。他们将之在前创作层面诗化了。

　　里尔克坚持作者本体论，但并不像浪漫主义一样致力于以双边靠拢的方式营造作者和诗的同一。他不像浪漫主义一样努力将作者心性加以诗化，他也不强调诗的主题和现实生存的一致。他虽然没有特别反对作者和诗同一的浪漫主义原则，但他在一定程度上倾向于现代诗人的追求，他注意到诗艺和诗人之间可能有的差异。"布里格描述"的最后几句就显示了此种"注意"。里尔克说"回忆很多"时，就要"忘记"；要"等到"它们成为我们身内的血；"等到""很稀有的时刻有一行诗的第一个字"形成、出现。这里的"忘记"、两个"等到"，显然意味着不同的阶段，意味着作者和诗之间事实上有不可忽视的距离。里尔克既放弃"双边靠拢"，又保持对作者和诗的"差异性"的关注；从浪漫主义的逻辑来看，是不可能再坚持"作者本体论"的。但里尔克打破了浪漫主义的逻辑。其得以成功，原因就在于他的作者已经不再是"心性作者"，而成了"经验作者"。"双边靠拢"是"心性作者"的需要。作者在"心性"层面的定位，本身就设定了作者和诗艺的分离。缘其有离，才需要合，才需要双边靠拢。"靠拢"之后才可能确立作者的本体地位。"经验作者"不需要"双边靠拢"。"经验"虽然不意味着自身已经和诗艺同一，虽然也需要某种方式来保证自身同诗艺融合，并以之为基础建立作者的本体，但"经验"所需要的融合方式不可能是浪漫主义心性作者的方式，不可能是既有的"双边靠拢"的方式。

　　里尔克放弃"心性"，走向"经验"，意味着背叛浪漫主义。但"经验"保留"作者本体"，又意味着赓续浪漫主义之魂。浪漫主义"心性本体"的建立有着深厚的文化基础和人性依据。当里尔克以"经验"取代"心性"，以既背叛又赓续的方式承接浪漫主义的遗产时，他必然承接着沉重的精神负担。"心性"在浪漫主义那里原本就是"宠儿"，在里尔克这里被凉起来了。"凉"有双重效应：一方面，失去原来的作用；另一方面，以潜在的方式在场。从另外的角度看，既然"经验"依旧保留着作者的本体地位，而作者是不可能没有心性的；随着作者的本体性在场，心性也就会跟着出现。基于以上的机制，里尔克的经验—作者本体论会在他个人心理层面展现出值得注意的两个方面：第一，他需要在广泛深刻的文化精神层面展开对于经验—作者本体地位的捍卫；第二，在捍卫经验—作者的本体地位时他又必然会有复杂幽深的精神困扰。

这两个方面都可以在他《给青年诗人的信》中看到。"给青年诗人的信"共10封，写于1903~1908年，正是里尔克的"布里格描述"诞生之时。从捍卫作者本体地位出发，里尔克劝导青年诗人要忠实于自我。"多多注意从你生命里出现的事物，要把它放在你周围所看到的一切之上。你最内心的事物值得你全心全意地去爱，你必须为它多方工作；并且不要浪费许多时间和精力去解释你对于人们的态度。"❶ 因为捍卫作者的本体地位，里尔克同时也在困扰之中。给青年诗人的第四封信的开头，里尔克即说："十天前我又苦恼又疲倦地离开了巴黎。""你那对于生活的美好的忧虑感动我。"❷ 里尔克在这些信里反复谈到承受寂寞、进入生活的深处、担当恐惧、领悟真实的运命、拒绝生命的硬化、忍耐等主题。比如，他说："我们在悲哀的时刻要安于寂寞"；❸ "好好地忍耐，不要沮丧"；"愿你自己有充分的忍耐去担当，有充分单纯的心去信仰；你将会越来越信任艰难的事物和你在众人之间的寂寞。"❹ 里尔克的"寂寞""忍耐"都可以从"捍卫作者本体"和"承受精神困扰"两个方面解读。所谓走向内心、承受寂寞等，就是要坚守作者的主体性地位，不向世俗和习惯低头，不向大众的癖好屈服，不向社会上流行的时尚献媚。坚持自己的思考和发现等于让"平素所信任的与习惯的都暂时离开我们"，让我们"处在不能容我们立足的过程中"。❺ 海德格尔在《艺术作品的本源》中说：艺术意味着把人"移出寻常

---

❶ [奥]里尔克.给青年诗人的信[M].冯至,译.上海：上海译文出版社,2011：34.
❷ [奥]里尔克.给青年诗人的信[M].冯至,译.上海：上海译文出版社,2011：22.
❸ [奥]里尔克.给青年诗人的信[M].冯至,译.上海：上海译文出版社,2011：51.
❹ [奥]里尔克.给青年诗人的信[M].冯至,译.上海：上海译文出版社,2011：60.
❺ [奥]里尔克.给青年诗人的信[M].冯至,译.上海：上海译文出版社,2011：50.

的平庸"、"改变我们与世界和大地的关系"、"解脱与人的所有关联",承受"本质性地被冲开"的"阴森惊人的东西"。❶海德格尔所说虽不属于捍卫作者本体的主题,但在不向世俗和习尚低头这方面和里尔克是一致的。要坚守自己的内心,捍卫作者的本体地位,就必然承受痛苦,忍受精神的困扰。原因很简单:既有的现有的一切都在要排除之列;而当把既有的现有的一切排除之后,人就处在了孤独之中。

## 三

西方诗学在历史上有很长一段时期都以再现论作为基本的观念范式。再现论认定,文学并非凭空创造的产物,文学是对于外部世界的再现。文学所言说的东西实际上在文学作品产生之前就已存在。文学不过是把已经存在的东西搬到文学作品中而已。文学既然是让已经存在的世界再一次呈现出来,文学的价值自然就来自于那本已存在的世界的价值。而文学要从预先存在的世界取得价值,文学就必须真实地反映那原来的世界。一直到18世纪末浪漫主义出现,诗学才从整体上改变原来这种再现论观念。

里尔克抛弃浪漫主义的情感论,强调经验,意味着取消文学在浪漫主义心性世界中的定位,在超心性的世界中重新寻觅自己的安身之处。经验就其所涉及的对象而言,类似于再现论所说的被再现的事物。经验作为人的行为,也可以在传统的再现中找到对应物。传统的再现性文学,如荷马史诗《伊利亚特》描写阿喀琉斯的暴怒、参战,也是在写人的行为;在某种程度上,也可以谓之为"经验"。就这些现象而言,似乎里尔克的"经验"论有回归传统再现论的倾向。但实际上,"似乎"只是假象;里尔克的再现论完全不同于传统的再现论。传统再现论的一个基本规定是再现要真实。而这一基本规定在里尔克的经验论中完全不存在。里尔克虽然以经验为文学的本体,但他不要求文学真实地再现经验:既不要求真实再现经验所关涉的对象性事物,如所观察的小鸟的飞翔、鲜花的开放;也不要求

---

❶ [德]马丁·海德格尔.林中路[M].孙周兴,译.上海:上海译文出版社,1997:50.

真实再现作为行动的经验本身。就经验作为行动来看，它有具体的时间、地点、行动者的特性等规定。就经验所涉对象来说，它有具体的形态：小鸟有独特的飞翔姿势、状态；鲜花开放时有具体展开的情形。传统再现论要求在描写它们时一定要以真实为最高原则。比如契科夫就批评"天空瞧着""海在笑"之类的描写不真实："海不笑，不哭；它哗哗地响，浪花四溅，闪闪放光……"❶ 里尔克谈经验时根本不要求这种传统再现论层面的原生性现象形态的真实。相反，他要求的是经验的"变异"。他说：要忘记回忆，等它们再来；要让回忆成为作者自身的血、自身的目光和姿态，同作者自身的生命融为一体；要"无名化"，进入一种无可名状的境地。里尔克所说的忘记之后再接收，显然就意味着经验的巨大改变。因为"忘记"，有许多情形会丢失；有许多情形会从边缘走向中心；有许多情形会在无意识或潜意识的作用下相互结合成新的形态。里尔克要让回忆成为作者自身的血、自身的目光和姿态，意思就是要改变回忆和回忆的事物原本具有的纯客观性，让它们变为主客交融、身心一体的材料。里尔克说的"无名化"，则是从根本上取消经验材料原本具有的实体性、可认知性、可指涉性。

从里尔克自己的描述来看，经验"变异"要求的幅度是很大的。除了"忘记""主客化""无名化"这些机制隐含的对大幅度变异的强调，他所说的经验之多与诗作之少两者之间所构成的反差也包含同样的"暗示"。里尔克说"为了一首诗要观看许多"东西；在很多的经验之后，才可能有一行诗的第一个字出现。这就好比从千万吨矿石中提炼出一克宝石。原材料和成品之间数量上的巨大反差意味着两者之间本质上的巨大的不对等、非同一，意味着前后发生的变化特大。而这正是里尔克的诗思所特别重视的。里尔克对经验变异性的重视与现代诗歌的整体性走向一致。胡戈·弗里德里希说：现代诗歌的一大特点是崇尚"专制性幻想"。所谓"专制性幻想"就是肆意地改变和摧毁真实世界，以至于"不能用出自真实性和人

---

❶ 转引自李泽厚. 美学论集［M］. 上海：上海文艺出版社，1980：367.

类常规状态的推导性来量度",❶奥尔特加·加塞特说:"抒情诗的灵魂抓过自然实物,伤害或者杀死它们。"❷里尔克用经验定义诗,"经验"本身相对于加塞特所说的"自然实物",已经很不同,就已有"伤害"和"杀戮"在内;而从经验到诗又有巨大的异变,这构成的对自然实物的伤害更大。

里尔克论诗,强调孕育时间的长久性。他认为诗不是像传统灵感论所言说的那样,灵感一来一挥而就,瞬间即可成就;诗要用漫长的时间孕育、培植。他说:"我们应该(以)一生之久,尽可能那样久地去等待。"❸"我们要有大的忍耐力等着它们再来。"我们要"从寂静中""期待""良好而丰盛的时间的赠品"。❹里尔克对长久时间的强调从两方面与经验的变异相关。其一,它构成对变异之大的应对。从常识上说,变异既大,需要的时间就多。只有在长久时间的积聚中,才可能有前所未有的情形出现。其二,里尔克所期待的变异是自然而然的变异,不是中国人所说的那种揠苗助长式的人为地催促和导演的变异。里尔克的"变异"由时间完成。它需要长久时间的培植。里尔克对他所指导的青年诗人说:"让你的判断力静静地发展,发展跟每个进步一样,是深深地从内心出来,既不能强迫,也不能催促。一切都是时至才能产生。让每个印象与一种情感的萌芽在自身里、在暗中、在不能言说、不知不觉、个人理解所不能达到的地方完成。以深深的谦虚与忍耐去期待一个新的豁然贯通的时刻:这才是艺术的生活,无论是理解或是创造,都一样。""不能计算时间,年月都无效,就是十年有时也等于虚无。艺术家是:不算,不数:像树木似的成熟,不勉强挤它的汁液,满怀信心地立在春日的暴风雨中,也不担心后边没有夏天来到。"❺

由于"变异",从经验到诗,在里尔克这里,不是反映,不是再现,

---

❶ [德]胡戈·弗里德里希.现代诗歌的结构:19世纪中期至20世纪中期的抒情[M].李双志,译.南京:译林出版社,2010:190.

❷ [德]转引自胡戈·弗里德里希.现代诗歌的结构:19世纪中期至20世纪中期的抒情诗[M].李双志,译.南京:译林出版社,2010:190.

❸ [奥]里尔克.给青年诗人的信[M].冯至,译.上海:上海译文出版社,2011:93.

❹ [奥]里尔克.给青年诗人的信[M].冯至,译.上海:上海译文出版社,2011:31.

❺ [奥]里尔克.给青年诗人的信[M].冯至,译.上海:上海译文出版社,2011:17.

那是什么呢？里尔克自己说是"采集真意与精华"。在给青年诗人的信里，里尔克对此有一些形象性的类比。其一是果子的成熟；其二是蜜蜂酿蜜。关于果子成熟的类比，里尔克说："你为什么不这样想，想他是将要到来的，他要从永恒里降生，是一棵树上最后的果实，我们不过是这树上的树叶？"❶"他"指神，也指诗人所追求的诗灵。他来自将来，不来自过去与当下。他的来临要经历一个"伟大的孕期"。他在这伟大的孕期内自行成熟，就像果子在树上成熟一样。关于蜜蜂的类比，里尔克说："像是蜜蜂酿蜜那样，我们从万物中采撷最甜美的资料来建造我们的神。"❷"蜜蜂酿蜜"的最伟大的程序是"酿"。它首先表现在"采"的严格与艰难上。它采集的不是一般的东西，而是鲜花中的"最甜美的资料"；不是原材料，而是原材料所内含的"精华"。它不是随便收集一点材料就可以的，而是要广取博收，以巨大的资料的收集而成就非常有限的成品。"酿"意味着对原材料进行复杂而精细的加工，意味着其内在的过程实际上有着非常奇妙的嬗变，意味着制造出前所未有的本质上完全不同于原材料的产品。

　　里尔克所说的"酿"类似于浪漫主义诗人济慈所说的"化学品反应"和现代派诗人艾略特所说的"白金丝效应"。济慈说："我认为天才之所以伟大就在于他们像某些神妙的化学药品，能作用于本身无倾向的才智上面……"艾略特说：诗人的创作就如把"一小块拉成细丝的白金放入一个含有氧气和二氧化碳的箱内"，氧气和二氧化碳两种气体，"由于白金丝的存在，产生化合作用形成硫酸"。❸同里尔克所说的"酿"一样，济慈的化学品反应和艾略特的白金丝效应都具有神奇性，它们都能够完全改变原材料的形态和品性，使之成为前所未有的东西。里尔克与济慈的区别只在于，他不是像后者一样，把作家的才能区分为两个方面，认为创作过程的奇妙性就来自这两个方面的才能的相互作用。里尔克完全不是从作家才能的特性角度思考问题。他重视的只是诗人的人生经验所发生的变化。里尔克与艾略特的区别则在于：后者要说明的重心是诗人自身个性在创作过

---

❶❷　[奥]里尔克.给青年诗人的信[M].冯至，译.上海：上海译文出版社，2011：37.
❸　[英]托·斯·艾略特.艾略特文学论文集[M].李赋宁，译.南昌：百花洲文艺出版社，1994：6.

程中的从属性、非本体性。在创作过程中，诗人就如白金丝，只是"催化剂"，只在于帮助原材料发生变化。诗的本体是产生化学变化的两种气体：氧气和二氧化碳。"白金丝效应"虽然包含对"效应"神奇性的肯定，但对白金丝本身的作用则只是低调地描述。里尔克的经验则完全不是白金丝，而是诗的本体。

在里尔克，由于"酿造"的神奇性，被酿造出来的是"神"，是"诗"；是如诗一样伟大的神，也是如神一样伟大的诗。这诗和神到底包含一些什么样的成分？或者说主要由什么成分构成？里尔克没有明白地说。"没有"是因为他觉得"不能"。像现代象征主义诗人一样，里尔克强调伟大的诗不可言说。"布里格描述"中的"无名化"即指此。《给青年诗人的信》中除了谈诗还谈经验的不可言说，而且反复论及。1903年2月的第一封信指出："一切事物都不是像人们要我们相信的那样可理解而又说得出的；大多数的事件是不可言传的，它们完全在一个语言从未达到过的空间；可是比一切更不可言传的是艺术品，它们是神秘的生存，它们的生命在我们无常的生命之外赓续着。"[1] 第四封信则有如下的言说："那些问题与情感在它们的深处自有它们本来的生命，没有人能够给你解答；因为就是最好的字句也要失去真意，如果它们要解释那最轻妙、几乎不可言说的事物。"[2] 当里尔克把"经验"和"事物"视为不可言说的对象时，实际上这时的经验和事物也就是他心目中的诗，或者说本质上是他所追求的诗，因为这时候的事物和经验已经不是人们通常用概念和名称去指涉的那种对象，已经不是实体性的存在者。尽管这时候，它们还没有进入作为言说形态的诗作中，但因为已经去概念化、去实体化，它们在本质上已经成为"诗"了。里尔克对于很多经验情形的言说都可以在这样的层面理解。比如第四封信里谈爱、性和身体体验："身体的快感是一种官感的体验，与净洁的观赏或是一个甜美的果实放在我们舌上的净洁的感觉没有什么不同，它是我们所应得的丰富而无穷的经验，是一种对于世界的领悟，是一

---

[1] ［奥］里尔克.给青年诗人的信［M］.冯至，译.上海：上海译文出版社，2011：5.
[2] ［奥］里尔克.给青年诗人的信［M］.冯至，译.上海：上海译文出版社，2011：22.

切领悟的丰富与光华。"这里说的"净洁的感觉"、经验的"丰富与无穷"、"世界的领悟""丰富与光华",都是超越实体的感受,是非概念性的描述,它们本质上也都是"诗"。

海德格尔在《诗人何为》的著名论文中盛赞里尔克。海德格尔所称赞的也就是里尔克对于非概念化、非对象化、非实体化的诗性经验的追寻。海氏认为"里尔克体会到作为完满自然的非对象性的东西的敞开",以"洞察那美妙的存在者整体的一瞥",同以对象性的东西构建的"有意愿的人的世界"相对立。❶ 海德格尔是从存在与存在者的对立来思考他的哲学和里尔克这样的现代诗人的。"里尔克以他自己的方式,诗意地经验并承受了那种由形而上学之完成而形成的存在者之无蔽状态。"❷ "存在者之无蔽"也就是存在的澄明、真理的发生。存在与存在者相对。存在总是存在者的存在,但存在不是存在者。存在者是可以言说的、可以观照的实体、对象。存在不可言说、不能作为观照对象。按照海德格尔对里尔克的阐释,我们也可以认为,里尔克所追寻的那种不可言说的诗意,那所谓的"真意和精华",实际也就是与存在者相对的、同时又超越存在者的"存在"。

## 第二节 艾略特:创作经验的潜在本体化

艾略特的诗论,比如他的《传统与个人才能》《批评的功能》《哈姆雷特》等经典性文献,在诗学史上常常被人们用"推崇传统""崇尚创作的非个性化"等理论范式加以解读。不能否认既有解读的合理性,但如此解读是否就穷尽了艾略特的诗学观念呢?回答显然不能说"是"。艾略特诗学中所包含的"经验论"就是一个值得思考而又尚未被重视的论题。

---

❶ [德]马丁·海德格尔.林中路[M].孙周兴,译.上海:上海译文出版社,1997:296.
❷ [德]马丁·海德格尔.林中路[M].孙周兴,译.上海:上海译文出版社,1997:280.

一

《传统与个人才能》有多处谈到"经验"。"诗歌把一大群经验集中起来，而这些经验在注重实际和积极的人看来，一点也算不上是什么经验。诗歌的集中并不是有意识地或经过深思熟虑而进行的。这些经验并不是'回忆起来的'。"❶ "诗人有的并不是有待表现的'个性'，而是一种特殊的媒介……通过这个媒介，许多印象和经验，用奇特的和料想不到的方式结合起来。"❷ "诗人的经验，也就是进入起改造作用的催化剂本身的那些元素，分为两类：感情和感受。一件艺术品在欣赏这件艺术品的人身上所起的作用是一种经验，这种经验在性质上不同于任何非艺术的经验。"❸

艾略特论经验，没有像里尔克、杜威一样首先从本体论上定义"经验"的地位。杜威说"艺术即经验"，里尔克说"诗是经验"：两人都通过将文艺和经验同一的论述方式确认经验在艺术中的本体性。艾略特的经验论没有出现同类型的言说。但这种论述方式的缺失，不能认定为艾略特对经验本体性的否决。艾略特确实主要是从"何为诗人经验"，即从说明经验的具体样态、类型特征等角度来阐释诗的"经验"的；他没有讨论"相对于诗，经验有何重要性"这样的问题。不过，艾略特的"是什么"的说明中其实隐含了对"有何重要性"的暗示。"诗歌把一大群经验集中起来"；诗人所做的工作就是将"许多印象和经验，用奇特的和料想不到的方式结合起来"；"诗人的经验""在性质上不同于任何非艺术的经验"：这些话语通过说诗的经验是什么，同时也潜在地说了经验的重要性，潜在地确认了诗歌和经验的同一。"诗歌把经验集中起来""用奇特的和料想不到的方式"将经验"结合起来"的两句可以反过来理解成：把经验集中起来、"用奇特的和料想不到的方式"将经验"结合起来"即是诗。"诗人的

---

❶ [英]托·斯·艾略特.艾略特文学论文集[M].李赋宁，译.南昌：百花洲文艺出版社，1994：10—11.

❷ [英]托·斯·艾略特.艾略特文学论文集[M].李赋宁，译.南昌：百花洲文艺出版社，1994：9.

❸ [英]托·斯·艾略特.艾略特文学论文集[M].李赋宁，译.南昌：百花洲文艺出版社，1994：7.

经验""在性质上不同于任何非艺术的经验"这句话则可以理解成：经验性质的差异决定艺术和非艺术的区别；艺术的存在与否取决于艺术经验的是否存在。最终结论就是：艺术的生命取决于艺术经验的参与；艺术经验是决定艺术存亡的生命线。在此种逻辑层面上，"经验是什么"的论述最终成了"经验有何重要性"的论述，成了对经验或谓艺术经验的本体地位的阐释。

当然，要承认，这仍然只是一种潜在的本体论阐释。本体的意义在于：它是决定某事物之为某事物的关键。海德格尔在《艺术作品的本源》中说："本源一词在这里指的是，一件东西从何而来，通过什么它是其所是并且如其所是。使某物是什么以及如何是的那个东西，我们称之为某件东西的本质。某件东西的本源乃是这东西的本质之源。"[1]海德格尔在此既指明了本质和本源的同一，也揭示了二者的区别。本书的"本体"着眼于二者的同一，本体因此既是本质也是本源。经验作为诗的本体，既可直接呈现出来，也能以潜在的方式蕴含于言说中。艾略特与杜威、里尔克的区别就在于：后者是直接言说，而前者的显示是潜在的。经验作为潜在的本体意味着它对所属诗学的整体以及对其所属关键环节都潜在地起着支配作用、决定作用。艾略特诗论中经验的潜在本体性同样表现在经验对艾略特诗学的整体支配性上。

在直接言说的层面，艾略特诗学最突出的整体特征是对情感和个性的否定。学界共知，从浪漫主义以来，情感和个性一直被视为诗歌的生命。华兹华斯名言："诗是强烈情感的自然流露。"[2]卡莱尔1827年指出：关于诗的"一个重大问题"是"从诗人的诗作中发现并描绘出诗人的特殊个性。"[3]一直到20世纪，情感论和个性论仍然在发生重大影响。美国批评家威尔逊1936年仍坚持"任何一部虚构作品中的真实成分当然就是作者

---

[1] ［德］马丁·海德格尔.林中路［M］.孙周兴,译.上海：上海译文出版社,1997：1.
[2] 伍蠡甫.西方文论选［C］.上海：人民文学出版社,1964：17.
[3] ［美］M.H.艾布拉姆斯.镜与灯：浪漫主义文论及批评传统［M］.郦稚牛,张照进,童庆生,译.北京：北京大学出版社,2004：279.

个性中的那些成分"❶的论断就充分显示出情感论和个性论在历史上生命力之强。艾略特旗帜鲜明地否定情感和个性在诗歌中的地位。学界对于艾略特诗学的研究集中关注的也正是这个方面。艾略特明确地说:"诗歌不是感情的放纵,而是感情的脱离;诗歌不是个性的表现,而是个性的脱离。"❷ "一个艺术家的进步意味着继续不断地自我牺牲,继续不断的个性消灭。"❸艾略特之所以要否定情感和个性、之所以能够理直气壮地否定情感和个性,主要原因就在于他从自身的创作体会出发,认定创作的本体是经验;创作的核心、创作的要义是将"许多印象和经验,用奇特的和料想不到的方式结合起来"。艾略特对经验本体性的认定,具体来说,可分为两个层面。第一,在理性思考的指向上,他清晰地意识到经验具有区别于、优越于情感与个性的诸多品格和特征;而这些品格特征又正是他心目中的诗歌所必须具备的最重要的特质。此处可暂不谈个性,只从情感和经验的对比上展开。依艾略特,经验是动态性的创作过程,情感则只是既定性的生活情绪;经验由许多复杂因素交织而成,情感则相对简单、粗糙、乏味;经验除了包含"感情",同时还包含与感情有别的成分极为复杂的"感受"。艾略特将经验和印象"用奇特的和料想不到的方式结合"一句中所说的"结合"显然就是动态的过程。而他说"逃避情感、放纵情感"时所指的"情感"则是既定的固置型的状态。艾略特说,诗人的"个人感情可能很简单、粗糙、乏味",而诗则是"把一大群经验集中起来";❹ "诗人的头脑实际上就是一个捕捉和贮存无数的感受、短语、意象的容器":❺这些论述表明,相对于简单、乏味的情感,经验在诗中的出现是"群集型

---

❶ [美]M.H.艾布拉姆斯.镜与灯:浪漫主义文论及批评传统[M].郦稚牛,张照进,童庆生,译.北京:北京大学出版社,2004:281.
❷ [英]托·斯.艾略特.艾略特文学论文集[M].李赋宁,译.南昌:百花洲文艺出版社,1994:11.
❸ [英]托·斯.艾略特.艾略特文学论文集[M].李赋宁,译.南昌:百花洲文艺出版社,1994:5.
❹ [英]托·斯.艾略特.艾略特文学论文集[M].李赋宁,译.南昌:百花洲文艺出版社,1994:10.
❺ [英]托·斯.艾略特.艾略特文学论文集[M].李赋宁,译.南昌:百花洲文艺出版社,1994:7.

的"。无论是集中之前的"群涌",还是集中之后的"交汇",经验显然都以复杂性取胜。艾略特重视诗歌经验的复杂性、多样性;这一重视在多个层面表现出来。他论艺术家的成长时说,对艺术家而言,"成长"不意味着"进步",只意味着"复杂化":"从艺术家的观点出发,这个成长过程,或许可以说是提炼过程,肯定说是复杂化的过程,并不是任何进步。"❶艾略特否定生活情感,但对艺术创作过程中的情感并不简单地否定;而之所以褒贬迥异,原因又在于前者简单,后者复杂。他说,相对于"简单、粗糙、乏味"的生活情感,"诗歌中的感情却会是一个非常复杂的东西",而且"它的复杂性并不是那些在生活中具有非常复杂或异常的感情的人们所具有的感情复杂性"。❷前引语录已表明,艾略特把诗人的经验分析为感情和感受两大元素。艾略特的此种分析着眼的也是创作经验的复杂性。他没有细致地厘定感情和感受的各自内涵。我们可借杜威对于"感觉"一词复杂成分的分析来理解艾略特所说的"感受"的复杂性:"'感觉'一词具有很宽泛的意义,如感受、感动、敏感、明智、感伤,以及感官。它几乎包括了从仅仅是身体与情感的冲击到感觉本身的一切——即呈现在直接经验前的事物的意义。"❸艾略特的"感受"包含了杜威所说的"感觉",另外还包含很多超出"感觉"的因素,比如领悟、想象、意志、学识等。

艾略特对经验本体性的认定,包含的第二个层面是:他自身的创作体现的正是经验作为本体的出场;他实际上是以他自身的创作实践作为基础建构他的经验诗学的。艾略特是伟大诗人。当他在理论上提出他的经验学说时,他在创作上已有不菲的成就。他的成名作《阿尔弗瑞德·普鲁弗洛克的情歌》与论文《传统与个人才能》在同一年出版,他的伟大诗作《荒原》正在酝酿之中。艾略特的经验本体论是基于他自己的创作实践提出来的。可以《荒原》为例略作说明。虽然《荒原》的出版是在《传统与个人

---

❶ [英]托·斯.艾略特.艾略特文学论文集[M].李赋宁,译.南昌:百花洲文艺出版社,1994:4.

❷ [英]托·斯.艾略特.艾略特文学论文集[M].李赋宁,译.南昌:百花洲文艺出版社,1994:10.

❸ [美]杜威.艺术即经验[M].高建平,译.北京:商务印书馆,2005:22.

才能》的经验论之后，但《荒原》是前期写作经验的延续，其体现的写作方式是在经验理论问世之前就已形成。艾略特写作《荒原》时，正处于个人生活的危机之中：经济拮据，妻子患病，夫妻感情出现裂缝，自己工作过于劳累。危机导致他几乎崩溃。按照浪漫主义的观念，艾略特应该把他个人的愁苦、悲哀、绝望在作品中尽情地倾泻。但《荒原》没有这样做。虽然其中有些段落可以让人想到艾略特自己当时的生活惨况，比如"对弈"中一对夫妻在床上的对话，就被认为是关于诗人自己和妻子关系的真实描写。但这类能够联系诗人生平和情感来进行解读的成分很少。《荒原》全诗整体上是关于现代西方文明的幻灭性描述。威尔逊说："现代大城市中可怕的阴郁气氛，就是《荒原》之所在……"❶ 而且艾略特对现代西方文明的透视是置放在由神话传说交织的、在广阔而漫长的文明发展的历史背景下进行的。这样的一种主题和主题展开的方式，就把浪漫主义的情感表现、自我表现完全抛弃了。就主题的具体展开来说，各种各样的经验印象的描述是《荒原》的重心所在："在这种阴郁中，浮现出简洁与活跃的意象，蒸馏出简洁的纯粹的情感时刻；我们意识到在我们的身边，数以百万计的无名者正在进行着索然寡味的办公室例行公事，在不间断的操劳中把灵魂磨蚀净尽却无从享受任何对他们有益的报酬——人们的享乐是那样的龌龊和脆弱，以至于几乎比他们的痛苦更形哀伤。这个荒原还有另一面向：这不只是一个荒芜的地方，也是混乱与怀疑之地。在我们这个战后世界，机制四分五裂，神经紧绷，理想破碎，生命不再显得严肃或完整。"❷ 上述威尔逊的描绘仍然是抽象的、概括性的，但从中也可以体会到作品中经验对于情感本体的取代。

在艾略特的创作实践中，经验是具体流动的、不断变化的。杰姆逊对《荒原》中人称变化的分析可以帮助我们领悟这一点。《荒原》："冬天使我们暖和，遮盖着／大地在健忘的雪里，喂养着／一个小小的生命，在干枯的球茎里。""夏天使我们吃惊，从斯丹卜格西卷来／一阵暴雨，我们在

---

❶❷ ［美］埃德蒙·威尔逊.阿克瑟尔的城堡：1870年至1930年的想象文学研究［M］.黄念欣，译.南京：江苏教育出版社，2006：81，81.

柱廊里停步，/ 待太阳出来，我们继续前行，走进霍夫加登，/ 喝咖啡，闲聊了一个小时。""我们孩提时，住在大公爵那里——/ 我表兄家，他带我出去滑雪橇，/ 我十分惧怕。他说，玛丽，/ 玛丽，紧紧抓住。于是我们滑下。/ 群山中，你感到自由自在。"杰姆逊说："'冬天使我们暖和'中的'我们'与'夏天使我们吃惊'、'我们在柱廊里停步'、'我们继续前行'中的'我们'的人称所指不一样了"，❶ "最初的'我们'表现的集体性是最古老的，有点类似一个种族最早的集体无意识。突然，'夏天使我们吃惊'中的'我们'就是具体的人了，不再是那种集体性的'我们'。"而"我们孩提时的""我们"又与前面的"我们"不同。三种"我们"包含下列三种层次的意识变化："首先诗里有一种'深层意识'，这也许就是一个种族的集体性深层意识，而这正是诗中神话的来源。然后是一个'贬值了的集体'，这就是工业化的社会中的人们；而这种集体性中的个人也是没有生命的，正如但丁笔下那些既没有得到拯救也没有被贬入地狱的人们一样，因为他们是毫无价值的。还可以认为诗中有另外一种类型的个人，他们经历了一场精神危机，在最后的雷声和即将到来的雨水中他们或许能感到一些生命的欢乐。"❷ 三种"我们"与三种意识的演绎见证着作者创作经验的嬗变。在体会这种嬗变时，还要看到，这里所说的"嬗变"是经过作者最后整理了的、也是经过杰姆逊分析之后才得出的"嬗变"，这种嬗变已经是非常理性化了的、有序的变化。就作者创作时的原生经验而言，变化远不是这样单纯、整齐、有序。它实际上会有着非常复杂、混乱的形态。而这正是创作中必然出现的情形。艾略特的经验论就是基于此种情形而形成的理论建构。

## 二

艾略特所说的经验是创作经验。创作经验有别于作者的生活经验。它

---

❶ ［美］弗雷德里克·杰姆逊. 后现代主义与文化理论［M］. 唐小兵，译. 西安：陕西师范大学出版社，1987：217.

❷ ［美］弗雷德里克·杰姆逊. 后现代主义与文化理论［M］. 唐小兵，译. 西安：陕西师范大学出版社，1987：218.

是作家在创作过程中的经历和体验。前引语录说,"诗歌"所"集中"的"经验"是"注重实际和积极的人"一点也不重视的经验。为什么不重视呢?原因就是那些经验只对于创作有价值,对于实际生活没有多大的意义。艾略特还说"诗歌集中"的"经验并不是'回忆起来的'":作家的创作经验也就是作家创作实践的经历,它们是在创作过程中产生的;它并不前在于创作过程,所以根本谈不上"回忆"。❶

艾略特对经验的创作定位,可以同里尔克的经验论对读。前面关于里尔克的论述已经指出,里尔克所重视的经验正好是前创作过程的生活经验。里尔克列举的对于城市和人的"观看"、小鸟的飞翔、花朵的开放、回忆中的相遇和别离❷等都是实际经历的生活经验,是发生在创作过程之前的经验。按里尔克的观点,这种经验可以进入创作过程;而且,只有凭借这种经验,作家才能进行创作,才有可能写出有价值的诗。

在理论上,艾略特不可能否认每一个作家都会有里尔克所描绘的那种类型的生活经验。作家作为现实生活中的人,必然置身于现实环境之中,必须处理现实生活中的各种问题,必须同现实的人打交道。作家的现实生活经验可以有丰富与贫乏之别,有复杂与简单之分,但不管怎样,每一个人都会有一定的生活经验。里尔克式的诗人将创作与生活经验同一,认为前者依赖后者。艾略特的观点则相反。在艾略特看来,创作与现实生活经验无关。创作不是对于现实生活经验的再现。生活是一回事,创作是另一回事。进入创作就是进入另一个完全不同的世界。艾略特说:"对于诗人本人来说,"有些经验和印象是非常重要的,是永远不会忘记的,"但它们却在他的诗歌中可能没有任何地位,而那些在他的诗歌中变得重要的印象和经验却可能在诗人本人身上,在他的个性上,只起了一个完全不同的作用。"❸按照里尔克式的创作方法成就的作品,要求读者在阅读时尽量采用

---

❶ [英]托·斯·艾略特.艾略特文学论文集[M].李赋宁,译.南昌:百花洲文艺出版社,1994:10-11.

❷ [奥]里尔克.给青年诗人的信[M].冯至,译.上海:上海译文出版社,2011:93.

❸ [英]托·斯·艾略特.艾略特文学论文集[M].李赋宁,译.南昌:百花洲文艺出版社,1994:9.

中国古人所倡导的"知人论世"的解读方式，尽可能多地了解作家的生平思想情感；由之入手，理解作品的内涵。但艾略特式的创作则完全排斥此种类型的阅读。艾略特就明确地说："根据我自己鉴赏诗的经验，我总是感到在读一首诗之前，关于诗人及作品了解得越少越好。一句引语，一段评论或者一篇洋洋洒洒的论文很可能是人们开始阅读某一特定作家的起因，但是对我来说，细致地准备历史及生平方面的知识，常常会妨碍阅读。"❶

当然，认定艾略特的"经验"是创作经验，不是生活经验，是从整体上说的，不是说创作过程中的经验在任何层面上都绝对与生活经验无缘。这种"绝对无缘论"逻辑上不可能成立，事实上也不可能是艾略特的观点。从逻辑上说，创作经验在很大程度上仍然是以生活经验为基础的，是要依赖生活经验的。生活经验必然会随着创作过程的启动不同程度地进入创作思维之中。但这种"进入"，不会是原汁原味的，它必然会随着创作思维的发生而出现变化；另外，在创作过程中，会有很多新的经验随之产生。这两方面就决定了在整体上创作经验不同于生活经验。

何以在艾略特的视野中，生活经验从整体上看无益于创作以至于失去进入文学世界的资格？回答这个问题，至少有三个方面的缘由值得考虑。其一，这是艾略特接受象征主义创作方式的结果。艾略特被认为是典型的象征主义诗人。他自己也不讳言他对于法国象征主义诗人科比埃尔、拉弗格等的欣赏和学习："在1908年至1909年间开始写作时，我所用的形式全部来自法国拉弗格与伊丽莎白时代后期的戏剧，就我所知还没有人的创作是以那时作为起点的。"❷ 威尔逊在分析艾略特所受法国象征主义的影响时说，艾略特接受了法国象征主义的"对话式反讽"的创作方式，"科比埃尔与拉弗格的影子几乎时刻都在艾略特早期的诗歌中出现。"❸ 象征主义

---

❶ [英]T.S.艾略特.艾略特诗学文集[M].王恩衷，译.北京：国际文化出版公司，1989：72.

❷ [美]威尔逊.阿克瑟尔的城堡：1870年至1930年的想象文学研究[M].黄念欣，译.南京：江苏教育出版社，2006：71.

❸ [美]威尔逊.阿克瑟尔的城堡：1870年至1930年的想象文学研究[M].黄念欣，译.南京：江苏教育出版社，2006：73.

最核心的理念是对于现实的背离。在象征主义者看来，现实是肮脏的、丑恶的、虚幻的、不可信的。象征主义天才兰波在表达自己对现实世界和社会人群的厌恶时说："牧师、教授、主人，你们错误地把我置于公义之中"，"我闭上双眼，不要看你们的光"；"你们才是假装的黑人、奴隶与贪婪的疯子"。"那些老弱残者太尊贵了，应该统统被投到沸水里。最聪明的抉择就是彻底放弃这片大陆，上面满是徘徊不去的疯子与痛苦的流氓。"❶对现实的背离也就意味着对现实生活经验的轻视、漠视。艾略特认为诗不能同生活经验同一，原因首先就在这里。

其二，艾略特认为作者的生活经验是个性化的、狭隘的、贫乏的。艾略特反个性，认为诗歌不是表现个性，而是逃离个性。艾略特的反个性是从诗歌的角度说的。但应该看到，他对于个性的否决首先并不是基于对诗歌特性的认定，而是基于一般价值论上的思考。他虽然是从诗歌特质上否定个性，但他实际上对个性的否定超出了诗歌的范围。在一般社会生活的层面上，在一般哲学观念的层面上，他也是反个性的。艾略特的著名诗作《四个四重奏》的开篇题词引用古希腊哲人赫拉克利特的话："尽管逻各斯对每个人来说都是普遍的法则，但多数似乎却按照他们自己独特的法则生活。"赫拉克利特的"普遍"和"独特"的对比蕴含着前者对后者价值学上的否定。艾略特的引用正基于此种"否定"。艾略特1930年作《玛丽娜》一诗时说："活着为了生活在一个超越自我的时间的世界里／让我为这种生活摒弃我的生活，为那没说的词摒弃我的词……""摒弃自我"、放弃自己独特的生活法则，在这里不是针对诗歌，而是针对人生。艾略特在诗歌层面反个性，正是基于他在一般哲学和一般生活层面也对个性持否定的态度。有后者才有前者。至于为什么在一般生活层面也反个性？原因很多。艾略特直接说到的原因是生活的"个性"很"贫乏"，比如他在说生活情感时就谈到"简单、粗糙、乏味"；而在艾略特的观念中，"生活情感"与"生活个性"就是一回事。另外，前引威尔逊对于《荒原》所描写

---

❶ [美]威尔逊.阿克瑟尔的城堡：1870年至1930年的想象文学研究[M].黄念欣，译.南京：江苏教育出版社，2006：197.

的"忧郁"的解读也可用来证明：艾略特确实有对于个性化生活经验的贫乏性的指认。

其三，艾略特认为作者的生活经验是物质化的、非智性的。艾略特在阐释诗歌的经验时特别强调"智性"："诗人可能有的兴趣是无限的；智性越强越好；智性越强他越可能有多方面的兴趣。"❶ "在他的必要的感受能力和必要的懒散不受侵犯的范围内，一个诗人应该知道的东西越多越好"，"莎士比亚从普鲁塔克那里学到的历史知识比大多数人能够从整个大英博物馆学到的更为重要。必须强调的是诗人应该加强或努力获得这种对于过去的意识，而且应该在他整个创作生涯中继续加强这种意识。"❷ 在《传统与个人才能》等论文中阐释经验时，艾略特没有指认生活经验的非智性，但他上述对于创作所需要的智性的论述可以让我们反过来推论：他是认定生活经验的非智性特征的。中国古人说，世事洞明皆学问，人情练达即文章。按此观念，就不存在对生活经验的否定。艾略特的否定可以认为是他持有同中国古人相反的观念。在晚年，艾略特说过这样的话："国家越是高度工业化，物质主义哲学就越容易盛行，而且这种哲学就越是有害。"❸ 这种对物质主义的贬责说明艾略特对生活的物质化是深恶痛绝的。艾略特的诗歌中也经常描写到生活经验的物质化、非智性化现象。比如著名的《空心人》。该诗第一段是："我们是空心人 / 我们是填塞起来的人 / 彼此倚靠着 / 头颅装满了稻草。可叹啊！我们干枯的嗓音，在 / 我们说悄悄话时 / 寂静而无意义 / 像干草地中的风 / 或碎玻璃堆上的老鼠脚 / 在我们那干燥的地窖里 有态而无形，有影而无色 / 麻木了的力度，没有动作的手势；/ 那些已经亲眼目睹 / 跨进了死亡这另一个国度时 / 只要记得我们——不是 / 丢魂失魄的野人，而只是 / 空心人 / 填塞起来的人。"（赵萝蕤译）诗作写的是"人"，没有智性内涵的空心的人，类似当代中国人所说的"二百五"。这

---

❶ ［英］T. S. 艾略特. 艾略特诗学文集［M］. 王恩衷，译. 北京：国际文化出版公司，1989：32.

❷ ［英］托·斯·艾略特. 艾略特文学论文集［M］. 李赋宁，译. 南昌：百花洲文艺出版社，1994：5.

❸ 转引自蒋洪新. 英诗新方向：庞德、艾略特诗学理论与文化批评研究［M］. 长沙：湖南教育出版社，2001：199.

种类型的人的生活经验自然也是没有内涵的、失去了智性的生活经验。在崇尚智性的艾略特的眼中，此种类型的生活经验之不可能作为本体进入诗中，是容易理解的。

生活经验的负面化导致艾略特对之持鄙薄、否定的态度，拒绝让其进入诗歌。要说明的是艾略特的拒绝是本体论意义上的拒绝，而且是合目的性层面的拒绝。尽管负面化、垃圾化，艾略特也不可能完全将生活经验屏挡在诗歌之外。《空心人》之类的创作就充分表明了这一点。而且要特别强调的是，艾略特在诗歌史上正是一个以叙写负面化生活经验取胜的大师，他的成就正来自于对丑恶的现实生活情形的描绘。但"描绘"不是本体性的确认。不管描绘有何精彩，都不意味着本体性的合目的性的认同。

与拒绝生活经验的本体性进入相呼应，艾略特在诗学上创新性地提出，诗学研究关注的应该是诗歌，而不应该是诗人，他说："诚实的批评和敏锐的鉴赏不是针对诗人，而是针对诗歌而做出的。"他指出："要把对诗人的兴趣转移到诗歌上面来。"[1] 艾略特的这种观念具有从根本上转变诗学思维方式的效应。从浪漫主义以来，诗学研究针对的就是诗人，关注的就是诗人。浪漫主义并非不重视诗歌；但浪漫主义者认为，诗歌和诗人是同一的。诗是诗人内心世界的表现，诗人灵魂的叩问。施莱尔马赫说："如果说灵魂的自我省察是诗和所有造型艺术的神圣源泉，如果说灵魂在自身中找到了它想在其不朽之作中加以表现的一切，那么，灵魂在它那种除自身以外什么也表现不了的所有产物和作品中，重新回头探查自身，又有何不可呢？"[2] 由此，关注诗歌就应该关注诗人；关注诗人也就是关注诗歌。这是一方面。另一方面，浪漫主义在诗人和诗歌的比较中，又把诗人置于第一性的位置上。"诗人第一性"有两方面的缘由。其一，了解诗人是目的，了解诗歌只是手段。J.米德尔顿·默里说：了解一部文学作品，

---

[1] ［英］托·斯·艾略特.艾略特文学论文集[M].李赋宁，译.南昌：百花洲文艺出版社，1994：11.

[2] ［美］M.H.艾布拉姆斯.镜与灯：浪漫主义文论及批评传统[M].郦稚牛，张照进，童庆生，译.北京：北京大学出版社，2004：279.

就是了解作者的灵魂，而作者也正是为了展示其灵魂而创作的。❶其二，理解诗歌必须首先理解诗人；只有从理解诗人入手，才能真正理解诗歌。柯勒律治说："诗是什么？似乎无异于问诗人是什么。对一个问题的答案，也就包含了对另一问题的解答。"❷艾布拉姆斯指出，浪漫主义诗学的一种倾向是：抒情诗中的"我"正从柯勒律治所谓"代表性的我"转变为诗人自己，抒情诗也正力图表现那些可从诗人的书信和日记中得到证实的经历和心境。❸艾布拉姆斯的分析喻示，从诗人的书信和日记入手就可领会诗人内心的经历和心境，也由此就可理解诗人所写下的作品。而事实上，历史上很多批评家也正是这样做的。艾略特说要把对诗人的兴趣转移到诗歌上来，就等于要从根本上改变浪漫主义的思维范式。艾略特的"转移"，其依据当然是他自己和同时代许多现代派作家的创作。与历史上的浪漫派诗人不同，现代派作家不再把自我内心世界作为文艺的源泉。诗歌和前创作的诗人自我之间的连续性、同一性被打破。在割断和前创作母体关系的层面上，诗不再把诗人自我作为"母亲"；诗是创作过程的产儿，是自体繁殖、自生自长的孩子。

艾略特的"经验论"和"转移论"（"把对诗人的兴趣转移到诗歌上来"）的关系是一体性的。其一体性在于："经验"是"转移"之后的家园，在理论上是"转移"的依据。"转移"是"经验"的前提，在理论上是"经验"的理性表达。转移要以经验的生成为基础。艾略特的"转移"主要是从诗学兴趣上提出来的，但它实际上包含创作实践的转变。没有现代派在创作实践上对于前创作母体的埋葬，就不可能有诗学兴趣的转移。按艾略特和许多现代派诗人的创作方式，诗人自我不再是母体了，"创作经验"因此成了诗歌作品的新的母体。没有作为当下性母体的"经验"，也就没有诗歌的孕育和诞生。在这一意义层面上，"经验"即是"转

---

❶ ［美］M.H.艾布拉姆斯.镜与灯：浪漫主义文论及批评传统［M］.郦稚牛，张照进，童庆生，译.北京：北京大学出版社，2004：278.
❷ 十九世纪英国诗人论诗［M］.曹葆华，刘若端，译.北京：人民文学出版社，1984：69.
❸ ［美］M.H.艾布拉姆斯.镜与灯：浪漫主义文论及批评传统［M］.郦稚牛，张照进，童庆生，译.北京：北京大学出版社，2004：111.

移"的真正实现,是"转移"的最终环节。在诗学兴趣的层面上,"经验"因为是实践性转移的最终环节,是其核心,因而是"诗学转移"的根本依据。"经验"因为在"创作实践"上和诗学兴趣上成就了转移,也就具有了被理性表达的意义。而"诗学转移"就成了"经验"自身意义的理性表达的方式。

艾略特"诗学兴趣的转移",说的是从"诗人"向"诗歌"的转移。艾略特的这一说法有一含混之处:诗歌可以是静态的被创作出来的作品,也可以是被创作时的创作过程本身。艾略特在诗学史上被很多人认为是后来出现的并产生巨大影响的英美新批评的发起者。英美新批评关注静态性的诗歌作品。把艾略特看成新批评的发起者,就等于是把他的"转移论"所涉及的"诗歌"理解成了作品。但事实上,艾略特的"诗歌"不是静态性的作品,而恰恰是动态的创作过程、动态的创作经验。所以,在理解艾略特"经验"的创作性定位时,除了可与里尔克式的前创作经验区分之外,还有一个要注意的维度,即与后创作的作品相区别。而且,作品既可以是经验化的,也可以有"作品经验"的言说。艾略特的创作经验既不是"前创作的作者经验",也不是"后创作的作品经验",而是介于两者之间的真正当下性的动态过程。在艾布拉姆斯四分性文学要素的言说范式中,"创作"作为环节是被取消了的,也许人们将艾略特和英美新批评等同,无形中就是受了艾布拉姆斯式的"四分法观念"的影响。创作经验介于作者和作品之间。创作经验既不是作者的生活经验,又还是作者的创作经验。作为生活主体的作者在创作经验中被放逐了;作为创作主体的作者在创作经验中却仍然被保留下来。在放逐作为生活主体的作者的层面上,艾略特的经验论背叛了传统的浪漫派诗学。在保留作为创走主体的作者的层面上,艾略特的经验论又真实地继承了浪漫主义的传统。

### 三

艾略特的创作经验具体包含哪些环节、哪些机制、哪些内容?

从艾略特的有关论述来看，可以将其概括为三个方面。

1. 传统化

阅读艾略特诗学文献的人第一眼就会确认：艾略特推崇传统。艾略特影响最大的诗学文献《传统与个人才能》就是一篇高扬传统的名作。传统（英语：tradition）在日常用语中并不特别复杂。中国《辞海》释"传统"："由历史沿传而来的思想、道德、风俗、艺术、制度等"。《牛津英语参考词典》(Oxford English Reference Dictionary)释tradition：后代经由口传或实践沿袭的习惯、观念、信仰；成建制的实践和习惯。艾略特对传统作了别具特色的解读，并以之为基础在本体论层面上加以弘扬。艾略特说，"传统是一个具有广阔意义的东西。""首先，它包含历史意识。"历史和历史意识素来含义复杂。有人将之与虚幻的观念幻想相对，专指真实发生的事件、事实。有时历史只具有区别于现时的意义，特指过去发生的事件、事实。在很多人眼里，历史同宗教、道德等永恒不变的信条、境界相反，指不断发展变化的事实。历史可以是连续性的、有规律的事实的演变甚至重演。历史有时也被人认为是断裂性的、纯粹偶然的事件或事实。艾略特所说的"历史意识"强调的是历史的整体性和现在延伸性。他说："这种历史意识包括一种感觉，即不仅感觉到过去的过去性，而且也感觉到它的现在性。这种历史意识迫使一个人写作时不仅对他自己一代了若指掌，而且感觉到从荷马开始的全部欧洲文学，以及在这个大范围中他自己国家的全部文学，构成一个同时存在的整体，组成一个同时存在的体系。"❶ "感觉到过去性"，意味着历史包含过去。这里的"包含"应该是在实际存在的意义上说的，也就是说，艾略特应该不否认过去历史存在的真实性。"感觉到现在性"说的是历史具有向现在延伸的意义。"历史向现在延伸"从逻辑层面上说可以有四种含义。第一，它指过去发生的事件在当代仍然具有影响或意义。它或者是可以启示人们认识现代的生活，或者是具有烛照当今社会现实的作用。中国古人说"观今宜鉴古"主要就是在这个层面上说

---

❶ ［英］托·斯·艾略特.艾略特文学论文集[M].李赋宁,译.南昌：百花洲文艺出版社，1994：2.

的。第二，它意味着当今发生的事情也是历史，也要从历史的角度看待。这里的"也是历史"强调的是当今事态的实在性、重要性、不可忽视性。第三，它旨在强调现实事件和过去事件之间的连续性。当今正在发生的事态是在过去事态的基础上出现的，是对于过去事件的延续。第四，它意味着对过去历史事态的理解不可避免地受制于人们的当代感受。当代的价值判断、思维方式影响甚至决定着人们对过去历史的认知。克罗齐说一切历史都是当代史就是从这样的意义上说的。艾略特没有解释他的"历史的现在性"有何具体内涵，是否都包含上述四个方面。笔者认为至少前面三个方面应该都是蕴含其中的。艾略特说"传统包含历史意识"，这话可以理解成传统即是历史或历史意识；可以从历史或历史意识的角度理解传统。这意味着：艾略特对历史和历史意识的阐释也就是对传统的阐释。从独特性的角度看，艾略特历史阐释的创新之处在于强调了历史的现在性。由此，"现在性"也就可以理解成艾略特对"传统"的第一界定。在人们的一般理解中，传统是过去的东西。艾略特强调传统的现在性就意味着颠覆人们的一般性理解。这种"颠覆"对于艾略特来说，是一个自觉的目标。他说："假若传统或传递的唯一形式只是跟随我们前一代人的步伐，盲目地或胆怯地遵循他们的成功诀窍，这样的传统肯定是应该加以制止的。"❶此论断有多个方面的含义。其中一个含义就是不能把传统理解成过去的东西。"传统的现在性"是由"历史的现在性"决定的，"历史现在性"的诸种内涵同时也就是"传统现在性"的内涵。不过，除了从"历史现在性"的角度理解"传统的现在性"外，对于艾略特的"传统现在性"还可以注意更多的方面。历史虽然可以指曾经发生和正在发生的一切，但通常是指物质性的事件、事实，特别是指重大的、对于人们的生活发生决定性影响的政治事件、政治事态。艾略特的传统则与之有异。作为诗人，艾略特谈传统时特别关注文学、文化。关于文学传统和文化传统的现在性的具体含义本书暂不涉及，此处只指出一点：较之物质性的历史事件，精神性

---

❶ [英]托·斯·艾略特.艾略特文学论文集[M].李赋宁，译.南昌：百花洲文艺出版社，1994：2.

的文学文化的历史延续性自然更强；这也就意味着艾略特所说的传统的现在性更强。人们可以说某个时期的历史过去了，不会重演了。但对于文学传统、文化传统则很难这样说。人们可以完全无视古希腊特洛伊战争对今人生活的影响；但人们很难完全无视荷马史诗对当代文学的影响。与传统的现在性相呼应，传统具有整体性。艾略特所说的"整体"包含历时性和共时性两个维度。从荷马到现代形成整体是从历时性维度说的。"全部欧洲文学""在这个大范围中"包括"他自己国家的全部文学""同时存在"：这些词是侧重从共时性维度上说的。整体除了时空范围上的包容之外，还有一个更重要的方面：整体有一种渗透在各个部分中并对各个部分起驾驭作用的整体质。关于这个方面艾略特没有论及。但既然他强调传统的整体性，就有理由认为，他对此该是有所体会的。

传统除了具有"现在性""整体性"，还具有"非继承性"。"继承传统"是世人常说的话语。但艾略特明确宣告："传统……不能继承。"❶"不能继承"不能理解成"不能学习""不能吸收""不能受其影响"。"不能继承"指的是不能把传统当作"过去"的东西加以接收。把传统当作"过去"的东西，就等于是否定传统的现在性。在这一点上，传统的"非继承性"即是传统的"现在性"。另外，艾略特似乎把"继承"理解成简简单单、轻轻松松地获得。在"传统并不能继承"一语之后，他接下来的论述是："假若你需要它，你必须通过艰苦劳动来获得它。"❷把"继承"同"艰苦劳动"相对立，"继承"就成了不费吹灰之力的举手之劳。什么是要"通过艰苦劳动才能获得"的东西呢？只能是事物中所隐含的内在意蕴。外在的事实、表面的现象，都容易获得，都不需要艰苦劳动。从此一言说来看，艾略特所说的"传统"当指文学和文化中所蕴含的深层性的意义内涵。

艾略特谈传统，相对的是作家的个人才能。传统的本体性也就是传统超越并决定作家个人才能的本质。出于颠覆浪漫主义的作家本体论的需

---

❶❷ [英]托·斯·艾略特.艾略特文学论文集[M].李赋宁,译.南昌:百花洲文艺出版社,1994: 2.

要，艾略特从作家个人才能和传统的不对等性上展开思考。他认为传统大于个人才能，高于个人才能。传统构建作家的个人才能，也支配、决定作家的个人才能。传统可以超越个人才能；个人才能却不能超越传统。作家的个人才能任何时候都只是传统的某种特定形式的表达。艾略特的"传统超越论"主要从"个人接受传统"的角度展开，包含下列几个层面。第一，诗艺中通常被认为是属于作家个性的东西、在人们的感受中与传统相对立的东西，其实正是传统的内容。"当我们称赞一位诗人时"，"我们声称""找到了这个人独有的特点，找到了他的特殊本质"，但实际上，我们"会发现不仅他的作品中最好的部分，而且最具有个性的部分，很可能正是已故诗人们……最有力地表现了他们作品之所以不朽的部分"。❶ 第二，对作家个性的评判依从于传统的视野，评价和个性本身受制于传统。诗人的重要性，人们对他的评价，"也就是对他和已故诗人和艺术家之间关系的评价。你不可能只就他本身来对他做出估价；你必须把他放在已故的人们当中来进行对照和比较"。❷ 第三，诗人从事创作时，必须也必然会接受传统。"他必须知道欧洲的思想、他本国的思想——总有一天他会发现这个思想比他自己的个人思想要重要得多。"❸ 第四，诗人的成长正是传统渗透和滋润的结果。他不断地把自己"交给某件更有价值的东西"，❹ 他变得更加"复杂化"，❺ 而这也就是诗人的成长。

按通常的理解，作家接受传统是发生在超越创作的层面上的活动。通常主要是指前创作的知识积累，如通过阅读、学习、受教育而获得对传统的了解等。艾略特"传统超越论"包含前创作这个层面。艾略特所谓的"一个诗人应该知道的东西越多越好"一句中的"知道"应该包含创作之

---

❶ [英]托·斯·艾略特.艾略特文学论文集[M].李赋宁，译.南昌：百花洲文艺出版社，1994：2.

❷ [英]托·斯·艾略特.艾略特文学论文集[M].李赋宁，译.南昌：百花洲文艺出版社，1994：3.

❸❺ [英]托·斯·艾略特.艾略特文学论文集[M].李赋宁，译.南昌：百花洲文艺出版社，1994：4.

❹ [英]托·斯·艾略特.艾略特文学论文集[M].李赋宁，译.南昌：百花洲文艺出版社，1994：5.

前的阅读、学习、认知等方式。但艾略特的"传统超越论"主要不是发生在这个层面上,而是发生在创作层面上,发生在创作过程中。随着创作冲动的萌发、创作过程的展开,诗人进入历史意识之中,过去的、现在的、个人的、他者的历史画面在眼前铺开;中国古人所说的那种"伫中区以玄览,颐情志于典坟""寂然凝虑,思接千载;悄焉动容,视通万里""笼天地于形内,挫万物于笔端"的情形出现,诗人也就进入传统之中,或者说传统也就进入了诗人的脑海。艾略特说,作家"既意识到什么是超时间的,也意识到什么是有时间性的,而且还意识到超时间的和有时间性的东西是结合在一起的。有了这种历史意识,一个作家便成为传统的了"。❶艾略特所说的"意识到"这一现象无疑是可以发生在创作过程中的;而且从他的观念来看,应该主要是发生在创作过程中。这里的"应该"的一个基本依据就是,艾略特的关注点是诗而非诗人;是诗的创作而非前创作的诗人的活动。前面对此已有充分的说明。诗人在创作过程中进入传统,传统在创作过程中向诗人敞开;创作因此就成了"传统化"活动。笔者把"传统化"作为艾略特创作经验的内容之一,就由此创作的传统化而来。

2. 白金丝化

白金丝是艾略特用的一个比喻。艾略特试图以此说明诗人在创作过程中只起辅助性作用;诗人不是像浪漫主义者所说的那样的本体。艾略特的原话是:诗人的作用类似于"一小块拉成细丝的白金放入一个含有氧气和二氧化硫的箱内时所起的作用":氧气和二氧化硫两种气体,"由于白金丝的存在,产生化合作用形成硫酸。只有当白金存在才能发生这种化合。可是新形成的酸并不含有丝毫的白金,显然白金本身并未受到任何影响;它保留惰性、中性、无变化。诗人的头脑就是那少量的白金"。❷白金丝不是原材料,不是新诞生的产品,不是新诞生的产品中所包含的要素。白金丝只是催化剂。化合反应的主体、本体是参与反应的原材料和新诞生的产

---

❶ [英]托·斯·艾略特.艾略特文学论文集[M].李赋宁,译.南昌:百花洲文艺出版社,1994:3.

❷ [英]托·斯·艾略特.艾略特文学论文集[M].李赋宁,译.南昌:百花洲文艺出版社,1994:6.

品。化合反应的过程是原材料发生反应而产生新物品的过程。催化剂有它的作用,但这种作用只是促进、强化原材料的化合反应。相对于化合反应的过程,催化剂的作用不具有决定性意义;严格说来,它的作用是外在的。

艾略特把作家、作家的个性、作家的头脑和才能比喻成白金丝,主要的含义就在于取消作家在创作过程中的本体性作用、本源性作用。浪漫主义把作家定义成诗歌的本源。不管这"本源"是具体化为情感,或者想象,或者特殊才能,总之是从作家身上找寻导致文艺诞生的根本因素。艾略特断然拒绝浪漫主义的观念。他批评华兹华斯的情感论时说:"我们不得不认为,'在平静中被回忆的情感'是一个不准确的公式。那是因为诗歌既不是感情,又不是回忆,更不是平静,除非把平静的含义加以曲解。"❶ 这样一种批评相对于浪漫主义诗人自己的创作实践来说,是不公正的。浪漫主义诗人的创作是体现了作家本体性的。他们书写的确实是他们心灵中的内容。诗歌在他们那里确实是以作家为本源的。华兹华斯的诗说:"我拥有身边的世界;它属于我,/我创造了这世界;因为它的存在只是为我,/和那洞察我心的上帝——"华兹华斯的自白符合他自己和许多浪漫主义诗人的创作实践。但艾略特的批评相对于他自己和其他许多现代派诗人的创作来说又是正确的。对于艾略特这样一个生活困顿、经济拮据、身心劳累、在夫妻关系中饱受折磨几至于崩溃的诗人,他能不想方设法逃离现实的折磨吗?他能不尽力摆脱那内心的恶劣情绪吗?创作对于艾略特来说是拯救。这拯救就在于给他提供一种能让他摆脱现实磨难和恶劣情绪的、高远辽阔深沉幽微的境界。他的象征主义方式的创作正为此境界而来,正为了"摆脱现实磨难""拯救自身存在"而来。既如此,在理论上他也就有充足的理由摈弃浪漫主义的自我表现,进入"传统化"的、"白金丝化"的创作状态之中。

艾略特把作家比喻成白金丝,又仍然意味着在一定程度上保留浪漫主

---

❶ [英]托·斯·艾略特.艾略特文学论文集[M].李赋宁,译.南昌:百花洲文艺出版社,1994:10.

义的观念，这相对于后来完全宣布"作者死了"的形式主义文论，凸显了艾略特作为前形式主义文论家的时代特征。白金丝尽管不再是化合反应的主体，但仍然是该反应所需要的材料。诗歌不再是作家的自我表现，但作家在创作过程中仍有作用。诗歌是传统的进入和敞开，但传统的进入和敞开要依赖作家自身的努力。艾略特在多个层面上谈到了作家在创作中的作用。在论传统的时候，他说，传统要经历艰苦的劳动才能获得。在谈诗歌与经验的关系时说，诗歌把一大群经验集中起来；这里的"集中"无疑是由诗人的头脑来承担的。在论经验的收集时说，"诗人的头脑实际上是一个捕捉和贮存无数的感受、断语、意象的容器"。❶艾略特意识到，把诗人的头脑比作白金丝，就等于把诗人的内心分裂为两个方面。一方面是发挥催化剂作用的诗人头脑，另一方面是被白金丝催化的原材料——诗人内心的经验。这里的"诗人内心的经验"不是华兹华斯等浪漫主义者所说的那种前创作的生活经验或情感，而是进入到诗人头脑的、本质上又不是属于诗人的经验。创作是原材料的化合。原材料即经验。其中包括传统。传统、经验等本质上都不属于诗人个体自身。但在创作过程中，它们必须是"诗人化"了的东西，必须是进入诗人头脑的东西。不是诗人化了的、没有进入诗人头脑的经验、传统，不可能成为创作的原材料。创作是一个发生在诗人身上的现象和过程。白金丝对原材料的作用，诗人头脑对经验、传统的作用由此在诗人内心中展开。创作因此是一场诗人内心的博弈或者战斗。对此，艾略特有清醒的认识。他说：诗人的"头脑可能部分地或全部地在诗人本人的经验上进行操作。……诗人的艺术愈完美，在他身上的两个方面就会变得更加完全分离，即一方是感受经验的个人，另一方就是进行创作的头脑。头脑也就会变得能够更加完美地消化和改造作为它的原料的那些激情"。❷

上述论述隐约间涉及一个问题："白金丝化"和"传统化"作为同属

---

❶ [英]托·斯·艾略特.艾略特文学论文集[M].李赋宁，译.南昌：百花洲文艺出版社，1994：7.

❷ [英]托·斯·艾略特.艾略特文学论文集[M].李赋宁，译.南昌：百花洲文艺出版社，1994：6.

于创作经验的两个方面,在一定意义上有矛盾。"传统"在作家头脑中的进入,意味着作家的头脑、作家的才能是装载传统的容器;传统和经验是"内在于"作家头脑的。而"白金丝化"喻示的作家头脑、作家才能是"外在于"传统的催化剂。这一矛盾源自对作家头脑、作家才能的两种理解。前一种理解是就作家头脑的整体包容性说的,后一理解则是就作家头脑所含因素作进一步分析的基础上所形成的对作家自身才能的认定。仅仅就其"整体包容性"而言,作家头脑包括在创作过程中发挥催化剂作用的作家自身能力,也包括被作家才能"催化"的包括传统在内的经验。在进一步分析时,整体包容性被破解为两个方面。其起催化剂作用的一面成了作家头脑与才能,而被催化的原材料则他者化了。"白金丝化"着眼的是整体包容性被破解之后的情形。"传统化"则基本上是就尚未被破解的整体包容性说的。

3. 客观对应化

"客观对应化"作为创作经验的一个重要方面在理论上体现于艾略特关于"客观对应物"的论述之中。"客观对应物"是艾略特在《哈姆雷特与其问题》一文中提出来的观念。艾略特说:"用艺术形式表现情感的唯一方法是寻找一个'客观对应物';换句话说,是用一系列实物、场景,一连串事件来表现某种特定的情感;要做到最终形式必然是感觉经验的外部事实一旦出现,便能立刻唤起那种情感。"❶"客观对应物"意味着艺术有一种"不可避免性"。"艺术上的'不可避免性'"在于外界事物和情感之间的完全对应。

《哈姆雷特与其问题》关于"客观对应物"的讨论有两个层面。一是对"客观对应物"这一理论的阐释;二是围绕"客观对应物"对《哈姆雷特》的分析。艾略特认为从寻找"客观对应物"的角度看,《哈姆雷特》是一部失败的剧作。失败就在于该剧试图表现的情感没有找到客观对应物。《哈姆雷特》缺少艺术上的"不可避免性",缺少外界事物和情感之间

---

❶ [英]T. S. 艾略特. 艾略特诗学文集[M]. 王恩衷,译. 北京:国际文化出版公司,1989:13.

的完全对应;"哈姆雷特(这个人)受一种无从表达的情感的支配,因为这种情感超出了出现的事实。"艾略特所说的"情感超出出现的事实"一语有两个方面的含义:一是说哈姆雷特的情感没有用客观对应的事实材料加以表现;二是说哈姆雷特的情感本质上就是一种无从事实化的情感。"超出""事实"即在事实之外、越出事实的限度。哈姆雷特的情感是一种连他自己都"无法理解的情感","他无法使它客观化"。❶艾略特所说的"哈姆雷特的情感"指的是他对于他母亲的厌恶感。在艾略特看来,哈姆雷特这种对母亲的厌恶是他无法把握的。为什么无法把握?艾略特的分析是:"他的厌恶感是由他的母亲引起的,但他的母亲并不是这种厌恶感的恰当对应物;他的厌恶感包含并超出了她。"❷艾略特此一分析的逻辑是:在通常意义上,对于某种感情可以借助描述导致该感情的事实因素的方式来加以把握和表达。但在哈姆雷特这里,通常的方式失效了。厌恶感虽然是他的母亲引发的,但描述他的母亲不能帮助哈姆雷特把握和表达他的厌恶感。至于为什么"不能",艾略特接下来有一论述,似乎是想作进一步的说明:"加重格特鲁德罪过的性质,就是为哈姆雷特提供一种完全不同的情感的表达形式;正是因为她的性格如此消极和平凡,她才在哈姆雷特心中激起了那种她自己无法替代的感情。"❸哈姆雷特可以设想通过加重母亲格特鲁德罪过的方式来表达自己的厌恶感,但艾略特认为这样做只会导致一种新的情感出现,而无助于原有的厌恶感的表达。哈姆雷特之所以不能通过描述格特鲁德来表现自己内心的厌恶感,主要原因是他的母亲、这个被描述对象,太平庸、太没有特色;而厌恶感又正是由此平庸、无特色而起。

艾略特对哈姆雷特和《哈姆雷特》的鄙薄引来的批评很多。鉴于《哈姆雷特》在文学史上的地位、几百年来在读者心目中的位置,批评之多不足为奇。相形之下,艾略特的"客观对应物"理论赢得了广泛的认同。确实,理论也应该同具体的事例区分开来。把"客观对应化"放在诗学经验

---

❶❷❸ [英]T.S.艾略特.艾略特诗学文集[M].王恩衷,译.北京:国际文化出版公司,1989: 13.

的层面加以理解，其所包含的内涵和可以提供的启示都很多。

艾略特的"客观对应物"，侧重于指实在性事物。他列举的"实物""场景""事件"都属于"实在性事物的范畴"。比较一下艾略特的所指和英国形式主义美学情感表现论所言说的表现体，差异马上就可以看出来。以克乃夫·贝尔、罗杰·弗莱等人为代表的英国形式主义美学也重视情感的表现。但他们眼中用来表现情感的客体不是实在性的事物，而是艺术形式。贝尔说："有意味的形式是感动我的所有视觉艺术品共同和特有的唯一品质。"❶ "在每一作品中，以特定的方式联系起来的线条和色彩，每一种形式和形式的关联，激发我们的审美情感。这些线条和色彩的关联与组合，这些具有审美价值的动态形式，我称之为'有意味的形式'；'有意味的形式'是所有视觉艺术唯一共同的特质。"❷艾略特的"客观对应物"既不是与内容相对的"形式"，更不能用色彩和线条等具体的形式因素加以阐释。不过，要说明的一点是，艾略特的"客观对应物"也并不绝对排斥形式因素。虽然定义"客观对应物"时所言说的"实物、场景、事件"都不能归入"形式"的范畴，但另外的一些相关性言说可以表明"客观对应物"有逸出"实在性事物"的迹象。《传统与个人才能》中提到"诗人的头脑是一个捕捉和贮存无数的感受、短语、意象的容器"：此句中的"短语"显然也是"客观对应物"，也属于"形式"。在《哈姆雷特与其问题》一文中正面说明"客观对应物"的理论时，艾略特举了《麦克白》的例子。"麦克白在听到他妻子的死讯时说的那番话使我们觉得它们好像是由一系列特定事件中的最后一个自动释放出来的。"❸所谓"自动释放出来"，意思就是构成了完全的"对应"。而这里的作为"对应物"的"客体"就是麦克白的"那番话"。"那番话"同样不属于"实在性事物"，只属于"形式"。不过，"逸出实在性事物"的时候只是个别现象；在整

---

❶ [英]拉曼·塞尔登.文学批评理论：从柏拉图到现在[C].刘象愚，等译.北京：北京大学出版社，2000：258.

❷ Thomas E.Wartenberg. The Nature of Art: An Anthology[M]. Beijing: Peking University Press, 2002: 118.

❸ [英]T. S. 艾略特.艾略特诗学文集[M].王恩衷，译.北京：国际文化出版公司，1989：13.

体上，艾略特的客体与贝尔的客体确实有区别。贝尔的理论在 1914 年提出，时间上与艾略特的经验论诞生的时间大体相同。导致两者差异的原因应主要不是历史语境的变化。可以认为，差异的一个原因是理论视角的不同。艾略特是从创作角度思考的。而贝尔明确拒绝创作角度的思考。他说："在纯美学中，我们只需考虑我们的感情及其客体就可以了；就审美目的来说，我们，没有权利，也没有必要去探究那客体后面的创造者的心态。"❶ 进一步探讨艾略特和贝尔思考角度的差异，则可以注意学科归属的不同。艾略特思考的是诗学。而贝尔思考的是美学。美学素来重视对美的欣赏，在历史上多是从接受者角度展开，排斥创作者层面的思考。诗学在艾略特的时代则依旧是以创作为思考视角。

艾略特所说的"情感"是作品中人物的情感，不是作者的情感。《哈姆雷特与其问题》对此有明确的规定。《哈姆雷特》艺术上的失败是哈姆雷特这个剧中人心理意志上的失败。他无法理解、无法把握、无法表达自己内心的厌恶。艾略特谈"客观对应"时着眼的都是作品中人物的情感与客观材料的对应。失败的例子谈了哈姆雷特，成功的例子则主要有麦克白和麦克白夫人。艾略特不从作者情感的角度，而从作品中人物情感的角度定义"客观对应物"，与他在《传统和个人才能》中坚持艺术逃避情、感逃避个性的立场是一致的。作品中人物的情感不同于作者的生活情感。艺术因为逃避作者的生活情感，艺术的客观对应就不发生在客观材料和作者生活情感的关联上。反过来，因为艺术的客观对应只是作品中人物情感和客观材料的对应，作者的生活情感无缘参与其中，自当在排斥之列。不过，艾略特所说的逃避情感只是逃避作者的生活情感，并非逃避作者在创作中可能遭遇的情感。另外，创作毕竟是作者的创作，剧中人本身也是作者创造出来的。在这样的意义上，剧中人的情感同作者有不可回避的关联。在某种层面上，甚至也可以说，剧中人的情感即是作者的情感。因为，至少，那是他所体验、所认识、所应对的情感。艾略特意识到这方面

---

❶ ［英］拉曼·塞尔登. 文学批评理论：从柏拉图到现在［M］. 刘象愚，等译. 北京：北京大学出版社，2000：258.

的问题，所以他在论证艺术逃避情感的观念时，并不绝对排斥创作中情感的出现。而他在讨论哈姆雷特的失败时，也同时认为哈姆雷特的失败即是莎士比亚的失败。"有人认为哈姆雷特和作者是同一的，这种观点在下面这种意义上可以成立：哈姆雷特在没有客观对应物时的困惑是其创造者面临自己的艺术难题时的困惑的延续"；哈姆雷特不可能采取什么行动满足自己的感情，"莎士比亚也不能改变情节来帮助哈姆雷特表达自己"。❶哈姆雷特的困惑即是作者的困惑。艾略特对"延续"（prolongation）一词的使用更意味着强调作者的困惑在前，哈姆雷特的困惑在后；后者来自于前者。艾略特将情感"人物化"、排斥作者生活情感的表现，对此，有一个他应该回答但没有回答的问题：何以看待抒情诗中主体情感的表现？相对于叙事文学和戏剧文学，抒情诗没有人物，或者说不重视人物的叙写，抒情诗只重视诗人自我情感的抒发。艾略特自己是诗人，他的诗通常采用戏剧体方式来抒情。因为是戏剧体方式，艾略特自己可以回避主体情感表现的问题。但问题是：历史上毕竟有很多纯粹的抒情诗，有很多不叙写人物、不以戏剧体方式创作的、纯粹抒发自我情感的抒情诗。艾略特的"客观对应物"理论是不是就把它们完全排除在外呢？或者说是不是就可以把它们完全排除在外呢？对此，也许一个庶几接近艾略特心迹的猜想是：艾略特可能认为在现代历史语境中那种纯粹抒发自我情感的抒情诗已经没落。

  从艾略特对艺术"不可避免性"的强调、从他说"客观对应"是表现情感的"唯一方法"的措辞等方面看，艾略特对于"客观对应"是极为重视的。但"客观对应"有一个核心问题。这就是：何谓"对应"？虽然哈姆雷特的失败、麦克白的成功、"自动释放""不可避免性"等，都是在说明"对应"，但"对应"的具体机制、具体内涵并没有被阐释清楚。艾略特的"对应"发生在"源在性分离"的基础之上。情感和感性事物、和事实材料的关系在不同的理论家那里有不同的解读。有很多解读是排斥源在性分离的。中国古人说气之动物、物之动人，故摇荡性情形诸舞咏。按此

---

❶ ［英］T. S. 艾略特. 艾略特诗学文集［M］. 王恩衷，译. 北京：国际文化出版公司，1989：13.

观念，情是由物的摇荡而产生的。所谓"登山则情满于山，观海则意溢于海"❶"然屈平所以洞监风骚之情者，抑亦江山之助乎"❷；说的都是情缘境生。这是一种与古老的农耕生活方式相吻合的情感与事物的关系。此种关系排斥源在性分离。现代美国哲学家、美学家桑塔耶纳在阐释情感对象化时也排斥"源在性分离"。桑塔耶纳认为人的情感同感觉印象一样参与对象性事物的构建。外物作用于感官，形成印象经验；印象经验合并、统一，形成知觉表象，成为通常所谓的事物、对象。"事物就是这样因被人知觉而区别于我们对它的观念的，它本来是由各种印象、感情、回忆凝结而成的，这一切都供给我们去联想，都卷入想象力的旋涡之中而融为一体了。"❸"情感"在此意义上是一种构建对象性事物的动态生成功能；而不是人们通常理解的静态性的心理感受、某种已经获得的心情、心境、荡漾在心灵中的情绪实体。艾略特的"源在性分离"意味着情感和客体对象本身原就是分离的。因为分离，"对应"也就成了非常重要也非常难以成就的状态。所以，艾略特赋予它很高的地位。也因为分离，"对应"相应地成了难以破解的问题。艾略特在分析哈姆雷特和麦克白两种情形时实际上谈到了两种类型的情感。一种是可以找到"对应物"的情感，另一种则是根本找不到"对应物"的情感。按照艾略特的观念，似乎艺术应该表现的是那种可以找到对应物的情感，而不应是哈姆雷特式的那种没有对应物的情感。艾略特的这种观念放在他自身的创作语境中看是可以理解的。但放在整个文学史的背景上看则未必没有问题。可以将艾略特的创作纳入其中的象征主义的创作范式本身甚至也在一定程度上构成了对于艾略特观念的挑战。以马拉美、兰波等人为代表的象征主义在创作上的追求就是表现不可表现之物。艾略特的创作按照威尔逊的分析，属于象征主义中以科比埃尔、拉弗格为代表的"对话式反讽"的一派。此派与马拉美等人的"严肃的美学"派不同。依此解释，艾略特可以逃避"背离象征主义"创作范式

---

❶ 刘勰. 文心雕龙注［M］. 范文澜，注. 北京：人民文学出版社，2006：494.
❷ 刘勰. 文心雕龙注［M］. 范文澜，注. 北京：人民文学出版社，2006：695.
❸ ［美］乔治·桑塔耶纳. 美感：美学大纲［M］. 缪灵珠，译. 北京：中国社会科学出版社，1982：31.

的指责。但艾略特不能回避的一个问题是：既然他从《哈姆雷特》的阅读中知道该剧显示出哈姆雷特有一种无法表达的对母亲的厌恶感，这不就说明《哈姆雷特》已经将哈姆雷特的厌恶感表现出来了吗？可以承认《哈姆雷特》对于哈姆雷特的厌恶感的表现是通过其他方式，而不是通过哈姆雷特自身的言论、行动等对应物来表现的。但"其他方式"的表现不也是"表现"吗？这"其他方式"不也是"客观对应物"吗？按照马拉美等人的理论，诗是不可以直接言说的，只能"暗示"。在艾略特这里，也许"暗示"不属于"客观对应物"。但如真是这样，则艾略特的"客观对应"就有了特殊意义。

# 第四章 杜威：艺术即经验

杜威《艺术即经验》的主题是艺术和经验的同一。在 20 世纪前期的西方诗学史上，杜威是最坚定的经验诗学的倡导者。在现代自律论汹涌而来的时刻，杜威对"分区论"的批判，对艺术和经验的同一性的论证，捍卫了艺术和历史、现实、人生、世界的紧密关联。

## 第一节 "分区论"批判

在否定性上，杜威艺术哲学的目的是颠覆现有美学理论和诗学理论的分区。所谓"分区"，在杜威的思想中包含多个层面。其一，最大的分区是把艺术和包括现实生存及其各个方面在内的非艺术分离成不同的区域，把艺术看成高于非艺术的特殊领域。其二，分区意味着将人的活动、心理的各种因素分离开来，比如身体和心灵分离、感觉和思想分离，等等。其三，分区还意味着将艺术的各种形式、各个门类分离，比如诗和绘画分离。杜威反对所有层面的分区。杜威艺术论的经典之作《艺术即经验》一开篇就说明了自己的立场。他说："当艺术物品与产生时的条件和在经验中的运作分离开来时，就在其自身的周围筑起了一座墙，从而这些物品的、由审美理论所处理的一般意义变得几乎不可理解了。艺术被送到了一个单独的王国之中。"❶ "现有理论的问题在于它们开始于一种现成的分区化的状况，或从一种出于与具体的经验对象联系而使之'精神化'的艺术

---

❶ ［美］杜威.艺术即经验［M］.高建平，译.北京：商务印书馆，2005：1.

观念出发。"❶ 这主要是针对最大分区即艺术和非艺术的分区而说的。"每当活的生物与他的环境的联系的纽带断裂之时，将自我的不同因素与方面连结在一道的东西也就不存在了。思想、情感、感觉、目的与冲动都各自分离，并被认为是我们的存在的不同分区"❷：这主要是针对第二个层面即人自身多种因素的分区而说的。"将建筑（在这里也包括音乐）与像绘画与雕塑这样的艺术门类区分开来，就将艺术门类的历史发展搞得一团糟了"❸：这是针对第三种分区说的。"在美的艺术与实用或技术的艺术之间，在习惯上，或从某种观点看必须作出区分。但是，这种必须作出区分的观点是外在于作品本身的。习惯上的区分是简单地依照对某种现存社会状况的接受而作出的"❹：这里批评的是第四种类型的分区。《艺术即经验》一书包含了对所有层面的分区观念的批判，当然，主要的批判对象还是艺术和非艺术这一最大层面的分区，因为其他层面的分区也都是由这一层面而来。

"分区"是杜威的概念。杜威所说的艺术和非艺术的分区在现代诗学上通常用艺术的自律、自主等范畴表示。杜威没有分门别类地对西方历史上的"分区观念"作专题性的剖析。但在《艺术即经验》中，他随机性地谈到很多持分区观念的思想家，也涉及各种不同形式的分区观念。另外，除了具体的点名道姓的分析外，还要看到的是，杜威的反分区针对的是整个西方的美学—诗学传统。就其批判的覆盖性而言，即使他没有提到的分区观念实际也在他的批判之列。杜威所生活的时代正是分区观念如火如荼般强势演进的时代。艺术分区或自主的观念在19世纪末20世纪初已成为汹涌澎湃的压倒性的诗学思潮。就此而言，杜威的反分区具有强烈的时代性。杜威在向整个时代挑战。在他身上，显示的是一种"力挽狂澜"的思想姿态。也正因此，所有一切认定艺术能够分区、能够自主自律的意识都在他的扫荡之列。在写作方式上，《艺术即经验》针对"分区论"破题，

---

❶ ［美］杜威.艺术即经验［M］.高建平，译.北京：商务印书馆，2005：10.
❷ ［美］杜威.艺术即经验［M］.高建平，译.北京：商务印书馆，2005：280.
❸ ［美］杜威.艺术即经验［M］.高建平，译.北京：商务印书馆，2005：246.
❹ ［美］杜威.艺术即经验［M］.高建平，译.北京：商务印书馆，2005：26-27.

一方面，意在指明全书的目的是颠覆分区论，说明后面的所有立论都由之而来；另一方面，之所以用全书开头这种非常有限的篇幅表明全书之所斥，而不在更宽裕的语境中对分区论作更详细的辨析罗列，目的也在于作者要的正是整体性的反思和根本性的变革。

从整体上看，杜威要扫荡的分区论思潮可以分为三大类型：一是从柏拉图到康德到克罗齐的美学；二是唯美主义和象征主义思潮；三是形式主义文论。从"柏拉图到康德到克罗齐"这一类型的特点是：以理论家的论说方式构成思想史上的基本线索。"唯美主义、象征主义、形式主义"则是出现在杜威生活时代的具有显著影响力的美学思潮诗学观念。其中，唯美主义、象征主义是社会文化层面的美学思潮，形式主义则是发生在文学批评领域的诗学观念。唯美主义、象征主义作为社会文化思潮可以是社会上人们的现实生活态度。形式主义则只是文学家和文学批评家的文学观念。三者的区分当然是相对的，相互之间的渗透、关联很多。但这不妨碍在理论上对它们作类型学的区分和类别性的分析。

一

"理论家类型"首先可讨论康德。康德是杜威反分区论时批判的头号对象。康德在《判断力批判》中将美分为不涉功利、不关概念、自为目的的人类精神活动，由此凸显审美与非审美的分离、美与真与善的区别、艺术与生存的分裂。杜威的《艺术即经验》多次谈到康德。他虽然并不认为分区意识最早源于康德，但他明确认定近现代分区观念的弥漫缘于康德。杜威对康德的阐释即着重在对其分区观念的分析上。该书第六章"实质与形式"在援引赫德森描述自己童年感性经验的话语之后紧跟着首谈康德："没有人能够抱怨在这样一个经验中对直接感觉效果认知的缺乏。由于它没有受自康德以来某些论者对嗅、尝和触摸所采取的傲慢态度的影响，因而就更值得重视。"❶ 这一简单的提示内容丰富。它明确地表现了杜威对分

---

❶ ［美］杜威.艺术即经验［M］.高建平，译.北京：商务印书馆，2005：138.

区论的不满；它指明近现代西方历史上分区论的源头是康德；它用"自康德以来某些论者"这一短语涵括了西方自康德以后一百多年间分区论思潮蓬勃发展的全部历史，其中自然包括后面要讨论的象征主义、唯美主义、形式主义等思潮。最后，它的言说分量很重；因为在它前面，作者援引了赫德森一大段极具情感影响力的有关童年经验的描述，渲染了"处决"分区论的压倒性效果。随后，《艺术即经验》还有三处谈到康德，重点是讨论康德心理学层面的分区。第一处是"近来，人们对康德将艺术材料限制在'高等的'理性感官，即眼与耳之中，已经说得够多了，我在这里将不重复他们的有说服力的论点。"❶ 此语有三层意思。第一，指明康德的观点是艺术只关涉眼与耳等"高级"感官，而不关涉嗅、触等"低级"感官。第二，判定康德的这种看法是错误的。第三，指出对康德的这种错误看法已经有很多人进行了令人信服的批判。第二处是批评叔本华的直觉论时将之同康德的思想联系起来，指出叔本华的思想源自康德，而且康德的思想在论述"分区"方面更甚于叔本华："康德已经通过设置感觉与现象、理性与现象之间的明确的区分而提出了哲学的问题，并且以最有效地影响后世思想的方式提出了问题。"❷ 叔本华不过在解决"康德式知识与现实，以及现象与最终现实之间关系问题"方面作了发展而已。另外，叔本华的意志论也来源于康德的思想："康德使超越感觉与经验的责任意识所控制的道德意欲成为达到最终现实的唯一途径"。❸ 此处的比较分析在行文上有褒扬康德之处，但这种褒扬着眼的是康德的分区。既然分区是错误的，更为深刻有力的分区论不是更为有害吗？这是不是隐含在杜威的褒扬后面的潜台词呢？

  第三处分析的篇幅之大与含义之丰在全书的"资源性阐释"中相当罕见。原著第 252~255 页基本上都属于此一分析。杜威首先从批评美学史上的"观照论"谈起。他认为历史上的观照论是一种典型的将心理分区，即

---

❶ ［美］杜威.艺术即经验［M］.高建平，译.北京：商务印书馆，2005：241.
❷ ［美］杜威.艺术即经验［M］.高建平，译.北京：商务印书馆，2005：327.
❸ ［美］杜威.艺术即经验［M］.高建平，译.北京：商务印书馆，2005：328.

将"思想、情感、感觉、目的与冲动都各自分离"❶的理论。虽然这种理论有其一定的合理性,关注到"包括审美在内的所有真正的知觉"都含有"专注的观察"❷这一基本因素的事实,但问题是"专注的观察"不能化简为分区论层面的"观照"。杜威追问:为何会出现此种"化简"?他把理论的源头追溯到康德。他认为,康德的《判断力批判》是"化简"的源头。文章接下来出现了一段对康德美学理论的叙述。"康德是首先分区的大师,他把心理分成不同的区域。他给受其影响随后出现的将审美同其他人生经验分离开来的理论提供了人性论的依据,使之具有了科学合理性的基础。康德把知识同人之本性的不同联系起来,同人理解和处理相互关联的感觉材料的能力联系起来。他非常精明地把日常性行为和追求对象性快感的欲望绑在一起,把道德行为同依赖纯粹意志的纯粹理性的追求视为一体。在排除了真和善之后的一块净土处他把美安置下来,使之成为真善美经典性三分观念中的保留项目。纯粹感觉依然存在——'纯粹'意味着隔离和自我封闭;感觉没有被任何欲望污染。这种感觉严格说来是非经验性的。康德因此想到了判断力这种能力。这种判断力是非反思性的,是直觉性的。不过它并不关注纯粹理性的对象性客体。这种判断力在观照中发挥作用。审美的独特性成分则是伴随着观照的快感。由此而来,心理学之路被打开,通向美的象牙塔。这种美的象牙塔远离所有的欲望、行动和激情。"❸此段论述关乎康德的基本美学观,关乎《判断力批判》的主要内容。杜威此处所说的康德的分区包含下列多个方面:"日常行为"和"道德行为"的分离、"对象性快感的欲望"与"纯粹理性追求"的分离、真善同美的分离、感觉与经验的分离、感觉和欲望的分离、反思性同直觉性的分离、判断力与非判断力的分离、象牙塔之美同欲望、行动、激情的分离。不过,在杜威的思想中,所有这些分离实际可以归纳成两大类:"审美与实际经验的分离"和"心理功能的分离"。引文中"审美同其他人生经验分离"一语实际就包含这两个方面。从具体行文语境来说,杜威是从揭示

---

❶ [美]杜威.艺术即经验[M].高建平,译.北京:商务印书馆,2005:280.
❷ [美]杜威.艺术即经验[M].高建平,译.北京:商务印书馆,2005:281.
❸ Dewey. Art As Experience[M]. New York:G.P.Putnam's Sons Press,1980:253.

观照论的理论源头、透视观照论的逻辑起源的学理层面来讨论康德的。依杜威，观照论的主要错误在于仅仅静态地冷静地单一性地从视觉性层面审察美的对象，没有看到或不愿意承认审美实际上是包含多种心理功能（如情感、欲望等）协同作用的活动。杜威对历史上观照论的判断是否准确暂且不说，他把他心目中的观照论的理论源头归结于康德，这一指认是有依据的。杜威说康德赋予观照论以"人性依据和科学基础"，应该是从康德观念的言说形态上给出的认定，不涉及言说意义的正当性。也就是说，它只是表明：康德的言说方式是科学性的，是从人性分析的角度进行的。它并不意味着康德对人性的分析就一定准确，并不意味着杜威一定认为康德的分区符合人性的实际、具有科学上的合理性。杜威的康德叙述虽然具体针对观照论，但实际上并不只限于批判观照论。观照论只是分区论的一种表现形态，分区论还有其他多种形态。杜威的康德叙述实际上包含对所有分区论的批判。

叙述了康德的理论观念之后，杜威接下来从历史语境的角度分析康德理论的合理性和不合理性。杜威认为康德的理论"很可能反映出了18世纪的艺术倾向"。18世纪"是一个'理性'而不是'激情'的世纪，在那时，客观的秩序与规则、不变的因素，几乎是审美满足的仅有的源泉"；❶这个时代"艺术的'再现'性质特别明显，而所再现题材具有'理性'的性质——存在的有规律的与周期性的成分与方面"。❷由于符合18世纪的特点，因此康德的理论有其合理性。杜威对18世纪欧洲艺术特质和康德理论的合理性的认定需要略加讨论。从整体上说，欧洲18世纪重理性不重激情应该没有人反对，但18世纪的理性和激情、"重"与"不重"与19世纪浪漫主义对二者关系的把握不同。在18世纪，理性和激情并不相互排斥相互对立，而是相伴相依。18世纪既有理性的高扬，也有激情的澎湃。更重要的是，18世纪并不以"客观的秩序和规则、不变的因素"来否定激情。杜威的"18世纪"是侧重从受牛顿力学影响而形成的科学主义思

---

❶ ［美］杜威.艺术即经验［M］.高建平，译.北京：商务印书馆，2005：281.
❷ ［美］杜威.艺术即经验［M］.高建平，译.北京：商务印书馆，2005：281-282.

潮的角度说的，与欧洲18世纪启蒙主义所内含的批判社会现实的文化精神不完全吻合，更不包括法国卢梭的情感主义、德国的狂飙突进运动、英国感伤主义文学等所构成的文化思潮。牛顿的机械力学对自然规律的揭示让人们相信宇宙是井然有序的，用杜威的话说是由"客观的秩序与规则、不变的因素"构成的。但这种观念并不被渴望现实变革的欧洲启蒙主义者在投身政治文化宗教批判的社会活动时所接受。卢梭和德国狂飙运动参与者的"激情"、英国感伤主义文学渲染的敏感性则完全同杜威所说的那种"客观的秩序和规则、不变的因素"相对立。就康德对18世纪文化精神的把握而言，杜威的说法也应该有所修正。康德的思想无疑真实地反映了它的时代，但它所反映的也不只是受科学主义思潮影响的18世纪。按照杜威对18世纪和康德美学思想的分析，就会得出康德的理论是"再现性"的、关注"再现题材"的"理性性质"的结论，就会同包括伽达默尔等许多人在内的学者们通常认定的康德美学理论的主观性相背离。杜威说由于18世纪只是一个特定的时代，因此符合18世纪的理论就必然具有历史的局限性。"如果我们将这种思想（指康德理论——引者注）普遍化，将之扩展到艺术努力的所有时期，其荒谬性就很明显了。"❶杜威这里所说的"普遍化""将之扩展"的"荒谬性"，似乎只是就康德理论的接受而言，犯错误者似乎只是接受者；而与理论的首创者、与康德无关。但杜威真的就认为康德没有错误吗？显然不是这样。

  接下来，杜威就进入了对康德理论的学理性批判。"批判"包含三个方面。其一，认定康德的理论"忽略了与艺术生产有关的做与造的过程"。❷"做与造"是杜威阐释经验本质、艺术生产、艺术发生机制时特有的术语。本书后面将专门分析。此处要说的是，所谓"忽视""做与造"，其实就是说康德把艺术看成与现实经验无关的活动。艺术可以从艺术接受、艺术生产等不同途径阐释。康德的艺术理论从某个角度来说，重视的是艺术的接受，因为它讨论的是对美也包括对艺术美的欣赏。杜威认为艺术生产是更重要的。艺术的本质应该从艺术生产的角度去把握。康德的艺术美的接受

---

❶❷ [美]杜威.艺术即经验[M].高建平,译.北京：商务印书馆,2005：282.

论忽视了艺术生产这一属于艺术最本质的情形。

其二，认为康德的美论误解了知觉。杜威说，康德的观念"陷入到一种极端片面的关于知觉性质的思想之中。它用仅仅属于认知活动的机制来理解知觉；它只是把认知稍稍扩展一下：当认知被延长和展开时把伴随着的快感包括进去"。❶ 在杜威看来，知觉和认知不同。知觉包含认知，但不限于认知；知觉还包括认知以外的情感、欲望等多种因素。康德却错误地用认知来阐释知觉，将知觉和认知等同，将知觉认知化。杜威承认，康德也谈到属于情感范畴的审美快感。但杜威认为康德的审美快感只是在认知过程中产生的伴随性的情感，不是前认知过程的经验本身所蕴含的情感。杜威认定，前认知过程的经验由于同特定经验对象的结合必然会有情感产生；这种前认知过程的情感必然进入艺术生产的过程，而且它们是艺术生产非常重要的因素。"将审美知觉的情感因素仅仅定义为在观照行动中所取得的愉悦，独立于所观照的特质产生的刺激之外，只能导致彻底的艺术观念的贫乏。"❷ 杜威所说的"观照行动"即上文说的"认知活动"，而"所观照的特质产生的刺激"也就是前认知过程的经验对象的刺激。杜威这里的论述涉及诗学史上非常重大的情感问题。《艺术即经验》的第四、第五两章也旨在专门讨论这方面的问题。本书后面将专题分析。此处只指出：重视前创作过程的情感是历史上包括浪漫主义在内的很多艺术哲学所坚持的基本观念。杜威的"前认知过程的情感"本质上即浪漫主义所认定的"前创作过程的情感"。杜威强调前创作过程的情感在艺术中不可缺少，就此而言，他是在传统观念的思路上继续着他的艺术思考。

杜威说的"康德的理论误解了知觉"的断定蕴含一个前提：他认定康德在心理类型上所关注的主要是知觉问题，而不是与知觉有别的其他心理功能，如思维、想象、意志、欲望等。前引杜威关于康德美论的叙述中有如下阐释："纯粹感觉（Pure Feeling）仍然存在……因此，他想到了一种判断力的官能。"❸ "纯粹感觉仍然存在"指的是：康德在定义"美"时排除了日常性的"欲望"，排除了纯粹理性的"思维"和"意志"，也排

---

❶❷❸ ［美］杜威.艺术即经验［M］.高建平，译.北京：商务印书馆，2005：282.

除了前认知过程中产生而且必然会连续发挥作用的"情感",结果就只剩下"感觉",直觉性的感觉,即"知觉"。由此,康德的审美就只是"知觉"活动;康德的美论也就只是对知觉的理论分析。杜威说康德在定义美时"想到了""判断力的功能"。"想到了"一语首先涉及的是命名的主观性问题。康德将自己讨论美的著作命名为"判断力批判";在全书中围绕"判断力"对审美进行分析。其次,"想到了"意味着认定康德将审美等同于知觉,等同于判断力。将审美等同于知觉的原因前已说明。将审美及知觉等同于判断力是杜威对康德的阐释。这一"等同"需要分两个层面领会:第一个层面是将审美等同于判断力;第二个层面是将判断力等同于知觉。将审美等同于判断力确实是康德阐释审美的基本思路。康德之所以认定审美的关键是判断力的功能,原因如下。第一,康德是从审美何以可能的角度来讨论美学的,因此,他着眼的是人的心理能力,而不是艺术生产的机制如浪漫主义美学所关注的那样,或艺术作品的品质如形式主义美学所重视的那样。审美中的判断力或判断力功能指的就是人的审美能力。第二,从"判断"和"判断力"的层面定义审美源自康德推崇审美的理论意图。康德的判断力是在普遍与特殊之间寻求关系的一种心理功能。李泽厚指出:"康德分判断力为两种,一种是《纯粹理性批判》里讲的'判断力',即辨识某一特殊事物是否属于某一普遍规律的能力",康德称之为"决定的判断力";另一种是"审美和目的论的判断力"。❶两种判断力都是给出"判断"的能力。不同的是,前者在于判断特殊相对于普遍的归属性,即指明某一特殊事物属于某一普遍规律。在此种判断中,普遍规律是既定的、现成的;判断针对的是特殊事物。后者在于判断普遍对于特殊的依存性,即指明在某一特殊事物中是否有某种普遍因素存在。在此种判断中,特殊事物是既定的;要寻觅的、判断的是普遍因素。判断指向特殊。康德将审美定义为"判断力"、定义为从特殊出发寻找普遍的能力,一方面是为了体现出审美与认知(从普遍出发确定特殊)的区别;另一方面是

---

❶ 李泽厚. 批判哲学的批判 康德述评[M]. 北京:生活·读书·新知三联书店,2007:383-384.

从认识论的角度揭示审美的意义：审美能够让人超越特殊、能够把人带向普遍性之中。说康德的审美"判断力"等同于"知觉"应该认定为是杜威自己的看法。康德论"判断力"时主要涉及的是"思维""认识""悟性"等概念，基本上不谈"知觉"；更没有出现过"判断力即知觉"之类的结论。李泽厚先生认为康德的审美判断力涉及的是形象思维问题。❶这一看法值得尊重。另外，从康德思想的整个体系来看，康德是从知情意的传统三分来展开他的理论研究的。三大批判分别是关于知情意三者的研究。其中，《判断力批判》的审美研究重心是在"情"上。由这些因素来看，康德本人未必会同意将他所说的"判断力"定义成知觉。那么，杜威又何以要违背康德的原意，将他的判断力与知觉同一呢？杜威的"同一"有两方面的缘由。一是前面论"审美等同于知觉时"已经说明的原因。既然按杜威的观念，康德的审美排斥情感欲望思维意志，剩下的就只是知觉；既然康德自己将只留下了"知觉"的审美定义成判断力，可见，最终的结论就可以是：判断力即知觉。二是康德自己关于判断力的若干论述也让人推想判断力与知觉同一。康德认为审美的判断是在特殊中寻觅普遍；而审美对普遍的寻觅又是以非概念的方式进行的。虽然李泽厚据之认定康德所说的情形即是形象思维，但这种以非概念的方式构成的对普遍的寻觅不同时也可以认为是在感觉、知觉中对普遍的判断（寻觅）吗？如果进一步联系到杜威的"知觉"实际上是含义丰厚、成分繁多的概念，那么说康德的判断力即是知觉也就不奇怪了。

其三，认为康德误解了"快感"。"康德心理学的一个问题是，它揣测：除了'观照'所带来的快感，其他所有的'快感'都完全是由个人与私下的满足构成的。"❷就上下文的语境而言，杜威的此一说法有点突兀。上文说的是审美满足中包含复杂的多样化的心理内容。接下来说经验"具有一种渴求的成分，一种向前推进的成分"。❸似乎上下文都没有谈到"快

---

❶ 李泽厚. 批判哲学的批判 康德述评[M]. 北京：生活·读书·新知三联书店，2007：384.

❷ [美]杜威. 艺术即经验[M]. 高建平，译. 北京：商务印书馆，2005：281.

❸ [美]杜威. 艺术即经验[M]. 高建平，译. 北京：商务印书馆，2005：283.

感的个人性、私下性"问题。但如果联系更大一点的语境看,则此一突兀的言说还是可以理解的。引语本身的意思是:依康德,观照带来的快感是没有个人性、私下性的,而其他非观照性的快感都具有个人性、私下性;杜威则认为康德的这种观念是对那种"非观照性快感"的误解。这里有两个问题:第一,康德是不是如此?第二,杜威对康德观点的否定是否有理?回答这两个问题,可以撇开杜威所使用的"观照"一词,把观照与非观照替换成审美与非审美。第一个问题的回答是:康德的确重视审美与非审美的区别。康德的审美非功利性、非概念性、无目的性等观念就意味着杜威指责的审美快感的非个人性、非私下性。康德把审美快感和动物性快感相区分,指出后者关涉对象本身,而前者只涉及对象的形式;后者愉快在前判断在后,前者判断在前愉快在后;这些都蕴含了对非审美快感的个人性和审美快感的非个人性的区分。李泽厚先生在分析审美快感的非概念性时说:"判断在先还是愉快在先,是由愉快而判断,还是由判断而愉快,对审美便是要害所在。……因为如果愉快在先,由愉快而生判断,这判断便只是个体的、经验的、动物性的,只是一种感官愉快。例如因吃得满意(愉快在先)而认为对象是好吃的,对象'真美'(判断在后),这就不是审美。"❶至于第二个问题,本书眼下还不能完全回答,只能简单地就杜威自己的理由说一下他何以否定康德。杜威的理由是:被康德视为非审美的快感同样也可以是非个人性的、非私下性的。引语后面的论述就可以看作杜威对"非审美快感"的"非个人性"的阐释,可重读:"每一个经验,包括最丰富与最理想的经验,都具有一种渴求的成分,一种向前推进的成分。"此处的"经验"可作为那种被康德排除在审美之外的人生活动情形。杜威用"渴求",特别是"向前推进"来描述它们,目的就是表明它们具有非个人性、非私下性的品格,因为"向前推进"明显是超越个人欲望满足的、能够让所有的人受益的特质。经验的非个人性也就意味着经验中所包含的情感(包括快感)的非个人性,意味着康德对经验性情感的解读是

---

❶ 李泽厚. 批判哲学的批判 康德述评 [M]. 北京: 生活·读书·新知三联书店, 2007: 392.

错误的：这就是杜威的结论。杜威否定康德的看法，而且从引文的论说方式看，他认为康德的这一错误实际上是相当严重的。而从杜威自己的思想来看，也可以认为这确实是两人之间的一个重大的分歧。

与对康德的批判相比，杜威对柏拉图的批判，相对来说火力要弱一些。杜威不像对康德一样对柏拉图作完全否定性的言说。这种不完全否定可以说是由柏拉图思想的复杂性造成的，也可以说与其在西方传统中的效果史的矛盾性有关。《艺术即经验》前面两次言及柏拉图时，都是持肯定的态度。第一次是肯定柏拉图禁诗，第二次是肯定柏拉图对"政治与道德的艺术"的"构想"。这两处的肯定都缘于杜威认为柏拉图的观念蕴含了对分区论的否定。"政治与道德艺术的构想"说明柏拉图将政治、道德和艺术看作一体性的人性活动。"禁诗"则说明柏拉图清醒地意识到艺术同现实生活密切关联，"柏拉图由于对这种联系具有强烈的感受，才产生出必须对诗人、戏剧家和音乐家进行审查的想法"。[1] 从第三次言说开始，杜威对柏拉图的言说就转为批判。第三次言说的内容是把分区的起源归结到柏拉图头上。杜威说："严格的心理学区分的历史起源""最初是在社会的成分和阶级之中所发现的差异的系统表述。柏拉图为这一事实提供了几乎是完美的例证。他直接从对当时公共生活的观察中发展出他对灵魂的三分法。他有意识地做出了许多心理学家在没有意识到其根源时所做出的分类"。[2] 灵魂的三分是：感性、精神、理性。杜威说柏拉图将"感性"判定为"在商人阶级中得到表现的""贪欲官能"。"精神"是"慷慨友善的冲动与意志"，是表现在公民—战士身上的"对法律与正确信念的忠诚"，是那种为了"忠诚"甚至不惜牺牲个人的品格。"理性"的官能则表现在那些"适合于制定法律的人身上"。杜威对柏拉图的"源始性的分区"在整体上是否定的。不过，从其言说方式上看，他也没有完全拒绝柏拉图。接下来杜威谈到，从"人的内在的心理上"看，理智与感觉、情感与观念、想象与实践，等等，是不能区分的；不过，就人的个性看，可以有区别："有

---

[1] ［美］杜威.艺术即经验［M］.高建平，译.北京：商务印书馆，2005：283.
[2] ［美］杜威.艺术即经验［M］.高建平，译.北京：商务印书馆，2005：6.

的人偏于执行而有人偏于反思；有人是梦想者或'唯心论者'，而有人是行动者"。❶ "个性上可以有区别"的论述说明杜威对柏拉图的分区有一定的肯定。从杜威否定和肯定的深层差异来看，他的否定实际上是基于现实层面的不可能性，而不是基于抽象思考的不可能性。把人内心的理智与情感、情感与观念、想象与实践等从实体性层面加以彻底分离是不可能的。杜威的否定就基于此种不可能。至于在抽象理论层面区分理智与情感等则完全可能。对此，杜威没有否定，也不可能否定。他所说的人的个性差异实际上就以此种抽象思考的区分为前提。在第三次言说之后，杜威对柏拉图还有几次言说。就对分区论的批判而言，其中最值得注意的是第四次。杜威第四次说柏拉图为的是批判西方历史上的形而上学艺术观。在杜威看来，形而上学艺术观只关注艺术中神秘的超验性成分，忽视和贬低艺术中的感性因素，是一种典型的分区论。杜威因此认定形而上学的艺术观是一种"幽灵的形而上学，与实际的审美经验无关"。杜威把柏拉图视为形而上学艺术观的开创者。这种艺术观"在西方思想中的起源可以追溯到柏拉图"。柏拉图"将我们从感觉与现象领向某种处于它们之外的东西"，"教育我们离开艺术而去知觉纯粹的理性本质"，柏拉图构建了一种阶梯式的理论，引导灵魂从可感对象向上攀升，由"接近法律与制度的美，再上升到科学的美，然后，我们再继续发展到绝对美的直觉的知识"。这种"柏拉图的阶梯是单向上升的；没有从最高的美到知觉经验的回头之路"。❷ 杜威对柏拉图的这种解读在西方历史上有代表性，也确实可以在柏拉图的著述中找到依据。但是，从诺夫乔伊等哲学家的观点来看，杜威的解读未免单一化。按诺夫乔伊的看法，柏拉图不只是形而上学的开创者，同时也是相反的形而下世界的认同者。柏拉图的思想有内在的矛盾性。他认定彼岸世界，但同时肯定此岸世界，确认此岸世界的存在具有"必然的逻辑依据"，柏拉图从来"没有中止"关于此岸世界的"一切可以想象的、有限的、暂时的、不完满的和有形的存在物之存在价值的论断"。另外，柏拉

---

❶ [美]杜威.艺术即经验[M].高建平，译.北京：商务印书馆，2005：275.
❷ [美]杜威.艺术即经验[M].高建平，译.北京：商务印书馆，2005：275-276.

图的阶梯也并不绝对像杜威所说的那样不回头,"在《蒂迈欧篇》中,柏拉图明确地开始了从较高的'绝对存在'的领域向较低的世界回转的路程。"❶ 杜威对柏拉图作单一化的解读,说明他对柏拉图的细读不够;从中似乎也可看出他颠覆分区论的心情的急切与强烈。

围绕由柏拉图开启的形而上学艺术观,杜威批评了西方历史上一系列思想家。首先是普罗提诺。在西方历史上,普罗提诺被称为新柏拉图主义的代表。普罗提诺从美的角度解释自然、人性、艺术和最高的存在物。他称最高存在物为"太一",认为自然界、人类社会、艺术的一切美都来自于太一。"万物的创造者是至高无上的艺术家。那种生灵据以成为美的事物的东西是由这位艺术家赋予生灵的。"❷ 如同对柏拉图的批判一样,杜威对普罗提诺的批判在于他无法承认事物的美是至高无上的创造者赋予的这种观念。普罗提诺虽然也认定美必然具有感性的一面,但在他的思想中,美的本质不在感性,而在于太一,在于最高的创造者。而在杜威看来,美的感性和美的超感性的内涵是并存的、平等的。另外,在哲学上,杜威根本不承认那个至高无上的创造者的存在。普罗提诺之后,被批评的是卡莱尔和鲍桑葵。卡莱尔认定:在艺术中,"无限与有限结合在一起;它处于可见状态,仿佛它能够让人们真切地获得。所有的真正的艺术作品都是如此;在它们中……我们分辨出从时间显露出来的永恒,神圣变得可见。"❸ 鲍桑葵则断言:"艺术精神是对'生活与神性'的信心,它充满与启示着外在的世界","其本身就具有终极真实性的生活与神性的显示"。❹ 卡莱尔和鲍桑葵的特点就是都像普罗提诺一样认定艺术中超验性的成分是本质性的因素。

按照杜威的观念,形而上学艺术观可以细分成两种类型。一种是神性的,另一种是理性的。前述普罗提诺到鲍桑葵的观念可以认为是神性的。

---

❶ 诺夫乔伊.存在巨链:对一个观念的历史的研究[M].张传有,高秉江,译.邓晓芒,张传有,校.南昌:江西教育出版社,2002:49-50.
❷ Dewey. Art As Experience [M]. New York: G.P.Putnam's Sons Press, 1980: 291, 294.
❸ [美]杜威.艺术即经验[M].高建平,译.北京:商务印书馆,2005:323.
❹ [美]杜威.艺术即经验[M].高建平,译.北京:商务印书馆,2005:324.

理性的形而上学艺术观则是以"逻辑本质"来取代传统的"神"或"神性"。"已经放弃了神学传统的当代形而上学家们看到,逻辑本质可以独立存在,而不需要任何心灵与精神居住在它们之内并支持它们。"❶ 杜威把桑塔耶纳(《艺术即经验》中译为"桑塔亚那")作为"当代形而上学家"的代表。杜威以较长的篇幅引用了桑塔耶纳的论述。桑塔耶纳的核心观念是:"本质的性质在美的事物中得到最好的显现";这种美的本质"具有个性、自我充实","尽管它也许会很快消失,但绝不真正消灭",它"属于永恒";由于有这种内在的"本质","物质性的东西,只要它被感觉到是美的,就立刻被非物质化"。❷ 杜威没有对桑塔耶纳的"错误"作专门的分析,但其援引的主旨很清楚:在他看来,桑塔耶纳所谓"本质"在超越和凌压感性事物这一点上也就是普罗提诺所说的太一,是卡莱尔和鲍桑葵所说的"神圣""神性",因而也属于"幽灵的形而上学"之列。这是总体上的判断。就具体的分析来说,谈到"本质"概念时,杜威有以下论述:"我们这里所说的对人与物的本质特征的感觉在很大程度上是艺术的结果,而前面所讨论的理论却认定:艺术依赖于、诉诸于预先存在着的本质,因而是颠倒了实际的过程。"❸ 这一论述无疑包含了桑塔耶纳。从此论述看,杜威不是说要完全否定"本质"概念,但他无法接受那种前于艺术创造的、只待艺术去寻觅的而且决定艺术价值的本质。在他看来,桑塔耶纳的"本质"就是此种他无法接受的"本质"。

形而上学艺术观在逻辑上涉及直觉观念:超物质、超感觉的"神圣""神性"只能通过"直觉"才能领悟到。虽然历史上提倡"直觉"的理论家们未必都这样论证"直觉"的存在,但在杜威看来,"直觉"观念的发生实际上就是如此。杜威谈到了它们的逻辑关联,而且在批判了卡莱尔、鲍桑葵、桑塔耶纳之后,就接着展开了对直觉观念的倡导者的批判。杜威批判的主要是两个人:叔本华和克罗齐。也许是考虑到行文篇幅的关系(多谈的放后面),杜威先谈的是克罗齐,而不是依据两人生平的历史

❶❷ [美]杜威.艺术即经验[M].高建平,译.北京:商务印书馆,2005:324.
❸ Dewey.Art As Experience [M].New York:G.P.Putnam's Sons Press, 1980:291, 294.

性顺序先谈叔本华。杜威此处论克罗齐主要是三个方面。一是对其以直觉为标志的艺术理论美学理论的总体评价。在这方面，杜威持相当否定的态度。他认为克罗齐的美学观点是那种将既定的哲学理论硬套在美学经验之上、因而导致对后者肆意扭曲（arbitrary distortion）的典型。他甚至以轻蔑的方式说，他都不屑于对克罗齐的说法给予驳斥（not refer to the theory for the purpose of refutation）。二是叙说克罗齐的著名等式：艺术＝直觉＝表现。三是叙说克罗齐的心灵论和直觉论。"克罗齐是这样一位哲学家，他相信仅有的真实存在是心灵。"❶ 杜威引用了克罗齐自己的话加以证实。由于真正的实在是心灵，而在普通的知觉中，客体对象又是外在于心灵的东西，所以艺术和审美依赖的不是"普通知觉"，而是"直觉"。克罗齐说："我们在一件艺术品中所欣赏的是完善的想象形式，在其中一种心灵状态穿上了外衣。""直觉由于它们再现情感而真实地成为自身。"❷ 杜威说，克罗齐的意思是："构成一件艺术品的心灵状态是作为一个心灵显示的表现，也是作为一种心灵状态知识的直觉。"❸ 杜威的阐释多少有点模糊，因为他没有说明克罗齐的艺术论何以排斥"知觉"而依赖"直觉"。依克罗齐，普通的知觉假定被知觉对象的客观实在性，知觉只是接受既有的对象。克罗齐的"直觉"则不同：直觉只是对形象的觉知，而不是对实在性对象的觉知（因为没有这样的实在性对象）；这被直觉的形象是心灵自身创造的，也就是直觉本身创造的。依克罗齐，直觉＝创造。直觉在克罗齐这里，既是接受者（感知对象），又是生产者（产生对象）。杜威论克罗齐虽然强调克氏的美学理论和他的哲学理论的紧密关联，但杜威似乎只想否定克罗齐在美学上的思考，而不过多涉及他的哲学观念。杜威甚至说，克罗齐的"著名等式"论"以他的哲学背景为基础"，"是可以理解的"。但实际上克罗齐的心灵论哲学观也是杜威所拒绝的。了解杜威的经验论就可明了这一点。杜威此处不详谈克罗齐哲学观的合理性问题，也许是考虑到论述的集中性，也许是寄希望于读者的互文性阅读。

---

❶ ［美］杜威.艺术即经验［M］.高建平，译.北京：商务印书馆，2005：324.
❷❸ ［美］杜威.艺术即经验［M］.高建平，译.北京：商务印书馆，2005：327.

对于叔本华，杜威的批判则较宽容。虽然在作总体性言说时，杜威指出叔本华的直觉论是另一"完全失败的例证"，但他特别提到叔本华具有艺术敏感性，他强调叔氏的理论只是康德分区论的辩证发展而已。如果说在杜威看来，克罗齐的错误主要在于缺乏对艺术经验的敏感，而叔本华的错误则主要在于哲学上师承的错误。杜威对叔本华理论的批评集中在两个方面：其一是叔氏的意欲论；其二是叔氏的审美层次论和艺术类型论。叔本华以康德的道德意志论为基础展开自己的哲学建构，"一种他命名为'意志'的积极原则成为不仅是自然，而且是道德生活所有现实的创造性源泉，而意欲（will）是一种不安分与不知足的抗争，它注定会不断遭受挫折。仅有的达到平和与持久满足的途径是逃脱意欲及所有它的作品"。由此，叔本华肯定观照："观照是唯一逃脱的方式，并且，在观照艺术作品之时，我们观照了意欲的客观化，并因此而使我们从所有其他方式的经验里的意欲的掌控中解放出来。"[1]杜威此处说的"观照"即是"直觉"。述说叔本华的意欲论之后，杜威接着分析其谬误。杜威说："对叔本华理论的最有效的批评来自他自己对这种理论的发展。他将魅力排除在艺术之外，原因是魅力意味着吸引，而吸引是以意欲来反应的一种方式，本来确实是一种欲望与对象的肯定性关系，却通过厌恶表现为否定性关系。"[2]杜威此处关注的是叔本华的自相矛盾性。在杜威看来，叔本华一方面把艺术及其所依赖的直觉看作让主体从意欲的掌控中获得解放的基本途径；另一方面，又把艺术看作"意欲"实施掌控的方式：艺术的"魅力""吸引"本身即是"意欲"的掌控方式。这种对艺术的看法是自相矛盾的。艺术的魅力和吸引本来显示的是欲望和对象的肯定性关系，但因为要否定意欲及其连带性的魅力和吸引，欲望和对象的肯定性关系就变成了否定性的。而这种否定也与人们的实际艺术经验构成矛盾。另外，从杜威的行文看，实际上可以说，叔本华对艺术的否定同他自己对艺术的敏感和热爱更是针锋相对；这同样是表现在叔本华身上的尖锐的矛盾。

---

[1] ［美］杜威.艺术即经验［M］.高建平，译.北京：商务印书馆，2005：327.
[2] ［美］杜威.艺术即经验［M］.高建平，译.北京：商务印书馆，2005：328.

杜威说叔本华从意欲的否定论出发，阐释了审美的不同层次。叔本华"设置了固定的等级安排。不仅自然的美低于艺术美，原因是意欲在人身上获得了比在自然中更高程度的客观化，而且，不管在自然还是在艺术中，都有着一种从低到高的秩序。我们从观照草、树、花时获得的解放，小于我们从观照动物生命形式时获得的解放，而人类的美则处于最高的地位，因为意志在它后来的显现方式中将脱离奴役状态。"❶杜威接下来没有说叔本华的此种审美层次论何以是错误的，但联系杜威的基本观念，其否定性不难理解。依杜威，从植物到动物到人的这种审美差异只是人为的设定，不是审美的真实情形，其所以出现是形而上学的思维在作怪。另外，叔本华的这种审美差异论同样与叔本华的意欲论相矛盾。按照意欲论，意欲的否定才有"平和与满足"，才有审美。依此，就审美的差异来说，应该是动物高于人，植物高于动物；也就是说应该同叔本华现在所说的相反。与审美层次论对应，叔本华区分不同艺术门类的审美效应。他认为建筑的审美价值最低；雕塑高于建筑；绘画高于雕塑；文学高于绘画；音乐是最高形态。这一连串区分的依据都是意欲的客观化程度。建筑之所以被放在最低地位，是因为"它所依赖的意志力量处于最低的等级"。音乐之所以拥有最高地位，是因为它既"给我们意志以外在的客观化"，而且"把意志的特有过程置于我们面前让我们观照"。而在杜威看来，这种依据意欲来区分艺术门类的做法是荒唐的；它出现在叔本华身上则带有更让人遗憾的成分，因为叔本华本是一个艺术鉴赏力很高的智者。

情感表现是自浪漫主义以来的近现代美学和诗学的重大问题，也是杜威《艺术即经验》关注的核心问题。杜威认为，对艺术和审美中情感表现的理解，同样存在严重的分区观念。特别是其中互相对立的两种。一种认为"审美的表现性属于直接的感性性质，由启示或想象等心灵活动所添加的东西不过是使对象更加有趣而已，它们不是构成审美活动的重要成分"，另一种观念则是"将表现性完全归因于所联想到的材料"。❷两种观念的根本差异在于：前者看重直接的感性材料，忽视心灵性的作用；后者

---

❶❷ [美]杜威.艺术即经验[M].高建平，译.北京：商务印书馆，2005：328.

注重联想等心灵活动的作用，忽视直接的感性材料的参与。杜威就后一观念特别批评了英国美学家浮龙·李。杜威认为，在否认直接的感性材料的表现性、把感性材料仅仅看作传达他者性的意义的外在载体这一方面，浮龙·李的理论是"最为完整的论述"。浮龙·李在近代美学史上是移情论的代表人物。移情论是19世纪末20世纪初影响深远的美学观念。其著名代表，除杜威谈到的浮龙·李，还有德国的里普斯、费肖尔、谷鲁斯，法国的巴希等。其中德国思想家的影响更大。浮龙·李受德国里普斯等人的思想影响，形成自己的移情论。杜威没有说移情论就等于他所讨论的否认直接感性材料的美学观念，也没有讨论在移情论方面影响更为深远的德国理论。不过，杜威肯定是把移情论作为他所讨论的"否认直接感性材料的观念"看待的。浮龙·李的移情论与德国理论有所不同。后者强调感情在对象身上的移入。在外在的事物身上，我们"移入""可以解释的感情，并通过这些感情，把建筑物的那种死沉沉的重量和支撑物转化成许许多多活的肢体"。❶ 浮龙·李在更为复杂多样的层面上看待向对象中移入的心理成分。她特别强调审美主体的运动感觉在知觉对象中的投入。她认为审美移情是"把我们自己动态的经验、运动的观念，赋予外物的形相"。❷ 杜威说，浮龙·李认为审美和艺术来自对事物的形相的欲望，来自满足自身让动态性图像模式处于和谐关联之中的需要。杜威欣赏浮龙·李的观念同德国版移情论的区别，围绕浮龙·李对动态性图像的强调作了长篇叙述，但杜威无法接受浮龙·李否定直接感性材料审美性的观念。他用轻蔑的语调写道："将绘画中的色彩看成是与审美无关，坚持音乐中的音调只是审美关系附加在其上的某种东西的理论，似乎根本用不着去驳斥。"❸ 这说的是浮龙·李，但同时也包括移情论诸家，包括所有否认感性材料审美性质的理论。

---

❶ ［英］李斯托维尔.近代美学史评述［M］.蒋孔阳，译.上海：上海译文出版社，1980：40-41.

❷ ［英］李斯托维尔.近代美学史评述［M］.蒋孔阳，译.上海：上海译文出版社，1980：46-47.

❸ ［美］杜威.艺术即经验［M］.高建平，译.北京：商务印书馆，2005：107.

## 二

唯美主义和象征主义是从 19 世纪中期到 20 世纪初弥漫于整个欧洲并影响到北美和亚洲的前后略有时差的两大文艺思潮。说其是发生在社会文化层面的诗艺分区的观念,是相对于后面要讨论的形式主义而言的。唯美主义和象征主义都是直接针对整个社会文化层面的、传统用真善美假恶丑等理念加以覆盖的生活现象而展开自身的观念建构。从理论资源上看,唯美主义、象征主义来自康德美学。唯美主义认定审美、艺术与功利无关,与认知、伦理、宗教、政治等人类活动无关。唯美主义的代表性人物戈蒂叶说:"只有没有任何用处的东西才具有真正的美;而一切有用的都是丑的。"❶ "我记不清是什么人在哪里说过,文学和艺术会影响世风。不论这个人是谁,毫无疑问他是个糊涂虫。这好比说萌芽的豌豆推动了春天的到来。"❷ 英国唯美主义代表王尔德说:"美的唯一事物是那些和我们毫无关系的事物。"❸ 象征主义和唯美主义联袂而来,在崇尚美、崇尚艺术的分区方面两者同声相应。所不同的是,象征主义以对整个现实的鄙薄、以艺术同现实的截然区分作为自身的基本特色。象征主义的领袖人物马拉美认定的诗歌信条是:"从你的歌中将现实驱除,因为现实是卑鄙的。"❹ 象征主义天才诗人兰波把"颠覆现实"和"到达陌生处"作为诗歌创作和自我人生的归宿。兰波对现实的反叛甚至让同为象征主义诗人的好友魏尔伦都感到惊奇。魏尔伦说:"有多少个深夜我在他熟睡的身边醒来,为的是探究出,他〔兰波〕为什么要如此强烈地冲破现实。"❺ 兰波对"陌生处"的追

---

❶ Théophile Gautier. Preface to Mademoiselle de Maupin [M] //Vincent B. Leitch. The Norton Anthology of Theory and Criticism. New York · London: W.W.Norton & Company, 2001: 758.

❷ Théophile Gautier. Preface to Mademoiselle de Maupin [M] //Vincent B. Leitch. The Norton Anthology of Theory and Criticism. New York · London: W.W.Norton & Company, 2001: 755.

❸ Oscar Wilde. "The Decay of Lying", Intentions (1891). London: Methucn p.16. The Theory of Criticism: from Plato to the Present A Reader. Edited and introduced by Raman Selden. Longman Group UK Limited, 1988: 253.

❹ [德] 胡戈·弗里德里希. 现代诗歌的结构:19 世纪中期至 20 世纪中期的抒情诗 [M]. 李双志,译. 南京:译林出版社,2006:109.

❺ [德] 胡戈·弗里德里希. 现代诗歌的结构:19 世纪中期至 20 世纪中期的抒情诗 [M]. 李双志,译. 南京:译林出版社,2006:63.

求意味着"看到不可见之物,听到不可听之物","从诗人自己溃灭之处开始展望那""闻所未闻、无法言表"的"地平线"。❶ 如果要更具体地对比象征主义和唯美主义的区别,可以说,象征主义侧重于美与"现实之真"的分裂;唯美主义侧重于美与善的分裂。前者建构象牙塔,以从现实的逃离来寻觅生命的意义。象征主义是一种文艺观念,表现在波特莱尔、马拉美、兰波等人的思想和创作之中。象征主义也常常作为一种生活态度表现出来。作为一种生活态度,象征主义在《逆天》和《阿克瑟尔的城堡》等象征主义名著的主人公身上有极具典型性的显现。《逆天》中的主人公德泽特憎恶现实,憎恶他生活的环境,憎恶他周围的人,看到街头那些怡然自得的人们,他常常"恨不得能冲上去扇他们两巴掌";❷ 他"内心渴望逃离这粗鄙、可憎的时代的欲望日益强烈"。❸ 能够让德泽特心情舒畅的只有艺术和文学的世界,"远离尘世,他满足于感知能力所带来的惊喜、精神的幻觉所带来的喜悦。"❹ 居住在自己城堡里的阿克瑟尔对生活完全绝望。他对恋人莎拉说:"跟我们刚才的幻境相比,明天所有的现实又算得了什么?……我们的愿望使我们不再属于这个世界。"❺ 于是,他邀请她一起自杀。而这也终于成为他们的结局。唯美主义作为一种生活态度则可以在唯美主义者王尔德自己的身上看到。因为相信艺术的美,不相信现实的善,认为"生活对于艺术的模仿远远多于艺术对生活的模仿",王尔德于是对现实的善恶观持不屑一顾的态度,因而导致自己的行为被社会所谴责。

杜威在《艺术即经验》中没有直接从整体上论述象征主义和唯美主义,没有讨论唯美主义和象征主义的理论家和艺术家,甚至几乎没有提及

---

❶ [德]胡戈·弗里德里希.现代诗歌的结构:19世纪中期至20世纪中期的抒情诗[M].李双志,译.南京:译林出版社,2006:50.

❷ [法]乔里-卡尔·于思曼.逆天[M].尹伟,戴巧,译.上海:上海文艺出版社,2010:23.

❸ [法]乔里-卡尔·于思曼.逆天[M].尹伟,戴巧,译.上海:上海文艺出版社,2010:48.

❹ [法]乔里-卡尔·于思曼.逆天[M].尹伟,戴巧,译.上海:上海文艺出版社,2010:181.

❺ [美]威尔逊.阿克瑟尔的城堡:1870年至1930年的想象文学研究[M].黄念欣,译.南京:江苏教育出版社,2006:188.

他们的名字；对唯美主义、象征主义的著名观念如"为艺术而艺术""生活模仿艺术""应和""通感""暗示"等也没有加以专题性讨论。但这些丝毫不等于杜威没有对唯美主义、象征主义给予批判。杜威说："在雅典，这个被认为最优秀的史诗与抒情诗、最优秀的戏剧艺术、建筑与雕塑之乡，为艺术而艺术的思想，正像我说过的那样，是无人能懂的。"❶ 这里是谈古希腊，但提到了"为艺术而艺术的思想"，这显然就是针对唯美主义、象征主义的观念说的。《艺术即经验》第十二章"对哲学的挑战"专门讨论西方历史上的分区观念。其中谈到的第一种按作者的意思可以称为"逃逸论"。杜威说：在许多西方观念的根源中，"存在着这样一种内在而根深蒂固的个人与世界（个人在其中生存和发展）的对抗，只有通过逃逸，才能达到自由"。"既然在自我的需要和欲望与世界的状况之间存在着足够的冲突，逃逸的理论就被赋予了某种意义。"❷ 杜威说逃逸论时，具体分析的是虚拟论、梦幻论、游戏论等理论观念。"虚拟""梦幻""游戏"这些确实是西方近现代历史上美学家们阐释艺术活动的关键词。它们也确实如杜威所说，蕴含了个体精神从世界之中的逃逸。但如上面所言，最大的最典型的"逃逸"是表现在唯美主义和象征主义之中的。看一看作为诗人的兰波和作为文学形象的阿克瑟尔，没有人能否认这一点。尽管杜威没有具体讨论唯美主义和象征主义，但既然目标对准了"逃逸"，人们就完全可以认为，杜威的批判包含对二者的谴责，而且可以说首先就是批判二者的。

## 三

"形式主义的分区"不像唯美主义、象征主义的分区一样，在整个社会文化的层面上将艺术和功利、艺术和政治经济道德宗教等区分开来，把艺术看成高居于现实之上的精神领域。形式主义的分区着眼于艺术品自身构成因素的区分，其特点是：将艺术作品区分成内容和形式两大方面；将

---

❶ ［美］杜威.艺术即经验［M］.高建平，译.北京：商务印书馆，2005：111.
❷ ［美］杜威.艺术即经验［M］.高建平，译.北京：商务印书馆，2005：311.

内容看成与现实生活相同、与之没有本质性区别的因素，认为艺术的特殊性和独特价值只在形式层面。形式主义只在艺术作品的形式层面定义艺术的特殊性、分区性。

形式主义美学诗学的分区在19世纪末20世纪初同样有多种形态。英国形式主义美学认为，艺术的意义在于其独特的形式。克乃夫·贝尔说，就艺术而言，"有意味的形式是感动我的所有视觉艺术品共同和特有的唯一品质"，"就审美的角度来讨论，需要达成共识的只是形式的安排与组合必须按照以特殊的方式感动我们的某些未知的、神秘的规律"。❶ "艺术是超越道德的"，也是超越现实的，"因为在艺术欣赏中，我们并不需要从生活中来的东西，不必了解生活中的观念和事件，也不必熟悉生活中的感情。艺术把我们从人们日常活动的世界提升到一个审美的世界中。在审美的瞬间，我们和人们的利害计较完全隔绝；我们的期待和记忆被阻止了；我们被升华到了生活的潮流之上……" ❷ 英国形式主义美学无疑是杜威抨击分区论时经常会想到的一个靶子。《艺术即经验》中就有对英国形式主义美学代表人物弗莱的批评。该书第五章讨论"表现性对象"时多次引用弗莱的话。针对弗莱强调艺术形式、否定题材的论断，杜威虽然在一定程度上赞成弗莱的"艺术所再现的不是对象本身""艺术中的很多形式因素服从于对隐含在形式因素相互关系中的意义的召唤"等观念，但他强调指出：弗莱的论述具有晦涩秘奥的毛病；弗莱所说的"艺术家接近一片景色时能够不带有从他的先前的经验中汲取的趣味和态度，没有价值背景"的情形"是一个不可能实现的条件"。❸

英国形式主义主要是关于绘画等造型艺术的美学理论。20世纪形式主义分区论的大本营是在诗学领域。从莫斯科到布拉克到巴黎的形式主义文论构成了20世纪诗学的基本发展线索。杜威发表《艺术即经验》的时候，莫斯科的形式主义分区论诗学已经蔚为大观，并已产生影响。布拉克的形式主义分区论诗学正在形成。莫斯科和布拉克的分区论都从文学语言和文

---

❶❷ [英]塞尔登. 文学批评理论：从柏拉图到现在[M]. 刘象愚，等译. 北京：北京大学出版社，2000：259.

❸ [美]杜威. 艺术即经验[M]. 高建平，译. 北京：商务印书馆，2005：96.

学技巧的角度定义文学存在的意义。此处可只从莫斯科的理论来看其分区性。莫斯科形式主义诗学的代笔人物什克洛夫斯基说:"艺术的存在是为了使人感觉到事物,使石头成其为石头。艺术的目的就是要给予事物如其所见、而非如其所知的感觉。艺术的手法就是使事物'陌生',使形式难懂,增进认知的难度和长度,因为感知的过程本身是以审美为目的的,因此必须延长。艺术是体验事物的艺术性的一种方式;事物本身不重要。"[1]如果说"艺术的存在是为了使人感觉到事物"这一论述意味着作者强调的是"对事物的感觉";如果从这一论述中可以引申出"事物自身的本真存在是第一位的"这样的结论,则什克洛夫斯基的观点并不属于杜威所反对的分区论。但问题是什克洛夫斯基的观点恰好相反。第一,什克洛夫斯基重视的"感觉"是完全不同于"认知"的心理现象。所谓"如其所见而非如其所知"就是在强调二者的区别。第二,什克洛夫斯基重视的是"感觉",而非"事物"。如果重视的是"事物",则"感觉"要服从"事物","感觉"要真实于事物;相异于"事物"的"感觉"、多余的"感觉"就要排除。什克洛夫斯基说"进入感觉之中""延长感觉""把握感知过程""以审美为目的",这都是在强调"感觉"重于"事物"、高于"事物";"感觉"是本体,是第一性的。那么,怎样才能凸显"感觉"、怎样才能让"感觉"成为本体呢?什克洛夫斯基的回答是靠"陌生化"的手法。"陌生化"本身是一种技巧、一种方式。但它又可以具体落实在很多不同的方式方法的层面上,通过很多具体的方式手段体现出来,比如,语言的陌生化、描写手段的陌生化、叙事技巧的陌生化等。在什克洛夫斯基这里,陌生化和感觉的本体化完全同一。感觉的本体化依赖陌生化,陌生化也旨在造成感觉的本体化。感觉本体化和陌生化二者的同一就成了什克洛夫斯基所说的"艺术性""文学性",而这种艺术性、文学性就是艺术、文学的最本质的东西。所以什克洛夫斯基最后的结论就是:"艺术是体验事物的艺术性的一种方式;事物本身不重要。"艺术是艺术自身的艺术性,是与人

---

[1] [英]塞尔登.文学批评理论:从柏拉图到现在[M].刘象愚,等译.北京:北京大学出版社,2000:274.

类的现实生存等各种"事物"有别的艺术性。这样，艺术就成了一个杜威所说的同人生世界分离开来的独立的领域。

《艺术即经验》的行文没有提到莫斯科、布拉克的形式主义。这也许是因为杜威构想该书时没有关注。杜威更加注意的是英美的理论资源。另外，杜威关注的是宏大的整体性的艺术领域，而不是像莫斯科、布拉克一样偏重于对诗即对语言艺术的思考。这些也许是他不曾关注的潜在原因。不过，行文上没有提及不意味着杜威的反分区论对之没有针对性。无论从事实上的基本观念的对峙而言，还是从分区论和反分区论的效果史而言，在思考杜威的反分区论时，人们都有必要将莫斯科、布拉克的分区论放在其与之关联的历史语境中加以考量。

同欧洲大陆的诗学分区论相呼应，在杜威反分区时，英美的诗学事实上也已开始跃动着分区的观念。这其中突出的形态是英美新批评的萌生。英美新批评在20世纪英美诗学上的巨大影响是杜威在写作《艺术即经验》中没有设想到的，也不可能想象到的。英美新批评的全盛时期是在杜威的著述之后。《艺术即经验》最初构思于1931年，成书出版在1934年。英美新批评雄踞批评界的时间是20世纪40~60年代。从此种时间上的错位来看，杜威反分区论的提出可以说与英美新批评无关。不过，英美新批评的孕育时间更早。艾布拉姆斯主编的《文学术语汇编》即认定：英美新批评运动的思想源头是I.A.理查兹（Richards）的《文学批评原理》(1924)、《实用批评》等著述和T.S.艾略特在20世纪头十年里就已经提出的诗学观念。理查兹划定文学语言和非文学语言的界限，强调文学陈述和科学陈述的区别，认为诗人可以凭借形式因素让内心的冲动变得井然有序，因而构建出现实生活中不可能有的审美经验：❶ 这些论述都表现出了相当明显的分区意识。艾略特说：诗歌作品"应该主要是作为诗而不是作为别的什么东西对待"。言下之意就是"诗是独立自足的语言客体"。❷ 而"独立自足的语言客体"的观念正是分区论的观念。虽然无论是在艾略特和理查兹等

---

❶ [英]塞尔登.文学批评理论：从柏拉图到现在[M].刘象愚，等译.北京：北京大学出版社，2000：144.

❷ M.H.Abrams.文学术语汇编[M].7版.北京：外语教学与研究出版社，2004：181.

人的思想中，还是在整个英美文学批评的文化语境中，英美新批评萌生时的分区意向还没有成为明确坚定并充分展开因而拥有强大冲击力的诗学观念，没有产生后来那种巨大的时代性影响。不过，既然作为思想苗头已经出现，它是否已经和杜威的思想触角相遇？是不是杜威正是因为敏感到此种已经起于青萍之末的批评之风的不可接受因而帮助促成了他的对抗性立场的形成？回答可以是肯定的。依据是：《艺术即经验》中已经出现对理查兹的批评。杜威在题为"人的贡献"的第十一章讨论艺术中自我的作用和投射理论时写了这么一段："像 I.A. 瑞恰慈（即理查兹）这样智慧的人也陷入到谬误之中。他写到：'我们习惯于说一幅画是美的，而不是说它在我们心中引起一个以某些形式具有价值的经验。……当我们应说是它们（某些对象）在我们心中产生这种或那种效果之时，那种投射效果，并使之成为原因的一部分的谬误就出现了。'在这里，不是作为一幅图画（即审美经验的对象）的绘画'在我们心中'产生某种效果。作为一幅图画的绘画本身就是由外在原因与有机体方面的原因相互作用而产生的总体效果。"❶ 杜威在此处所谈到的他自己和理查兹的分歧是：理查兹只重视作为艺术作品的图画对作为欣赏者的人所产生的经验性影响，并用投射理论对之加以解释，而不重视图画本身是作为创造者的人的全部因素和外界事物因素相互作用而产生的结果。杜威的观念则相反。在他看来，应该重视的正是"作为创造者的人的全部因素和外界事物因素的相互作用"，应该在这种相互作用中理解艺术的产生。杜威此处所批评的理查兹的观念虽然不是最典型的分区论的观念，但仍然可以从反分区论的角度来看待。杜威与理查兹的分歧表面上似乎是观察角度的差异，似乎差异只在于一个观察作品和读者的关系，另一个观察作者和作品的关系。但两人实际上的分歧正在于艺术能否分区。理查兹从艺术作品出发思考问题，是以艺术作品与非艺术作品的区分作为前提的。而杜威强调作者和作品的关联，目的也正在于坚持艺术不可以同非艺术脱离关系。此外，还可以注意：杜威没有谈及当时实践上已产生重大影响的艾略特及其诗论，也没有谈及其他很多在当

---

❶ ［美］杜威.艺术即经验［M］.高建平，译.北京：商务印书馆，2005：279.

时已经非常重要的理论家,这不宜简单地从视野狭窄的角度加以解释,而应该从选择的庄重性上加以体会。这就是说,选择谈论理查兹不是信笔成趣之类的闲笔,而是隐含了重大的意向。据此可以认定,杜威之点名理查兹实际蕴含了对其理论所包含的分区意识的拒绝。当杜威写下"像 I.A. 瑞恰慈这样智慧的人也陷入到谬误之中"这样的句子时,他心目中理查兹的谬误绝不只是以艺术作品作为观察起点的研究视角的错误,而同时包含对艺术进行分区的这种更为重大的基本倾向的"错误"。

## 第二节 艺术和经验的同一:三个层面的阐释

"艺术和经验同一"是杜威要建构的基本的艺术观念,也是他用以颠覆传统分区论的基本依据。

杜威认定艺术和经验同一,其论证可以从三个方面理解:其一,艺术活动本身就是经验;其二,艺术是生存经验的连续;其三,艺术经验和生存经验的要素同一。

"艺术活动本身即是经验"的论证在杜威的《艺术即经验》中主要可从现象性描述上看。杜威在评述塞缪尔·亚历山大"艺术家的作用并非始于一个与艺术作品相对应的完成了的想象经验"的观点时说:"真正的艺术作品是由来一种有机体的与环境的状况与能量的相互作用的整体经验的建构。"❶ 历史上有不少理论都持亚历山大所否定的那种观念,认为艺术起源于一个已经完成的经验。艺术只是把已经完成的经验书写出来、再现出来而已。杜威强调的有机体与环境状况与能量的相互作用而构成的整体经验是发生在艺术活动中的经验。也就是说,艺术活动本身即是有机体和环境在能量和状况方面的相互作用。杜威在这个方面的论述很多。他说:"艺术预构于生命的过程。当内在的机体压力与外在的材料结合之时,鸟

---

❶ [美]杜威.艺术即经验[M].高建平,译.北京:商务印书馆,2005:69,25.

就筑巢，狸就筑坝。内在压力得到了实现，外在的材料变为一个满意的状态。我们也许会犹豫，是否要用'艺术'这个词，因为我们怀疑定向性意图的存在。但所有的深思熟虑，所有有意识的意图，都在曾通过自然能量相互作用而有机地活动的事物中生长出来。如果不是这样的话，艺术就将建筑在颤动的沙滩上，不，在流动的空气中。"❶ 这段话的主要意思是：经验是生命有机体内在压力与外在材料相互结合的过程，是内在压力得到实现、外在材料让人满意的状态；艺术正是这样的过程与状态。由此，艺术活动即是经验过程，艺术由经验构成。"艺术是人能够有意识地，从而在意义层面上，恢复作为活的生物的标志的感觉、需要、冲动以及行动间联合的活的、具体的证明。"❷ 这一论述中的"有意识地""在意义层面""活的生物""感觉、需要、冲动以及行动间的联合"等限定语对杜威来说都是关于经验的说明。这些说明确认了杜威的艺术即经验的结论。

关于艺术是生存经验的"连续"的论证可以称为杜威的"连续性论证"。按照杜威的观念，艺术不是一种凝冻的静态性的成果，而是一种鲜活的经验活动；艺术经验不是从零开始，而是在前艺术经验的基础上进行，是依据既有的经验进行。杜威说："画家并非带着空白的心灵，而是带着很久以前就注入到能力和爱好之中的经验的背景，或者带着一种由更晚近的经验形成的内心骚动来接近景观的。"❸ 对于艺术家来说，深刻影响创作的先前的经验甚至可以追溯到很久以前，比如童年时代。杜威断定："童年与青年经验题材无疑是许多伟大艺术的潜意识背景。"❹ 由于过去经验的进入，艺术创作必然是过去和现在的结合。艺术是"一种当下存在的特征与过去的经验与个性结合的价值之间的亲密联系。直接性与个体性这些标志着具体存在的特征，来自当下的场合；而意义、实质、内容来自过去对自我的嵌入。"❺ 按照杜威的此一论述，甚至可以说，对于艺术经验而言，

---

❶ [美]杜威.艺术即经验[M].高建平，译.北京：商务印书馆，2005：69，25.
❷ [美]杜威.艺术即经验[M].高建平，译.北京：商务印书馆，2005：26.
❸ [美]杜威.艺术即经验[M].高建平，译.北京：商务印书馆，2005：94.
❹ [美]杜威.艺术即经验[M].高建平，译.北京：商务印书馆，2005：124.
❺ [美]杜威.艺术即经验[M].高建平，译.北京：商务印书馆，2005：76–77.

"过去"比"当下"更重要,因为"过去"提供"意义、实质、内容",而"当下"只提供"直接性与个体性"等"具体存在的特征"。前艺术的生存经验是多方面的,它们在艺术活动中的进入因此也会从多个层面展开。情感是可以首先注意到的因素。"巴恩斯博士指出,不仅从过去经验所承袭下来的理性意义增加表现性,而且那些情感上的特性……都在增加表现性。"❶ 艺术中新生的审美情感"并非独立于某种先在的、在艺术家的经验中搅动的情感之外;这后一种情感通过与一种从属于具有审美性质材料的视觉形象的情感上融合而得到更新和再造"。❷ 前文讨论过杜威对艺术情感的新生性非常重视。正是对于"新生性"的强调,杜威拒绝传统的自我表现论和原在情感论。但是同样为杜威所重视的是,新生的情感不是从零开始的情感,而是与过去情感融汇在一起的情感。而过去情感之所以能够和新生的审美情感融合,是因为它在艺术活动的过程中获得了"更新和再造"。与情感的连续性相比,杜威特别重视知觉的连续性。在这方面,杜威有很多论述。"在一位艺术家能够根据他的绘画所独具的色彩和线条关系发展出他面前景色的重构之前,他观察到具有由先前经验将意义和价值引入他知觉之中的景色。"❸ 不管"艺术家怎样洋溢着创造的热情,他也不可能在他的新知觉中剥夺由他过去与环境交往中所提供的意义,也不能从环境对他现在的观看的实质和方式的影响中解脱出来"。❹ 杜威所说的"知觉"主要指的是具体的知觉活动。知觉活动由主体自身的知觉能力和被知觉的对象性事物合成。具体的知觉活动就内容而言,高于各个参与性的因素:既高于主体的知觉能力,也高于被知觉的对象。这一"高于"不仅是因为它可以是二者静态意义上的合成,更重要的是因为它的合成的动态性可以构成对时间性维度上的前后经验的巨大吸纳。杜威说的知觉的"连续性"正是在知觉对于过去经验的吸纳上展开的。杜威说:"一位童年时代在农村度过的城里人,会倾向于购买画着吃草的牛或潺潺小溪,特别是画着可游泳的水潭的画。他从这些画中获得某些童年价值的复苏……加上一

---

❶ [美]杜威.艺术即经验[M].高建平,译.北京:商务印书馆,2005:129-130.
❷ [美]杜威.艺术即经验[M].高建平,译.北京:商务印书馆,2005:94.
❸❹ [美]杜威.艺术即经验[M].高建平,译.北京:商务印书馆,2005:96.

份因与现在的富有家产对比而获得的附加的情感价值。"❶这里说的是对画的欣赏，而其内含的选择性机制同样存在于创作之中。在艺术家观察领悟构思的时候，先前的经验会悄悄地进入其中，影响甚至在很大程度上完全决定艺术家对于场景事态的选择和构想。这就是杜威所说的艺术家"观察到……他知觉之中的景色"。除了主要是指"具体的知觉活动"，杜威的"知觉连续性"还涉及知觉作为心理功能、认知功能的塑造。他说：艺术家"对各种题材的先前的经验方面和状态被熔铸进了他的存在之中，它们是他用以知觉的器官"。"记忆不必是有意识的，但却具有持久性。它被有机地结合进了自我的结构本身，为当下的观察提供营养。"❷这里说的"熔铸进存在""结合进自我"就带有塑造知觉功能的意义。"知觉作为心理功能、认知功能的塑造"在具体内容上低于具体的知觉活动，因为它只是指主体的一般性能力，不包含当下具体的被知觉对象，也不涉及具体的动态性展开。但作为认知能力的知觉具有普遍适用性，而这是具体的知觉活动不具备的。抽象的具有普遍适应性的知觉能力经由具体的经验实践熔铸而成。作为过去经验的结晶体，虽然知觉能力本身不会直接展现过去经验的延续，但它内在地延续了过去的经验。在知觉作为能力施展的时候，从前的经验经由对知觉功能的塑造，潜在地继续着它们的作用，甚至延续着它们的形态。在这样的意义层面上，知觉作为功能的"延续性"实际上高于知觉作为具体活动的"延续性"。从引语可知，杜威在阐释知觉的连续性时特别注意"意义"维度。所谓"由先前经验将意义和价值引入他知觉之中"，"艺术家""不可能在他的新知觉中剥夺由他过去与环境交往中所提供的意义"都凸显了他对"意义"的强调。杜威所说的"意义"既包括事物所内含的认知性含义，也包括事物具有的价值。按杜威的解释，知觉不是漠然的感觉，不是对事物的单纯表象的接受，知觉必然有对被知觉对象的意义的领悟和接受。而过去经验在知觉层面的连续，就表现在意义的连续上。过去的经验使主体领悟了对象性事物的意义，领悟了自身经验的意

---

❶ ［美］杜威.艺术即经验［M］.高建平，译.北京：商务印书馆，2005：124.
❷ ［美］杜威.艺术即经验［M］.高建平，译.北京：商务印书馆，2005：96.

义。这种被领悟到的意义就决定了主体对后来所接触的对象的知觉。杜威没有更细致地去分析"意义"如何决定知觉的连续性,但可以指出的一点是,意义的决定性一定突出地表现在选择性上。在艺术家对事物场景情态的选择中,"意义"的连续一定发挥了重大的作用。前述杜威所说的童年时代经历过农村生活的城里人的选择就可以证明。

"艺术经验和生存经验的要素同一"意味着:艺术经验和生存经验虽然是经验的两大类型,但它们在基本要素方面是相同的。杜威关于这一方面的论证只针对二者的关联性,尚不涉及经验的形而上本质。有关杜威对经验形而上本质的阐释后文再谈。深入理解艺术和经验的同一必须洞悉经验的本质。但相对来说,"经验的本质"是更深刻的问题。艺术经验和生存经验的要素性同一可以暂时定位在不涉及经验形而上本质的层面上。经验通常是就生存说的,经验的最重要及最大量的形态也是发生在生存领域。由此,理解艺术和经验的同一,又必须理解艺术经验和生存经验的对应。

杜威强调艺术经验和生存经验的要素同一,其论述的一个重要方面是对现代分区观念产生之前的艺术和生存的混同性形态的描述。杜威强调,在较远时代,艺术和生存是混同的,二者难于区别;在某种程度上,艺术也就是生存,生存也就是艺术。"文身、飘动的羽毛、华丽的长袍、闪光的金银玉石的装饰","室内用具、帐篷与屋子的陈设、地上的垫子与毛毯、锅碗坛罐,以及长毛,等等,都是精心制作而成",具有"审美的艺术的内涵","我们今天找到它们,将它们放在艺术博物馆的尊贵的位置"。"然而,在它们自己的时间与地点中,这些物品仅是用于日常生活过程的改善而已",它们"用来显示杰出的才能,表示群体或氏族的身份,对神崇拜、宴饮与禁食,战斗、狩猎,以及所有显示生活之流节奏的东西"。❶杜威所描述的是历史的真实情形。在一般艺术史学者看来,这种现象是艺术成熟之前的状况。它们不能用来解释标准的艺术形态。但在杜威眼里,混同性形态虽然不一定是最高级的艺术形态,但正是标准的艺术形态;艺

---

❶ [美]杜威.艺术即经验[M].高建平,译.北京:商务印书馆,2005:5.

术就应该是和生存混同的。反之,那种将艺术和生存严格区分开来,以"一种混杂着敬畏与非现实的灵韵(aura)"❶所包含的"精神性"与"理想性"来定义艺术、而将那种以质料取胜的现实生存活动视为非艺术的应受蔑视的行为的观念正是应该被抛弃的。

在逻辑层面上,杜威"要素性同一"的论证可以从相互包含对方的角度理解。具体来说,就是:艺术包含生存的要素,生存也包含艺术的要素。杜威说:"舞蹈与哑剧这些戏剧艺术的源泉作为宗教仪式庆典的一部分而繁荣起来。弹奏拉紧的弦,敲打绷起的皮,吹动芦笛,就有了音乐艺术。甚至在洞穴中,人的住所装饰着彩色图画,这些画活生生地保存着与人的生活紧密相连的、对于动物的感觉经验。"❷"器乐与歌唱是仪式与庆典不可分割的组成部分,在其中集体生活的意义得到了完满体现。""戏剧是集体生活的传说与历史的生动体现。"这些论述都说明:艺术包含生存。舞蹈、哑剧、音乐、戏剧、绘画都是艺术形式,但它们保存着"对于动物的感觉经验",隶属于"集体生活的传说与历史",在它们内部都含有生存经验的基本因素。与上述情形相对应,生存活动中也包含审美和艺术的因素。杜威说:"如果一个人看到耍球者紧张而优美的表演是怎样影响观众,看到家庭主妇照看室内植物时的兴奋,以及她的先生照看屋前的绿地的专注,炉边的人看着炉里木柴燃烧和火焰腾起和煤炭坍塌时的情趣,他就会理解到,艺术是怎样以人的经验为源泉的。"❸生存内含艺术,甚至包括下列情形:"救火车呼啸而过;机器在地上挖掘巨大的洞;人蝇攀登塔尖;栖息在高高的屋檐上的人将火球扔出去再接住。"❹说上述生存情形包含艺术,首先不是说这些情形到一定时候会作为艺术家重视的生活积累,将它们写入自己的作品中,而首先是说,这些情形本身就含有艺术的因素、审美的因素。对此,杜威有独到的分析:"支起燃烧的木柴的人""无疑被眼前所发生的多样的戏剧性变化所迷住,并在想象中参与进去了。他不再是一个冷静的旁观者。柯尔律治关于诗的读者所说的话,就所有快乐地专注

---

❶❷ [美]杜威.艺术即经验[M].高建平,译.北京:商务印书馆,2005:5.
❸❹ [美]杜威.艺术即经验[M].高建平,译.北京:商务印书馆,2005:3.

于其心灵与身体的活动的人而言，是正确的。'读者不仅仅，或者并不主要是由好奇心的机械冲动，不由一种不止息的、到达最后解决的欲望，而是由过程本身的使人愉悦的活动所推动。'"❶"被眼前所发生的多样的戏剧性变化所迷住""在想象中参与进去""快乐地专注于其心灵与身体的活动""由过程本身的使人愉悦的活动所推动"：这些都是艺术因素、审美因素，因为它们都是艺术和审美的机制。

杜威的"要素性同一"也在递相性层面展开。所谓"递相性"指的是生存作为艺术的基础和源泉的重要性。杜威说："不知道土壤、空气、湿度与种子的相互作用及其后果，我们也能欣赏花。但是，如果不考虑这种相互作用，我们就不能理解花——而理论恰恰就是理解。"❷杜威的"相互作用"，是就土壤、空气、湿度等因素说的。就这些因素和花的关系而言，则不是相互的作用，而是单向的作用，所以是"递相性关系"。放到中国语境特别是1942年以后的中国文艺学语境来看，杜威的递相性论述并无特别高明之处。不过，西方传统不大涉及这一方面。西方的再现论只是共时性地探讨艺术和现实的关系，而不是历时性解释艺术的发生。另外，可补充的是，当和中国近几十年的文艺观作比较时，杜威的递相性阐释也有它隶属于西方传统的非常重要的规定在内。中国的文艺源于生活的观念隐含着创作者思想情感的改造、灵魂的定向性重塑。而在杜威的递相性发生中，没有这样的成分。

"要素性同一"最终可从生存和艺术的基本要素的完全同一性上理解。杜威在《艺术即经验》第一章的结尾围绕艺术和经验的同一作总结性论述时说："将艺术和审美知觉与经验的联系说成是降低它们的重要性与高贵性的说法，只是无知而已。经验在处于它是经验的程度之时，生命力得到了提高。不是表示封闭在个人自己的感受与感觉之中，而是表示积极而活跃的与世界的交流；其极致是表示自我与客体和事件的世界的完全相互渗透。不是表示服从于任意而无序的变化，而是向我们提供一种唯一的稳定

---

❶ ［美］杜威.艺术即经验［M］.高建平，译.北京：商务印书馆，2005：3.
❷ ［美］杜威.艺术即经验［M］.高建平，译.北京：商务印书馆，2005：11.

性，它不是停滞，而是有节奏的、发展着的。由于经验是有机体在一个物的世界中斗争与成就的实现，它是艺术的萌芽。甚至最初步的形式中，它也包含着作为审美经验的令人愉快的知觉的允诺。"❶ 这段话的主旨是艺术作为经验的重要性和高贵性，但它同时是对于经验的本质性言说。"生命力得到提高""积极而活跃的与世界的交流""自我与客体和事件的世界的完全相互渗透""稳定而有节奏地发展"：这些都是"经验"具体展开时的实际状态。这些实际状态既是关于艺术的，也是关乎生存的，因为它们是各种经验共同的基本的要素。也正是在体现或谓内含这些基本要素的层面上，艺术经验和生存经验最终实现了完全的同一。

理解艺术和经验的同一涉及对艺术作为"表现性行动"的理解。

第一，杜威把艺术活动主要看作"表现性行动"。《艺术即经验》的第四章、第五章都围绕艺术的"表现"而展开。艺术的表现性问题在西方是自浪漫主义以来的诗学的核心问题。浪漫主义诗人认定艺术就是表现。传统对"表现"的界定主要从情感、自我、心灵等层面入手。比如，华兹华斯说："诗是强烈情感的自然流露；诗起源于在平静中回味的情感。"浪漫主义的表现观一直雄踞19世纪的诗学美学。20世纪初，克罗齐论艺术和美时仍然认定：艺术即直觉即表现即美。杜威重视表现说明他对浪漫主义的文艺观有极深的认同。《艺术即经验》纵论西方诗学史、美学史，横扫从柏拉图到康德、克罗齐的分区观念，但是对浪漫主义的文艺观多有赞赏。这也可看出杜威的思想倾向。但是，杜威对浪漫主义表现观的继承是建立在他的经验观的基础之上的。从经验论出发，杜威在多个方面对传统的表现论作了改造。第一，杜威认定，艺术家在创作活动中表现的不是单一的心理成分；无论情感、想象、理解、意志，只要是单一的心灵因素都不能看作艺术所表现的本体。艺术表现的是多种心理成分交织的"整体经验"。艺术活动中有感觉、情感、认知、想象、欲望、意志；有当下的冲动，也有旧时的经验；有清醒的意识，也有模糊的躁动，甚至下意识、无意识。杜威对历史上分区论的批判一个重要的方面就是谴责"表现成分的

---

❶ ［美］杜威.艺术即经验［M］.高建平，译.北京：商务印书馆，2005：19.

单一论"。他说："各种哲学美学常常从在经验的构成中起作用的一个因素出发，试图用单一的成分阐释或'解释'审美经验；用感觉、情感、理性、用活动来阐释；想象力本身不被看成是在变化中将所有其它的因素集合在一道，而被看成是一种特殊的官能。"❶杜威批评康德主要就是集中在这一点上。他认为康德的审美判断力排斥欲望、意志、认知、思维、生活情感，只留下"极端片面"的"知觉"，因而是对审美经验的误读。与之相反，杜威赞赏华兹华斯、雪莱的下列说法。华兹华斯说："诗是所有知识的气息与精华；它的热情洋溢的表现是在所有科学的赞许之下进行的。"❷雪莱说："诗……既处在所有知识的中心，也处在它们的边缘；它是一种理解所有的科学、而所有的科学又必须指向它的东西。"❸杜威对二人的赞赏很清楚，核心就在"所有知识"这一点上。杜威特别欣赏柯勒律治论想象时所强调的"统一"。"柯勒律治使用'融为一体'（esemplastic）这个术语来表示艺术想象作用的特征。如果我的理解不错的话，他指的是将各种成分，不管它们在普通的经验中是多么的不同，结合成一个新的、完全统一的经验。"❹

第二，杜威强调表现性材料在创作活动中的重要性。杜威说："一首诗和一幅画所呈现的是经过个人经验蒸馏过的材料。它们不存在前身，没有普遍的本体。然而，它们的材料来自于公众的世界，因此具有与其他经验材料同样的性质，同时，该作品在其他人那里唤起新的对于共同世界的意义的知觉。"❺杜威这几句论述既说明了"材料"对于艺术的重要性，也说明了"材料"到底是什么。"材料没有前身没有普遍的本体""它们的材料来自于公众的世界"：这是"材料"的定义性说明。按此说明，杜威的"材料"实际包括两种类型：一是作品中的可感性描述，即由具体的场景、人物、事件等构成的整体；二是"可感性描述整体"得以构成的下属性具

---

❶ ［美］杜威.艺术即经验［M］.高建平，译.北京：商务印书馆，2005：19.
❷ ［美］杜威.艺术即经验［M］.高建平，译.北京：商务印书馆，2005：305.
❸ ［美］杜威.艺术即经验［M］.高建平，译.北京：商务印书馆，2005：321.
❹ ［美］杜威.艺术即经验［M］.高建平，译.北京：商务印书馆，2005：297.
❺ ［美］杜威.艺术即经验［M］.高建平，译.北京：商务印书馆，2005：88-89.

体因素。杜威的"没有前身没有普遍本体"是就前者说的，因为作品中的"可感性描述整体"是在艺术创作过程中形成的，是由作者的个人经验孕育成熟的，它是"新生的""特殊性"的产儿，故"没有前身没有本体"。"来自于公众世界"的"材料"是有"前身"的材料，可见它不是"可感性描述整体"，而只是这一"整体"得以构成的下属性因素。"它们的"一词表明了此种材料的"下属性"："它们"是第一种类型的材料，即"可感性描述整体"。把杜威两种类型的材料用一个术语加以概括，也许可以称为"题材性因素"。"题材性因素"要作为一个模糊术语看待。就"题材"而言，它是作品中的"没有前身"的"可感性描述整体"。就"因素"而言，它可以寓指"有前身"的"下属性因素"。艺术品"所呈现的是经过个人经验蒸馏过的材料"：这句话等于说艺术品和材料同一，艺术品即是材料，材料对于艺术品而言生死攸关。这句话和后面的"唤起""知觉"一句结合在一起说的是"材料"的重要性。杜威对于材料的重要性有很多论述。比如他说："艺术对象的表现性是由于它呈现出一种感受与行动材料的彻底而完全的相互渗透。"[1]"独特的审美情感""是由表现性的材料所引发的，并且，由于它是由该材料所激发，并依附于该材料，因此它由变化了的自然情感所构成。"[2]杜威对材料的重要性的强调源自他的经验观。对于传统的表现论，材料只是载体。其价值在于表现某种不属于它的另外的意义。但是对于经验而言，材料则是本体性的东西。经验本身由材料构成，经验是对于材料的经历、体验。杜威说艺术品"呈现的是经过个人经验蒸馏过的材料"，这句话指明了艺术品的"材料"来自"个人经验"。"个人经验的蒸馏"意味着"个人经验"对"材料"发挥了"加工""改造"的作用。这是杜威对经验和材料相互关系的一种解释。杜威对经验和材料的关联还有另外的解释。杜威说：艺术家"对各种题材的先前的经验方面和状态被熔铸进了他的存在之中；它们是他用以知觉的器官。创造性视觉对这些材料进行修正。它们存在于一种前所未有的新经验的对象之

---

[1] ［美］杜威.艺术即经验［M］.高建平，译.北京：商务印书馆，2005：111.
[2] ［美］杜威.艺术即经验［M］.高建平，译.北京：商务印书馆，2005：83.

中"。❶"新经验的对象"也就是经验中的对象，内在于经验的对象；"材料"存在于新经验的对象之中无疑也就是存在于经验之中。按此论述，材料是包含在经验之中的。材料是经验的构成因素。这是杜威的一个基本观点。依杜威的观点，经验包括主观性的成分，如情感、意志、欲望等；也包括客观性的因素，即材料。杜威强调材料对于艺术的重要性，实际就是要坚持艺术中主客观因素的同时参与性，坚持主客观的完整性。杜威将艺术定义成经验，原因也在这里：经验是主客观的统一。杜威在论述材料的重要性和经验的完整性时曾将"艺术的经验性"和"科学的陈述性"加以区分。他说："诗，或者绘画，并不在正确的描述性陈述层面上，而是在经验本身的层面上起作用。"❷ 什么叫"在经验本身的层面起作用"？杜威接着用凡·高的例子做了说明。凡·高说："我有一次纵览了特里凯太里的罗讷铁桥，苦艾酒色的天空和河流，淡紫色的码头，黑色的靠在栏杆上的人影，鲜蓝色的铁桥，背景是一抹艳丽的橘黄和一抹强烈的孔雀绿。"❸"我要得到某种令人彻底心碎的东西"。❹ 杜威说凡·高这些话本身只是一种"陈述"，但它暗示了凡·高在罗讷铁桥上获得的一个经验。当凡·高用画来表现他看到的景象时，他就给人们提供了"一种新的、被经验为仿佛具有其自身的独特意义的对象"。❺ 这一经验意味着"情感的骚动与外部的事件熔合在一个对象中，它的'表现性'既不是体现为两者的分离，也不是体现为两者的机械结合，而仅仅是体现在'彻底的使人心碎'的意义之上"。❻ 按凡·高的描述和杜威的解释，所谓"在经验本身的层面上起作用"就是外在的景象材料和自身的情感体验完全熔合在一起。景象材料和情感同时发生、并蒂而来。情感是倾向此种景象材料的情感，景象也是呼唤此种情感的景象。在经验中，离开情感，无材料；离开材料，无情感。两者生死相依，融为一体。艺术品就是二者凝结而成的经验整体。杜威不

---

❶ [美]杜威.艺术即经验[M].高建平，译.北京：商务印书馆，2005：96.
❷ [美]杜威.艺术即经验[M].高建平，译.北京：商务印书馆，2005：91-92.
❸❺ [美]杜威.艺术即经验[M].高建平，译.北京：商务印书馆，2005：92.
❹ Dewey. Art As Experience [M]. New York：G.P.Putnam's Sons Press，1980：86.
❻ [美]杜威.艺术即经验[M].高建平，译.北京：商务印书馆，2005：93.

满意历史上的情感表现论，关键的一点就是他认为历史上的观念总是把情感看作内心自生的东西、自主的东西。他说："所有关于表现行动的错误观点都源于这样的一个观念：一个情感是在内部完成的，只有在其吐露出来以后，才会对外在的材料施加影响。"❶ 所谓情感在内部完成，意思就是：情感是自主的、脱离外在材料的心理现象；材料只是装载情感的载体；材料与情感的产生没有关系；情感决定材料，材料不能决定情感。杜威同此种观念针锋相对。他说：实际上，"一个情感总是朝向、来自或关于某种客观的、以事实或者思想形式出现的事物。情感受制于情境，受制于那种形势颠危、让情绪激动的自我严重关切的情境。"❷ 杜威此种情感外生、情感受制于情境的观念与中国传统对情感的解读相似。中国传统用"气之动物，物之动人，故摇荡性情"的外在发生论方式阐释情感。与中国传统观念相反，西方从文艺复兴以来就特别强调情感的自主。杜威显然是在反弹琵琶，挑战西方传统。

第三，杜威认定艺术活动中的情感具有新的特质。同材料没有前身的观念相对应，艺术活动中的情感也是新生的情感。杜威说："艺术家不是用理性与符号的语言来描绘情感，而是由'行动而生出'情感。"❸ "艺术中的自发性在于对新鲜的题材的完全吸收，正是这种新鲜性维持和支撑着情感。……只要任何量的先前劳动的成果表现为与一种新鲜的情感完全融合，一首诗或一部戏剧的不可避免的自我运动就与这种劳动相谐调。"❹ 传统的表现论一般不重视艺术情感和生活情感的区别。传统表现论强调诗和诗人的同一，强调要从诗人的角度来理解诗。比如柯勒律治说："诗是什么？似乎无异于问诗人是什么。"诗是由"诗的天才本身所产生的，而诗的天才是善于表现并润色诗人自己心中的形象、思想和感情的"。❺ 由于重视诗和诗人的同一，所以也就不会区分诗的情感和诗人生活情感的差异。华

---

❶ ［美］杜威.艺术即经验［M］.高建平，译.北京：商务印书馆，2005：71.
❷ Dewey. Art As Experience［M］. New York: G.P.Putnam's Sons Press, 1980: 67.
❸ ［美］杜威.艺术即经验［M］.高建平，译.北京：商务印书馆，2005：71-72.
❹ ［美］杜威.艺术即经验［M］.高建平，译.北京：商务印书馆，2005：76.
❺ ［英］珀希·比希·雪莱，塞缪尔·泰勒·柯勒律治，威廉·华兹华斯.十九世纪英国诗人论诗［M］.曹葆华，刘若端，译.北京：人民文学出版社，1984：69.

兹华斯强调诗表现的是回味的情感。"回味的情感"不同于"当下的自然情感"。这样说意味着超越一般浪漫主义的表现论，开始重视诗中情感与生活情感的差异。但华兹华斯的区分只是从创作主体的应对方式出发，前者（生活情感）是诗人自己自发经历的，后者（诗的情感）是诗人反思领会的对象。虽然经过反思领会，诗人会有新的发现和感悟，但毕竟前后针对的仍然是同一种情感，其差异性自然会受到限制。杜威所说的"新鲜的情感""由'行动而生出'的情感"，显然不存在对二者差异性的限制。在不限制差异性方面，杜威的观念与艾略特区分艺术情感和生活情感的论述有更大的相似之处。艾略特说："诗人在任何程度上的卓越或有趣，并不在于他个人的感情，不在于那些被他生活中某些特殊事件所唤起的感情。……他诗歌中的感情却会是一个非常复杂的东西，但是他的复杂性并不是那些在生活中具有非常复杂或异常的感情的人们所具有的感情的复杂性。"❶ 但是，艾略特对两种情感的区分重心在于反对诗和诗人的同一，反对诗和生活情感的关联，这又从根本上与杜威反分区的观念相异。杜威重视艺术情感和生活情感的差异是在承认两者同一性的基础上提出的。关于两者同一的观念本书后面再专题讨论。既承认两者同一，又认定二者不同，显然有矛盾。关于二者的矛盾性的理解本书也放到后面。此处只指出：两者的同一的基础是经验。情感是经验的产物，生活经验产生生活情感。同样，艺术经验也产生艺术情感。艺术经验是艺术活动的经验，与生活经验有别，由此，艺术经验中所产生的情感也与生活经验中产生的情感不同。"情感是经验的产物"显示出情感与经验有发生论上的关联。除了发生论的关联，杜威还认定情感和经验有共时性结构上的关联。二者在结构上是部分与整体的关系。情感包含在经验中，是属于经验的因素，一种与前面所讨论的"材料"等并列的因素。从发生论上看，艺术情感必然具有新生性。因为艺术活动的经验有特殊性，由之产生的情感也就有不同。同样，从结构性关联上看，艺术情感也必然具有新生性，因为整体的改变

---

❶ ［英］托·斯·艾略特.艾略特文学论文集［M］.李赋宁，译.南昌：百花洲文艺出版社，1994：10.

必然意味着所属局部也发生变化。

第四，杜威把艺术表现理解为动态的合目的性的过程。杜威说，艺术表现"在受孕到生产之间存在着一个长长的孕育过程"。❶艺术起源于冲动，"冲动"是"整个有机体的向外和向前的运动"。❷"冲动"和"刺激"不同，"刺激是特殊而专门化的；它甚至在本能性的时候，也只是对整个环境的更为完整的适应机制的一部分"。❸"刺激"的实质是"适应"，是瞬间性的作用，"冲动"作为"向前的运动"，是主体自为性的开创性的持续性的活动，远远超越了"刺激"所包含的对环境的瞬间性"适应"。杜威说："在审美中起根本作用的东西是我们自己的起始、游动、回到出发点、把握过去、带着它前行等精神活动；是注意力向后与向前的运动……"杜威在描述艺术经验的运作过程时说："它们从下意识开始，不是冰冷的或等同于过去的某具体物，不是以团块状出现的，而是与内部动荡之火熔合在一起"；❹"它们……从一个并不被意识到的自我流溢出来"：这是最初的阶段。接下来，"燃烧着的内在材料""得到客体的燃料的补充"。最后，"精炼而成形的产品出现"。❺杜威的这些论述很清楚地定义了艺术表现的动态性、过程性。而这正是艺术作为经验的基本特点。经验不是静止不动的实体，不是静态性的结构。经验是动态的过程。过程停止、动态消失，经验也就不再存在。除了强调艺术表现的动态性、过程性，杜威还认定艺术表现的过程具有合目的性。从静态标志看，艺术的合目的性是"感受与行动材料的彻底而完全的相互渗透"，❻是"事物的内在的性质""带着惊人的活力与新鲜性""展示出来"，❼是"当下存在的特征与过去的经验与个性结合的价值之间的亲密联系"。❽静态标志的合目的性是艺术表现的过程所追求的目标。目标需要在过程本身中体现出来。除了作为静态标志性的目标，合目的性也需要成为艺术过程本身展开时的特质。杜威对于

---

❶ ［美］杜威.艺术即经验［M］.高建平，译.北京：商务印书馆，2005：81.
❷❸ ［美］杜威.艺术即经验［M］.高建平，译.北京：商务印书馆，2005：62.
❹❺ ［美］杜威.艺术即经验［M］.高建平，译.北京：商务印书馆，2005：70.
❻ ［美］杜威.艺术即经验［M］.高建平，译.北京：商务印书馆，2005：111.
❼ ［美］杜威.艺术即经验［M］.高建平，译.北京：商务印书馆，2005：103.
❽ ［美］杜威.艺术即经验［M］.高建平，译.北京：商务印书馆，2005：76.

这一层面没有作专题性的论述。但有不少值得重视的提示。比如，他说：艺术"情感的完满性和表达的自发性仅仅在那些将自己浸入客观情境之中的人身上才会出现；在那些长期关注对相关材料的观察，以及其想象长期集中于重构它们的所见所闻的人身上才会出现。"❶这些话是从静态性条件的角度说的，但它实际上具有动态性规定的意义，它指明了艺术表现的过程应该具备的一些特征：浸入客观情境之中；长期观察相关材料；长时期地凝想所见所闻的情景。杜威把包括艺术活动在内的经验定义成有机体和环境的交互作用。他一再谈到这种交互作用需要一定的受阻性。艺术表现始于"冲动"，而"源于需要的冲动开启了一个并不知道会通向何方的经验；抵抗与阻碍导致将直接向前的行动变成弯曲的；所依赖的是阻碍条件与自我所拥有的、成为工作的依托的先前经验之间的关系"。❷"只有在被扔进动荡和骚乱中的时候，一个冲动才能导致表现。""正像一场战斗……一样，一个确定的事物并不在情感上激发我们"，"除非存在着即将到来的敌意的袭击，或者有庄稼需要收割，野蛮人的战争舞与收获舞就不是发自内心"。❸"由于亲密接触和相互间实际上的抵制，材料会进入燃烧状态；而这种燃烧的材料构成了灵感。"❹艺术情感关涉情境，而"情境可以是压抑的、危险的、无法忍受的、胜利的"。❺"抵抗与阻碍""动荡和骚乱""战斗""敌意的袭击""实际上的抵制""压抑的危险的"：这些词都是在说"受阻性"。它表明：阻碍是必需的，是合目的性的。没有阻碍就没有艺术的冲动。没有动荡和骚乱，冲动就不能成为表现。没有危险，情感就是肤浅的、虚假的、没有力量的。杜威对受阻性的认同，同样基于他对经验的思考。经验既然是有机体同外在环境的动态的相互作用，就必然包含阻碍。应该说阻碍本身是反目的性的。严重的阻碍、有机体无法克服的阻碍是对于行动者目的的摧毁。杜威所说的阻碍当然只是"一定程度上"的阻碍，是行动者

❶ [美]杜威.艺术即经验[M].高建平，译.北京：商务印书馆，2005：77.
❷ [美]杜威.艺术即经验[M].高建平，译.北京：商务印书馆，2005：64.
❸ [美]杜威.艺术即经验[M].高建平，译.北京：商务印书馆，2005：71.
❹ Dewey. Art As Experience [M]. New York：G.P. Putnam's Sons Press，1980：65.
❺ [美]杜威.艺术即经验[M].高建平，译.北京：商务印书馆，2005：72.

凭借自身的努力能够战胜的阻碍。阻碍的合目的性是杜威经验哲学的核心命题，关于这一点，笔者希望后文能作进一步的讨论。

第五，杜威给"艺术表现"一词赋予了特殊的含义。"表现"（expression）在历史上指的是将某种内心的东西（特别是情感）呈现出来。依据时代的不同，"表现"有两大派别。以浪漫主义为代表的诗人强调的是"被表现体"的重要性。"艺术品的价值……最终要通过它的表现力量来衡量……它所表现的感情对其价值起着决定性作用……一件作品之所以是美的，是因为作者的个性特征在它身上留下了深刻的印痕……一句话，作品的价值是来自于作者本身的价值。"[1] 后浪漫时代的理论家则看重"表现体"的重要性。比如艾略特、苏珊·朗格。艾略特说诗的关键是寻找情感表现的"客观对应物"。苏珊·朗格说："'表现性'（在其确定的意义上说来）是所有种类的艺术的共同特征。"[2] 表现性落实在形式上，而"一种表现性形式也就是一种知觉的或想象的整体"。[3] "艺术品是将情感……呈现出来供人观赏的，是由情感转化成的可见的或可听的形式。它是运用符号的方式把情感转变成诉诸于人的知觉的东西，而不是一种症兆性的东西或是一种诉诸推理能力的东西。"[4] 关于"表现"的不同看法是由时代的差异造成的。本书不探讨两者差异的形成及其影响，只关注杜威对上述两种看法的取舍和评价。杜威对"表现"的理解与两者都不同。他不像浪漫主义一样偏重于被表现体。在他看来，浪漫主义的自我表现论既有认定"情感是在其内部完成的"[5] 那种错误，也有过于重视情感而忽视其他心理因素的错误。传统的浪漫主义表现论把被表现的情感本体化，相应地把情境、材料等题材性因素仅仅看成载体。杜威认为，情感不是在内部完成的。情

---

[1] ［美］H. G. 布洛克. 美学新解［M］. 滕守尧，译. 沈阳：辽宁人民出版社，1987：129-130.

[2] ［美］苏珊·朗格. 艺术问题［M］. 滕守尧，朱疆源，译. 北京：中国社会科学出版社，1983：13.

[3] ［美］苏珊·朗格. 艺术问题［M］. 滕守尧，朱疆源，译. 北京：中国社会科学出版社，1983：19.

[4] ［美］苏珊·朗格. 艺术问题［M］. 滕守尧，朱疆源，译. 北京：中国社会科学出版社，1983：24.

[5] ［美］杜威. 艺术即经验［M］. 高建平，译. 北京：商务印书馆，2005：71.

感是随情境、材料一同形成的。材料等题材性因素不是载体，同样是本体；如同情感、欲望、意志等因素一样，材料同样是表现的对象。杜威也不接受后浪漫时代对于表现体的推崇。后浪漫时代的理论家对表现体的推崇本质上是在奉行形式主义的文艺观，是在宣扬杜威所根本拒绝的分区观念，因为他们对表现体的推崇意味着轻视甚至割裂艺术品与作者、与生活的关联。既不是表现"被表现体"，也不是创造"表现体"，那么在杜威这里艺术何以也是"表现"呢？杜威的"表现"寓指什么呢？这就涉及杜威对"表现"一词的重新赋义。简单说来，杜威的"表现"指的是使不具形的未成熟的内心感受得以成熟、得以成形，并呈现出来。"内心感受"实际上即是杜威所说的"一个经验"，它在杜威这里包括"情感"，同时也包括理论上与情感有别的其他心理因素，如知觉、欲望、意志、理解等，更重要的是还包括非心理性的"材料"。在杜威的词典中，"表现"是从不成熟到成熟的过程，是从不具形到具形的过程。在不具形、未成熟时，被表现的内心感受是不可能"呈现"的。只有在它们成熟之后、具形之后，才能呈现出来。这里有个问题，如果感性材料也属于内心感受，也被杜威看作了被表现体，那么对他来说什么是表现体呢？从理论上来说，既有"被表现体"，就有"表现体"。杜威是否承认这一点呢？杜威承认艺术中有被表现体和表现体两个方面。他说艺术如同语言，而语言总有"被说体"（what is said）和"怎么说"（how it is said）两个方面。那么，既然在浪漫主义那里属于"怎么说"的那些东西（感性材料等）现在被杜威合并到"被说体"里面去了，杜威的"怎么说"如何理解呢？它指什么呢？我们且看他在阐释艺术表现意义的时候所给出的论述："只要'意义'与联想和暗示有关，它就从感性媒介的性质中分解出来，而形式就受到干扰。感性的性质是意义的负载者，但是，它不像是车负载货物，而像是母亲怀着孩子，孩子是她自身有机体的一部分。"❶ 杜威此处论述了意义和感性媒介的关系。他认为二者应融为一体，就像母亲在腹中孕育孩子一样，而不能是车载货物的关系。"融为一体"就要求"意义"必须是从感性材料中自然

❶ ［美］杜威.艺术即经验［M］.高建平，译.北京：商务印书馆，2005：129.

生发出来，而不是由外面进入、附加上去；来自于暗示和联想的"意义"即是附加的、由外而来的，违背了"融为一体"的机制。从杜威的这一论述看，"感性媒介"即是载体，即是属于"怎么说"范畴的因素。就对感性材料的把握而言，联系前后的论述可以认为，杜威实际上是将感性材料双重化了：一方面视作被表现体，另一方面又看作表现体。杜威用"母腹怀胎"作类比，也正在于揭示感性材料的这种双重性。如何看待杜威的这种双重认定？两者分别来看，未尝没有道理。从作品内在因素的构成上看，确实可以把感性材料也看作被表现体。另外从感性材料与"意义"（包括情感等其他不具形的因素）的关系看，又可以把感性材料看成表现体。但杜威在理论上确实有一盲区：当感性材料也是被表现体的时候，属于它的表现体又是什么呢？杜威对此没有回答。

## 第三节　经验的形而上解读

　　杜威的艺术经验论建立在他对于经验的独特理解上。什么是经验？何以经验能作为艺术的本质、本源？这需要有超越前述言说的思考。

　　杜威没有用定性的方式对经验作本质性的界定。他擅长并乐于采用的言说方式是具体的、动态性的描述。前述所涉及的关于艺术的所有讨论都是如此。不过，这种具体动态性描述在言说经验的本性时，表现得更加突出。为了对他的言说方式有较深切的体认，可具体地审读一下他在第一章开始讨论艺术与经验的同一时所做的一段论述："一般人都同意，帕台农神庙是一件伟大的艺术品。然而，它仅仅在成为一个人的一个经验时，才在美学上具有地位。并且，如果一个人超出了他个人的欣赏范围，进而建构该建筑仅仅是其中一个成员的大的艺术王国的理论时，他就不得不在思考的某一阶段，转而注意忙乱的、争吵不休的、极端敏感的、带着认同一种公民宗教的公民感觉的雅典公民。他们并非将帕台农神庙当作一件艺术品，而是当作城市纪念物来建筑的。这座神庙只是他们的经验的表现而已。对于他们来说，这一转向就像是人们需要这样的建筑，这个要求在该建筑上得到了实现一样；它不是寻求其目的的物质相关性的社会学家所进行的那种考察。要对体现在帕台农神庙上的审美经验进行理论化的人，必须在思想上意识到该神庙所介入其生活的人，即它的创造者和欣赏者，与我们的家人和街坊的共同之处。"❶这段话讨论的主题是："帕台农神庙对艺术和经验具有同一性的证明。"如果以定性逻辑的方式来言说，首先可指出艺术和经验具有同一性，其次，可分析这一"同一性"在帕台农神庙上的体现。而在分析"帕台农的体现"时，只要指明"该神庙既是艺术品，同时又被雅典人视为城市纪念性建筑"就可以了；其他的细节就可以省略了。可现在杜威的言说不是这样。他把"艺术和经验的同一性"这一基本原理和"帕台农神庙对该同一性的体现"这一具体事例交织在一起；他从"一个人"的"欣赏、思考"这样的角度切入问题；他不厌其烦地细致地描述雅典公民的性情特征：所有这些都是杜威特别采用的与一般理论言说不同的地方。

杜威对经验的言说多采用具体的动态性描述，所以，如要理性地概念性地把握其言说就会有一定的难度。但这也并非构成了绝对的排斥。读者仍然可以有定性方式上的解读。可以认为，杜威所言说的经验有三大特征：身物一体性、生命连续性、生存个一性。

## 一、身物一体性

身物一体指的是包括人在内的有机体的生命同外在宇宙事物的交合为一。就人而言，"身物一体"有一前提或内含一个前提性规定：身心一体。从笛卡尔以来的西方哲学，重视身与心、肉与灵的分离。传统的西方思想家在此种分离中寻找人的优异性，寻找人类高于生物族类的超越性。帕斯卡尔的名言以苇草喻人，承认人是自然界最脆弱的东西，一口气、一滴水

---

❶ [美]杜威.艺术即经验[M].高建平，译.北京：商务印书馆，2005：2.

也足以致他死命；但帕斯卡尔认定：纵使宇宙毁灭了他，人却仍然要比致他于死命的东西高贵得多；因为人知道自己要死亡，知道自己所具有的优势，而宇宙对自身一无所知。人的高贵就在于人有思想、有情感、有自我意识，一句话，人有动物所不具备的优异的心灵。自 19 世纪后期以来，人的心灵优异论、超越论受到猛烈的批判。达尔文的生物学研究表明，通常被视为人所独有的优异的心灵感受在人之外的高等动物身上也存在。狗会因为别的动物享受了主人更多的爱抚而妒忌。猴子不喜欢别人嘲笑它。"我看到一只狒狒，每当管它的人取出一封信或一本书而对着它高声朗读的时候，它总是大发雷霆"，"盛怒之下"，甚至"把它自己的腿咬得流出血来"。❶ 弗洛伊德的心理学研究揭示，人的生存发展并不受传统所谓的高贵的心灵能力支配；支配人行为的是人的生物性本能力比多。对人的超越性的怀疑导致"身心分离论"重新受到审视和反思。杜威属于"反思"派，他不满意传统的道德史"蔑视身体、恐惧感官、将灵与肉对立起来的状况"。❷ 杜威承认，在现代人身上，确实存在灵肉分离、心身分离的事实。"我们体验到了感觉，却没有意识到存在于它们之中或在它们背后的现实：在许多的经验中，我们的不同感官并没有联合起来"；"我们看却没有去感受"；"我们听，听到的却是二手的报告"，其中没有视觉因素的参与；"我们触摸，但这种接触是肤浅的，因为它没有与那些进入表面之下的感觉融合在一起"；"我们利用感官激发激情，但没有满足洞见的旨趣"。❸ 但是杜威不承认这些情形的合理性和必然性。他认为感官相互之间的分离、感官与情感的分离、感官与洞见的分离、情感与思想的分离、想象与行动的分离等所有表现在现代人身上的分离现象都是不合理的、灾难性的，它们都违背了人的本性。杜威将这种本性的异化归结为社会分工、社会制度无序化的恶果。杜威认为现代人的生活和现代社会制度建立在无序化的基础之上。"这种无序常常被它所采取的静态等级区分的形式所掩盖，而这种

---

❶ ［美］莫蒂默·艾德勒，查尔斯·范多伦. 西方思想宝库［M］.《西方思想宝库》编委会，译编. 长春：吉林人民出版社，1988：25.
❷ ［美］杜威. 艺术即经验［M］. 高建平，译. 北京：商务印书馆，2005：20.
❸ ［美］杜威. 艺术即经验［M］. 高建平，译. 北京：商务印书馆，2005：21.

静态的划分只要固定，被广泛接受，不产生公开的冲突，就被当作是秩序本身。生活被分区化，而这种制度的分区间有高下之分；其价值有世俗与精神之分，物欲与理想之分。通过一种制衡体系，利益形成外在的与机械的相互联系。由于宗教、道德、政治、商务各自有着自己的分区，使之各安其位，艺术也必须有自己独特而专属的领域。职业与利益的分区化，导致活动方式的分离，通常称之为'实践'的活动与洞察活动分离了开来，想象与实际去做分离了开来，有重大意义的目标与工作分离了开来，情与思与做分离了开来。各自画地为牢。"❶杜威的这段论述包含下列五层意思。第一，现代人的生活和现代社会制度建立在分区的基础之上。第二，现代生活和制度的分区包含多个方面。其中有宗教、道德、政治、商务、艺术等领域型分区；有实践与洞察、想象与行动、情感与思想等人的活动方式型分区；有评价型分区，如用世俗与精神、物欲与理想来区分高下。第三，现代分区本质上是无序的。杜威此处没有对"无序"作更细致的描述，但他提到了"静态等级""固定"，回避"公开冲突"等语词。把这些语词放到杜威的整个观念中审读就可知道，它们实际上构成了对"无序"的界定。杜威的"秩序""有序"指的是动态性的、生长性的、有节奏感的发展。而"静态等级""固定"等正与杜威的有序相反，因此属于"无序"的内涵。第四，现代的"无序"被有些表面形式掩盖了。第五，"无序"和"分区"是相互作用、相互结合的，是合二为一的。

杜威认定，分区的实质是对感官和肉体的轻蔑。在"分区"和"无序"的社会形态中，"感官和肉体就获得了一个坏名声"。❷在不同的领域中，"轻蔑"有不同的表现。"心理学家和哲学家沉湎于知识问题"，以理性和思维的优异性贬低感觉。道德家崇尚灵魂的高贵，由此谴责欲望和肉体。"将感官的与肉欲的等同起来，将肉欲的与淫荡的等同起来。"❸要推翻传统的分区论，关键的问题是要对感觉和肉体有健康的认识。在杜威看来，健康的认识至少包含三个方面。第一，要意识到"感觉"内涵的丰

---

❶ [美]杜威.艺术即经验[M].高建平，译.北京：商务印书馆，2005：20-21.
❷ [美]杜威.艺术即经验[M].高建平，译.北京：商务印书馆，2005：21.
❸ [美]杜威.艺术即经验[M].高建平，译.北京：商务印书馆，2005：22.

富性。"'感觉'一词含义很广,诸如感受、感动、敏感、明智、感伤,以及感官等等都在其中。它几乎包括了从仅仅是身体和情感的冲击到意义感本身的一切——意义感即感受呈现在直接经验中的事物的意义。"❶杜威此处是从语词的角度说的,但实际上也是在说作为心理现象的"感觉"。在杜威看来,"感觉"作为心理现象,包含身体和五官的所有经验,包含更为内在的情感感受,还包含对事物意义的全部直觉性的领悟。第二,"感觉"是生命有机体和周围世界直接打交道的基本手段。关于有机体和周围世界的交互作用后文将专门讨论,此处要明确的是杜威所讨论的感觉的重要性。杜威说:"五官是活的生物藉以直接参与他周围变动着的世界的器官。在这种参与中,这个世界上的各种各样精彩与辉煌以他经验到的性质对他实现。"❷此处对感觉、感官的推崇从两个层面展开:人凭借五官感觉和世界打交道;人依据五官感觉参与世界的流光溢彩的演变。第三,感性的感觉实际上总是超越感性自身,包含极为丰富深厚的超感性的意义与功能。在讨论了人凭借感觉参与世界的改变之后,杜威接着说,世界演变的情形"不能与行动对立起来",❸因为人行动的动力机制与"意愿"是导致世界演变的重要因素;世界的演变也"不能与'理智'相对立",因为人的理智的心灵同样是经由感觉而参与世界演变的重要因素。杜威此处的主旨是谈世界演变和人的参与两者相互结合的重要性,但他同时强调了人的感觉与意愿、与理智等超感觉因素的融合。杜威强调感觉与超感觉的融合是人的生命健康快乐的保证;而坚持二者分离的原因是生命的病态化。每一种分离"都既是一种狭窄而沉闷的生活经验的原因,也是它的结果。所有心灵与身体、灵魂与物质、精神与肉体的对立,从根本上讲,都源于对生活有某种不测结果的恐惧"。❹感觉与超感觉因素的融合主要是从心灵功能上说的。二者在文化层面上的表现,就是感性和超感性的融合。关于感性和超感性的融合,杜威在《艺术即经验》第二章中用了相当长的篇幅进行论述。从日常经验的层面上,他谈到了故地回归和他乡遇友者的感受。

❶❹ Dewey. Art As Experience [M]. New York: G.P. Putnam's Sons Press, 1980: 22
❷❸ [美]杜威.艺术即经验[M].高建平,译.北京:商务印书馆,2005:22.

"回到一处离开很久的童年故地,长期压抑着的关于此地的回忆与希望就释放出来。与一个在本国时偶然认识的人在异国重逢,会产生极大的满足感、心潮激动难平。"❶ 举这样的例子,杜威是想指出:"看见和知觉大于认出";在"看"这一视觉之中,可以包含极为丰富复杂的超出"看"这一感性行为的其他精神性因素。从自然审美的层面,杜威谈到了艺术家们将自然感性审美化的体验。"当我看不见生机勃勃地生长着的草,听不见鸟鸣和各种乡间的声音时,我就感到活得不舒服":❷ 杜威不惜篇幅引用赫德森、爱默生等人的这类言说,以证明在自然的审美感性中有丰富的超感性内容。在艺术史、宗教史的层面,杜威以中世纪基督教的情形为例说明:宗教是感性和神性的融合。"中世纪的基督教部分是以感性的美为其开辟道路的。""在其中,可感的世界与一种辉煌和纾解结合成一体。"❸ 这是唯美主义者佩特的论述。佩特的话正好表达了杜威的心声,因而为其所赞扬。杜威常常欣赏浪漫主义,尤钟情于济慈。《艺术即经验》第二章的结尾部分以不短的篇幅引证济慈的诗和诗论,把感性和超感性融合的主题作了巅峰性的论证。

在杜威的描述中,身物一体性的最重要的规定是生物有机体和外物环境的相互作用。杜威把经验看成人和动物共同具有的生存现象。依杜威,经验首先不应该从人的特殊性层面理解,而是先应从动物的层面理解。杜威说:"经验的性质是由基本生活条件所决定的。尽管人不同于鸟兽,人与鸟兽却同样具有基本的生命功能,同样在生命过程的持续中作出基本的调节。"❹ 杜威所说的"基本的生命功能"、生命的"基本的调节"包括"呼吸、动作、视与听、协调感官和运动的大脑"等人作为生物体的能力。而在这些生命功能中,最基本的机制是有机体与环境的交互作用。杜威说:"第一个要考虑的是,生命是在一个环境中进行的;不仅仅是在其中,而且是由于它,并与它相互作用。"❺ "相互作用"包括"在其中",即空间

---

❶ [美]杜威.艺术即经验[M].高建平,译.北京:商务印书馆,2005:24.
❷ [美]杜威.艺术即经验[M].高建平,译.北京:商务印书馆,2005:28-29.
❸ [美]杜威.艺术即经验[M].高建平,译.北京:商务印书馆,2005:32.
❹❺ [美]杜威.艺术即经验[M].高建平,译.北京:商务印书馆,2005:12.

上的包容，同时更重要的是还有能量与信息的相互交流、形态与属性的相互改塑等。杜威举例说："一只狗在吃食时低嚎，在慌张或孤独时大叫，在他的人类朋友回来时摇尾巴"，这些都属于"相互作用"。杜威强调，有机体和环境的相互作用并不限于五官感觉的直接接触："生物的生命活动并不只是以它的皮肤为界；它皮下的器官是与处于它身体之外的东西联系的手段。"❶皮下器官的接触意味着当有机体和环境接触时，整个身体都是参与的。生理学上所说的身体的消化系统、血液循环系统、内分泌系统等都在接触中；而且就人来说，还应该包括更高层次的人的知觉、情感、理解、想象等。只有这样，则达到杜威所说的交换不是以外在的、而是以最为内在的方式进行。❷"相互作用"意味着在相互接触基础上的相互冲击、相互改变。有机体"为了生存，要通过调节、防卫，以及征服来使自身适应"❸外在的环境。"相互作用"是动态的、同时还是生长性的，是向更高阶段的提升。杜威说有机体和环境的相互作用会表现为不同的阶段。"同步性失去又再次恢复"，恢复不只是回到先前的状态，"它在成功地经历了差异与抵制状态之后，是使生命本身得到了丰富"。❹"生长"和"提升"当然包含既有形态与属性的改变，这个改变也可称为"异化"。杜威说，异化是必然的、必要的。"如果它的活动没有为暂时的异化所加强，它就仅仅在维持"，即没有生长、没有提升。异化与提升需要有相互间的"冲突"，但这种"冲突"不导致无序，不导致毁灭，只导致一种更高状态的均衡和秩序的获得。"当一个暂时的冲突成为朝向有机体与其生存环境之间的更为广泛的平衡过度时，生命就发展。""均衡并非机械地而无生气地实现，而是来自于张力，由于张力才得以实现。"❺

杜威将人的生存经验向动物性层面延伸、用有机体与环境的相互作用来加以解读，同传统西方对人的理解有重大差异。从古希腊到现代西方的哲学和人类学总是倾向于从人的超越性上理解人。人是理性的动物、人是信仰的动物、人是符号的动物等关于人的著名定义都在于说明人是超生物

---

❶❷❸ ［美］杜威.艺术即经验［M］.高建平，译.北京：商务印书馆，2005：12.
❹❺ ［美］杜威.艺术即经验［M］.高建平，译.北京：商务印书馆，2005：13.

的族类，人优于动物。杜威的人学显然不接受西方传统对人的超越性解读。另外，如霍布斯一类的哲学家在探讨人和动物的同一时，会关注反目的性的一面，即关注人和动物身上共同具有的低劣的本能，如相互残杀、弱肉强食。杜威的"相互作用论"也与此有别。杜威从合目的性的角度来阐释人和动物的同一。"相互作用"是有机体维持自身存在的本能，是人之所需要的基本的活动。在杜威看来，"相互作用"意味着有机体自身生命境界的不断提升。

杜威所说的"生命活动超越皮肤界限"的观念对于论证"艺术即经验"的断定无疑具有重要的意义。既然有机体和环境的相互作用超越皮肤的界限，放到人的层面上看，则人身上所发生的一切生命现象在事实上都具有和环境相互作用的意义。也就是说，不仅人的触觉性活动如栽花种草、攀折果实等处于和环境的相互作用之中，人的非触觉性活动如情感的汹涌、思想的演进、想象的翱翔等也可以理解成人和环境的相互作用。这样，人的艺术活动和人的物质生产活动甚至与动物的生存性活动就都同一了，艺术即经验的理念就得到了最彻底的论证。

在人和动物的共同性上讨论有机体和环境的相互作用时，杜威心目中的"环境"无疑是自然性的、生物性的。所谓"相互作用"指的是有机体和宇宙自然的接触、交流、互动。它没有包括，或者说没有特别关注人和社会环境的联系。杜威在论述时对这方面的限定是很清晰的。比如他强调他谈论的是"生物学常识"。他在作"在自然中，甚至在生命水平之下，也具有某种超过仅仅流动与变化的东西"这样的阐释时"特别强调……'在自然中'的限定"。杜威如此思考的目的是想说明，人的审美经验、艺术经验来自人作为有机体的生物性经验，或者说与"有机体的生物性经验"本质上相同。杜威的这种思考在美学上、艺术哲学上具有石破天惊的效应。传统的哲学总是在人类特有的人性精神的最高层面来定义审美和艺术。杜威的思考完全不同。这到底是伟大的创举还是无知的呓语是需要谨慎对待的。本书对此暂不作答。现在要关注的是杜威对社会环境的排除。

从前面的论述可知，杜威是从合目的性的角度定义有机体同环境的相互作用的。这种定义的合理性值得思考。有机体和环境的关系本质上是互惠的，还是互害的？从宇宙自然的历史看，应该说，单一互害的本质论和单一互惠的本质论似乎都难成立。恐怕合理的描述是：有机体和环境的相互作用既有互惠的一面，也有互害的一面。历史上，许多生物物种灭绝了：这无疑可证明"相互作用"的互害性。但同时，许多物种进化了：这又可证明杜威所重视的互惠的确是事实。西方有哲人言，人是和他的生存条件一同来到世间的，但没有等待善生条件的成熟：这一论述中无疑包含互惠和互害两个方面。《未来简史》一书的作者尤瓦尔·赫拉利谈到40亿年以来的人类生活在地球上。人类作为以碳基为核心所构成的有机化合物，能够生活在地球以温度、气候、阳光、重力等因素所构建的特殊环境中。等到人工智能出现，等到碳基被硅基取代，地球这一环境就不再满足和适应人类的居住。赫拉利的这种畅想自然既包括地球环境与人的生存的互惠性，也包含互害性。人类能够在地球上生活这么多年，说明地球和人类相互友善。而人类的发展又导致了人和地球的分离，这又意味着双方有互害性的冲突的一面。从上述论述而言，杜威对现实性的"相互作用"的阐释显然只对了一半。但如果换一种角度来看待杜威的思考，即不从事实性出发，而从可能性、合理性出发来看待有机体和环境的关系，看待杜威对二者关系的思考，则杜威的相互作用论可以赢得更多的同情。在宇宙自然的演变史上，不能否认的确存在"合目的性的相互作用"这样的可能性。而对于人类来说，选择这样的可能性是符合人类自身需要的，是合理的选择。

把上述讨论放到社会环境的层面上来，则问题更复杂一些。首先，可追究：杜威何以排除社会环境？这种"排除"有无合理性？就人与自然的关系是人之生存要处理的第一关系、就西方文化深刻认识此一关系重要性的睿智而言，杜威的"排除"有可以理解的一面。而且，要看到，选择第一位的东西单一性地立论，虽然在言说时构成了对他者的排除，但不见得事实上一定也实施了"排除"。此中的原理在于：第一位的东西本身具有提携、涵括、兼济他者的作用。把第一位的东西处理好了，其他的因素常常可相应得到改善。从上述角度看，相对于那种将人际关系当作第一关系的愚蠢的文化观念而言，杜威排除社会环境是明智的，是对于西方传统的合理继承。但是，从宏观整体上看处于第一位的东西不见得在人类历史的每一时段都一定占有第一的位置。杜威所生活的19世纪后期到20世纪前期正是一个相当特殊的时代。从两次世界大战的发生、从众多西方思想家对西方文化的整体性反思批判谴责中，可以充分看出这一时代的特殊性。在某种意义上说，应该认为这个时代是社会环境的严重性高度凸显的时代。看一看卡夫卡在《审判》《城堡》《变形记》中对于人之生存的描述，看一看斯宾格勒、庞德、艾略特对于西方文化的诅咒、看一看萨特和加缪对人际关系的透视，看一看弗洛伊德对人之本能的思考，人们有理由认为，在这个时代最严重的生存危机实际上来自社会、文化，来自人自身。也就是说，在这个时代，社会环境问题是要重视的第一位的问题。当然，也有许多思想家谈到生态环境的破坏，谈到自然环境的恶劣。但明眼人知道，这种谈论不是从有机体和环境的本然性对立上出发的。它所追究的恰恰是人自身生存方式的恶劣，它要解决的正是社会环境方面的问题。从这样的角度看，杜威对社会环境的排除是不合适的、不明智的。读杜威这样的论述，"在像我们这样的一个世界之中，每一个获得感受性的活的生物，每当它发现周围存在着一个适合的秩序时，都带着一种和谐的感性对这种秩序作出反应"，❶ 人们有置身于美丽的童话世界的感觉，它显然与卡夫卡笔下的K、与加缪眼中的莫尔索的感受完全不同。

杜威讨论有机体和环境的相互作用时，着眼于生长、提升，排斥互害性的一面。杜威的这种"排斥"对于他所生活的时代可以看作一种抵制。因为社会性生存的恶劣，自然生态的破坏在当时已成为严重的问题。杜威虽然是从有机体和环境的本然性关系上展开论述，但就其合目的性选择的指向而言，可以说构成了对其时代生存方式的批判。从这一方面看，杜威的论述有其特殊的时代意义。

杜威重视有机体的生长提升，重视"相互作用"中的"相互冲突"所

---

❶ [美]杜威.艺术即经验[M].高建平，译.北京：商务印书馆，2005：14.

带来的"异化",这意味着相互作用的双方要在实践性的接触和撞击过程中发生物质性的、实质性的改变。同中国古代"天人合一"的观念相比,杜威的观点体现了传统上西方的文化精神。中国文化经由"观物取象"的过程,实现"象"和"物"的分离、象对于物的取代。于是,"天人合一"就可以在不触及自然世界的物质性层面,而只在摄取和铺陈"象"的层面、在人的心理性、精神性层面发生。"名山恐难遍睹,唯当卧以游之","抚琴动操,欲令众山皆响"(宗炳);"采菊东篱下,悠然见南山"(陶渊明);"相看两不厌,唯有敬亭山"(李白);"日月每从肩上过,江山常在掌中看"(朱熹);"对一缕绿杨烟,看一弯梨花月,卧一枕海棠风,似这般闲受用,再谁想丞相府帝王宫"(张养浩):此种人生境界只要求满足审美主体的精神需要,不要求自我和对象的实质性改变,因而是容易实现的,也是可以有历史的恒定性的。

## 二、生命连续性

"身物一体性"是共时性的把握,"生命连续性"则是历时性的规定。从大的角度说,《艺术即经验》对连续性的阐释涉及三个阶段:动物性生存阶段、人性生存阶段、艺术性创造阶段。关于从人性生存阶段到艺术性创造阶段的连续,前面已经讨论过。此处要关注的是从动物性生存阶段到人性生存阶段的连续。

杜威用生物有机体和外在环境的交互作用来定义经验、定义生存,就意味着把从动物性生存阶段到人性生存阶段的连续看作完全正常的事情。他说:"认同人的器官、需要、本能冲动与其动物祖先间的连续性,并非意味着将人降低到野兽的水平。"[1] 人确实有堕落到低等动物的水平之下的时候。但是,人也有可能按照动物生物性本能规定的方向进一步发展,将动物性本能推向优雅的程度。杜威对此点毫不含糊。他明确指出:人与动物的连续性"使他有可能将感觉与冲动之间,脑、眼、耳之间的结合推进

---

[1] Dewey. Art As Experience [M]. New York: G.P. Putnam's Sons Press, 1980: 22.

到新的、前所未有的高度"。❶ 这一"新的、前所未有的高度"在传统西方人学中是动物所完全不具有的、人与动物性经验完全断裂的人的超越性层面。而在杜威这里，它则是延续着动物的生物性本能的一种高级形态。

承认人性经验和动物性经验的连续，前提是承认两者之间确实有同一。杜威所引济慈的话在这方面具有充分显示杜威观念的作用：人在大部分情况下，显示的都是和动物同样的本能。人"像鹰一样眼睛直盯着自己的目标。鹰需要配偶，人也是——看看鹰与人，他们从开始行动到有所获取，都用同一种方式。他们都要有一个窝巢，也都以同样的方式来建造它——它们以同样的方式取得食物。人这种高贵的动物为取乐而吸烟斗，而鹰则在云层中盘旋——这是他们在休闲时唯一的区别。这正是使得生活的娱乐适应于思辨的心灵的原因。我到田野里，看到鼬鼠和田鼠在奔跑，它们去干什么？这些动物有自己的目的，它们的眼睛为这个目的而发亮。我在城里的建筑群中走，看到人们来去匆匆，他们要干什么？这种生物也有自己的目的，他们的眼睛也为此而发亮。"❷ 济慈在100多年前对他兄弟说这些话时，不会想到它们会多么强烈地打动杜威的心弦。完整地看杜威和济慈的思想，可以从中找出他们之间其实在人生观、诗学观方面有很多甚至很重大的不同。但在关注人性经验和动物性经验的相同性上，二人确实有心心相印的地方。

承认动物性和人性经验的同一，关键又在于承认动物性经验的正当性、可取性。传统的观念贬低动物、贬低它们的生存方式和生存经验。杜威对此大不以为然。"你看，行动融入感觉，而感觉融入行动——构成了动物的优雅，这是人很难做到的。活的生物从过去所保留的，与它所期望于未来的，都作为现在的方向而起作用。狗既不会迂腐也不会学究气；这些东西只有过去在意识中与当下分隔开，过去被确定为模仿的模式，或敬仰的宝库时，才会出现。"❸ 在杜威的眼里，动物在很多时候比人聪明。它的生存经验是完整的：行动和感觉相互融合；过去、现在、未来相互融

---

❶ [美]杜威.艺术即经验[M].高建平，译.北京：商务印书馆，2005：23.
❷ [美]杜威.艺术即经验[M].高建平，译.北京：商务印书馆，2005：33.
❸ [美]杜威.艺术即经验[M].高建平，译.北京：商务印书馆，2005：18–19.

合。人则总是将行动和感觉分离、将过去和现在分离。人们把过去确定为模仿的模式或敬仰的宝库，就是把过去和当下分隔开的表现。杜威所称许的动物经验具有生物性依据，也可以从事实性层面印证。值得思考的是，杜威的称许构成同传统西方观念的冲突。不能否认，从具体事实性层面看，无论是传统对动物性的贬低，还是杜威式的对动物性的推崇都有一定的合理性。要区别的是整体性的态度。从康德式的人是目的、自然向人生成的哲学来看，肯定人和动物的差异是历史的必然，也是历史的必要。问题在于历史的发展，导致了对人自身的反思。过于膨胀的人性欲望不仅给自然界也给人自身带来了灾难。对人的权能的过度推崇以及在此种推崇意识影响下，人的权能的过度强化也确实蕴含着威胁人自身生存的巨大危险。正是在这样的危险情势下，出现了双重性的历史要求：既要降低人对自身的期许，抑制人自身权能的强化；也要正视人自身动物性生存实际上都已经面临的某种不可能性。这一双重性的要求实际上具有悖论性：既然要"抑制"，就说明人自身的权能已经很强大；而既然很"强大"，就不可能连动物性生存都无法保障。事实却正是"强大"和"无法保障"两者都存在。根源就在于：人自身的权能正在释放毁灭人自身的能量。正是在有可能遭遇人自我毁灭的意义上，人连动物性生存也已经有了危险。杜威的理论作为对"双重性历史要求"的回应，是有意义的。后杜威时代的生态主义对杜威的推崇原因应该也是在这里。人对自身的反思和"双重性历史要求"的出现赋予杜威的思考以一定的理论意义，但这不等于这一"赋予"具有"唯杜威性"。这就是说，不等于只有杜威式的动物性推崇才是唯一合理的"应对双重性历史要求"的方式。双重性历史要求的出现是为了避免人自身生存的灾难。而避免人自身生存的灾难在海德格尔等哲学家看来，根本的方式是要改变传统的以存在者遮蔽存在的思维方式和行动方式，回归存在。回归存在与杜威式的推崇动物性生存是完全不同的选择。海德格尔的"制造大地"也包含否决传统自然科技可能造成的对自然界的毁灭，在消除毁灭性力量、维护自然界的本然存在方面，"制造大地"与杜威式动物性褒扬有相同的一面；但"制造大地"本身完全不同于回归动物性生存。

在更为一般也更为具体的层面上，连续性表现为具体当下的生命经验的连续。依杜威的观念，每一经验都是连续的。杜威说"个体从胚胎到成熟的生长与发展是有机体与环境相互作用的结果"；"文化并不是人们在虚空中，或仅仅是依靠人们自身作出努力的产物，而是长期地、累积性地与环境相互作用的产物"；"艺术作品所激起的反应的深度显示出它们与"持续的经验作用之间"所构成的"连续性"。❶"没有自然中的因果关系，构想和发明不可能出现。没有动物生命中的周期性冲突和实现过程的关系，经验中将没有设计和图式。没有从动物祖先中继承来的器官，思想和目的就没有实现的机制。"❷个体的成熟、文化的发展、艺术效应的形成都意味着相关经验的连续。人的"构想和发明"是所发现的自然因果的连续；"设计和图式"是"动物生命的周期性冲突"的连续；"思想和目的"是动物祖先的器官的连续。连续意味着运动、过程，也意味着前后阶段的连接。在经验中，"每个相继的部分都自由地流动到后续的部分，其间没有缝隙，没有未填的空白"。❸杜威用石头向山下的滚动来描述经验的连续性："石头从某处开始……持续地向着一个地点""运动"。我们可以想象："石头带着欲求盼望最终的结果；它对途中所遇到的事物，对推动和阻碍其运动，从而影响其结果的条件感兴趣；它按照自己归结于这些条件的阻滞和帮助的功能来行事和感受；最后的终止与所有在此之前作为一种连续的运动的积累联系在一起。"❹事物有时候的确会以静态性的对象形态出现，以单独的"点"的状态出现。这种静态性的、单点性的形态是否意味着经验没有连续性呢？杜威的回答是否定的。且不说自然界的植物是不是可以有单体性的形态，至少就动物和人的生存经验而言，真正静态的单点状态是没有的。杜威说了这样一个事例："当一束电光照亮夜空时，物体一下子被认出来了。但是，认出本身不只是时间上的一个点。它是一个漫长而缓

---

❶ [美]杜威.艺术即经验[M].高建平，译.北京：商务印书馆，2005：28.
❷ [美]杜威.艺术即经验[M].高建平，译.北京：商务印书馆，2005：25.
❸ [美]杜威.艺术即经验[M].高建平，译.北京：商务印书馆，2005：38.
❹ Dewey. Art As Experience [M]. New York: G.P. Putnam's Sons Press, 1980: 42.

慢的成熟过程达到顶点。它是一个有序的时间经验的连续性在一个突然而突出的高潮中的显现。如果将它孤立起来，就会像戏剧《哈姆雷特》中的一句台词或一个单词失去了语境一样没有任何意义。"❶物体的辨认在时间中可以是一个"点"，但是这一个点是一个连续的过程的连续。所以，就经验而言，孤立的、无过程的、无连续性的"单点"是没有的。

杜威对连续性有特别的规定。在他看来，并非任何形式的"连续性"都可以看作"经验的连续性"。杜威提到有一种"仅仅是外在时间上的连续性"：把"时间"看作"无穷无尽而始终如一的流水"，或者"像一些哲学家们所断言的那样，是许多瞬间的连续"。❷也有一种以孤立的事件形态构成的连续："将生命过程简化为仅仅是状况、事件、物体'如此这般'的前后关系，标志着作为有意识经验的生命的中止。以单个的、分立的形式实现的连续性是这种生命的本质。"❸在讨论经验的审美性质时，杜威把非审美性同两种形态的连续性联系起来。他说："非审美性存在于两种限制之中。其一极是松散的连续性，并不开始于某一特别的地点，也不结束于……某一特别的地点。其另一极是抑制、收缩，在那些相互只有机械性联系的部分间活动。"❹杜威列举的这四种形态的连续性都是他所反对的。"仅仅是外在时间上的连续性"意味着撇开活的生物的生存经验谈时间的连续。这种连续性与人的生存无关，是纯形式的空洞的连续性。"以孤立的事件形态构成的连续"虽然关注了活的生物的生存经验，但它所关注的经验不是活生生的经验，而是僵死的经验。活生生的经验是始终流动的经验，是变化莫测、色彩纷呈的经验，是不可分割的经验，如同前面引语所言，是"其间没有缝隙，没有未填的空白"的经验。"孤立的事件形态"虽然也构成连续，但这种连续建立在"空白"和"缝隙"之上，因为只有依据"缝隙"和"空白"才可能有事件的"孤立"。"松散的连续性"有点类似于"孤立事件的连续性"，不同的是杜威用无头无尾来强调其特点；

---

❶ [美]杜威.艺术即经验[M].高建平，译.北京：商务印书馆，2005：42.
❷ [美]杜威.艺术即经验[M].高建平，译.北京：商务印书馆，2005：24.
❸ [美]杜威.艺术即经验[M].高建平，译.北京：商务印书馆，2005：23.
❹ [美]杜威.艺术即经验[M].高建平，译.北京：商务印书馆，2005：43.

"松散"因此意味着经验与经验之间彼此没有区别，也没有阶段性。"收缩"的连续性同松散的连续性相反，意味着用人为的武断的方式将事件连接起来。这种连接因此不是有机的连续，而是机械性的关联。应该说，它关联的也就不是杜威所说的"经验"。

从正面言说来看，杜威对经验连续性的描述主要有下列语词：组织、有序、和谐、韵律、生长。杜威说："过去被带入现在，从而扩展与深化现在的内容。这勾画出从仅仅是外在时间上的连续性向生命秩序与经验组织的转化。"❶ "活的存在物不断地与其周围的事物失去与重新建立平衡。从混乱过渡到和谐的时刻最具生命力。"❷ 生活"不间断地行进和流动"，"其中每一个都有着自己的情节，它自身的开端和向着终点运动，其中每一个都有着自身独特的韵律性运动"。❸ 时间"是组织起来并起着组织作用的媒介，在其中，预期冲动节奏性涨落，前进与向后的运动，抵抗与中止，伴随着实现与完满。这是生长与成熟的安排"❹。这些语词都只是随机性使用，不属于定义性的言说。杜威也没有对它们的含义作专题性的厘定。另外，无论从这些语词本身，还是从杜威对它们的随机性言说来看，含义都具有交叉性、重叠性。由于这些原因，很难对它们作定义性的解读。不过，大致上还是有一些区别性的理解。"组织"是侧重从行动者对所属要素的主动安排上说的。"组织"意味着诸要素进入具有内在关联的系统之中，意味着目的性在其中的进入。"有序"同"无序"相对，意味着诸因素相互之间的连接有一种合规律性、合目的性。"和谐"即是共时性的"有序"。"和谐"的特殊之处一是各要素相互之间互动互惠；二是在历时性上"和谐"为运动和冲突的短暂结果。和谐不能离开冲突，只有在冲突中实现的和谐才有意义。杜威说的"从混乱到和谐的时刻最具生命力"，正是在于强调和谐对冲突的依赖。另外，由于和谐与冲突紧密相依，因此和谐不能持续太久。"任何将完满与和谐的时间延长到超过它的期限的企图，都构

---

❶ [美]杜威.艺术即经验[M].高建平，译.北京：商务印书馆，2005：24.
❷ [美]杜威.艺术即经验[M].高建平，译.北京：商务印书馆，2005：16.
❸ [美]杜威.艺术即经验[M].高建平，译.北京：商务印书馆，2005：38.
❹ [美]杜威.艺术即经验[M].高建平，译.北京：商务印书馆，2005：23.

成了一种从世界退隐。"❶ "韵律"是连续性所蕴含的最典型的也最具诗意化的特点。"韵律"包括"节奏"。富有"韵律"既意味着经验在连续性发展中变化与重复的有机统一，也意味着经验的展开本身张弛有度、进止结合。杜威说："经验过程就像是呼吸一样。"❷ "生长"是经验的目标、本质。杜威用"生长"来定义人和动物的生存经验，显示了他的人生观的乐观主义特质。传统的西方有"胜者无所得""一切都是徒劳"的悲观主义人生观的强劲影响。杜威的生长观念与传统的悲观主义截然相反。经验和奋斗不是徒劳，而是生长，是从较低状态向更高状态的发展、提升。按照杜威的生长观，人生是有意义的、是值得的、是应该珍惜的。

## 三、生存个一性

经验的"生存个一性"是杜威的特别的构想。它指的是，经验是以一个一个的方式展开、出现的。杜威用"一个经验"这样的术语对经验的"个一性"加以命名。《艺术即经验》第三章以"拥有一个经验"为题目对经验的生存个一性作了专题性的论述。

什么叫"一个经验"，或者说什么叫"经验的个一性"？"专题性论述"一开头就有说明："我们在所经验到的物质走完其历程而达到完满时，就拥有了一个经验。只是在后来的后来，它才在经验的一般之流中实现内部整合，并与其他的经验区分开。一件作品以一种令人满意的方式完成；一个问题得到了解决；一个游戏玩结束了；一个情况，不管是吃一餐饭、玩一盘棋、进行一番谈话、写一本书或者参加一场选战，都会是圆满发展，其结果是一个高潮，而不是一个中断。这一个经验是一个整体，其中带着它自身的个性化的性质以及自我满足。这是一个经验。"❸ 虽然同样是杜威乐于进行的描述，但这里关于"一个经验"的现象层面的说明是清楚的。"一个经验"的重心在"一个"上。杜威在书写"一个"时也有意地

---

❶ [美]杜威.艺术即经验[M].高建平，译.北京：商务印书馆，2005：17.
❷ [美]杜威.艺术即经验[M].高建平，译.北京：商务印书馆，2005：60.
❸ [美]杜威.艺术即经验[M].高建平，译.北京：商务印书馆，2005：37.

采用了重点凸显的方式，an experience 的 an 特地用了斜体 *an* 。由此，理解"一个经验"，关键也就在于理解这"一个"，即理解本书所说的"个一性"。虽然杜威对"一个经验"的现象性描述是清楚的，也虽然这"一个"同样被描述了，但"一个"的内在含义在本段的描述中并不清楚。什么叫"物质走完其历程"？什么是"完满"？什么是"在经验的一般之流中实现内部整合"？什么是"带着它自身的个性化的性质以及自我满足"？这些看似描述又看似定性的说明需要有更深入的理解。"专题性论述"接下来的言说就由之而来。

  杜威首先表明，"一个"并非绝对的事实性规定。并不是所有的经验都是"一个"、都具有"个一性"；也并不是所有人在言及"经验"时都会重视"个一性"。"哲学家们，甚至经验哲学家们，在提到经验时，一般情况下都只是泛泛而谈。"❶所谓"泛泛而谈"就是无视经验的"个一性"。之所以会"无视"，有现实原因：经验本身常常不具备"个一性"。杜威说，人们在生存实践中，"所获得的经验常常是初步的。事物被经验到，但却没有构成一个经验。"❷没有构成"一个经验"的经验，也就是不具备"个一性"的经验。依此言说，经验实际上可以分为两大类型："个一性的经验"与"非个一性的经验"。那么，区分二者的依据是什么呢？杜威接下来对"非个一性经验"的论述可以看作对"依据"的说明："存在着心神不定的状态；我们所观察、所思考、所欲求、所得到的东西之间相互矛盾。我们的手扶上了犁，又缩了回来；我们开始，又停止，并不由于经验达到了它最初的目的，而是由于外在的干扰或内在的惰性。"❸此处的"依据"可以归纳为两条：第一，是否心神凝一。心神不定、举止矛盾的经验就是非个一性的经验。反过来，个一性的经验必须是心神凝一、举止不矛盾的经验。杜威的这一观念可以让人想到中国古代庄子所描述的佝偻者承蜩的状态。"吾处身也，若厥株拘；吾执臂也，若槁木之枝；虽天地之大，万物之多，而唯蜩翼之知。吾不反不侧，不以万物易蜩之翼，何为而

---

❶❷❸ ［美］杜威.艺术即经验［M］.高建平，译.北京：商务印书馆，2005：37.

不得!"(《庄子·达生》）❶捕蝉的驼背人站着，犹如木桩；伸臂执竿，好像枯槁树枝，虽面对广阔天地，纷繁万象，却只用心在捕蝉，从不左顾右盼，分散心思，影响对蝉翼的注意。这在中国古代叫"用志不分，乃凝于神"。它应该说正好是杜威"心神凝一"的状态。第二，以经验自身的机制支配经验的展开，而不是借助外在的因素。这一"依据"也可以用庄子的故事来说明。庄子笔下的庖丁说，他解牛时"以神遇而不以目视，官知止而神欲行。依乎天理……因其固然。"(《庄子·养生主》）"以经验自身的机制支配经验的展开"即是庖丁的"依乎天理"，"因其固然"。用杜威的话说就是"经验达到它最初的目的"，而不是"由于外在的干扰或内在的惰性"。

"两个依据"同时是对"经验个一性"内涵的两个界定。除此之外，杜威对于"经验个一性"还有多个层面的界定。在杜威的言说中，有些方面值得特别关注。杜威是用描述性的方式给出他的界定的。本书把认为值得关注的方面提炼成下列的定性式言说。

其一，过程的完整性。经验不是实体，而是过程。但是这种"过程"又不是那种绵延不绝的混沌的流动，而是以一个一个的方式呈现出来。作为"一个"过程，经验有开头、有结尾。整个过程是一个整体。杜威说："一个经验有一个整体性；这个整体性使它具有一个名称：那餐饭、那场暴风雨、那次友谊的破裂。"❷作为一个过程，这个经验与那个经验之间、这段经验与那段经验之间，有区别，有一定的分隔。但是在一个经验之内，在一个过程之内，则没有分隔，只有连绵不绝的流动，只有各个部分的紧密的融合。杜威说："当我们拥有一个经验时，中间没有空洞，没有机械的结合，没有死点（dead center）。"❸

其二，品质的独特性。每一个经验都有其独特性。杜威说：经验"各自具有独特的特征""其中带着它自身的个性化的性质以及自我满足"，❹

---

❶ 诸子集成（第三册）[M].中华书局，1956：281.
❷ Dewey. Art As Experience [M]. New York：G.P. Putnam's Sons Press, 1980：37.
❸ Dewey. Art As Experience [M]. New York：G.P. Putnam's Sons Press, 1980：38—39.
❹ [美]杜威.艺术即经验[M].高建平，译.北京：商务印书馆，2005：37.

"每一个都有着自身独特的韵律性运动;每一个都有着自身不间断弥漫其中不可重复的性质",❶经验的"整体的存在是由一个单一的、遍及整个经验的性质构成的"。❷"品质的独特性"和"过程的完整性"相互结合,两者实际上是一回事。不同点只在于:"过程的完整"是从动态性、历时性上说;"品质的独特"则是从静态性、共时性上说;"品质的独特"必须体现在"过程"上,必须表现为"过程"的独特。所以,杜威用"自身独特的韵律性运动"来界定。

其三,能量循环的封闭性。杜威指出:"由于经验只有在活跃于其中的能量起了合适的作用时才中止,我强调了每一个完整的经验都朝向一个完成和终结运动的事实。这一能量循环的封闭性是与静止和滞积正相对立的。"❸杜威所说的"能量循环的封闭性"包含多个层面的意思。第一,它指明:一个经验的构成是由能量来完成的。经验依赖能量,靠能量实现。本书前面曾讨论杜威所说的"经验依靠其自身机制展开",现在可进一步指出的是,所谓"自身机制",实际上就是内部能量的运作。杜威言说"能量循环的封闭性"时没有指明能量的所属。但从杜威"经验是有机体和环境的相互作用"的定义来看,其所说的能量应该同时包括有机体的能量和环境的能量。指出经验由能量构成,这一点很重要。虽然杜威对此没有作充分的展开性论述,只是点到为止,但读者应该重视。能量具有自发性、自主性。经验之所以形成,实际上是因为能量需要展现自身。能量的运作完全不同于权力的实施。福柯曾谈到在西方历史上,关键的问题以及历史灾难的形成就是能力和权力的交织、误置。英文的"power"一词正体现了此种交织。第二,在经验的展开中,能量的运作具有循环性。在人们对能量不能做出更细致的定性式的分析之前,能量只能是一种概括性的称谓。那么,不同经验的能量也就没有品质上的区别。因此,随着经验的不断展开,呈现出来的就是能量不断循环的形态。第三,能量循环具有封闭性。杜威的"封闭性"首先指:能量是在经验内部发挥的。杜威说"经

---

❶ [美]杜威.艺术即经验[M].高建平,译.北京:商务印书馆,2005:38.
❷ [美]杜威.艺术即经验[M].高建平,译.北京:商务印书馆,2005:39.
❸ [美]杜威.艺术即经验[M].高建平,译.北京:商务印书馆,2005:43.

验自身机制"时以之同"外在的干扰或内在的惰性"❶相对。相对于经验内部能量的发挥,"内在的惰性"其实也是外在的因素。能量在经验内部发挥,能量的发挥因此是封闭性的,是与外在性因素无关的。其次,"封闭性"指能量作用的停止。经验的终结完成也就是能量作用的中止。中止即是一个过程结果、不再展开;而"不再展开"也即是"封闭"。杜威说"封闭"用的是 closure 一词。closure 本身即包含"停止"的意思。杜威强调"能量循环的封闭性与静止和滞积相对立"。杜威这一命题的提出是因为"循环"和"封闭"在外表上与"静止"和"滞积"有相似性,容易导致懒于深究的人们将它们看作同样的情形。杜威指出,能量的终止完全不同于通常意义上的"静止"和"滞积"。一个证明就是:"成熟与固化是对立的两极"。❷"成熟"是一个过程的结束,是能量中止自身的作用。而"固化"则完全排斥过程,排斥能量的发挥。

---

❶ [美]杜威.艺术即经验[M].高建平,译.北京:商务印书馆,2005:37.
❷ Dewey. Art As Experience [M]. New York: G.P. Putnam's Sons Press, 1980: 41.

# 第五章　经验主义视域中的经验诗学

关于经验主义视域中的经验诗学，本章讨论三种类型：里普斯的移情化理论、桑塔耶纳的审美理论、异托邦类型的诗学经验。

## 第一节　里普斯移情论的"对象化"经验机制

移情论是20世纪初具有重大影响的美学理论。"移情论的最杰出的代表人物是里普斯。"❶里普斯（Theodore Lipps，1851～1914）论移情，关键是对作为核心范畴和审美心理机制的"对象化"的阐释。在里普斯看来，"对象化"决定"移情"，"移情"就是"对象化"。他在1903年发表的《移情作用、内摹仿和器官感觉》中说：

> 审美快感的特征由此就可以界定了。这种特征就在于此：审美的快感是对于一个对象的欣赏，这对象就其为欣赏的对象来说，却不是一个对象而是我自己。或则换个方式说，它是对于自我的欣赏，这个自我就其受到审美的欣赏来说，却不是我自己而是客观的自我。这一切都包含在移情作用的概念里，构成这个概念的真正意义。移情作用就是这里所确定的一种事实：对象就是我自己，根据这一标志，我的

---

❶ ［英］李斯托威尔. 近代美学史评述［M］. 蒋孔阳，译. 上海：上海译文出版社，1980：53.

这种自我就是对象。❶

因为"对象"和"对象化"构成"移情"的"真正意义",所以,理解里普斯的移情论,关键也就是理解他所说的"对象化"。

里普斯的审美"对象化"包含丰富的义理,其中特别值得注意的是七个层面的规定。

其一,审美有"对象"和"原因"两个方面。里普斯首先强调审美"是由看到对象所产生的"。"在一个美的对象前面我感到一种欣喜的情感……我感到这种情感,是由于看到那美的对象所直接呈现于我的感性知觉或意象。"❷里普斯说"只有审美对象(例如艺术作品)的感性形状才是被注意到的。只有这感性形状才是审美欣赏的'对象'(客体),只有它才和我'对立'"。❸接下来,里普斯指出:"审美欣赏的'对象'是一个问题,审美欣赏的原因却是另一个问题。"❹"美的事物的感性形状""是审美欣赏的对象,但……不是审美欣赏的原因。""原因"是什么呢?"审美欣赏的原因就在我自己,或自我,也就是'看到''对立的'对象而感到欢乐或愉快的那个自我。"❺区分"被观照的客观事物"和"观照该事物的自我"是至少从笛卡儿以来的西方哲学、美学常秉持的思维方式。对此"区分"人们不难理解,但把二者分别看作"审美对象"和"审美原因",将"对象"和"原因"在逻辑上加以区分,则是里普斯的创造。"原因"指的是审美据以发生的"根源"。在日常语言中,"根源"也可说成"对象","对象"也可说成"根源"。比如,我们说:"某个事物让我感觉到美。"这"某个事物"就可以既是"对象"又是"根源"。里普斯的论说意味着破除日常语言的含混。不过里普斯的"区分"关键还不在这里,关键在于:审美的"对象"和"根源"何以能够区分?为什么"对象"不是"根源"?

---

❶ [德]里普斯.移情作用、内摹仿和器官感觉[M]//伍蠡甫.现代西方文论选.上海:上海译文出版社,1983:5.

❷❸ [德]里普斯.移情作用、内摹仿和器官感觉[M]//伍蠡甫.现代西方文论选.上海:上海译文出版社,1983:2.

❹❺ [德]里普斯.移情作用、内摹仿和器官感觉[M]//伍蠡甫.现代西方文论选.上海:上海译文出版社,1983:3.

为什么"根源"不成为"对象"？两者的"区分"到底意味着什么？要回答这些问题，就要进入里普斯的更深层面的思考了。

其二，在审美中，"自我"和"对象"绝对"同一"。可以分两个层次来理解里普斯的这一思想。首先，审美有一种双重依赖性：既依赖对象，又依赖自我。从"依赖自我"的角度看，里普斯认为：可以说"审美的欣赏并非对于一个对象的欣赏，而是对于一个自我的欣赏"。❶ "这对象就其为欣赏的对象来说，却不是一个对象而是我自己。或则换个方式说，它是对于自我的欣赏。"❷ 在论述"自我"作为审美的"原因"时，里普斯说："我觉得仿佛在达到一个目标，满足我的追求和意志，我感到我的努力在成功。总之，我感到一种复杂的'内心活动'。而且在这一切内心活动中我感到活力旺盛，轻松自由，胸有成竹，舒卷自如，也许还感到自豪，如此等等。这种情感总是审美欣赏的原因。"❸ "依赖自我"意味着：离开自我，就无谓美。自我是美和美感发生的根本条件。任何事物，当它与自我无关时，就不会成为审美现象。里普斯的此一论证是经验性的，是人们的审美经验可以证明的事实。从"依赖对象"的角度看，里普斯指出：导致审美欣喜发生的"自我""是对象化了的"。"在观照站在我面前的那个强壮的、自豪的、自由的人体形状时，我之感到强壮、自豪和自由，并不是作为我自己，站在我自己的地位，在我自己的身体里，而是在所观照的对象里，而且只是在所观照的对象里。"❹ 审美是在对象中看自己。就如通过镜子看自己一样，对象性事物如同镜子，让自己看到自己。审美依赖对象也是人们的现实审美经验可以证明的事实。除此之外，还可以有一个超审美层面的证明：其实，人任何时候都不能"直视"自我。哲学上所说的"反思"，好像是对自我的直视，其实不然。哲学上反思的自我是抽象的自我，不是包含全部感性的真正完整的自我本身。审美要求观照的是感性完整的

---

❶ ［德］里普斯.移情作用、内摹仿和器官感觉［M］//伍蠡甫.现代西方文论选.上海：上海译文出版社，1983：4.

❷❹ ［德］里普斯.移情作用、内摹仿和器官感觉［M］//伍蠡甫.现代西方文论选.上海：上海译文出版社，1983：5.

❸ ［德］里普斯.移情作用、内摹仿和器官感觉［M］//伍蠡甫.现代西方文论选.上海：上海译文出版社，1983：3.

自我本身。对这一自我的观照必须借助对象、借助客观事物这一途径。

在理解审美的"双重依赖"之后，就可以领会二者的"绝对同一"了。所谓审美中对象和自我的绝对同一，指的是对象和自我这二者在审美中不能有片刻的分离；两者实际上是一回事："审美欣赏的对象同时也就是审美欣赏的根由。"❶在理论上，两者可以分别看；但分别看时，各方是包容、统摄对方的。当我们看"自我"时，它虽然是"那强壮的、自豪的、自由的自我，但不是单就它本身来看的自我，而是把自己对象化了的自我"。❷当我们看"对象"时，虽然"对象就是这个凭感官认识到的观察到的人体形状"，但"不是单就它本身来看的人体形状，而是我在我自身里面感觉到和体验到""那种强壮的、自豪的、自由的自我"的"人体形状"。❸很清楚，"绝对同一"是由"双重依赖"决定的：既然二者不可或缺，那么，审美就只能融合二者。进一步应该说，"双重依赖"实际也就是"绝对同一"，只不过言说方式不同而已。里普斯对于"绝对同一"有多方面的强调。比如，他区别"在对象里面"和"面对着对象"两者的不同"在对美的对象进行审美的观照之中，我感到精力旺盛，活泼，轻松自由或自豪。但是我感到这些，并不是面对着对象或和对象对立，而是自己就在对象里面"。❹审美是"在对象里面"，不是"面对着对象"。前者有"绝对同一"，后者则不是。

审美对象和自我的绝对同一，对于里普斯的理论非常重要，因为在里普斯看来，审美和非审美的根本区别就在这里。里普斯用观看他人身体活动的情形为例，深入阐释了此种区别。他说：当某人身体的活动出乎"意志"时，虽然"我看到动作，体会到发出动作者心里如何感觉"，但此种"体会"不是审美，因为这时候，我还有相互分离的、分别属于"对象"和"自我"的两种体验："对于另一个人所经历的活动以及他的自由和自豪，我心里有一种意象。另一方面，我也经验到我自己的动作，感觉到我

---

❶❷❸ ［德］里普斯.移情作用、内摹仿和器官感觉［M］//伍蠡甫.现代西方文论选.上海：上海译文出版社，1983：5.

❹ ［德］里普斯.移情作用、内摹仿和器官感觉［M］//伍蠡甫.现代西方文论选.上海：上海译文出版社，1983：3.

自己的活动，自由，自豪。"❶ "另一个人"的"意象"和"经验到我自己的动作"两者还处于"分离"状态，就不是审美。"与此相反"的审美经验则是："另一个人所经历的"和"我自己的"两者不再分离，"这种［主客的］对立却完全消除了。双方面只是一体。那单纯的意象不再存在了，代替它的是我的实在的感觉。正是这个缘故，我在感觉到自己在另一个人的动作里也在发出这个动作。"❷

论"绝对同一"时，里普斯曾反复说到"自我的对象化"一词，比如前引关于审美双重特性的论述中言说的"把自己对象化了的自我"。❸ "自我的对象化"有两层含义。之一是说把"自我"置入外在于自我的"对象"之中；之二是说将"自我"作为感受的"对象"。两种含义在逻辑内涵上是不同的，因为后者并不要求有一个外在于自我的对象。"不同"可以从里普斯自己所说的"审美对象"与"审美原因"的区别上理解。"之一"涉及的"对象"是"审美对象"。"之二"所谓"对象"则是"自我"，即"审美原因"。里普斯在言说"自我的对象化"时没有点明二者的区别，这在言说方式上有含混之嫌。不过从里普斯的思想来看，此含混又可以理解：因为他本来就强调二者同一。在他看来，"对象"即"原因"，"原因"即"对象"；审美本来就是二者的绝对同一；"含混"正可看作对此"同一"的表达。

其三，"审美的对象化"不同于"认知事物对象"，也不同于"回忆对象性情形"。里普斯说，在审美中，"我感觉到我自己在活动。它们绝对不属于一种凭感官认识到的对象或是在想象中回忆到的对象，总之，不属于和我分割开来的一种对象。"❹ 从所谓"不属于和我分割开来"的用语看，

---

❶ ［德］里普斯. 移情作用、内摹仿和器官感觉［M］//伍蠡甫. 现代西方文论选. 上海：上海译文出版社，1983：10.

❷ ［德］里普斯. 移情作用、内摹仿和器官感觉［M］//伍蠡甫. 现代西方文论选. 上海：上海译文出版社，1983：10.

❸ ［德］里普斯. 移情作用、内摹仿和器官感觉［M］//伍蠡甫. 现代西方文论选. 上海：上海译文出版社，1983：5.

❹ ［德］里普斯. 移情作用、内摹仿和器官感觉［M］//伍蠡甫. 现代西方文论选. 上海：上海译文出版社，1983：6.

里普斯所说的"不同"的根本原因仍是前面所说的审美的绝对同一。这里，可以提出的问题是：何以"认知事物对象"和"回忆对象性情形"即是"对象和自我的分割"？在确认"两者"都是"分割"的前提下，两者是否有不同？关于这两个问题，里普斯都没有展开论述。从现代美学的背景上看，"认知事物对象"具有"分割性"不难理解。"认知"只是人的抽象理性能力的发挥。认知可以从感官开始，可以动用人的感性能力，但这种感性能力同样是指向抽象的，因为它要服从更高程度的抽象。人的抽象理性能力不是自我的全部。在人发挥自我的抽象认知能力时，自我的很多内容、很大部分的因素被忽视了、被丢弃了。这是"分割"的一种理解。"分割"的另一种理解可以从认知的对象上入手。因为认知只是自我抽象能力对于"对象"的进入；被抽象能力把握的对象只是对象的某个方面或某些方面，不会是对象的全部。所谓"分割"即由此而来。

　　"认知事物"因为有"分割性"不属于审美的对象化，这一点好理解，为什么以"想象"的方式"回忆过去的情形"也不属于审美呢？首先，应该说以"想象"的方式"回忆过去的情形"与"认知事物"有重大不同，想象不是抽象地认知理性，不包含抽象认知所必有的"分割"；"回忆对象"应不在"分割"之列。其次，里普斯在分析审美的"客观对象性"和"自我性"时也曾谈到，回忆旧事也可以具有"客观对象性"和"自我性"这两个方面。"我自己的活动当日也可以变成对于我是客观的，那就是当它已不复是我的现实活动，而是在回忆中观照它。但是这时它已不再是直接经验到的，而只是在想象中追忆到的。这样，它就是客观的。这种想象到的活动，或则更一般地说，这种想象到的自我，也就能成为我的欣喜的对象。"❶ 再次，里普斯的上述分析可以用经验材料证明。世界上很多民族的审美经验实际上正是或主要是由"回忆对象"构建的。中国人说："当时语笑浑闲事，过后思量尽可怜"；❷ "被酒莫惊春睡重，赌书消得泼茶香。

---

　　❶ ［德］里普斯. 移情作用、内摹仿和器官感觉［M］// 伍蠡甫. 现代西方文论选. 上海：上海译文出版社，1983：4.
　　❷ 王彦泓. 疑雨集·秦记装阁六首［M/OL］. 馆秀阁藏 http://blog.sina.com.cn/cmxx1123.

当时只道是寻常"；❶"追惟往昔过从饮酒之人，或坟木已长，或病不偶。考其篇中所记悲欢、合离之事，如幻，如电，如昨梦、前尘，但能掩卷怃然，感光阴之易迁，叹境缘之无实也"：❷这类记述、表白在中国历史上极为普遍。虽然其中含有多种成分，但表明一个事实：中国古代的诗人主要是以回忆旧事来构建自我的审美体验的。它的特点正像里普斯所说的一样，是在"回忆"中把"想象到的自我"变为"我的欣喜的对象"。既然有上述多方面可以用来认定回忆也具有审美性的理由，里普斯又何以断然否定呢？关于这个问题的回答，可以从里普斯的思想中找到某些线索，但这涉及他对"自我"的理解。对此，本书留待后面一并论述。

其四，审美对象化与自我日常生活中的对象性活动不同。自我日常生存的活动也涉及对象，比如制衣涉及衣料，种田涉及田土；在涉及对象这一意义上，它也可说有"对象化"。另外，既然是"自我"的活动，那么，"自我"当然就在该活动之中。满足了"对象化"和"自我"两个条件，日常生存活动是否也属于审美呢？里普斯的回答是否定的。"否定"是不是因为日常活动总是"功利性"的，因而基于康德美学的"非功利性观念"应加以排除呢？也不是。里普斯的"否定"在于：审美欣赏的"活动"不是"自我"的活动，而是"他人"的活动。里普斯首先论证作为"对象"的"活动的非自我性"。他用自我手膀的活动为例，对此作了明确的阐释。他说：我把我的手膀伸直；或者在伸直的手上托着一块石头，这两种情形都"接近审美的移情"，因为这里有"对象"（活动的手膀），也有"自我"："我感觉到我自己在努力，挣扎，努力获得成功，满足"。❸但是，"两种情形"都还"没有达到"❹真正的审美状态。原因是："我的努力""我的自我"这个时候并不是在可以看作"对象"的"我的活动的手膀"之中，而"是和我的心情（如果我是随意伸直手膀）或我心中所悬的

---

❶ 张秉戍.纳兰词笺注［M］.北京：北京出版社，1996：142.
❷ 沈祖棻.宋词赏析［M］.上海：上海古籍出版社，1980：48-49.
❸ ［德］里普斯.移情作用、内摹仿和器官感觉［M］//伍蠡甫.现代西方文论选.上海：上海译文出版社，1983：6.
❹ ［德］里普斯.移情作用、内摹仿和器官感觉［M］//伍蠡甫.现代西方文论选.上海：上海译文出版社，1983：7.

目的（如果我是为着要达到某一目的而伸直手膀）联系在一起的"。❶ 里普斯的意思是：即使"我的手膀"在某个意义上是"对象"，但第一，"自我"没有放置于其中；第二，它也不具备那种能够让"自我"放置于其中的品质，它不是那种"能够"和"自我"绝对同一的"对象"。另外，里普斯说，我的"自我"是和我的日常生存"目的"关联着：这也意味着，和"自我"关联的生存"目的"不能被理解为"对象"，因为它根本就不是感性形态的东西。把里普斯关于手膀和自我的论述放到前面的言说方式上来，也就等于说：因为"自我"没有找到属于它的"对象"，因此，此时的"自我"和"对象"还是分离的，没有同一的。英译本对此加注时说："我在伸直的手膀里的活动的感觉是移情作用，但还不是审美的移情作用，因为这活动是由自我发动而且是由自我感觉到的，自我与手膀还能辨出是两回事。自我与对象的对立还存在。"❷ 在论证"活动的非自我性"之后，里普斯接着指出，"旁人的活动"则不同；旁人的活动可以成为我的"自我"能够放置于其中、与之融为一体的"对象"。"现在我用旁人的手膀来代替我的手膀。我看见另一个人的手膀伸直了""我看见一个人在发出某种活跃的、灵巧的、自由的或大胆的动作。"❸ 当"这些动作作为我的聚精会神的对象"，并让我产生"我自己在努力、挣扎并获得成功、满足这样的感觉"的时候，我就是在审美中了；这时候，我的"自我"（"我的努力、挣扎、成功、自由、自豪"）和"我观照的那个人的手膀的伸直"（"对象"）融汇在一起了。这也就是说，在观照"旁人"的活动时，"对象"和"自我"绝对同一了。

看到旁人的手膀伸直，我自己也有类似的"努力"（"似乎我也在努力伸直我的手膀"）；这种情形的出现意味着我在"摹仿"旁人。这主要是一种"内摹仿"。要使"内摹仿"成为审美，里普斯注意到还要有一个条

---

❶ ［德］里普斯. 移情作用、内摹仿和器官感觉［M］// 伍蠡甫. 现代西方文论选. 上海：上海译文出版社，1983：6.

❷ ［德］里普斯. 移情作用、内摹仿和器官感觉［M］// 伍蠡甫. 现代西方文论选. 上海：上海译文出版社，1983：7.

❸ ［德］里普斯. 移情作用、内摹仿和器官感觉［M］// 伍蠡甫. 现代西方文论选. 上海：上海译文出版社，1983：8.

件：内摹仿必须是"非意志"的，即不是"有意识"地进行的。如果"我也很想感受到那另一个人所表现的那种自由、稳定和自豪的感觉"，❶便"有意识"地在内心中摹仿别人，这种摹仿就是出于意志的摹仿，就不是审美。之所以不是审美，是因为在这个时候，我的注意力是在我自己的"意志"上，不是在"旁人的动作"上；我不是在观照他人，而是在感受自我的意志；我的自我还在我自身之内，没有对象化。里普斯强调内摹仿必须是观照性的，不能是意志性的，因为他认定"意志"和"观照"完全对立："我愈聚精会神地去观照所见到的动作，我的摹仿也就愈是不出于意志的。倒过来说，[摹仿]动作愈是不出于意志的，观照者也就愈完全地处在那所见到的动作里"。❷按里普斯的意思，审美的内摹仿实际就是无意识的摹仿。"如果我完全聚精会神地去观照那动作，我也就会完全被它占领住，意识不到我在干什么，即意识不到我实际已在发出我的动作，也意识不到我身体里所发生的一切。"即使这时候，我的摹仿超出"内心"的范围，而在身体上有外在表现，比如我的手膀也在动之类，我自己也不会意识到我有这种"外现的摹仿动作"。❸

"旁人的活动"经由我的内摹仿，让"我"也"活动"起来。"我的活动"因为和"旁人的活动"融汇在一起，"我"于是就"对象化"，从而生成审美的经验。这里要注意的一个问题是："对象化的我"和"活动的我"虽然密切关联，但还是有一定的区别。"我的活动"指的是本质上具有观照性的现实行为，如我的"手膀的伸直"。"对象化的我"则是"我的活动"所包含、所体现的内在性的成分。里普斯对此二者没有加以辨析，但他的论述还是蕴含了其中差异的。他在谈"我的活动"时用的是"我的努力、挣扎、成功、满足"之类的语词；而在论"对象化的自我"时说的是"我的强壮、自豪、自由"，用语本身就有差别。他在论"对旁人活动的观照"时说："对于另一人所经历的活动以及他的自由和自豪，

---

❶❷ [德]里普斯.移情作用、内摹仿和器官感觉[M]//伍蠡甫.现代西方文论选.上海：上海译文出版社，1983：8.

❸ [德]里普斯.移情作用、内摹仿和器官感觉[M]//伍蠡甫.现代西方文论选.上海：上海译文出版社，1983：9.

我心里有一种意象。"❶ 此句中的"以及"一语也明显包含区别的意味。理解"活动的我"和"对象化的我"两者的"区别"对于领会里普斯的思想是必要的，因为"活动的我"事实上无法对象化，也没有必要对象化。

其五，审美对象化的"自我"不是生存实践性的，但又必须是直接经验性的自我。"旁人"的活动是可以"内摹仿"的"观照"的活动，可以"让自我对象化"的审美的活动。"旁人活动"＝"内摹仿"＝"观照"＝"自我对象化"＝审美。由此等式，可以进一步明白"我的活动"不能对象化，不能成为审美经验的缘由在于："我的活动"不是我"摹仿"的、"观照"的活动，而是我的实际人生活动；"我的活动"中的"我"是生存实践性的我，不是进入审美活动的我。对于"我的活动的我"和"观照旁人活动的我"，里普斯用"实在的自我"和"观念性的自我"两个术语作了区别。"在非摹仿性的动作里发出动作是我的'实在的'自我，是我的全部人格（按照它当时的实际情况），连同它的一切情感，幻想和思想，特别是那个动作所引起的动机或内在机缘。在审美的摹仿里就大不相同，自我却是一种观念性（或理想）的自我。""这个'观念性'的自我也是真实的，但不是实际'实践性'的自我。它是观照的自我，只流连在和沉没在对于对象的观照里。"❷

按其内在逻辑，里普斯所说的"观念性自我"和"实践性自我"，可以从"和事物的接触方式"上、"事物自身的构成"上、"自我身心内容的成份"上等加以具体区分。就"接触方式"而言，观念性自我采用的方式是"观照"，实践性自我采用的是"作用"。"作用"意味着改变对象、改造对象、消费对象，"观照"不包含"改变"。就"事物自身的构成"上看，观念性自我关注的是事物的非消费性的感性存在；而实践性自我关注的是事物的可消费性、可吸收性能量。在"身心构成"上，观念性自我的内容主要是体察性的心智；实践性自我的内容则主要是占有

---

❶❷ ［德］里普斯. 移情作用、内摹仿和器官感觉［M］// 伍蠡甫. 现代西方文论选. 上海：上海译文出版社，1983：10.

性欲求。

在里普斯这里,"实践性自我"和"观念性自我"的区别不蕴含活动的直接性与非直接性的区别。里普斯认为,两者都是"直接性"的。"直接性"指自我和对象的接触是源生的,不是重复的;是直接的,不是间接的。审美发生在自我的源生性的对象化中,不发生在以重复的方式构成的对象化中。我看到他人的活动,产生内摹仿,将自我对象化。这里的"看到"和"看到的他人的活动"、"产生"和"产生的内摹仿"、"对象化"等,都是第一次的经验和情形,不是重复性出现的情形。正是基于这一点,里普斯不承认前文所说的那种把"想象到的自我"变为"我的欣喜的对象"的"回忆"性活动具有审美价值。值得注意的是,这里的"不承认"已经超出里普斯自己所说的原则。里普斯的原则是自我和对象绝对同一。"回忆"之所以不是审美,不在于违背了对象和自我同一的原则,而在于不具有经验的直接性。何以不具有经验的直接性就不是审美呢?追究这个问题,可以让我们看到,里普斯的审美原则实际上包含另一个设定:对象化的自我必须是直接经验性的自我。

现在可以追究的问题是:"直接经验性的自我"与"间接性的回忆性的自我"到底有何区别?对此问题,里普斯没有探讨,不过,他的某些论述提供了暗示。比如,他在说"回忆性自我不是审美的自我"时有这样的交代:"但是这不是我们现在所讨论的;我们现在所研究的只是直接经验到的活动,成功,力量,自由,等等"。❶ 从里普斯的这一言说可看出,所谓"直接经验"就是"活动、成功、力量、自由"的经验。"活动、成功、力量、自由"等词作为对生存的界定,是伦理性的规定,与美学上的直接性、间接性不同,但在里普斯这里二者同一了。由此"同一"来看,"回忆"不算审美,实质不在于背离美学的规定,而在于背离伦理学上的规定;在于它不是"活动、成功、力量、自由"的经验。里普斯用伦理学来界定美学的思路在他1905年所写的《再论"移情作用"》中有更明确的

---

❶ [德] 里普斯.移情作用、内摹仿和器官感觉[M]//伍蠡甫.现代西方文论选.上海:上海译文出版社,1983:4.

显示。该文谈到移情有"正面的"和"反面的"两种情形。"和表现一种高尚的自豪感的姿势发生移情,是属于正面;和表现一种愚蠢的虚荣心的姿势发生移情,就属于反面。"正面的移情是"我很愿意接受的",反面的移情则是"我的整个人格所反抗的"。里普斯还说:快感的唯一条件是"我须能'赞许'它"。❶从这些论述看,很清楚,里普斯所说的"审美"就是"能赞许的""愿接受的"那类经验,即"成功、力量、自豪、自由"的经验。"回忆"之所以不属于审美,原因是它不意味着"成功、力量、自豪、自由",反而是它们的反面:失败、无力、自怜、限制。中国古代诗人的那些体验可证明"回忆"确实如此。可以认为,在里普斯审美与伦理同一、审美决定于伦理的思考中,"直接性"作为规定其实无关紧要。不过,可以为里普斯的"直接性"辩护的一点是:"直接性经验"的确也和"成功、力量、自豪、自由"等积极性人生价值有一定关联。虽然不能说所有直接性经验都是成功、自豪的经验(很多是失败、伤害、绝望),但真正称得上是成功、自豪之类的积极性的人生活动应该是直接性的经验。迷恋前尘往事的回忆,即使有气吞万里的雄风,有庄子式的逍遥无待的自由,也只是想象而已。那不是真正的"成功",也不具有真正的力量感、自豪感、自由感。

其六,审美对象化的内摹仿不是身体器官运动的内摹仿。在里普斯阐释移情和内摹仿的时候,已经有德国的谷鲁斯(Karl Groos,1861~1946)和英国的浮龙·李(Ver Vernon lee,1856~1935)等人对同一现象做了研究。谷鲁斯等人强调内摹仿过程中身体器官运动和生理机能的参与。里普斯说,关于内摹仿,"人们可以提出这样的意见:导向一种身体的努力挣扎之得到实现当然不在于对那动作获得一种视觉的意象,而在于体验到一种一些运动感觉,例如随着运动而产生的筋肉紧张和关节摩擦之类感觉。"❷里普斯所谓"人们的这样的意见"指的就是谷鲁斯派的观点。该派

---

❶ [德]里普斯.再论"移情作用"[M]//伍蠡甫.现代西方文论选.上海:上海译文出版社,1983:16.

❷ [德]里普斯.移情作用、内摹仿和器官感觉[M]//伍蠡甫.现代西方文论选.上海:上海译文出版社,1983:11.

认为内摹仿会有身体上、生理上的感觉，如筋肉紧张、关节摩擦之类。里普斯对这一看法坚决反对。他说："任何种类的器官感觉都不以任何方式闯入审美的观照和欣赏。按照审美观照的本质，这些器官感觉是绝对应排斥出去的。"❶里普斯的反对从整体上来说仍然是基于他的审美对象化的根本原则，即自我和对象绝对同一的机制。他说："我愈聚精会神于对审美对象的观照，我的身体状况的感觉也就愈从意识中消失——因为我的身体状况是和审美对象毫不相干的。"❷前文已经说明，里普斯所说的"审美对象"是"他人性"活动的感性形态，"自我身体状况"与"他人性"审美"对象"毫不相干，自然就不含有所谓"对象和自我的绝对同一"了。除了整体上对谷鲁斯派的拒绝，里普斯的"拒绝"还可以从具体的论述层面分析。从具体的思考来看，"拒绝"包含"必然性"和"必要性"两个层面的"否定"。"必然性否定"的意思是：审美不意味着身体器官感觉的"必然"参与。里普斯承认，"按照审美的摹仿的本性，它所要达到的目的主要在于引起自我的活动。它的最后基础就在于向自我活动的本能的冲动。"❸"自我的活动""向自我活动的本能的冲动"都有导向身体生理感觉的可能。但里普斯在承认这种"可能性"之后马上指出："可能"不等于"必然"；"自我的活动"或"向自我活动的本能的冲动"并"不必然"导向身体的生理感觉，其中的根本原因是"要自我活动的欲念也可以在对解除摹仿欲念的那种动作所进行的观照中得到满足"。❹里普斯的意思是：一方面，自我活动的欲念需要满足；另一方面，自我活动的欲念可以有两种"满足"的方式。第一种是直接生理性的满足，即谷鲁斯派所说的那种生理性内摹仿的满足，当然也包括人们在日常生活中饿了就吃、渴了就饮那类更实际的满足。第二种是观照性的满足。观照某种活动，引发自我在精神层面的内摹仿，这也可以让自我活动的欲念得到满足。这里要注意的一

---

❶ ［德］里普斯.移情作用、内摹仿和器官感觉［M］//伍蠡甫.现代西方文论选.上海：上海译文出版社，1983：14.

❷ ［德］里普斯.移情作用、内摹仿和器官感觉［M］//伍蠡甫.现代西方文论选.上海：上海译文出版社，1983：12.

❸❹ ［德］里普斯.移情作用、内摹仿和器官感觉［M］//伍蠡甫.现代西方文论选.上海：上海译文出版社，1983：11.

点是：里普斯说的是自我"活动"的欲念，不是纯生理"需求"的欲念。后者是很难通过"观照"来满足的，中国人所谓的"望梅止渴"未必可用于此处的语境。对他人动作的"观照"既然也可以满足自我活动的欲念，那么"生理性内摹仿"就不再需要了。里普斯所说的"解除摹仿欲念"指的就是"观照性动作"对"生理性内摹仿"的排除，即对其"必然性"的取消。

"必要性否定"的意思是：只有在完全排除生理性内摹仿的情况下，才有真正的审美。在里普斯的思想中，自我生理性内摹仿的状况不能成为审美的"对象"；只有他者性的感性形状才可以让自我对象化，才有审美经验的发生。既然自我生理器官的运动不是对象，如果让其参与，反而会遮挡真正的对象、阻碍真正的对象化；因此，必须对其说"不"。里普斯强调审美的意识必须"转向身体状况之外"。❶ "转向"有三个层面："首先是我的身体状况的感觉和我从审美观照中得到的那种活动感觉就不可能变成同一了；其次是我看到审美对象时所感到的欣喜在事实上就不可能全体地或部分地成为对这些身体状况的欣喜了；最后是我对审美对象的欣喜就不可能全体地或部分地由这些身体状况的感觉所组成了。"❷ 三个层面有细微的差别。"首先"是从整体上说身体状态感觉和审美活动感觉的非同一性；"其次"和"最后"都是说"观照对象的欣喜"和"体验身体状况的欣喜"两者没有同一性。相异处只在于，"其次"是从审美对象的作用上言："观照审美对象的欣喜""不能转化"为"对身体状况的欣喜"；"最后"是从"身体感觉"的作用上言："对身体状况的欣喜""不能生成""观照审美对象的欣喜"。三个层面简而言之就是一句话：审美经验与自我身体感觉无关，审美经验取决于他人性活动的感性形状。

里普斯所反对的"生理性内摹仿"类似上文"其四"所说的"自我生存性活动"。在里普斯看来，两者都具有自我性，但两者又都违背了"对

---

❶ ［德］里普斯. 移情作用、内摹仿和器官感觉［M］//伍蠡甫. 现代西方文论选. 上海：上海译文出版社，1983：12.

❷ ［德］里普斯. 移情作用、内摹仿和器官感觉［M］//伍蠡甫. 现代西方文论选. 上海：上海译文出版社，1983：12-13.

象和自我绝对同一"的审美原则。在"自我生存性活动"如"手膀的伸直"中,我的注意力不在"手膀"上,而在我的"目的"上,这样"自我"("我的努力、成功"等)就没有和"对象"("我的手膀")同一。在"生理性内摹仿"中,我的注意力在我的"内在器官的运动"上,没有在"客观的对象"上,同样没有实现自我和对象的同一。在里普斯对二者的否定中,有一个关键的环节。这就是:"我的内在器官的运动"和"我的目的"一样,不能成为审美的对象,不能作为审美的对象看待。如果从注意力的集中指向性来看,应该说,"我的目的""我的内在器官的运动"也是"对象",因为它们是注意力指向的对象。那么,为什么里普斯认为它们不能成为审美的对象呢?理由前已言及的:"美的对象"是"直接呈现于我的感性知觉或意象",是事物的"感性形状"。"感性形状"不诉诸思维或抽象性的"注意",只诉诸"知觉"。里普斯强调:"只有这感性形状才是审美欣赏的'对象'(客体),只有它才和我'对立'。"❶"对一个对象所生的快感的意识,必须以那对象的知觉为先行条件。"❷"我的目的"和"我的内在器官运动"都不是这样的感性意象。它们都是抽象性的存在,不具有感性形状;关注它们的也只是抽象性的意识,不是"知觉"。

其七,审美对象化的具体形态和方式是丰富多样的。在上文引述的1903年论文的末尾,里普斯说:"以上所说的话都假定审美观照的对象是人的一种动作、姿势或仪表。但是在其他事例中的移情作用在性质上还是一样,例如在对建筑形式的观照里。"❸里普斯此处意在强调各种类型的对象化本质上一致。但他的论述同时说明了一个问题:审美对象化具有多样丰富的形态,并不只是文中主要讨论的手膀伸直之类的人体动作。里普斯论审美,是重视运动、重视力量的。但在1905年《再论"移情作用"》的论文里,他谈到,欣赏蔚蓝的天空也如欣赏竖立的石柱一样,可以有审

---

❶ [德]里普斯. 移情作用、内摹仿和器官感觉[M]//伍蠡甫. 现代西方文论选. 上海:上海译文出版社, 1983: 2.

❷ [德]里普斯. 再论"移情作用"[M]//伍蠡甫. 现代西方文论选. 上海: 上海译文出版社, 1983: 17.

❸ [德]里普斯. 移情作用、内摹仿和器官感觉[M]//伍蠡甫. 现代西方文论选. 上海:上海译文出版社, 1983: 13.

美的移情："再如我在蔚蓝的天空里面以移情的方式感觉到我的喜悦，那蔚蓝的天空就微笑起来。"[1] 尽管里普斯没有作更深入的解说，但可以肯定的是："移入"蔚蓝天空的"自我"同"移入"竖立的"石柱"的"自我"存在某些不同；里普斯的理论接受这一层面的不同。

对象化七个层面的规定在自我确证的同时，也表明它们是相互支撑与内在关联的。每一规定都与其他规定耦合。也正是因为有这种耦合才有整体上的对象化。另外，对象化七个层面的规定既蕴含了里普斯移情论的内在丰富性和深邃性，也喻示了这一理论与它所属时代的特定关联。探讨这一"关联"将是另一有意义的工作，笔者期待后续性的努力。

## 第二节　桑塔耶纳：对象化经验的审美建构

西班牙裔美国思想家乔治·桑塔耶纳（George Santayana，1863～1952）是19世纪末20世纪初重要的美学家。其美学观念和当时所有产生重大影响的美学家的思想一样，都包含对传统美学的解构和适应时代需要的新的美学观念的建构。通过了解桑塔耶纳的美学思考，可以触摸到百年前西方美学和诗学深刻变化的内在轨迹。

一

桑塔耶纳1896年出版《美感——审美理论大纲》(*The Sense of Beauty:*

---

[1]　[德]里普斯.再论"移情作用"[M]//伍蠡甫.现代西方文论选.上海：上海译文出版社，1983：17.

*Being the Outline of Aesthetic Theory*）。❶ 该书致力于从一般哲学原理的层面解构传统的美学观，创建符合现代人审美经验的理论范式。桑塔耶纳对传统美学的解构主要表现在对"非功利性"和"普遍性"两个观念的攻击上。

"非功利性"（disinterestedness，又译为"无利害关系"）、"普遍性"（universality）是由康德建立的经典美学的核心观念，到桑塔耶纳撰写《美感》时已主宰西方美学100多年。针对康德在《判断力批判》中所说的"那规定鉴赏判断的快感是没有任何利害关系的"❷"美是不依赖概念而作为一个普遍愉快的对象被表现出来的"❸的论断，桑塔耶纳在《美感》中针锋相对地提出："审美快感的特征不是非功利性"；❹"审美快感的特征不是普遍性"。❺ 桑塔耶纳拒绝审美普遍性的基本依据是审美经验个体差异性的存在。他说："普遍性的要求是一种自然的误会"，"众所周知，在审美中是找不到多少一致性的"。❻ 桑塔耶纳的观点意味着从康德回到休谟。不过，他没有引述历史上的思考以证明自己观点的可取性。他对审美差异性的论证主要是从审美的经验事实出发。从理论逻辑上看，桑塔耶纳的论证涉及两个方面：第一，审美判断的普遍性"是否可能"和"是否有意义"；第二，在审美上坚持自我的差异"是否有必要"。桑塔耶纳不承认审美的判断能够有"普遍性"，理由是所谓"普遍性"即是"一致性"；而导致一致性生成的根源不存在。"所有的一致性是基于人们的出身、性格和环境的

---

❶ George Santayana.The Sense of Beauty： Being the Outline of Aesthetic Theory [M]. New York： Scribner's； London： A. and C. Black，1896.本书的引用多参考缪灵珠译本：美感——美学大纲 [M].北京：中国社会科学出版社，1982.本书改缪译的"无利害观念"和"客观化"为"非功利性"和"对象化"，余从缪。

❷ ［德］康德.判断力批判 [M].宗白华，译.北京：商务印书馆，1985：40.

❸ ［德］康德.判断力批判 [M].宗白华，译.北京：商务印书馆，1985：48.

❹ George Santayana. The Sense of Beauty： Being the Outline of Aesthetic Theory [M]. New York： Scribner's； London： A. and C. Black， 1896：25.

❺ ［美］桑塔耶纳.美感——美学大纲 [M].缪灵珠，译.北京：中国社会科学出版社，1982：27.

❻ ［美］桑塔耶纳.美感——美学大纲 [M].缪灵珠，译.北京：中国社会科学出版社，1982：28.

相同而得出的",[1] 而这种"相同"本身只是虚构，人们的出身、性格和环境都是不相同的。在此基础上，桑塔耶纳分析了伟大作品所建立的"普遍性现象"。他承认特定时代的艺术杰作赢得了普遍的喜爱。但是他不认为此种"普遍喜爱"即可证明审美有"普遍性"，因为所谓"普遍喜爱"实际上有很大的盲目性成分，"像人们十之八九对于交响乐的微妙和声确实是聋子那样"，[2] 从内在实质上看，并没有真正的一致和普遍。虚假的普遍建立在对伟大作品的盲目崇拜上。在桑塔耶纳看来，这种盲目崇拜未必是好事。他认为："假如对欣赏和创作两方面都有最大的能力，那就会导致高度的专一性和排他性，所以艺术史上最伟大的时代往往也是最不宽容的时代。"[3] 因为有很多人陷入对伟大艺术的盲目欣赏中，因为伟大艺术有制造盲目性的力量，所以，伟大艺术就具有排他性，艺术史上的伟大时代就会成为专制的时代。伟大艺术是否一定会造成艺术的专制是另一个问题；在一定时代会带来专制则是可以肯定的。桑塔耶纳关注后一现象是因为他特别重视审美的差异。他认为，哲学上陷入情绪化的争论如谩骂，也许是偏激，应该避免；"在艺术方面却往往是健康的表征"。[4] 在桑塔耶纳看来，审美就应该坚持自我的独特性，坚持不同个体之间的差异性，因为它"是审美诚意的最大佐证"。[5]

桑塔耶纳拒绝以"非功利"定义美感，理由有三个方面。第一，审美和非审美虽然有轻视功利和重视功利的区别，但这种区别不是"性质的区别"，"不过是强烈程度和入微程度的区别"；因此，不能把"非功利"看作审美的基本特征。[6] 第二，审美本身并非完全不掺杂功利观念。"欣赏

---

[1] [美]桑塔耶纳. 美感——美学大纲[M]. 缪灵珠，译. 北京：中国社会科学出版社，1982：28.

[2] [美]桑塔耶纳. 美感——美学大纲[M]. 缪灵珠，译. 北京：中国社会科学出版社，1982：29.

[3][4] [美]桑塔耶纳. 美感——美学大纲[M]. 缪灵珠，译. 北京：中国社会科学出版社，1982：29.

[5] [美]桑塔耶纳. 美感——美学大纲[M]. 缪灵珠，译. 北京：中国社会科学出版社，1982：30.

[6] [美]桑塔耶纳. 美感——美学大纲[M]. 缪灵珠，译. 北京：中国社会科学出版社，1982：26.

一幅画固然不同于购买它的欲望，但是欣赏总是或者应该是与购买欲有密切关系的。"❶由此，"非功利"并没有揭示审美与非审美的区别。第三，如果说审美因为非功利而无私心的话，其实非审美的快感也是无私心的。"每一真正的快感在某种意义上都是无私念的"，因为在快感中出现的所谓"私心"其实并不是"私心"："自私的内容本是一片无私。"❷桑塔耶纳的此一理由包含两个层面的论证：其一，"非功利"与"无私心"的同一；其二，所有快感都是无私心的。桑塔耶纳认为所谓"非功利"，就是指"不占有对象"，而"不占有对象"，让自己和他人一起"分享"对象，也就是"没有私心"。桑塔耶纳的此种"同一性"观念包含将功利"窄化"的意向。"功利"有时并不能以"占有"来定义。比如科学可以改变人类的生存条件，这也是科学的功利效应。但此种功利就不存在个体占有的问题。"将功利窄化"导致桑塔耶纳对审美非功利性的否定会出现矛盾。对此，后文将论及。桑塔耶纳认定所有真正的快感都没有私心：此一认定基于他对快感现象的纯粹心理学上的认识。在他看来，所谓"快感"只是一种心理上的"愉悦"。"愉悦"是主观的情绪，不涉及客体。既然不涉及客体，就谈不上"占有"；不占有，也就无所谓"私心"。桑塔耶纳并不排除世上有人占有客体、私心很重的现象。"当一个人醉心于酒肉、房产、儿女、犬马的追逐之中时，他就被称为自私的人"，因为他的兴趣"并不与别人共享"。❸但在桑塔耶纳看来，这种人的"追逐兴趣"并不是"真正的快感"。

较之"普遍性"观念的影响，"非功利性"观念对现代美学的影响更为深刻。在桑塔耶纳探讨美学的时候，唯美主义、象征主义还是非常强劲的思潮。而唯美主义、象征主义的主要观念就正是审美的非功利性。鉴于非功利性在理论逻辑和历史实践上的深刻定位，要真正彻底否定这一观念事实上是极为困难的。桑塔耶纳的思考就凸显了此一艰难。在一方面持

❶❷❸ [美]桑塔耶纳.美感——美学大纲[M].缪灵珠,译.北京：中国社会科学出版社，1982：26.

"明确否定"的态度的同时,桑塔耶纳在很多方面实际上保留了对非功利性观念的认同。他在论述审美价值和道德价值的差异时说:"在审美感受中,我们的判断必然是内在的,是根据直接经验的性质,而绝不是有意识地根据对象毕竟实用的观念;反之,道德价值的判断""则往往根据它可能涉及的实利意识"。[1]论述审美快感和生理快感的区别时说:生理快感"是沉湎于肉体之中,局限于感官之内的快感";[2]审美快感则是"灵魂""忘记它与肉体的关系","自由自在地遨游于""外在事物"之中的"超脱的幻觉"。[3]论述文艺作用时说:"文艺和想象"以及游戏"都是发乎自然的,不是在外在需要或危险的压迫之下进行的"。[4]论述宗教崇拜的时候说,宗教崇拜"作为使人愉快和支配想象的观念"包含审美价值,而这种审美价值是与"一种原则的表象价值或实用价值"完全不同的。[5]桑塔耶纳的上述论述都明显地表现了对审美的非功利性的肯定,这种肯定显然同他的"否定"相矛盾。造成矛盾的原因在哪?其中的一个直接原因与前已言及的他有时对"功利"一词的"窄化"有关。桑塔耶纳在阐释历史上的非功利性观念时将"功利"一词"窄化"了,但在现实地思考艺术现象和审美现象时则并没有"窄化"。这意味着:桑塔耶纳在评述历史上的观念时,认为历史上人们所说的"功利"仅仅是现实生活中可以"占有"、可以消费的具体的物质对象,而事实上在不可占有的、非窄化的、宏大的意义层面上,审美是有功利效应的,因此"非功利说"属于误读;但在他自己思考艺术世界和审美现象时,他则看到了艺术和审美事实上在一定程度上仍然具有非功利性,因此,他要在一定程度上肯定审美的"非功利性"。要

---

[1] [美]桑塔耶纳.美感——美学大纲[M].缪灵珠,译.北京:中国社会科学出版社,1982:16.
[2] [美]桑塔耶纳.美感——美学大纲[M].缪灵珠,译.北京:中国社会科学出版社,1982:25.
[3] [美]桑塔耶纳.美感——美学大纲[M].缪灵珠,译.北京:中国社会科学出版社,1982:24-25.
[4] [美]桑塔耶纳.美感——美学大纲[M].缪灵珠,译.北京:中国社会科学出版社,1982:19.
[5] [美]桑塔耶纳.美感——美学大纲[M].缪灵珠,译.北京:中国社会科学出版社,1982:23.

补充说明的是，同时肯定和否定审美非功利性观念的矛盾从另一方面看又并不是矛盾。桑塔耶纳自己就承认，审美本是既有功利性，又有非功利性的现象。正因为存在此种"既有""又有"的两可性，所谓功利性和非功利性都不能成为对审美特征的界定，不能用"有无功利性"来界定审美。由此，回头看《美感》卷一第 8 节的标题"审美快感的特征不是它的非功利性"(the differentia of aesthetic pleasure not its disinterestedness)，可以明确的是，该命题否定的其实仅仅是康德以来的非功利性"观念"的合理性，而不是审美的"非功利性"这一"特征"本身。桑塔耶纳要说的是：审美本身虽然有"非功利"的一面，但是理论上不能用"非功利性"来定义，因为它本身还有"重功利"的一面；在理论上，能够定义审美特征的只能是"对象化"这一范畴。

## 二

与否决"非功利性""普遍性"相呼应，《美感》认为审美的根本特征是"对象化"。对象化（英语 objectification，德文 Vergegenständlichung，法语 objectivation），又可谓之"客观化"，在审美和诗艺领域里，指可供观照的客观对象的认定和建构。像 19 世纪末 20 世纪初许多美学家一样，桑塔耶纳重视对象化。❶ 其美学理论上的突出贡献可以说就是对象化思维范式的建构。桑塔耶纳对于"对象化"的重视首先可从《美感》一书的论述方式上看出。《美感》卷一论"美的本质"，讨论了 11 个命题，其中第 10 个命题的名称是"审美快感的特征在于对象化"：前 9 个命题或分析审美与非审美的差异，或剖析历史上流行的审美观念，都不是对于审美特征的肯定性论述，只有第 10 个命题所说的"对象化"才构成对审美特征的肯定。由此可见，"对象化"在桑塔耶纳的观念中是判别审美与非审美的关键。

---

❶ "对象化"在当时是普遍的美学思维方式。艾略特论"对象性关联物"(objective correlative，通译"客观对应物"），里普斯说"审美的快感是对于一种对象的欣赏"，鲍桑葵说审美等于"你的情感就被纳入一个对象的那些规律里面"，都是其表现。

《美感》关于"对象化"的思考主要集中在卷一的第10节。理解桑塔耶纳的思想首先可从该节行文的思路上看。桑塔耶纳首先指出,从日常对美的感觉来看,美是"存在于对象上"的,"象它的颜色、比例、大小那样";对于美的判断"不过是对一种外在存在,对外界的真正美妙的感知和发现"。❶接着,桑塔耶纳说明:把美看成对象性存在的观念是荒谬的,因为"美是一种价值","只存在于知觉中,不能存在于其它地方","不能想象它是作用于我们感官后我们才感知它的独立存在"。❷桑塔耶纳上述两层论述旨在说明:"人们日常对美的感觉"和"美的本质"两者之间存在矛盾。依前一方面,美是客观的、独立存在的、对象化的。依后一方面,美是主观的、依赖于知觉的、非对象化的。以通常的唯物论和唯心论相互辩难的方式,文章接下来应是逻辑排中律的出场,即指明其中某一方的合理性,指出另一方的不合理性。但桑塔耶纳不是这样,他接下来言说的是:现代哲学可以提供的对"矛盾"产生根源的解释。转到"矛盾根源"的分析,放弃排中律的选择,意味着承认矛盾的双方都具有合理性,没有必要否定任何一方;或者认为:重要的不是去否定某一方面,重要的是说明该矛盾产生的根源。桑塔耶纳接下来便用相当多的篇幅从现代哲学的角度解释美的"对象化"和"主观化"之间的矛盾。解释的重心虽是放在"对象化"这一方面,但他同时论说了美的主观化和美的对象化之间的不矛盾性。关于桑塔耶纳这一方面的具体解释,容后再论。先看后面的思路。在"现代哲学的解释"之后,桑塔耶纳对于审美对象化的论证有两个突出的方面。一个是关于原始思维的分析。"……感情,正如感觉印象一样,在本质上说来是能够对象化的。我们深信,在原始民族的无意识经验中这世界看上去就是他们的恐怖和激情所化成的精灵,而不是他们尚未能想到的明了的数学概念的投影。"❸桑塔耶纳关于原始思维的分析凸显了"情感"在其中所占有的突出位置。按此分析,"审美的对象化"主要就是

---

❶❷ [美]桑塔耶纳.美感——美学大纲[M].缪灵珠,译.北京:中国社会科学出版社,1982:30.

❸ [美]桑塔耶纳.美感——美学大纲[M].缪灵珠,译.北京:中国社会科学出版社,1982:31.

"情感的对象化"。历史上关于情感的对象化有很多论述。中国古代《文心雕龙》所说的"登山则情满于山，观海则意溢于海"，西方里普斯的移情论、艾略特的"客观对应物"之说，都属于其列。桑塔耶纳的特殊性在于：第一，明确地从审美角度解释情感的对象化，此与《文心雕龙》之类的论述不同；第二，按桑塔耶纳一方面"美是情感"、另一方面"美又是情感对象化"两重论述并存的思路来看，情感在起始就是美的，并非要等到对象化之后才成为美。桑塔耶纳的另一个论证是对现代人思维中仍然存在的情感对象化的分析。桑塔耶纳说，虽然在平凡白昼的一切中间地带，机械科学已取得进展，生活已经理性化，情感的作用已被降低到可以忽略不计的程度，但"在习而不察的我们自己身上，在复杂零乱的动物生活和人类生活方面，我们仍然诉诸意志和观念的功能来说明一切，正如我们对宇宙问题和宗教问题仍沉没在沉沉夜色之中一样"。❶"意志和观念的功能"也就是情感的功能。桑塔耶纳认为，尽管机械科学已导致生活大规模的理性化，但情感的对象化在现代人身上仍然存在。现代人的审美对象化正由情感对象化构成。

在分析原始人和现代人情感对象化的情形之后，桑塔耶纳分析了审美和科学的差异。"一件事物的科学观念是该物所唤起的许多知觉和反应的最大抽象；但是审美观念却是不大抽象的，因为它还保留着感情的反映和知觉的快感，并把它们作为所设想的事物的必要成份。"❷从浪漫主义以来，近现代美学就很重视审美的感性特征。仅仅从重视感性这一方面看，桑塔耶纳的审美差异性分析不具有独创性。桑塔耶纳的特殊之处在于他是从审美的"对象化"上凸显此一特征的。

第 10 节的最后论述，主要是从对象化的角度给美下定义。桑塔耶纳说美是"与事物密切结合起来"的、"变成了事物的一种属性"的、可"同其它在知觉过程中不是这样结合的快感加以区别"的"对象化的感

---

❶❷ ［美］桑塔耶纳.美感——美学大纲［M］.缪灵珠，译.北京：中国社会科学出版社，1982：32.

情"。❶桑塔耶纳关于美的定义复杂而晦涩,包含前面所说的关于现代哲学的论述;要领会其中的思想内涵,关键在于理解他对于现代哲学的引证。而在讨论他的现代哲学观之前,还需要先回到他关于美和美感等观念的基本看法上来。

## 三

《美感》的论述表明,在桑塔耶纳的思想中,美和美感同义。唯物主义美学通常把"美"定义成客观性的成分,将美感归结为主观心理感受。此种区分对桑塔耶纳来说没意义。在桑塔耶纳这里,美即是美感,美感即是美。虽然具体论述时,他有时会用 beauty(美)一词,有时则会说 the sense of beauty(美感),似乎两者有别。但是他明确指出:"美是一种价值","是一种感情,是我们的意志力和欣赏力的一种感动"。❷在他的观念中,美即是美感。

美是美感,是心理的、主观的情感,这在理论上就构成了前面所说的同美的"对象化"的矛盾。现代哲学观的引入即在于解释这一矛盾。桑塔耶纳说:"现代哲学""教我们用一体化的方式来言说感性世界的一切因素。一切都是感受物。事物由感受物组成,并被想象为永恒的外在的对象。事物的组成和想象取决于人的理智习惯。"❸桑塔耶纳没有说明他所谓的"现代哲学"是哪个哲学家的观点。依其内容,大概可以把它归入由康德到马赫的唯心主义哲学之中。从与下面侧重从"知觉"层面展开的论述相区别而言,桑塔耶纳所谓"事物由感受物组成"的观念可以看作本体论层面的阐释。它旨在说明所谓客观对象本质上是主观创造物。桑塔耶纳的本体论阐释赋予"对象"以两重性。对象,就其作为被观照的事物而言,是客

---

❶ [美]桑塔耶纳.美感——美学大纲[M].缪灵珠,译.北京:中国社会科学出版社,1982:32.

❷ [美]桑塔耶纳.美感——美学大纲[M].缪灵珠,译.北京:中国社会科学出版社,1982:33.

❸ George Santayana. The Sense of Beauty: Being the Outline of Aesthetic Theory [M]. New York: Scribner's; London: A. and C. Black, 1896: 28.

观的、非心理性的、非感受性的。但就其生成、就其本质来说，是心理性的、主观性的、非客观的。对象的"两重性"也可以从"整体"和"要素"两个层面分别定位。对象的客观性指的是对象作为被观照的"整体"的存在，对象的主观性则是对其"要素"的定性。"对象具有两重性"也就同时说明了作为对象性存在物的美也具有两重性。美一方面是被观照的对象，是客观的；另一方面又是人的情感和想象所创造的，因而也是主观的。

除了本体论的阐释，桑塔耶纳的哲学论述还包含知觉论即认识论层面的解读。桑塔耶纳说，"流行的知觉学说"阐释了前述本体论的断言，即解释了对象性事物的主观性构建：外物作用于感官，形成印象经验；印象经验合并、统一，形成知觉表象，成为通常所谓的事物、对象。"事物就是这样因被人知觉而区别于我们对它的观念的，它本来是由各种印象、感情、回忆凝结而成的，这一切都供给我们去联想，都卷入想象力的漩涡之中而融为一体了。"❶ "知觉论阐释"区别于"本体论阐释"的地方在于，它是从知觉的具体情形上来论述事物的主观性构建的，因此它强调感觉、印象、经验以及它们之间的合并、凝结等这些属于具体层面的要素和机制。另外，知觉论强调了感觉印象本身具有外在根源。人们所说的"事物"虽然是由感觉印象凝结而成，但感觉印象本身又仍然来自外部的世界。对作为感觉印象根源的外部世界的认定在桑塔耶纳的思想中具有重要意义，因为这是由他的整体性的自然主义哲学所规定的。虽然这一认定同前面所说的"主观性构建"有一定的矛盾。

包括本体论和知觉论在内的哲学阐释意在破除美的主观性和对象化之间的相互排斥。但如果这一"破除"仅仅基于"感觉印象构成对象性事物"的机制，则破除的目的还不能说已经达到。此中的问题是：桑塔耶纳所说的美是情感，美的对象化是情感的对象化。按通常的理解，"情感"不同于"感觉印象"，"情感的对象化"不同于"感觉印象构建成对象性

---

❶ ［美］桑塔耶纳.美感——美学大纲［M］.缪灵珠，译.北京：中国社会科学出版社，1982：31.

事物";后者的论证不能代替前者的论证。桑塔耶纳意识到这一点。他弥补这一理论漏洞的方式是:把"通常的理解"看成现代科学化思维带来的异化和误读。他认为:情感,同通常所说的感觉印象一样,都是外部存在带给人的感受因素,都是可以对象化的,或者说,都是会参与对象性事物的构建。在论述"现代科学化思维的异化和误读"时,桑塔耶纳说:"试验以及在实践上"的"实用的""简单化"的要求,"使我们把事物的许多属性"去掉了,使之"缩减到了最少的限度";我们在解释"事物的实在性"时,只保留了"少数基本属性",如"延展性"之类,而其他,如情感,就被当作"客体对我们心灵作用的效果",不再纳入事物的实在性之列,不再认为它会参与对象性事物的构建了。❶ 桑塔耶纳对思维的功利化造成事物原在现象丰富性丧失的批评有历史的真实性,很多现代思想家都注意到了此种不幸,柏格森在1900年就有此方面的明确论述。❷ 在批评现代科学思维的基础上,桑塔耶纳明确指出:"然而感情,正如感觉印象一样,在本质上说来是能够客观化的。"❸ 前述桑塔耶纳对原始思维中情感对象化的言说正接此论述而来,其作用就在于从实践层面予以历史的佐证。

如果承认桑塔耶纳所说的"感情"同于"感觉印象",则桑塔耶纳前论"审美对象化"的漏洞确实就被填满了,论述就获得了逻辑上的一致性。而桑塔耶纳"审美对象化"观念的内涵也因此很清楚,它指的就是:人的情感同感觉印象一样参与对象性事物的构建;"情感"在此层面上是一种构建对象性事物的动态生成功能。人们通常都把情感理解成静态性的心理感受,理解成某种已经获得的心情、心境、荡漾在心灵中的情绪实体。桑塔耶纳说"美是情感"时,并不是如此理解"情感"的。在他这里,情感是功能、力量、动态过程。所谓"情感对象化"就是情感(和感觉印象一起)生成对象,它与艾略特、里普斯等论对象化时把情感理解成

---

❶ [美]桑塔耶纳.美感——美学大纲[M].缪灵珠,译.北京:中国社会科学出版社,1982:31.

❷ [法]柏格森.笑——论滑稽的意义[M]//伍蠡甫,胡经之.西方文艺理论名著选编(中).北京:北京大学出版社,1986:484-486.

❸ [美]桑塔耶纳.美感——美学大纲[M].缪灵珠,译.北京:中国社会科学出版社,1982:31.

被表现的心理实体的观念迥然不同。不过,思考到这里,可供探索的暗洞也还有。其中一个值得探索的问题是,"感情"是否可以真如桑塔耶纳所说,和"感觉印象"没有区别?如果有,则桑塔耶纳的论述又该作何理解?

应该承认,现代思维的实用性、简单化的确是造成事物感觉属性缩减的重要原因。但多样化的事物属性本身完全没有类型上的区别吗?如果没区别,现代科学思维又怎么能将之缩减呢?循着这样的追问,可以认为,事物属性本身还是有区别的。同样,情感和感觉印象也还是可以区分的。也正是因为它们本身有"可区分性",加上现代科学思维重视实用和简化,因此就出现了桑塔耶纳所说的,除了审美领域,"感情的对象化在其它方面业已绝迹"[1]的现象。桑塔耶纳不承认情感和感觉印象的可分性;而且依其论述逻辑,似乎除了抹杀情感和感觉印象的可分性之外,不再有其他拯救审美的道路。对桑塔耶纳的此种观念可做多方面的分析。从否定方面看,第一,不承认情感和感觉印象本来具有的可分性在理论逻辑上并非绝对合理;第二,审美应以抹杀情感和感觉印象可分性为先决条件的论断没有事实依据。现代美学有很多是在承认"感情和感觉印象可分"的前提下向前推进的。移情论美学家里普斯关于审美对象化的讨论就是如此。从肯定方面看,不承认"感情和感觉印象的可分"仍然是现代人可以考虑的一种思维范式,一种审美选择。尽管这种"范式"在很多人那里因为科学思维的强势推进已被淘汰,但就整个人类来说未必要"赶尽杀绝"。能否保存的关键在于意义。"感情和感觉印象的不分"有一个重要意义:它可以构建对整个世界的宏大把握,而且是合目的性的把握。区分感情和感觉印象,就意味着把心理同事物分离;虽然经由对象化,可以构建二者的同一,如里普斯的理论。但这种重新构建的"同一",毕竟有原在性分裂的预设:就世界的原在情形而言,它是分裂的。"不分"则意味着"一体性"。世界的原在以其一体性风貌被人把握时,世界就保留了它的恢宏与

---

[1] [美]桑塔耶纳.美感——美学大纲[M].缪灵珠,译.北京:中国社会科学出版社,1982:32.

壮伟。桑塔耶纳的美学理论诗学思考就正有此种特征，如他论卢克莱修、但丁、歌德这三大哲学诗人的著作。从历史的角度看，审美思潮的推进是与桑塔耶纳的思考相逆的。特别是后现代思潮的碎片化，以及在一定程度上当代人所谓的"微时代"的到来，标志着审美的恢宏感正在消失。但即使我们要接受这样的现实，我们也仍然可以重视桑塔耶纳的思考中保留着的丰富的历史内涵：从"情感与感觉印象的不分"中我们可以体会到桑塔耶纳自然主义哲学观视野下的审美世界的宏大，可以看到美国社会当时那种朝气蓬勃的历史精神所带来的投影。

## 第三节 "异托邦"经验的诗学呈现

### 一

"异托邦"（heterotopia）是福柯哲学的概念。福柯1967年3月14日在一个建筑会议上发表演讲，后来该演讲以"论另类空间，异托邦"为题在1984年发表。福柯的演讲和论文就当代文化空间的"异托邦"性质展开了极具哲学创新性的论述。福柯首先指出，就文化焦虑而言，当代和19世纪明显不同。19世纪的最大焦虑是历史学性质的焦虑，关注的是"发展和停滞""危机和循环""不断积累的过去"、对逝者的安置、地球的降温等方面的主题。[1]当代的文化焦虑则是空间性的。人们从历时性进入共时性。多种因素的并置、遥远和临近的连接、不同场景的比肩而至，复杂成分的同时播散，是这个时代的特点。在这样的时代，人的在世经验不再是生命在时间中的成长和延续，而好像是身处由许多结点和线束连接起来的网络之中。在确认当代文化焦虑已向空间性转移的基础上，福柯进一步指出，

---

[1] [法] M.福柯.另类空间[J].王喆,译.世界哲学,2006（6）.

当代最具特色的空间是异托邦。异托邦与乌托邦（utopia）相对。乌托邦是世界上不存在的地方；但异托邦不是；异托邦实际存在。异托邦是一种经验，是实际存在的世界。福柯这样定义异托邦：相对于乌托邦，异托邦是"真实的场所"，是"一种的确实现了的乌托邦"，"因为这些场所与它们所反映的，所谈论的所有场所完全不同，所以与乌托邦对比，我称它们为异托邦"。❶ 福柯的这段论述除了指明异托邦的反乌托邦性，同时也指明了异托邦的"另类性"：异托邦是属于"他者性的"真实场所。在接下来的论述中，福柯详细地分析了异托邦的六个特征，包括：（1）遍在性；（2）变化性；（3）能够在一个地方并置的特性；（4）与时间碎片关联的特性；（5）兼具开放与封闭的矛盾性；（6）与历史上遗存物关联的特性。

异托邦的六个特征是异托邦基本特性的细化和具体化。上面已经说明，从福柯对异托邦的定义和分析来看，可以看到福柯的异托邦的基本特性是两个：（1）真实性：这是与乌托邦相对的特征；（2）异质性或谓另类性：这是与那些通常的、不被称为异托邦的空间相对的特征。要说明的是，异托邦的异质性在福柯的思想中，实际上有两个层面。第一个层面是：异托邦与非异托邦相对，是另类的、异质的。体现这种异质性的场所很多，福柯列举了古代社会中那些供青少年、经期女性、产妇、衰病老人等危机状态的人居住的地方。按照古代人的迷信观念，危机状态的人身上带有可能危害社会的能量，所以要将它们隔离开来。这些隔离场所在福柯看来就是异托邦，因为它们与正常人日常居住的地方不同。第二个层面是：一个领域内自身包含多种异质的因素。福柯认为花园就是这样的异托邦。每一个花园的内部都含有多种复杂的因素。"人们不应忘记，花园作为距今已有千年历史的非凡创作，在东方有着极其深刻且可以说是多重的含义。波斯人的传统花园是一个神圣的空间，在它的长方形内部，应该集中四个部分，代表世界的四个部分……""花园是世界最小的一块，同时又是世界的全部。从最初的古代开始，花园就是一种幸福的、普遍的异

---

❶ ［法］M.福柯.另类空间［J］.王喆，译.世界哲学，2006（6）.

托邦。"❶按照福柯的解释,也许可以认为,从异质性来看,异托邦可以分为两类:一类是"整体异质的异托邦",另一类是"内部异质的异托邦"。"整体异质的异托邦"的另类性、异质性不是由其内部构成要素的多样、对立、排斥构成的。在它的内部没有异质性的要素,它是完整单纯的一个整体。它的异质性是由其整体性的自身与其他空间的差异形成的。"内部异质的异托邦"则相反。"内部异质的异托邦"也具有某种形式的整体性、完整性,但它的特殊性主要不来自它作为整体的存在,而更多地来自它自身的内部构成。福柯在谈到现代思想的变化时说:"巴什拉的鸿篇巨著,现象学家们的描写已经告诉我们,我们不是生活在一个同质的、空的空间中,而是生活在五光十色、奇幻迷离、多种因素交织而成的空间中。"❷从福柯的这类论述可以看出,福柯更重视"内部异质的异托邦"对当代人生存的影响。

与着眼于异质性类型差异而形成的异托邦的区分不同,福柯在讨论异托邦之前谈到了空间类型的区别。他说空间有内部空间和外部空间。"内部空间"是原初知觉的空间,梦幻的空间、情感的空间;这种空间有它们自身的内部构成,是轻灵的、飘逸的、透明的,同时也会是"黑暗的、砂砾的、阻塞的";它可以是高处的、登峰造极的,可以是陷于泥淖的;它可能像闪光的浪花一样奔流,也可能像石头或晶体一样凝滞。❸福柯所说的外部空间则是传统思想观念所言说的物理空间。福柯对异托邦的分析主要涉及的是外部空间,如房子、墓地、航船、电影院等。在具体的行文中,福柯虽然不是从异托邦角度来区分内部空间和外部空间的,但从福柯思想的实质来看,说异托邦有外部和内部两种类型应该符合福柯的思想。

在确认异托邦有"内部异托邦"这种类型的基础上,依据福柯对异托邦基本性质的界定,可以找到一种透视西方20世纪前期诗学的视角:它们的异托邦经验。这里的异托邦经验包括的内容就是:它们作为内在精神世界的发现;它们的真实性;它们的异质性。要说明的是,本书用"经

---

❶❷ [法]M.福柯.另类空间[J].王喆,译.世界哲学,2006(6).
❸ [法]M.福柯.另类空间[J].王喆,译.世界哲学,2006(6).

验"一词一是想表明异托邦是福柯哲学的术语,有福柯本人的"体验"在内,用来言说20世纪前期诗学只是一种视角的借用,并非认定20世纪前期诗学本身就蕴含自觉的异托邦追求。另外,"经验"一词还有这样的含义:诗学本身很难说就是异托邦,因为它们本身并不构成标准的精神空间和物理空间,它们只是概念和范畴的联结;但是它们揭示或显示某种特殊的精神空间;"经验"重在表明对某种特殊精神空间的"感受性"。

## 二

20世纪前期西方诗学的异托邦经验可以从俄国形式主义、艾略特等人的象征主义、梅洛－庞蒂的身体现象学等诗学形态中加以体会。本书从经验主义的背景来考察,只分析前面两种类型。

俄国形式主义倡导的文学性和陌生化喻示着对传统诗学不曾关注、不曾重视的文学世界的发现。文学性在俄国形式主义者的眼中指的是文学区别于非文学世界的特有的本性。罗曼·雅各布森1921年谈文学理论的研究对象时,对此作了清楚的说明:"文学科学的对象并非文学,而是'文学性',即使一部既定作品成为文学作品的特性。"❶非文学世界可以是现实生活的世界,也可以是人类用符号建构的世界,如宗教、哲学、伦理学、自然科学等。俄国形式主义者相信文学作品有自身独特的本性。文学世界由其特殊的本性构成。那么,什么是文学特殊的本性呢?什克洛夫斯基的回答是陌生化。什克洛夫斯基的陌生化理论已为学界熟知。应该注意的是什克洛夫斯基对陌生化的讨论有一定的模糊性。模糊性的突出表现在于,在什克洛夫斯基的思考中,陌生化实际上既是手段,又是目的。不妨重读他的经典性阐释。"艺术的存在是为了使人感受到事物,使石头成其为石头。艺术的目的就是要给予事物如其所见、而非如其所知的感觉。艺术的手法就是使事物'陌生',使形式难懂,增进认知的难度和长度,因为感

---

❶ [俄]罗曼·雅各布森.现代俄国诗歌[C]//托多罗夫,编.蔡鸿宾,译.俄苏形式主义文论选.北京:中国社会科学出版社,1989.24.

知的过程本身是以审美为目的的，因此必须延长。艺术是体验事物的艺术性的一种方式；事物本身并不重要。……"❶ 在延长人们的感知，增加感知的复杂性，获取更为新鲜丰富的感知经验这一点上，陌生化是艺术要达到的目的。它意味着事物形成的具体过程，不意味着最后要完成的结果。作为目的，陌生化等于"感知经验的新鲜与丰富"。在使用陌生的艺术手段，使事物陌生化，使感知的难度增加这样的意义上，陌生化又是手段。完整地说，陌生化就是用陌生的手段达到陌生（新鲜丰富）的目的。其实，可以把作为手段的陌生化和作为目的的陌生化看作艺术世界的两个层面。一个层面由陌生的艺术手法构成，如奇特别致的结构、体裁、语言、描写方式等构成的统一体。另一个层面由特殊新鲜的感知经验构成；这里的感知不是对艺术形式本身的感知，而是对现实生活事物的感知，只不过它不是日常性的感知，而是艺术化的感知。分开来看，不管是手段还是目的，陌生化都是别样的经验，构成了别样的经验世界。在每一层面上，它都有区别于现实生活的另类性，有区别于宗教、伦理和自然科学世界的不同之处。合起来看，两个层面构成了艺术世界的多重性、复杂性，与现实生活世界、其他符号世界相比，具有了更大的异质性。在这样的意义上，俄国形式主义所揭示的艺术世界就成了福柯哲学意义上的异托邦：一个既真实存在又别致异样的经验空间。

　　艾略特的象征主义诗论揭示的是另一种形式的诗性异托邦。艾略特在《传统与个人才能》《批评的功能》《哈姆雷特》等著名诗学论文中指出，文学世界是由超越作家个性的"传统"构建的。文学是传统坐落和生成的世界。艾略特对"传统"的界定主要有两个方面：一是它的非个人性；二是它的流变性。文学的传统性意味着文学不是来自作家个人的创造。文学不是表现作家的个性、个人的情感，而是逃避个性、逃避情感。"诗人把……他自己不断地交给某件更有价值的东西。一个艺术家的进步意味着

---

❶　［英］拉曼·塞尔登编.文学批评理论——从柏拉图到现在.[M].刘象愚，陈永国，等译.北京：北京大学出版社，2003：274.

继续不断的自我牺牲,继续不断的个性消灭。"❶"更有价值的东西"就是传统。艾略特说:"传统是一个具有广阔意义的东西。传统并不能继承。"❷艾略特所说的"传统"不能继承,指的是不能把传统看作现成存在的僵化的东西。传统是流动的、变化的。拥有传统意味着"不仅感觉到过去的过去性,而且也感觉到它的现在性",❸不仅感觉到它的"超时间性",而且感觉到它的"有时间性"。关于传统的内容,艾略特没有特别的规定。从他的有关论述来看,传统包括文学的内容,也包括历史、哲学、宗教等各个方面的内容。传统的广阔性、流变性使传统具有了雄踞于文学世界之上的力量。在艾略特这里,进入文学之中,实际上就是进入传统的世界。一个作家在"写作时不仅对于他自己的时代了若指掌,而且感觉到从荷马开始的全部欧洲文学,以及在这个大范围中他自己国家的全部文学,构成一个同时存在的整体,组成一个同时存在的体系";❹不仅有对文学传统的把握,而且有对于历史、哲学等不同学问的领悟:"莎士比亚从普鲁塔克那里学到的历史知识比大多数人从整个大英博物馆学到的更为重要。"❺依艾略特,文学或文学作品就好像是一个神奇的聚合器,在其中,聚合了极为丰富的古往今来的知识、情感、思想、意象。而且,这种聚合又是以完美的整体性体现出来的。"当一件新的艺术品被创作出来时,一切早于它的艺术品都同时受到了某种影响。现存的不朽作品联合起来形成一个完美的体系。"❻从异托邦的理论来看,艾略特聚合型的文学世界自然具有其他任何种类的现实世界和精神世界都不可能具有的异质性。它之能够被视为一种独特的异托邦,自然是没有疑义的。

---

❶ [英]托·斯·艾略特.艾略特文学论文集[M].李赋宁,译.南昌:百花洲文艺出版社,1994:5.

❷ [英]托·斯·艾略特.艾略特文学论文集[M].李赋宁,译.南昌:百花洲文艺出版社,1994:2.

❸❹ [英]托·斯·艾略特.艾略特文学论文集[M].李赋宁,译.南昌:百花洲文艺出版社,1994:2.

❺ [英]托·斯·艾略特.艾略特文学论文集[M].李赋宁,译.南昌:百花洲文艺出版社,1994:5.

❻ [英]托·斯·艾略特.艾略特文学论文集[M].李赋宁,译.南昌:百花洲文艺出版社,1994:3.

## 三

从异托邦的角度来审视现代诗学的思考，意味着把该种思考看作对既有世界的"发现"，不再看作"应然"层面的"建构"。

就理论言说者的自我意识而言，学者们无疑都是自觉在"建构"的意义上提出他们的理论主张的。也就是说，他们著书立说，着眼的都是诗艺的发展方向，他们希望艺术按照他们所言说的、所指示的道路前进。他们赋予他们的理论以应然的规定性，认为他们的理论是唯一合理、应该遵循的信念、原理。

现代诗学的异托邦视角解构这种建构性、应然性。异托邦视角对理论有效性、正当性的认定不立足于它的建构和应然，而只坚持它的发现性、选择性。什克洛夫斯基的形式主义、艾略特的象征主义、梅洛-庞蒂的身体现象学美学都可以被看作有重大理论意义的学说。但是它们的重大意义不表现在建构上，不表现在对未来方向的指引上、对未来道路的规定上。它们的意义只在于对某种已经存在、已经出现的现象的发现。这种发现对未来也有意义。但这种未来性意义是参考性的、可选择性的，不是应然层面上的。它们不是唯一具有合理性的规定。

"建构"和"应然"中当然也可以有"发现"，也可以包含"发现"。但在"建构"中，"发现"是次要的、第二性的。因为"发现"属于对"已然"的认定，而"建构"主要是指向未来、指向"应然"。而在"发现"中，"发现"是第一位的，"已然"是第一位的。除了这种地位的区别，"建构的发现"和"发现的发现"也有内容上的差异。"建构的发现"指的是对于某种可抽象化的原理、真理、原则的发现。"发现的发现"则是对一个世界、一个空间的发现。这个世界、这个空间本质上是不可抽象化的。俄国形式主义发现的陌生化世界、艾略特发现的传统世界、梅洛-庞蒂发现的身体和世界的感性交融，都不可能被抽象化为单一的原理、原则、信念，它们本身是感性的、丰富的存在。主体只能以感性的、身体性的方式进入其中。

排除抽象的发现，也就意味着否定本质主义的思维。本质主义的"本质"是事物的内在规定，是可以抽象为理论原则的单一信条。本质主义把本质看作蕴含于所有同类事物中的共同规定，认为它具有囊括一切、决定一切的功能。此外，本质主义还习惯于将本质看成永恒不变的东西。传统诗学致力于寻找诗艺本质。什克洛夫斯基、艾略特、梅洛-庞蒂等人的思考也依旧属于或大体上依旧属于传统的思维方式。他们在不同程度上都把自己的发现作为艺术的本质来看。什克洛夫斯基说"艺术是体验一件事物形成的手段"，艾略特说"诗人把此刻的他自己不断地交给某件更有价值的东西"，梅洛-庞蒂说"正是通过把他的身体借给世界，画家才把世界转变成了画"，三人的论说无疑都基于普遍性层面而展开，他们是把自己的看法作为具有普遍意义的真理来看待的。他们眼中的"艺术""诗人""画家"都具有全称性，意味着所有的艺术、所有的诗人、所有的画家。

异托邦视角要求把本质主义的发现转变成特殊境遇的发现。从异托邦的视角来读什克洛夫斯基"艺术是体验一件事物形成的手段"，就只能是这样的理解："艺术可以是体验一件事物形成的手段。"同样，读艾略特的观点，含义则变成："诗人能够把他自己不断地交给更有价值的东西。"读梅洛-庞蒂则成为："画家的一种选择是：通过把他的身体借给世界，画家把世界转变成了画。""可以""能够""一种选择"这样的言说方式意味着囊括所有情形的原先的企图被放弃，把自身确认为恒定不变的真理的努力不再存在。什克洛夫斯基所说的"体验一件事物"、艾略特"交给更有价值的东西"、梅洛-庞蒂"把身体借给世界"不再是一种规定、一种原理，而是具体丰富的情形，是实际发生的过程，是"体验""交""借"等行动的原初性展开。

"建构""本质主义""应然"三者同一。本质主义似乎是针对过去、针对已然说话，但它的目的是未来，因此同时也是建构、是应然。它的逻辑是：过去已经证明，所有情形都是一样的，没有另外；那么，未来也应该如此。把这一逻辑放到什克洛夫斯基的观念上，其具体表述就是：过去的所有情形已经证明，艺术是体验一件事物形成的手段，未来的艺术也应该这样，也应该朝这样的方向发展。建构、本质主义、应然三者的"同一"同时表明了"同一性"是它们共同的灵魂。在它们三者的同一中，同一性不仅表现在过去、现在、未来的时间性同一上，也表现在不同情形的空间性同一上。

异托邦重视的是"异"。"异"不仅在时间上，也在空间上。现在不同于过去，未来不同于现在：这是时间上的异。这里不同于那里，此种艺术不同于彼种艺术，这个作家的创作不同于那个作家的创作，这是空间上的异。把什克洛夫斯基、艾略特、梅洛－庞蒂的理论作为异托邦解读就等于说：体验事物、把自己交给传统、把身体借给世界都是艺术的构成形式。它们是不同的类型。它们各有存在的意义，不可公约，不能强求统一。

当然，同和异总是相对的。本质主义的同一性不可能绝对排除"异"。同样，异托邦的异质性也不可能绝对排除同一。在确认异质性第一、确认不可公约的前提下，异托邦的同一性可以表现在它们和构成它们的历史语境的同一上，也可以表现在它们所隶属的历史语境的可比较性上。什克洛夫斯基的形式主义文论、艾略特的象征主义诗学、梅洛－庞蒂的身体现象学美学，就它们本身的指向来看，体现为各不相同的异托邦，不可比较，不可公约，但它们都有各自产生的语境。什克洛夫斯基的形式主义文论诞生于20世纪初期的俄苏社会。就时代来说，这时候是日内瓦语言学派、胡塞尔现象学哲学、艺术上象征主义、未来派、立体主义等思潮激荡的时代。这个时代不同思潮的一个共同意愿是要求超越事物的历时性发展，寻找事物的共时性结构，寻找事物的特殊性。俄国形式主义正是这一共同意愿在文艺学上的表现。至于这一表现何以出现在俄国，而不是在德、法、英、美等国，原因则可以从当时俄国社会和人文知识分子的特殊性上理解。当时的俄国与西欧相比是一个政治、经济、文化上相对落后的国家，这种落后造成俄国知识分子对西欧文化的渴求和热切广泛的接受。正是基于这种接受性，日内瓦语言学派、德国现象学哲学、法国象征主义等不同思潮能够在俄国社会交汇激荡。俄国文学自19世纪以来表现出了异军突起、雄视西欧的态势，其积累的文学经验和主体的自信可以让美学家们深入探讨文艺的秘密，形成特有的理论建构。另外俄国形式主义的一个特点"是它本身的特殊组织形式"，❶ 而这种组织形式的形成在俄国的精神生活中有很深的渊源。

导致艾略特象征主义诗学出现的土壤同样是20世纪初期的文化氛围。俄国形式主义依据"俄国性"而生成，与之不同的是，艾略特的理论来自于英美的文化精神。英国文化重视传统，对艾略特思想的形成有重大影响的美国白璧德的新人文主义文化同样重视传统和个体意识的对立。艾略特的"传统论"因此而产生。《眼与心》所表达的梅洛－庞蒂的身体现象学美学出现于20世纪中期的法国。这个时期整体性的欧洲文化氛围已经由传统对"精神"的追求向"身体"转移；现象学由知识论意义上的研究转向生存论、存在论层面的探讨；在传统艺术形式面临终结威胁的同时，艺术经验却经由泛化态势而更受思想的重视；梅洛－庞蒂是从哲学的视角切入艺术经验：所有这些，就导致了"把身体借给世界"这种诗性观念的出现。

## 四

回到作为主要议题的20世纪前期西方诗学上来。从什克洛夫斯基、艾略特等人的诗学看，作为异托邦形态的20世纪前期西方诗学具有多种突出的特征。

其一，精神性。俄国形式主义、象征主义、身体现象学美学等诗学异托邦是在现实主义、自然主义之后出现的。相对于现实主义、自然主义，20世纪前期西方诗学具有强烈的精神性。精神性表现在对于物质性的社会现实和生存形态的极度背离。叶芝在1897年写道："融合了对18世纪理性主义和19世纪物质主义的反抗，象征主义运动在德国的瓦格纳、英

---

❶ ［比］J.M 布洛克曼. 结构主义［M］. 李幼蒸，译. 北京：中国人民大学出版社，2010：23.

国的拉斐尔前派（Pre-Raphaelities）及法国的维里耶（Villiers de l'Isle-Adam）、马拉美和梅特林克（Maeterlinck）的身上臻于完美，并刺激了易卜生和邓南遮（D'Annunzio）的想象。"❶ 纪德说："有关象征主义学派最大的指控就是对生活缺乏好奇。可能只有维利-格里凡例外……其他人都是消极的、与世隔绝的、退隐的、'厌倦于忧伤的病院'，觉得世界是'单调、无意义的祖国'，拉弗格如是说。诗歌为他们提供避难所，唯一能逃离丑陋现实的地方。"❷ 威尔逊用"阿克瑟尔的城堡"来定义象征主义的文学和诗学。阿克瑟尔是法国象征主义诗人维里耶1890年出版的长篇戏剧诗《阿克瑟尔》的主人公。阿克瑟尔厌倦、鄙薄社会现实，整天躲避在自己的城堡里，认为生活在这个尘世上等于在"光天化日之下把枷锁套在我们的脚上"。他对恋人说："活下去就不过是对自己的亵渎。"他提议两人立刻同时自杀。"阿克瑟尔的城堡"意思就是脱离现实生活的世界。俄国形式主义、梅洛-庞蒂的美学虽然没有表现出如象征主义一样的背离现实世界的决绝态度，但它们对于物质现实的背离是同样坚决的。什克洛夫斯基的名言"艺术永远是独立于生活的，它的颜色从不反应飘扬在城堡上空的旗帜的颜色"❸ 就可以看作此种背离的表现。梅洛-庞蒂的美学要求艺术回归世界、回归"现实"，但梅洛-庞蒂的世界、现实不是物质主义、功利主义的世界现实，而是知觉层面的感性现象。它重视身体并以此而反对纯粹精神，但此种身体不是生物学意义上的身体，而是精神化的、审美化的身体。所以，梅洛-庞蒂身体现象学的诗性异托邦同样是精神性的异托邦。

其二，精英性。与反物质现实相对应，象征主义、俄国形式主义、身体现象学强烈地拒绝普通大众的生活趣味和审美追求。他们致力于开启必须具有卓越能力和高级心智才能进入的世界。马拉美召唤诗歌的暗示与神

---

❶ [美]威尔逊.阿克瑟尔的城堡：1870年至1930年的想象文学研究[M].黄念欣,译.南京：江苏教育出版社,2006：16.

❷ [美]威尔逊.阿克瑟尔的城堡：1870年至1930年的想象文学研究[M].黄念欣,译.南京：江苏教育出版社,2006：185.

❸ [比]J.M布洛克曼.结构主义[M].李幼蒸,译.北京：中国人民大学出版社,2010：42.

秘，认为把事物放在面前的巴那斯派诗人的描写方式剥脱了诗歌的魅力，诗的享受只能来自逐点逐点的暗示、猜想、召唤。叶芝强调诗歌捕捉的应是"那来自远方的、来自深沉的记忆和危险的希望的成分"，❶艾略特在远离神话的时代创造神话的世界，把神话作为"控制、整理、塑造和赋予徒劳无益、混乱无序的现代历史宏大画面以意义"的方式，都意味着同大众文化、大众审美的对抗。大众文化的特点是同质性、平庸性、易消费性。与此相对，20世纪前期诗学致力于寻找异质性、高深性、晦涩性。艾略特的诗歌是此种诗学趣味的突出代表。《荒原》的艺术情思、表现手法都堪称奇异与晦涩。俄国形式主义强调的文学性、陌生化的艺术世界让一般读者可望而不可即。大众欣赏故事的情节、人物的命运、作者的情感思想，很难进入到对艺术形式、艺术手法的欣赏层次。梅洛－庞蒂的身体和世界的交融因其现象学的定位、因其同现实物质生存范式的乖离，同一般民众的艺术感受距离更远。威尔逊说："工业革命所带来的功利社会以及中产阶级的兴起，是这些世纪末诗人淡出日常生活的原因之一，因为诗人已经失去了地位。在戈蒂埃一代，中产阶级早已是敌人，但与敌人对抗也令人生气勃勃。然而在世纪之末，中产阶级已经日渐强大，对于诗人来说，要反抗它已是无望了。"❷这段话旨在解释象征主义诗人从日常生活退出的原因，但它也可以用来说明20世纪前期诗学所形成的整体性的精英化倾向。中产阶级是大众的主要组成部分。诗人在与中产阶级的对抗中陷于失败，只能退入个人化的、神秘的精神世界之中，由此，他们的诗性世界也就成了普通大众难于甚至无法进入的世界。

其三，合目的性。相对于福柯所说的异托邦，20世纪前期诗学所揭示的诗性世界具有合目的性特征。福柯的异托邦是中性意义上的世界。其中，有让人向往的领域，如福柯所说的航船；也有让人恐怖的场所，如墓地；还有既不可怕也不可爱的地方，如古代让经期女子居住的另类房子。

---

❶ ［美］威尔逊.阿克瑟尔的城堡：1870年至1930年的想象文学研究［M］.黄念欣，译.南京：江苏教育出版社，2006：35.

❷ ［美］威尔逊.阿克瑟尔的城堡：1870年至1930年的想象文学研究［M］.黄念欣，译.南京：江苏教育出版社，2006：192.

本书所讨论的20世纪前期诗学所展示的异托邦则都是能够给人以诗意享受的、让人向往的世界。俄国形式主义的陌生化所开启的体验事物的过程，所昭示的事物的新鲜经验，能够把人从习惯性的、自动化的认知中解放出来，让人们重新拥有世界的生香真色，这对人来说，是幸福的享受。艾略特的传统世界使个体脱离灰色混乱的个人情感，脱离作者在《荒原》中所展示的那种对鄙俗的恐惧、对平凡生活的羞涩的感受、对性经验的苦行式的抗拒；脱离性爱情感之源的枯竭所引起的痛苦；脱离无名者在索然无味的办公室劳作中灵魂磨蚀净尽造成的哀伤。❶这样的"脱离"当然就如同进入天堂。理智主义失去了世界自身的存在，失去了世界原本具有的浩瀚与丰盈，它把现代人的生存建立在流沙之上；脱离理智主义，进入身体和世界的感性交融之中，人们才能重新寻找到生存的安定和幸福。不管真实的情形是否真如诗哲们所说，也不管普通人是否能够进入他们所言说的此类异托邦，也不管西方诗哲的言说是否具有中西方都有效的普适性，但它们本身具有诗意和美丽是无法否认的。对于因现代生存而饱受痛苦的今天的人们，20世纪前期的诗意异托邦仍有召唤的力量。

---

❶ [美]威尔逊.阿克瑟尔的城堡：1870年至1930年的想象文学研究[M].黄念欣，译.南京：江苏教育出版社，2006：80-81.

# 第六章　海德格尔艺术经验四论

海德格尔的艺术观主要表现在他的名著《艺术作品的本源》(以下简称《本源》) 中。该书也是 20 世纪的艺术学经典。海德格尔论艺术，着眼的是艺术经验。他从经验层面展开对艺术的思考。对此，海德格尔在《本源》中有清楚地提示。在批评历史上的思维方式时，海德格尔说："这种久已流行的思维方式先于有关存在者的一切直接经验。"❶ 这就是说，海德格尔自己的艺术研究依据的原则是：从"直接经验"出发。而"从直接经验出发"也就是说他研究的就是他自己关于艺术的"直接经验"。在谈到艺术的研究要首先研究器具之器具因素时，海德格尔问："哪条道路通向器具之器具因素呢？我们应当如何经验器具事实上是什么？"❷ 这里，"经验"一词再次被使用，喻示出《本源》的研究所凭借的就是"经验"。在《本源》"附录"的结尾，海德格尔写道："一个从外部很自然地与本文不期而遇的读者，首先并且一味地，势必不是从有待思想的东西的缄默无声的源泉领域出发来设想和解说事情真相的。这乃是一个不可避免地困境。而对于作者本人来说，深感迫切困难的是，要在道路的不同阶段上始终以恰到好处的语言来说话。"❸ 这段话里没有出现"经验"和"艺术经验"的字样，但其中"有待思想的东西""缄默无声的源泉""深感困难"以"恰到好处的语言"来加以言说的东西正是著者自己的"艺术经验"，一种像谜一般的难以说明的"艺术经验"。海德格尔有此独特的经验，由此构成他

---

❶ ［德］马丁·海德格尔. 林中路 [M]. 孙周兴, 译. 上海：上海译文出版社，1997：14-15.
❷ ［德］马丁·海德格尔. 林中路 [M]. 孙周兴, 译. 上海：上海译文出版社，2004：17.
❸ ［德］马丁·海德格尔. 林中路 [M]. 孙周兴, 译. 上海：上海译文出版社，2004：75-76.

和从外部而来的读者之间的鸿沟；由于此种经验极具原创性，要找到恰到好处的言说方式极为困难，由此，海德格尔自己深深体会到了言说的痛苦。

《本源》所讨论的艺术经验涉及多个方面。其中最值得关注的是下列三种：器具之器具存在的经验和作品之作品存在的经验；"制造大地"和"建立一个世界"的经验；艺术所关涉的诗、语言的经验。除此之外，《本源》特别强调艺术经验的反平庸性。本章即就《本源》所论艺术经验的三个方面和艺术经验的反平庸性展开探讨。

## 第一节 器具之器具存在的经验和作品之作品存在的经验

"器具之器具存在的经验"和"作品之作品存在的经验"有极大的同一性，因为后者是从前者发展、引申出来的。但由于阶段与层面的差异，两者又有不可忽视的差别。在理解时，既应注意二者的同一，又应区分二者的不同。

### 一、器具之器具存在的经验

从"现象学的现象层面"看，"器具的器具存在的经验"指的是器具的非对象性直接呈现。《本源》以凡·高画作《农鞋》中的"农鞋"为个案，对之进行例示性的说明。"农鞋"的"非对象性的具体呈现"被描述为：

从鞋具磨损的内部那黑洞洞的敞口中，凝聚着劳动步履的艰辛。这硬邦邦、沉甸甸的破旧农鞋里，聚积着那寒风料峭中迈动在一望无际的永远单调的田垄上的步履的坚韧和滞缓。鞋皮上粘着湿润而肥沃的泥土。暮色降临，这双鞋底在田野小径上踽踽而行。在这鞋具里，回响着大地无声的召唤，显示着大地对成熟谷物的宁静馈赠，表征着大地在冬闲的荒芜田野里朦胧的冬眠。这器具浸透着对面包的稳靠性无怨无艾的焦虑，以及那战胜了贫困的无言喜悦，隐含着分娩阵痛时的哆嗦，死亡逼近时的战栗。❶

这是一段脍炙人口的文字。其引用率之高，在20世纪的美学诗学著述中，无与伦比。作为对农鞋的"具体存在"的描述，它超越了"表层描绘"，展示的是农鞋存在的深层次内容。理解这一段描绘的意义和质地，有三个方面特别值得注意：第一，它描述的是农鞋的"存在"，不是作为"存在者"的农鞋；第二，它展示的不是想象性内容，而是经验性内容；第三，它仍然只是海德格尔的有限性的描述，没有能、也不可能穷尽农鞋的"具体存在"。三者中，要重点理解的是第一、第二两个方面。

海德格尔的存在论哲学（ontology，也译"本体论"）以存在和存在者的区分为基点。存在当然是存在者的存在，存在者也靠存在而拥有自身。存在和存在者的不可分离是两者关系的第一层面。它们的不可分离同时也包含着它们的区别。"区别"构成二者关系的第二层面。传统存在论哲学只重二者的"不可分离"而以"存在者"淹没"存在"。海德格尔则是要在二者区分的基础上把哲学转移到对存在的关注上。存在者是对象性的，可以确指、可以认知、可以定义。存在不能对象化，不能确指、不能概念性认知、不能定义。从内容质地上说，"存在"实际上是存在者成其为自身的具体情态。就表述形式而言，存在只能描述。《本源》围绕农鞋而展开的描述就是关于农鞋的"存在"的描述，而不是对作为"存在者"的农鞋本身的描述。引语中的鞋具、步履、寒风、小径、田垄、鞋皮、鞋底、谷物、面包，都是对象性的存在物，即存在者。描述的重心不是在这些对象物身上，而是在与之关联的"艰辛""坚韧""滞缓""踽踽""召唤""馈赠""冬眠""焦虑""喜悦""哆嗦""战栗"等情态上。这些情态指示的就是

---

❶ ［德］马丁·海德格尔.林中路［M］.孙周兴，译.上海：上海译文出版社，1997：17.

农鞋的"存在"。

《本源》明确指出农鞋的具体"存在"只能"经验",不能"想象"和"观照":"只要我们是仅仅一般性地想象一双鞋,或者止于对出现在图像中的空落的不被使用的一双鞋进行观照,我们就不会经验到器具的真实的存在。"❶ 此语论说的是关于把握器具存在的一般原则,也可以说是对《本源》描述农鞋存在的那段话的定性式说明。从"一般原则"的层面说,把握农鞋的具体存在,不能借助想象和观照,而要进入对农鞋存在的"经验"之中。"经验"不是"对象化"的把握,"想象"和"观照"则是"对象化"的把握。"观照"用"肉眼"把握"对象"。"想象"用"心灵之眼"把握"对象"。经验要求"直接性",想象没有直接性。"观照"虽也有直接性,但其"直接性"落实在"存在者"上,"看"的不是"存在",与"经验"的"直接性"落实在"存在"上不同。"想象"摆脱肉眼直接把握的存在者,进入"虚"的境界,但"想象"仍然是对"象"的把握。"想象"以中国古人所说的"观物取象"为基础展开。依西方诗学史的研究,想象有忆想(fancy)、联想(association)、创想(imaginativeness,本书用"创想"指同 fancy、association 构成区别的 imagination,而用 imagination 包括 fancy、association、imaginativeness 三者)等多种形态。但无论是哪种形态,想象都以"象"为基质,想象总是落实在"象"上。"象"不等于"存在"。"象"虽然不是"物"、不是人直接面对的存在者,但仍然属于"存在者"范畴,属于"观照"范畴,属于"对象"范畴。"经验"与"象"有关,但"经验"本身不是"象"。"艰辛""坚韧""滞缓""踟躇""召唤""馈赠"等,属于"经验"。这些"经验"与可以"象化"的"鞋具""步履""寒风""小径""田垄"等不同。

"经验"与"想象"除了有"非对象化"和"对象化"这一总体区别外,还有其他方面的一些区别。首先,"经验"与作为"想象"主要类型之一的"联想"(association)有"自身性"和"类比性"的区别。"经验"

---

❶ Martin Heidegger. Poetry, Language, Thought. Translated and with an introduction by Albert Hofstadter [M]. China Social Sciences Publishing House,1999:32.

是自身性的。自身性的内涵是:"经验"的内容是某个存在者自身固有的,不是由某种人为的想象添加上去的,如海德格尔所说的"农鞋"包含的"劳动步履的艰辛""大地无声的召唤""谷物的宁静馈赠"等。"联想"是类比性的。由花想到美人,由山想到仁者,由"橘树"想到坚贞的志士,靠的是两者之间的类比。"类比"的机制是:两个或多个存在者因为有某种"类似"的品性、特征,因而被看作可以相互比较的同类事物。"类比"基于品性的类似,但实际上被类比的事物完全不同,彼此毫无关联。花与美人,一为植物,一为人,本身没有什么事实上的联结,只是在欣赏者的眼里,才会有关联。"暗想玉容何所似,一枝春雪冻梅花,满身香雾簇朝霞。""玉容"的清丽冷艳类同"春雪梅花"、美人的光华四射宛若"香雾朝霞":此种联想只发生在韦庄这种情圣的心中。更细致一点,"经验"与"联想"的"自身性"与"类比性"的区别可分析为两个方面。其一,"经验"发生在存在者自身;"联想"发生在存在者相互之间。其二,"经验"虽然也包含存在者相互间的关联,如农鞋与谷物、大地、田垄的关联,但这种关联是不可分割的;"联想"中的存在者与存在者之间的关联则是可以分割的,因为事实上它们本身就没有联系。

"经验"与"创想"(imaginativeness)也有区别。"经验"的内容是存在者固有的,完全排斥主体性的构建。"创想"与忆想、联想的区别在于更重视"象"的虚拟性、创造性。创想在很多理论家那里都是指主体性的思维活动。海德格尔反对用"创想"来解释器具的器具存在,强调必须诉诸经验,主要原因在于要经由对"创想"的否定达到对主体性的取消。《本源》中多次明确地批评"创想"。下引是第三节中的一段论述:"诗并非对任意什么东西的异想天开的虚构,并非对非现实领域的单纯表象和幻想的悠荡漂浮。"❶ 理解《本源》对创想的否定所具有的颠覆性效果,可对比1938年(略晚于《本源》)科林伍德的论述:"真正艺术的作品",是某种只能存在于艺术家"头脑里的东西";❷"想象""不在乎真实与不真实

---

❶ [德]马丁·海德格尔.林中路[M].孙周兴,译.上海:上海译文出版社,1997:56.
❷ [英]科林伍德.艺术原理[M].北京:中国社会科学出版社,1985:155.

之间的区别"。❶ 科林伍德对想象的重视是浪漫主义传统的延续。引语对想象的推崇虽然是从艺术角度说的，但在科林伍德思想中艺术是拯救现代文明的主要方式。依此，想象的重要性远远超越了艺术，而落实到了生存上。海德格尔反对用想象解释器具的器具存在，也意味着他的否定是从生存上出发的。现代人的生存是需要经验还是需要想象？这是海德格尔和科林伍德的对立中所蕴含的问题。

既然农鞋的"存在"不能用"想象"和"观照"把握，人们就很容易提出下列问题：农鞋怎样才能获得它的"真正存在"？人们怎样才能"进入到对农鞋存在的'经验'之中"？对第一个问题，《本源》的回答很清楚：农鞋获得它的真正存在的唯一条件就是它的被使用。所谓农鞋"存在"的"经验"其实就是"被使用"的"经验"。《本源》说："田间农妇穿着鞋子。只有在这里，鞋才成其所是。农妇在劳动时对鞋具思量越少，或者观看得越少，或者甚至感觉得越少，它们就越是真实地成其所是。农妇穿着鞋站着或者行走。鞋子就这样现实地发挥用途。必定是在这样一种器具使用过程中，我们真正遇到了器具因素。"❷ 器具是在器具的使用中真实地成其所是，获得它的"真正存在"。《本源》的这一解答完全否定传统知识论把握事物真实存在的可能性。传统知识论把事物作为观照对象，不作为实际使用物，这在海德格尔看来，不可能把握事物的真正存在。器具在被使用中成其所是，与器具使用者是否有对器具的意识无关。《本源》说"农妇在劳动时对鞋具思量越少，或者观看得越少，或者甚至感觉得越少，它们就越是真实地成其所是"，❸ 正是在强调"使用者意识的无关性"。从上述论述可知，"被使用器具的存在"不仅不取决于"使用者的意识"，甚至有反向性的排斥：使用者"意识"越强烈，器具的存在越受损伤；使用者越不关注，器具的存在反而越充实、越饱满。

对第二个问题，即"人们怎样才能进入到对农鞋存在的'经验'之中"，《本源》没有涉及。如果以读者拟议的方式来提出并回答这一问题，

---

❶ ［英］科林伍德.艺术原理［M］.北京：中国社会科学出版社，1985：141.

❷❸ ［德］马丁·海德格尔.林中路［M］.孙周兴，译.上海：上海译文出版社，1997：18.

首先要明确什么叫"进入"。假如"进入"仅指"实际拥有",不包括自我意识到的在体性体验和心理性感受,则"进入"可通过"亲身实践"实现。依《本源》,农妇正是这样"进入"的。《本源》说,作为器具的农鞋"把农妇置入大地无声的召唤之中";在农鞋的使用中,农妇"把握了她的世界"。❶ 农妇把握了她的世界,也就等于把握了农鞋的存在,而且正是靠着把握农鞋的存在,她才把握了她自己的世界。如果"进入"包括"在体性体验、心理性感受",则仅有"亲身实践"还不够。此一"不够"也在农妇身上显示出来。虽然农鞋在农妇这里,获得了自身的存在,农妇也因此实际拥有了农鞋的存在,但农妇并没有从心理上"经验"到农鞋的"存在"。农鞋的"存在"也没有经由农妇的"穿"而本真地显露出来。对此,《本源》在"著名描述"之后紧跟着作了阐释:"然而,我们也许只有在这幅画中才会注意到所有这一切。而农妇只是穿这双鞋而已。要是这种简单的穿着真这么简单就好了。夜阑人静,农妇在滞重而又健康的疲惫中脱下它;朝霞初泛,她又把手伸向它;在节日里才把它置于一旁。这一切对农妇来说是太寻常了,她从不留心,从不思量。"❷ "从不留心,从不思量"说的就是农妇对农鞋的成其所是没有知觉,没有意识的。"实际地拥有但又非经验性、非心理性的感受":这就是发生在农妇和她所穿的农鞋的本真存在之间的关系。

在《本源》的观念中,"农鞋的本真存在经由《农鞋》显露出来"的命题属于"艺术作品的作品存在"论域中的问题。另外,在谈到"经验性地进入"农鞋的本真存在时,前文说了农妇式的"不够"(没有凡·高式的"经验");那么如果反过来追问:凡·高式的"进入"是否也需要农妇式的"亲身实践"呢?应该说这是一个可以提出但是还没有提出、没有论及的问题。不过这一问题也同样是属于"艺术作品的作品存在"论域中的问题。对这些问题,下文将讨论。此处可注意的是:本书讨论的"进入",以及所谓"怎样才能进入到对农鞋存在的经验之中"的问题并不是《本源》的"原问题",而是作为阅读《本源》的读者的我们想到的问题。

❶❷ [德]马丁·海德格尔.林中路[M].孙周兴,译.上海:上海译文出版社,1997:18.

《本源》不提出此种问题的缘由在于:"怎样才能进入"在思维方式上属于海德格尔要排斥的主体论哲学的考量。在海德格尔的思想中,存在是超越主客体二分的。哲学关于器具的器具存在的思考,不应该落实在主体的作用上,而应该是从"存在"自身出发,探讨"存在"超越主客二分的源在性、自在性。就农鞋的本真存在而言,要关注的就不是作为主体的人(包括农妇和凡·高等)"如何进入"的问题,而是"存在"自身如何获得、如何涌现的问题。更细致一点说,区别有两方面:其一,哲学关注的应是"存在",不是主体;其二,"存在"不是由人操纵的被动的对象,"存在"是自主涌现的。器具的器具存在如此,农鞋的本真存在如此。

## 二、作品之作品存在的经验

依海德格尔的思考,"作品之作品存在的经验"主要涉及两个层面的内容:一是"作品之作品存在的经验"的内涵;二是"作品之作品存在的经验"对传统观念的解构。下面分别讨论。

1."作品之作品存在的经验"的内涵

何谓"作品之作品存在的经验"?下面一段文字集中回答了这个问题:

> 在这里发生了什么呢?在这作品中有什么东西在发挥作用呢?凡·高的油画揭开了这器具即一双农鞋真正是什么。这个存在者进入它的存在之无蔽之中。希腊人称存在者之无蔽为 $\alpha\lambda\eta\theta\varepsilon\iota\alpha$ 。我们称之为真理,但对这字眼少有足够的思索。在作品中,要是存在者是什么和存在者如何存在被开启出来,作品的真理也就出现了。在艺术作品中,存在者的真理已被设置于其中了。这里说的"设置"(Setzen)是指被置放到显要位置上。一个存在者,一双农鞋,在作品中走进了他的存在的光亮里。存在者之存在进入其显现的恒定中了。❶

---

❶ [德]马丁·海德格尔.林中路[M].孙周兴,译.上海:上海译文出版社,1997:21.

依《本源》此处的论述,"作品的作品存在"就是"对于器具之器具存在的显现";以《农鞋》这一作品为例,就是"揭开""农鞋""真正是什么",显示农鞋的本真的存在。农鞋是器具,是存在者,"显示农鞋的本真存在",在一般哲学原理的层面,也就是"让存在者的存在处于无蔽状态"。海德格尔说,"存在者的存在的无蔽"即是"真理"。由此,"作品的作品存在"也就是"真理的发生""真理的出现"。《本源》既说"真理",又说"真理的发生",从修辞角度看,似乎二者有所区别。但实际上二者没区别。"真理"就等于"真理的发生","真理的发生"也就等于"真理"。在海德格尔的思想中,"真理"本身就是动态的,就是"发生"这一状态本身。不能把"真理"理解成可以保持静态的、等待"发生"的实体。"真理"和"真理的发生"都是说"存在者的存在处于无蔽状态"。"作品的作品存在"作为"真理的发生"、作为"存在者的存在处于无蔽之中"的状态,意味着"揭开存在者的真实存在"。从"揭开存在者的真实存在"这一短语来看,可以认为"作品的作品存在"包含两个方面:(1)包含"被揭开的存在";(2)包含"揭开"这一行为。说《农鞋》这一作品"揭开"了"农鞋"的"真实存在",就其"被揭开的真实存在"来说,就是指"劳动步履的艰辛""寒风料峭中""步履的坚韧和滞缓""大地无声的召唤""对面包的稳靠性无怨无艾的焦虑""分娩阵痛时的哆嗦""死亡逼近时的战栗"等内容。而"揭开"则是凡·高这一画作所发挥的作用。

理解"作品的作品存在的经验"意味着理清它与"器具的器具存在的经验"的异同。从本书已有的解读可以看出,"器具的器具存在"和"作品的作品存在"两者的相同之处即是"存在者的真实存在"本身。"作品的作品存在"所包含的"被揭开的真实存在"这一面就是"器具的器具存在"。而两者的相异在于:"作品的作品存在"除了包含"存在者的真实存在"这一面外,还包含"揭开"这一行为;"器具的器具存在"则不包含这一行为。这也就是说,"作品的作品存在"包含"器具的器具存在"。除此之外,它还包含有超出"器具的器具存在"的另一方面的内容,即

"揭开"这一行为。拿《农鞋》和"农鞋"的比较来说,两者的共同之处是:都包含农妇所穿鞋子的真实存在。两者的不同则是:"农妇"的"农鞋"没有"揭开"农鞋的"真实存在",而凡·高的《农鞋》则"揭开"了农鞋的"真实存在"。关于此一差别,《本源》有清楚的说明:"我们已经寻获了器具的器具存在。然而,是如何寻获的呢?……是通过对凡·高的一幅画的观赏。这幅画道出了这一切。走近这幅作品,我们就突然进入了另一个天地,其况味全然不同于我们惯常的存在";"通过这幅作品,也只有在这幅作品中,器具的器具存在才专门露出了真相。"❶ "器具的器具存在"是从《农鞋》中"寻获"的,不是从"农妇"那里寻获的。走近凡·高的《农鞋》,人们才"突然"领悟到农鞋作为器具的"真实存在";而且只有在这一作品中,人们才有这样的收获。《本源》的"突然进入""全然不同""只有""专门"等修饰语,以非常强调的语气断定了"器具的器具存在"只在《农鞋》中才被显示出来,同时绝对否定了其他物态发挥同类作用的可能性。

依《本源》的论述,在"凡·高《农鞋》"和"农妇农鞋"的区别中,隐含了"揭开真实存在"和"获得真实存在"的不同。农妇农鞋是"获得"了"真实存在"的,但它没有能"揭开"它。"揭开真实存在"与"获得真实存在"两者的区别意味着什么呢?"获得真实存在"是相对于"遗忘存在"来说的。海德格尔认为,两千多年来的西方思想有一个致命的错误:因为把"存在者"当成"存在",导致了对真正的"存在"的"遗忘"。这种遗忘,在哲学和日常生活的表现中,就是用对象化的方式看待事物。当人们把农鞋作为客观对象加以观照时,农鞋的存在就被忽视了、遗忘了。《本源》强调农鞋作为器具的"真实存在"在农妇的使用实践中被"寻获",要否定的就是农鞋作为观照对象的"摆置"方式。"寻获"的意义在于阻断传统西方的认识论思维。"揭开真实存在"包含"寻获"的意义,但还有另一层意义:对于"本真生存"的喻示。"本真生存"(eigentlich Existenz,英译 authentic existence)是相对于"非本真生

---

❶ [德]马丁·海德格尔. 林中路[M]. 孙周兴, 译. 上海:上海译文出版社, 1997: 19.

存"（uneigentlich Existenz，英译 authentic existence）而言的。与"存在"和"存在者"的区别建立在超越人的哲学层面不同，"本真生存"和"非本真生存"的区别完全是就人来说的。"本真生存"指生活在对于存在的本真的领会之中，而"非本真生存"则是因为存在者的忙碌而忘记了存在。"本真生存"和"非本真生存"是《存在与时间》的基本概念之一。《本源》没有涉及这一对范畴，也没有就人的生存做过多的论述。而且，到写作《本源》的时候，海德格尔的思想也确实有了重大变化。但尽管有这些要注意的因素，还是可以认为，"凡·高农鞋"与"农妇农鞋"的区别中，隐含了《存在与时间》中所说的"本真生存"和"非本真生存"的区别。所谓"农妇农鞋"和"凡·高《农鞋》"的区别，归根结底也就是农妇和凡·高的区别。而两人的区别正可以从"非本真生存"和"本真生存"的不同来理解。在农妇那里，农鞋的真实存在没有得到真正的领会；而在凡·高这里，情形正相反：《农鞋》显示的，正是凡·高领会到的。

由农妇到凡·高，由"农鞋"到《农鞋》，其间的承接、变异包含了很多问题，比如，何以"会有"或者"需要"二者的"承接"？又何以"会有"或者"需要"承接者（如凡·高、《农鞋》）的变异？这些问题的提出都与反思传统诗学的追问有关。下文讨论《本源》对传统诗学的颠覆"这一论题时再回头细究。

在理念上，《本源》认定"作品的作品存在"不同于"器具的器具存在"。但与此相对，《本源》的行文有一诡异之处：在讨论本质上不同的"作品存在"和"器具存在"时，作者用了同一个事例：《农鞋》。《本源》关于《农鞋》中的"农鞋"的描述承担了双重任务：既用来说明"器具的器具存在"，又用来说明"作品的作品存在"。对此《农鞋》论"的双关性，首先可以询问的是，它何以可能？回答是：《农鞋》本身有双重性。《农鞋》作为一幅绘画，是一艺术品。《农鞋》描绘的对象是"农鞋"，而"农鞋"本身是一器具。《农鞋》包含了艺术品和器具两个方面，因此也就包含了"作品的作品存在"和"器具的器具存在"两个方面；也就可以一身而兼二任，同时用来说明二者。对"农鞋论"的双关性，其次可以问的是：作者何以要如此行文？从写作学的角度看，用同一个事例、同一段文字来阐释本来不同的两个命题，这是容易引起歧义、导致晦涩甚至混乱的。"《农鞋》论"事实上也有此弊病。但作者不忌其病，刻意为之，值得注意。细考作者的心思，可以看出，"双关"首先是因为不得已而为之。问题可从反面看：是否可以用两个事例、两段文字来分别说明"作品存在"和"器具存在"两种情形呢？回答是"难"甚至"不可能"。"作品存在"固然可以单独说明，但"器具的器具存在"则不宜单独说明。如果直接对一器具进行描绘，指明其中包含的"真实存在"，则会潜在地认定：器具在日常生活中也能显示自身的真实存在。这种对器具的"显示性"的认定是《本源》不能接受的，因为《本源》认为只有艺术品才具有此种显示性，日常生活中的器具不具有此种品格。其次，"双关"有一重大的"利好"。用一个艺术品同时说明"器具存在"和"作品存在"这一论说本身即暗示了艺术品和器具的同一。《本源》对艺术本质的断定正是建立在这个"同一"上：艺术是真理的发生，是存在者存在的澄明；"存在者存在的澄明"以"存在者"（器具）自身获得"真实存在"为基础。

2."作品之作品存在的经验"对传统诗学观念的解构

《本源》所论"作品之作品存在的经验"构成了对传统诗学的颠覆。被颠覆的主要是传统美学、诗学的两大观念："艺术的审美本质论"和"艺术的再现说"。

先看对"艺术审美本质论"的颠覆。

传统美学把审美看作艺术的本质。对此，《本源》明确反对。反艺术审美本质论是《本源》的主要观点之一，文中多次论及。《后记》还曾专门对之加以讨论。"迄今为止，人们却一直认为艺术是与美的东西或美有关的，而与真理毫不相干。产生这类作品的艺术，亦被称为美的艺术，以便与生产器具的手工艺品区别开来。在美的艺术中，艺术本身无所谓美，它之所以得到此名是因为它产生美。相反，真理倒是属于逻辑的，而美留给了美学。"[1]

---

[1] ［德］马丁·海德格尔.林中路[M].孙周兴,译.上海：上海译文出版社,1997:20.

此段论述包含了三个层面的语意。第一层面,"迄今为止,美被视作艺术的本质属性。"这一观点又可以分两个小的层面理解:之一,艺术被认为与美有关,与真理无关;之二,艺术与美的关联被看成是艺术品区别于非艺术品的本质所在;所谓"与手工艺品区别开来"强调的就是这一属性的本质意义。《本源》的"迄今为止,美被视作艺术的本质属性"的观念是对于西方美学史、艺术学史的真实描述。"视美为艺术的本质"在西方历史上有两种形态。第一种形态是"超艺术美的语境"对艺术审美本质的断定。这一形态从古希腊、罗马时代就已经开始,一直到18世纪。19世纪虽已不再是主流,但依旧有影响。所谓"超艺术美的语境",其特点是不只把艺术看作美;美除了见之于艺术外,还见之于自然、社会、人生等其他领域;艺术只是美的现象中的一种。这方面有两种观点,一种认为艺术美高于自然现象的美。普罗提诺(Plotinus,204~270)持此种观点。另一种认为艺术美低于自然现象的美。19世纪俄国车尔尼雪夫斯基就认为现实生活中的姑娘比任何艺术品中的女孩都更美。不过,上述两种形态都认为美是艺术最重要的特质。第二种形态是"唯艺术美语境"对艺术审美本质的断定。该语境的特点是:只有艺术是美的,其他非艺术的存在都是丑的或不美的。19世纪的唯美主义、象征主义就持此一观点。20世纪初的形式主义美学、以克罗齐为代表的直觉论美学也属于其列。克罗齐将艺术与直觉、表现、美等同,由此排除了非艺术的现象进入审美世界的可能。第二种形态以艺术垄断美,自然包含美是艺术本质的断定。第一种形态虽然也承认非艺术现象同样可以为美,但也认定了艺术本质上是美的观念。要说明的是两种形态有一点不同。在第二种形态中,"本质"意味着彻底的排他性,即否定其他现象有此属性(美)的可能。它(美)是艺术的属性,而且只有艺术有此属性。在第一种形态中,"本质"意味着"对自身的重要",不含有彻底的排他性。它不否定其他现象拥有美的可能。它只表明:对于艺术来说,美是生命所在;离开了美,艺术就会死亡。从理论上看,第二种形态可以看作"艺术审美本质论"的强形式,第一种形态则只是弱形式。《本源》对历史的描述包含强、弱两种形式,只是它没有作深入的辨析而已。

　　引语的第二层语意是:"艺术美的名称的由来是因为它产生美。"这一层语意包含的断定是:"以美为艺术本质"的观念的形成,不是基于艺术自身的实质,而是基于艺术生产的成品与产生的效果。这一语意本身有模糊性:它是海德格尔本人的看法,还是海德格尔希望否定的流行观念?"艺术自身"与"艺术生产的成品效果"有何区别?言说本身没有明示。

　　联系《本源》中关于真理的论述,"模糊"可望破解。"鞋具愈单朴、愈根本地在其本质中出现,喷泉愈不假修饰、愈纯粹地以其本质出现,伴随它们的所有存在者就愈直接、愈有力地变得更具有存在者特性。于是,自行遮蔽着的存在便被澄亮了。如此这般形式的光亮,把它的闪耀嵌入作品之中。这种被嵌入作品之中的闪耀就是美。美乃是作为无蔽的真理的一种现身方式(Schönheit ist eine Weise, wie Wahrheit als Unverborgenheit west)。"❶ 美固然是"艺术作品"固有的现象,但美不是"艺术"的本质。此中关键在于"艺术作品"不等于"艺术"。艺术是艺术作品的本源。美属于"艺术作品",但不属于"艺术",不是艺术的本质。艺术是真理的发生,是真理在作品中的自行置入。只有当真理发生、置入作品,形成作品之后,才会有美。美是从真理发生这一事实中派生出来的现象。《本源》说"美乃是作为无蔽的真理的一种现身方式",这里的"现身方式"一词强调的正是美的"派生性""非本质性"。真理发生时会有一种给予性效果。《本源》用"闪耀"来定义此种效果。《本源》说美就是真理发生时的"闪耀"。何谓"闪耀"?"闪耀"是比喻,是相对"光芒"而言的。"真理"就是"光芒"。"光芒"是本源,"闪耀"是"光芒"的现身方式,即其效果。"闪耀"与"光芒"的区别可以从两个方面看。其一,"光芒"不强调动态的表现形式,"闪耀"是动态的表现。其二,"光芒"一词本身不强调光的强度,"闪耀"则是凸显强度的,"闪耀"者一定是很强的"光芒"。不过,理解这两点区别,重心是明确:"光芒"是本源;"闪耀"不是本源,只是外在表现。从"光芒"与"闪耀"的区别来看,"语意二"所说的"艺术

---

❶ [德]马丁·海德格尔.林中路[M].孙周兴,译.上海:上海译文出版社,1997:40.

自身"与其"成品"的效果有区别就能理解了。所谓"美不是就艺术自身"说的,其潜台词即是:艺术就其自身看,不是美,而是真理的发生。而所谓"美是就其所派生之物说的",指的则是:美是艺术的派生物,即艺术作品的效果;人们仅从"艺术作品"的效果出发,忽视"艺术"的本质,没看到艺术和艺术作品的根本区别,错误地将"艺术作品"的效果安置到"艺术"的头上,用美来命名艺术。《本源》的"在美的艺术中,艺术本身无所谓美,它之所以得到此名是因为它产生美"这一论断,就其后一分句所分析的知识现象(因艺术产生艺术作品、"产生美",便用"美"命名"艺术")而言,是属于流行观念,流行的艺术学思考,是海德格尔要否定的谬误。整句的言说表现的却是海德格尔自己的观点:其对于流行观念的分析,正在于要否定它。而否定的根本依据则是"艺术"与"艺术作品及其效果"的本质区别。

引语的第三层意思是:"在学科分类上,真理归于逻辑,美归于美学。"首先要指明,此"学科分类"是现代知识论的分类;海德格尔不赞成。言说本身只是事实性陈述,没有明示作者的否定;但事实性陈述中仍然隐含了否定性评价。其次,要理解海德格尔何以不赞成此分类方式。依海德格尔的有关论述看,不赞成的理由主要有两方面。之一,此分类把真理与美、逻辑与美学平列,把它们看成等格同质的东西;这是海德格尔不能接受的。前已说明,在海德格尔的观念中,真理是第一位的,美是第二位的;真理高于美,二者不能等同。相应的,如果真理归于逻辑,美归于美学,则逻辑同样高于美学,二者也不能相提并论。之二,把真理归于逻辑、把美归于美学这在海德格尔看来也是有问题的。其一,真理不属于逻辑的范畴。海德格尔在《尼采》一书中说,逻辑学是关于逻各斯的知识、关于思维的知识,❶逻辑属于知识论的范畴;而海德格尔观念中的真理是存在者存在的澄明,超越了知识论的层面。其二,"美"也不能归入传统所说的那种"美学"。美(beauty),依海德格尔,是真理发生时的"闪耀"。传统的"美学"(aesthetic),本义却是"感性学",是人对感性的认识,用

---

❶ [德]马丁·海德格尔.尼采[M].孙周兴,译.北京:商务印书馆,2002:83.

海德格尔自己的话说，是"关于人类的感性、感受和感情方面的行为以及规定这些行为的东西的知识"。❶如果依海德格尔对"美"的理解，则"美学"应该是对"真理发生时的闪耀"（"美"）的研究；这一定义与传统"美学"一词的定义相距甚远。

接下来再看对"艺术再现说"的颠覆。

在批判"审美本质论"之后，《本源》紧接着讨论了"艺术再现说"的错误。"艺术即真理自行设置入作品这一命题是否会使已经过时的观点，即那种认为艺术是现实的模仿和反映的观点，卷土重来呢？""我们是否认为凡·高的画描绘了一双现存的鞋，而且是因为把它描绘得惟妙惟肖，才使其成为艺术作品的呢？我们是否认为这幅画把现实事物描摹下来，把现实事物转置到艺术家生产的一个产品中去呢？绝对不是。"❷"再现说"是雄踞西方文艺思想史两千多年的诗学观念。从古希腊到文艺复兴，到17世纪古典主义、18世纪启蒙主义、19世纪批判现实主义，"再现说"尽管名称各异，论析多端，但一直是属于上述诗学思潮的艺术家们遵循的金科玉律。《本源》的断然否定主要依据的是两个层面的论证。其一属于哲学原理的层面，其二属于艺术作品实际内容的层面。《本源》指出，再现论的哲学依据是："对现存事物的再现要求那种与存在者的符合一致，要求去摹仿存在者；在中世纪，人们称之为符合（adaequatio）；亚里士多德早已说过肖似。"❸在海德格尔的思想中，"与存在者的符合"遗忘了"存在"；再现论因此是属于传统形而上学的哲学观念。

《本源》说："艺术作品决不是对那些时时现存手边的个别存在者的再现，恰恰相反，它是对物的普遍本质的再现。"❹为论证这一观点，《本源》援引迈耶尔的《罗马喷泉》一诗作具体的说明，指出：《罗马喷泉》"不是对实际现存的喷泉的诗意描画"。《本源》的这一论证属于作品内容层面的论证。《本源》经由作品内容层面的分析要说明的基本观念是：艺术作品不是对存在者的模仿，不是存在者的再现。可注意的是，《本源》

---

❶ ［德］马丁·海德格尔.尼采［M］.孙周兴，译.北京：商务印书馆，2002：83.
❷❸❹ ［德］马丁·海德格尔.林中路［M］.孙周兴，译.上海：上海译文出版社，1997：20.

在论述这一基本观念时，对相关的两个术语的言说有含混之处。这两个术语是"再现"（英译 reproduction）和"普遍本质"（英译 general essence）。《本源》一方面明确反对"再现说"，但是它又肯定"对物的普遍本质的再现"："再现"一词在否定和肯定两个层面出现了。与此有关，《本源》一方面认定艺术是"对物的普遍本质的再现"，另一方面论《罗马喷泉》的时候又说：这首诗"不是对罗马喷泉的普遍本质的再现"。❶ "普遍本质"一语同样出现在肯定和否定两个层面上。两个术语的不同使用是否意味着《本源》思想上的混乱呢？不混乱。《本源》"反再现"是反对把文艺看成"对存在者的再现"的观念，并不排斥"对物的普遍本质的再现"。"物的普遍本质"不是"某一个或某一类存在者的本质"。"罗马喷泉"的"普遍本质"仍然是属于"一个或一种类型的存在者"的本质，因此，在《本源》看来它不能构成对《罗马喷泉》一诗的实际内容的说明。那么，什么是"物的普遍本质"呢？它与"一个或一类存在者的普遍本质"在逻辑语义上有何不同？《本源》所说的"物的普遍本质"指的是"存在者整体的存在"（《本源》后面对此还有专题论述），落脚点是在"存在"本身。"一个或一类存在者的普遍本质"排除了"存在者整体存在"的语义，落脚点是在"某一个或某一类存在者"上面。"物的普遍本质"因为是"存在者整体的存在"因而具有超时间性；而"一个或一类存在者的普遍本质"则是属于特定时间的现象。

　　理解"物的普遍本质的再现"还可以注意的是：在传统的再现论中，实际上一直有重视"普遍本质"的思考。柏拉图禁诗含有此意向。17世纪古典主义者如布瓦洛所推崇的"常情常理"事实上也就是普遍性的人性。《本源》对再现论的颠覆总体上是包含了对上述理论的否定的。《本源》的否定潜在地包含两个方面的理由。第一，历史上诸理论的"普遍本质"同样是指个别存在者或某类型的存在者的本质，仍然属于"存在者论"的范畴，与《本源》坚持的"存在论"不同。"存在"是具有普遍性的，但"存在"的"普遍性"与"存在者"蕴含的"普遍本质"不同。海

---

❶ ［德］马丁·海德格尔.林中路［M］.孙周兴，译.上海：上海译文出版社，1997：21.

德格尔在《存在与时间》中指出,"存在"的"普遍性"不是种的普遍性,"存在的'普遍性'超乎一切种的普遍性"。❶海德格尔此处的辨析可用来理解《本源》包含的对历史上"普遍本质说"的否定。第二,历史上诸理论的"普遍本质"大多是从认识论层面提出的,指的是概念化的、单一性的理性概括。"普遍本质"即是某个事物或某一类事物所蕴含的、可用抽象的理论语言加以表述的单一属性。如说人的普遍本质是"理性",神的普遍本质是"永恒",动物的本质是"本能",等等。《本源》所说的作为"物的普遍本质"的"存在"却不是这样的单一属性。"存在"不单一,"存在"极为丰富。"存在"不能抽象化,只能以其自身的原在丰富性形态在场。"存在"不可言说,完全排斥概念化的规定。中国古人说艺术的境界是"脱有形似,握手已违","故其妙处莹彻玲珑,不可凑泊","羚羊挂角,无迹可求"。《本源》所说的"物的普遍本质的再现"仅就其不可言说性而言,与中国诗评家的上述体会一致。两者的差异只是理解的出发点与哲学指向的不同。

与"直接颠覆"相对应,《本源》论"作品存在"时还包含多个方面的对传统诗学的"潜在颠覆"。此处可主要注意论"器具存在"时本书已论及的意向:对"想象"和"观照"的否定。依《本源》的观念,"器具的器具性"不是由"观照"和"想象"构建的;同样,"作品的作品存在"也不是来自"观照"和"想象"。了解这一颠覆,首先要明了"观照"与"想象"在传统诗学中的地位与意义。"观照"是重要的诗学观念。在近现代文献中,"观照"常在"反映""直观""自我反思"等不同语义层面使用。《本源》英译本译"观照"为look at。"观照"在此处意思是:对对象的观看,或谓"对象化的观看"。《本源》否定"观照",强调"器具的器具存在"不来自对器具的"观看"。"观看"作为人和器具的接触方式不能让器具获得它自身的真实存在;器具的真实存在来自它的被使用。《本源》没有明确地说"作品的作品存在"也不来自"观照",但这一意思是隐含

---

❶ [德]马丁·海德格尔.存在与时间[M].陈嘉映,王庆节,译.熊伟,校.北京:生活·读书·新知三联书店,1987:4–5.

在文本中的。主要理由是：《本源》已明确指出，"作品的作品存在"是真理的发生，是存在者存在的澄明。"存在者存在的澄明"以"存在者自身真实存在的获得"为前提、为基础，而存在者自身真实存在的获得"不是观照"能够成就的：这就等于说明，"作品的作品存在"，即"存在者存在的澄明"不以"观照"为基础，从根本上来说不依赖"观照"。另外，《本源》强调，真理在艺术作品中的发生是自行的。所谓"自行"就是说本质上不依靠"人力""人为"。如果把"观照"看作"作品的作品存在"的"本源"，就等于说"人为""人力"是其本源，因为"观照"正是人的行为。这就与《本源》说的真理"自行"发生恰好对立。

"作品的作品存在"除了不依赖"观照"，同样，依《本源》，"作品的作品存在"本质上也不依赖"想象"。《本源》在言说"器具存在"时对"想象"的否定同样可以放到"作品存在"的层面来理解。"想象"是经典诗学范畴。历史上的美学、诗学都极力推崇"想象"在艺术中的地位和作用。早在古罗马时期，斐罗斯屈拉塔斯（Flavius Philostratus，约170~245）就指出："是想象塑造了……作品。"❶ 浪漫主义者如柯勒律治、雪莱、济慈都把想象看作诗艺的本源或者本质。现代美学家如瑞恰兹、柯林伍德依旧非常重视诗艺对于想象的依赖性。胡戈·弗里德里希指出，现代诗歌的一个基本特点是"专制性幻想"发挥作用。所谓"专制性幻想"就是"幻想以粉碎和变异开始，借助自我法则的新构造而持续"。❷ 胡戈所说的"专制性幻想"也仍然属于"想象"的范畴，只是同柯勒律治等浪漫主义诗人的想象有不同而已。想象的重要性在《本源》中同样遭到否定。其被否定的具体机制同对"观照"的否定一致。依《本源》，想象是人的心理活动，它不能成为诗艺得以出现的本源；诗的本源是真理，是存在者存在的澄明。《本源》第一节论"作品存在"时虽没有直接否定想象，但在后面的论述中是有直接否定的，比如第三节中就有这样的论述："诗并非对任意什么东西的异想天开的虚构，并非对现实领域的单纯表象和幻想

---

❶ 伍蠡甫. 西方文论选（下卷）[M]. 上海：上海译文出版社，1979：134.

❷ [德]弗里德里希. 现代诗歌的结构：19世纪中期至20世纪中期的抒情诗[M]. 李双志，译. 南京：译林出版社，2010：23.

的悠荡漂浮。"❶ 此处"异想天开的虚构""单纯表象和幻想的悠荡漂浮"指的就是传统所说的"想象"。

《本源》的"作品存在论"蕴含三个值得重视的问题。

《本源》否定"观照""想象"对于"作品存在"的意义，本质上是对两个设定的颠覆。被颠覆的两个设定是：艺术是对于存在者的再现；艺术家是艺术作品的本源。对于"观照"的否定同时包含两个颠覆。对于"想象"的否定则主要基于第二个颠覆。

理解"两个颠覆"不难，难的是从艺术作品的实际情形来看，《本源》何以能达致两个颠覆？艺术作品的"实际"意味着：艺术作品不是器具，《农鞋》"不是"农鞋"，凡·高不是农妇。既如此，后者的"本真存在"何以能进入前者之中？

这里，有三个问题需要回答：第一，既然器具的器具存在是经由"实际使用"获得的，背离"实际使用"的作品又如何获取它呢？第二，为何在农妇那里，"器具的器具存在"没有"澄明"，到凡·高这里就"澄明"了呢？导致此一变化的关键是什么呢？第三，《农鞋》"中真理的澄明完全不依赖"观照""想象"吗？

第一个问题的表述可用"农鞋"为例。"农鞋"是在"使用"中获得"真实存在"的；《农鞋》中真理的发生是以"农鞋"的"真实存在"为基础的；既然《农鞋》中的"农鞋"不是在使用中（凡·高对"农鞋"的描述不是"使用"），那么这一"基础"（被澄明的"农鞋的真实存在"）如何获致？

此问题的关键在于："实际使用"对于艺术创作来说是否必不可少？回答首先可从器具层面入手。从器具层面看，有两个方面应该注意。第一，就一般情形而言，"农鞋"的"真实存在"绝对依赖"实际使用"。没有实际使用就不成其为器具。《本源》说"器具的器具存在就在其有用性之中"。❷ 海德格尔的这一断定是在绝对性层面言说的。器具可以有时不

---

❶ ［德］马丁·海德格尔.林中路［M］.孙周兴，译.上海：上海译文出版社，1997：56.
❷ ［德］马丁·海德格尔.林中路［M］.孙周兴，译.上海：上海译文出版社，1997：18.

用，如农鞋有时摆放在鞋架上，没有穿它。但器具之成其为器具总是因为它有过被使用的情形。从没被使用过的东西不能叫作器具。鞋子从生产出来放到商店货架上被卖出之前，虽没有人穿过，也所以被叫作鞋子：这是不可否认的实情。但这一情况不能用来说明"实际使用"的可有可无。器具的"实际使用"的"必要性"是从"类"的角度说的，不是从单个鞋子的角度说的。作为一类器具，鞋子之叫作鞋子总是因为它有过被穿的情形，单个鞋子在没被穿之前之所以也能叫作鞋子是因为它已分有类的品格，如用同样的材料制造，经历了同样的制作过程，拥有同样的形状与性能，等等。第二，器具"一般性的'真实存在'的获得绝对依赖实际使用"不否决"具本个别情况下非实际使用时也能拥有'真实存在'"。"不否决"具体说是因为前者和后者之间有两个差异。差异一，"拥有"不同于"获得"。"获得"是源始性的生成。农妇"农鞋"的"真实存在"是在农妇穿的过程中生成的，这一生成具有源始性。"拥有"可以不是源始性的生成，而是生成之后的品格的持续性保存、存有。"源始性的生成"离不开"实际使用"。生成之后的"拥有"却并不一定要依赖"实际使用"。因为属于"源始性生成"，故在农妇那里的农鞋的真实存在依赖"实际使用"。但在凡·高这里只属于"品格的持续性保存"，因此，《农鞋》中的"农鞋"不需要被"实际使用"。差异二，逻辑上"个别情况的相对性"不等于"一般情形的绝对性"。农妇穿农鞋，使其获得真实存在，是"一般情形的绝对性"。凡·高画农鞋，显示农鞋的真实存在，属于"个别情况的相对性"。两者在逻辑上不等同。前者不能限定后者、规约后者。由于有这两个方面的差异，"农妇农鞋"获得"真实存在"的必要条件并不转换成"凡·高《农鞋》"获得"真实存在"的必要条件。"实际使用"在"农妇农鞋"那里是必要条件，到"凡高《农鞋》"这里就并不是必要条件。凡·高的《农鞋》虽然仅仅是描绘农鞋，并不实际使用农鞋，但也因此可以"拥有""农鞋"的真实存在。

把上述"一般获得"与"个别拥有"的"器具差异"放到相关的艺术创作的层面看，可获得更清晰地解释。当我们谈"实际使用"同农妇农鞋和凡·高《农鞋》的关联时，实际上关涉了两个东西。一个是被使用的器具；另一个是由艺术家创作的作品。两者虽有同一性，但仍有本质的区别。《本源》强调器具获得"真正存在"的必要条件是"实际使用"；强调只有在"田间的农妇穿着"时，"鞋才存在"：这种强调是从器具自身的角度说的，不是从使用者的角度说的。它言说的是器具自身的品质，不是使用者的心理。器具的使用当然离不开使用者，但"器具被使用时获得自身存在"与"使用者对器具的存在是否意识到"是不同的两个问题。这两者的区别也就是器具和人的区别。此是一方面。另一方面，当我们讨论凡·高《农鞋》中的"农鞋"的"真实存在"时，表面上看讨论的也是器具，但实际上不是，我们讨论的是"人的心理性内容"，人的意识，或者说是通过人的意识所表现出来的器具的真实存在。这意味着我们是从"人"的角度来讨论的，不是从器具的角度讨论的。"实际使用"既是从"器具"的角度说的，就不能转移到"人"这个角度上来，不能把两个方面的情形混在一起。由此，凡·高《农鞋》显示出农鞋的"真实存在"就并不因为《本源》在讨论农妇农鞋时强调了"实际使用"便也涉及了是否需要实际使用的问题。

对"农鞋在农妇那里必须经由实际使用才能成其所是，而在凡·高这里不经由实际使用也可以成其所是"的断定，传统的诗学可能会质疑。汉语文论尤难接受。《文心雕龙》说："然屈平所以洞鉴风骚之情者，亦抑江山之助乎？"❶陆游《题庐陵萧彦毓秀才诗卷后》言："君诗妙处吾能识，尽在山程水驿中。"❷中国古人说"文穷而后工"，说"诗思在灞桥风雪中驴子背上"。❸如此等等，都基于一个思路：亲身实践对于创作具有决定性作用。按此思路，凡·高之所以能经验农鞋的本真存在，也是因为他有农妇式的"亲身实践"。"凡·高《农鞋》"不以"实际使用"为"必要条件"的论断虽然有一定的语境之异，不意味着完全否定上述汉语诗学的思路，但至少可以说排除了汉语思路的探索。此种排除，有两方面的原因。其一，这

---

❶ （南朝梁）刘勰.文心雕龙.[M].范文澜，注.北京：人民文学出版社，2006：695.
❷ 刘扬忠.陆游诗词评选[M].西安：三秦出版社，2008：182.
❸ （宋）孙光宪.北梦琐言[M].林艾园，校点.上海：上海古籍出版社，1981：54.

不是《本源》要提出的问题。本体论上的"亲身实践对于创作的决定性"完全有悖于海德格尔的思路。所谓"亲身实践的作用"是关于诗学主体性的言说,探讨的是创作主体的成功之道;而其背后的潜在设定是:"创作主体在艺术世界中的本源作用。"《本源》开头即已表明:不能把创作主体作为本源。艺术作品的本源是艺术,是真理的发生。创作主体对于作品来说不重要。❶ 其二,在承认"真理本源"的前提下,《本源》是否也认定"写什么一定得经历什么"呢?《本源》没有涉及这样的问题。从其内在思路来看,应该说不太可能有这样的认定。"写什么一定得经历什么"的观念包含两个意向。一是经验的丰富对于创作的重要,二是具体生存经验同创作经验的同一。可以认为,对于前者,海德格尔是认同的。但对于后者未必认同。整个西方的诗学实际上也不热衷于提倡此种"具体同一论"。依据海德格尔哲学的超越性,具体同一论当更在排斥之列。

《农鞋》拥有"农鞋"的真实存在,意味着"凡·高农鞋"获得了"农妇农鞋"的真实存在,或者说将"农妇农鞋"的真实存在"转移"到作品之中。这种"转移"有点类似于传统诗学所说的"再现"。如果把"再现"理解为《本源》意义上的"转移",那么《本源》所说的"作品存在"的确也可以用"再现论"来解读。在肯定艺术作品的现实意义、否决主观主义的艺术观这一点上,"转移论"也确实应和了传统的"再现说"。但问题在于《本源》意义上的"转移"与传统的"再现"之间,仅仅只是某种类似而已,实质很不相同。不同处除了前面已说过的有"存在"与"存在者"的根本区别外,还有一个重要的方面:在《本源》的语境中,被"转移"的真实存在虽已源始地"生成",但并没有"显现"出来;因此,被转移到作品中后,它不能算是"再一次"呈现(re-presenting),而只是源初性的呈现(presenting)。也就是说,《本源》言说的不是"再现论",而是"呈现论"。关于这一方面的理解,关涉对第二个问题的回答。

第二个问题追问的是:凡·高和农妇的差异、《农鞋》和"农鞋"的差异,何以可能?对此,传统诗学的回答有三种思路。其一是主体性的思

---

❶ [德]马丁·海德格尔.林中路[M].孙周兴,译.上海:上海译文出版社,1997:24.

路，即从艺术家的优异禀赋上回答。认为艺术家有天才、灵感、高级直觉、非理性思维能力特殊禀赋，是其优异禀赋使他们可以不经由实际使用而描绘出事物的真实存在。其二是从艺术活动的特殊性上理解，如认为艺术活动具有非功利性、非概念性等。因为摆脱现实生存的物质限定和思维束缚，艺术活动得以在自由自在的状态中可保留地展开，从而能够把握事物的真实存在。其三是从艺术作品的自身形态上理解，如说艺术作品具有形象性、典型性、象征性、符号的非透明性等。艺术作品的特殊性与事物的真实存在有本质上的契合，凭借自身的特殊性能够将后者显示出来。在传统诗学中，这三种思路有一共同点：都倾向于将自身"本体论化"，即赋予自身的言说以本体论的意义。《本源》完全否定上述三种思路的本体化。在《本源》看来，三种思路的本体化均抹杀了"艺术的本质是真理的发生"这一实质。在本体论上完全否定传统的思路，不等于在非本体论意义上也同样否定。就"非本体论意义"层面的具体探讨而言，《本源》对第一、第二两种思路主要是持不置可否的态度。对第三种思路则有较多的探讨。但第三种思路的探讨也与传统的观念不同。另外，《本源》对第三种思路的探讨主要在第三节（"真理与艺术"）中展开。第一节讨论"作品的作品存在"时，《本源》基本上没有涉及这一方面。之所以不涉及，是因为此时《本源》关注的是"艺术作品的本源"。艺术作品的本源是真理的发生。凡·高和农妇的差异，艺术家与普通读者的差异，在《本源》这里不属于艺术品本源的问题，因此《本源》暂不关注。不过，"不关注"不等于这个问题在"非本源"意义的层面上不存在，不等于说艺术家和普通读者之间没有差异。事实上，《本源》在言说"本源"问题时，偶尔也有文字暗示出艺术家和普通人之间的差异。如说"农鞋"的真实存及其在《农鞋》中的显现时，《本源》就认定："然而，我们也许只有在这幅画中才会注意到所有这一切。而农妇只是穿这双鞋而已……她从不留心，从不思量。"❶农妇的"从不留心"即喻示了农妇和凡·高的区别，喻示了普通人和艺术家的区别。只是《本源》没有进一步就其"区别"的丰富内涵作

---

❶ ［德］马丁·海德格尔. 林中路［M］. 孙周兴, 译. 上海：上海译文出版社, 1997：17.

深入分析而已。

农妇"不关注""不思量"农鞋的真实存在，凡·高则显然对之强烈关注并深入思量。理解凡·高的关注和思量要注意的一点是：所谓关注和思量在现代诗学语境中实际上有两大类型：一是非理性的类型；二是理性的类型。理性的类型是用概念的、逻辑的方式对被关注的对象进行思考。笛卡尔说的"我思"，海德格尔在《存在与时间》中否决的"现成在前"（Vorhandenheit，英译 presence-at-hand），《本源》中否定的"对象化"都属于理性类型。非理性类型即是重视用直觉、无意识等解读文艺的范式。从康德提出审美的非概念性，到柏格森、克罗齐强调直觉，到弗洛伊德肯定无意识在文艺创作中的作用，到梅洛-旁蒂说"艺术将身体借给世界"，现代诗学形成了一条用非理性思维解读文艺奥秘的思路。《本源》没有明确地说凡·高的思维属于何种类型，但从其否定对象化思维的角度看，海德格尔眼中的凡·高的创作显然是非理性类型的。凡·高创作的非理性与农妇的不关注、不思量，在排斥对象化思考这一点上是共同的，但更重要的是凡·高创作《农鞋》时有对"农鞋"的"关注""思量"，而且应该说有非常强烈的关注和思量，这与农妇完全不同。

"农妇'不关注'、'不思量'"与"凡·高强烈关注与思量"这一事实在传统的美学、诗学中常被解读成现实生存与艺术活动的根本差异所在、普通人与艺术家的根本差异所在。解释这一差异的理论很多。有很多观点长期以来都受到重视。其中特别是由康德提出的非功利性（disinterestedness）原则。自浪漫主义运动到19世纪末期，此原则一直被视为艺术与审美的黄金定律。海德格尔对非功利定律的看法是一个可以讨论的大问题，依笔者的思考，其中隐含着许多可待挖掘的充满歧义的思想。但仅就《本源》关于农妇和凡·高的暗示性区别而言，可认为，海德格尔大体仍是在认可实际生存与艺术活动的功利性差异上言说凡·高和农妇的不同的。从后海德格尔诗学的视野上看，实际生存与艺术活动的差异未必可以断然以功利性的有无为区分的根本依据。其中有两个层面值得注意。其一，实际生存与艺术活动未必像传统认定的那样别如天壤。其二，功利性的有无未必即是二者的根本区别所在。传统将实际生存看作功利活动，将艺术活动视为非功利活动，认为二者有天然的鸿沟。后海德格尔诗学则致力于填平鸿沟，消除差异。从理论逻辑上解释传统与当代的不同取向，可以认为"实际生存"和"艺术活动"在古今层面有不同构建。"实际生存"本身包含目的与过程；包含活动者、活动状态、被作用者等多个方面。传统将"实际生存"定义为功利性活动，显然只是从活动者的目的性上看的，是用"目的"统率"过程"、用"活动者"囊括"活动本身"与"被作用者"的结果。在生存资料匮乏的极其艰难的条件下，人类从事实际生存活动的目的无疑都是功利性的。依此活动者目的的功利性，整个生存活动便被解读成功利活动，"活动过程"和"被作用体"的特殊性都被抹杀了。在现代生存的条件下，由于生存资料的相对富足，目的层面的功利性淡化，有可能出现功利性目的不再统率整个生存活动、不再完全抹杀活动过程和被作用体特殊性的情形。由此，实际生存活动的非功利性一面得以凸显。这样，便出现了一种实际生存活动同时具有功利性和非功利性两种品格的情形。一百多年前，桑塔耶纳就讨论过这种两面性情形，只不过没有在实际生存活动自身结构层面展开分析而已。与之相对应的是，传统的艺术是在"反生存"的层面展开的。它们致力于展示的、追求的，是与生存的艰难性、悲剧性相反的场面、情景、情绪。中国诗人杜甫说"愁极本凭诗遣兴"可以看作"反生存"的微弱的提示。由于物质财富相对能满足人的需要，现代生存出现反功利性与悲剧性淡化，艺术也就可能逐渐去掉其与生存"悖反"的品格，走向与生存的同一、应和；这也就是说，现代艺术有可能不在非功利性这一点上同现实生存直接对立。生存和艺术两方面各自转变，相互同一化，便会造成现代生活中凡·高和农妇原有的决然对立性的淡化。

　　第三个问题追问"观照"和"想象"在《农鞋》生成过程中的作用。应该说，一般意义上的"观照"和"想象"在《农鞋》的生成过程中还是有的，其作用也还是需要的。"观照"的一般意义是"看"。《农鞋》的生成离不开"看"。既离不开肉眼的看，也离不开心眼的看。"想象"有多个层面，现代诗学虽不特别重视浪漫主义所推崇的"创想"，但至少离不开"忆想"，即霍布斯所说的 fancy。《本源》对《农鞋》中的"农鞋"的真实存在的描绘就包含了丰富的"忆想"，如"寒风陡峭中迈动在一望无际的永远单调的田垄上的步履"之类，都属于"想""忆想""想象"的范畴。《本源》否定"观照"与"想象"是从"本源"的层面出发的。海德格尔只是要说明：观照和想象并不像有些传统诗学所认定的那样，是作品的"本源"。在"非本源"意义的层面上，《本源》没有也不可能完全否定"观照"和"想象"对于艺术活动的作用。

## 第二节 "制造大地"和"建立一个世界"的经验

按海德格尔的观念，艺术的本质是真理自行设置入作品。那么，自行设置入作品中的"真理"具体有什么内涵？海德格尔的回答是："制造大地"和"建立一个世界"。

### 一、制造大地

理解"制造大地"，第一层要理解的是作品的"制造"。"作品的制造"指"作品"同"器具"一样，其形成包含着对物质材料的加工制作。《本源》说："一件作品从这种或那种作品材料那里，诸如从石头、木料、铁块、颜料、语言、声音等那里，被创作出来，我们也说，它由此被制造（herstellen）出来。"❶《本源》此论除了明确作品的"制造"外，还把传统所说的"创作"定位到"制造"的层面。传统所说艺术作品的"创作"主要关注的是精神性层面的心理活动，如认识、情感、想象，而且据以强调艺术的非现实性、非凡性、独创性。浪漫主义文论尤其如此。《本源》视

---

❶ ［德］马丁·海德格尔.林中路［M］.孙周兴，译.上海：上海译文出版社，1997：29.

"创作"和"制造"同一,与《本源》全文反传统文论,尤其是反浪漫主义诗学的观点一致。《本源》在认定作品是一种"制造"后,对其"何以如此"作了简要的说明:"正如作品要求一种在奉献着—赞美着的树立意义上的建立,因为作品的作品存在就在于建立一个世界,同样地,制造也是必不可少的,因为作品的作品存在本身就具有制造的特性。作品之为作品,本质上是有所制造的。"❶"何以如此"是关于"根源""本质"的揭示。此一"简要说明"从汉译角度看,似乎没涉及关于"根源""本质"的交代,只是原意的重复。但从作者的思考上看,则并非重复。区别在于:前面讨论作品的"制造",是从静态的、成果形态的作品上说的;此处论"制造"则是从动态的、过程性的"作品存在"的角度说的。静态的成果形态的"作品"是动态的"作品存在"过程的产物,动态过程本身是制造性行为,作品因此就具有了制造性。动态过程是原因,静态成果是结果,关于二者关系的说明因此是本质性的因果关系的揭示。

第二层,要理解作品制造和器具制造的差异。《本源》说仅仅肯定作品的制造,只是把握了作品制造的表面,重要的是深入本质之中,了解作品制造的特殊之处。作品和器具一样都是制造的,作品制造的特殊之处也就是它和器具制造的区别。"器具由有用性和适用性所决定,它选取适用的质料并出这种质料组成。……质料愈是优良愈是适宜,它也就愈无抵抗地消失在器具的器具存在中。而与此相反,神庙作品由于建立一个世界,它并没有使质料消失,倒是使质料出现,而且使它出现在作品的世界的敞开之中。"❷用简单的概念来说,作品制造的特殊处就是质料的"非消耗性"。用石头制造石斧,石头被消耗了。用木材制作床铺,木材被消耗了。"消耗"指的是材料本身的特性、质地、状态被淹没到了它的实用性中,不再以其本身的形态凸显出来。作品的制造不带来质料的消耗,相反,它凸显质料的特性、质地、状态本身。在建筑作品中,"岩石……成其为岩石";在金属雕塑中,"金属闪烁";在绘画中,"颜色发光";在音乐中,

---

❶ [德]马丁·海德格尔. 林中路[M]. 孙周兴,译. 上海:上海译文出版社,1997:29.
❷ [德]马丁·海德格尔. 林中路[M]. 孙周兴,译. 上海:上海译文出版社,1997:29-30.

"声音朗朗可听";在文学中,"词语得以言说"。《本源》指出:作品质料之所以具有非消耗性,不仅是因为作品不以传统设定的那种纯属作品自身的整体性目的压倒质料,而且是因为作品把自身置回到质料之中,以质料的存在来建立自身的存在:"作品把自身置回到石头的硕大和沉重、木头的坚硬和韧性、金属的刚硬和光泽、颜色的明暗、声音的音调和词语的命名力量之中。"❶

《本源》所说的作品质料的非消耗性是现代诗学的重大问题,涉及极为丰富的知识语境,容后文再作阐释。

第三层,要理解什么是大地。《本源》对"大地"作了多方面的规定。定义一:"作品回归之处,作品在这种自身回归中让其出现的东西,我们曾称之为大地。"❷ 按此定义,(1)"大地"是"作品的回归之处";(2)"大地"是"作品""让其出现的东西"。"大地是作品回归之处"的规定首先意在说明,"大地"高于"作品"、重于"作品"。相对于"作品","大地"是家园、母体。"作品"从"大地"中诞生,并回归"大地"之中;"大地"让"作品"获得自身,让"作品"栖居、休养,给"作品"以保护。其次,"回归"一词可在两层面理解。一是逻辑机制层面的"回归"。作品从大地中诞生、获得自身,并因此构成和大地的区别与分离,就像胎儿和母体分离一样;但分离之后又会重新回归母体,比如长大之后对父母的赡养就可以理解为"回归"。"作品"的"回归大地"则表现为以"大地的自身存在及其品格"作为自身的内容、自身追求的目标,具体来说,就是关注大地、言说大地、让"大地"经由自身(作品)显示出来。二是艺术作品历史层面的"回归"。可以这样认为:最初的艺术作品是和大地融为一体的;在历史的发展过程中,艺术作品背离了大地;现在应该重新回归大地。为什么原来是"一体",后来又"离异"了呢?"原为一体"的机制在于:艺术作品本来是物,有物之物性,本来是以大地为基础构建起来的。为什么后来"离异"了呢?依《本源》,"离异"大概可以从后文要说到的现实生

---

❶❷ [德]马丁·海德格尔.林中路[M].孙周兴,译.上海:上海译文出版社,1997:30.

存中大地的自行锁闭性被粗暴地对待，人类遗忘存在等角度解释。也就是说，由于哲学和生存整体性地遗忘存在，人类在现实生存中粗暴地对待大地的行事方式蔓延到了艺术中，艺术也被污染、异化了。背离大地即是其异化的表现。因为"背离"，所以需要"回归"。

"大地是作品让其出现的东西"的规定着眼的是"作品"对"大地"的作用。"大地"在"作品"中出现；"大地"通过"作品""建立一个世界"而得以出现。如果没有作品，没有"一个世界"的建立，"大地"就不可能出现。《本源》强调"作品让大地出现"，并用着重号标示"作品让大地成为大地"这一表述，显然意在凸显艺术作品的"救世"作用。它表明：艺术作品对于大地而言，是生死攸关的东西。在非艺术性的人世活动中，大地被扼杀了；只有在艺术活动中，大地才成为自身，才拥有自身的存在。

"作品回归大地"重在说"大地"的作用，"作品让大地出现"则重在说"作品"的作用。两个"作用"相互同一，相互依赖。"作品让大地出现"需要经由"作品向大地回归"的途径。没有后者，就没有前者。同样的话也可以反过来说，没有前者，就没有后者；没有"作品让大地出现"，就没有"作品向大地的回归"。两者相互作用、互为因果，没有绝对的先后；轻重之别也是相对的。如果说"作品让大地出现"重心在揭示艺术活动与非艺术活动的本质区别，凸显艺术的救世功能，批判非艺术活动的愚昧性、野蛮性；那么"艺术作品回归大地"重心则在于显示伟大艺术与平庸艺术的区别，显示艺术的"应然性品格"与"实然性情形"的区别，谴责历史上艺术的堕落，恢复艺术自身的伟大性。

定义二："大地是涌现着—庇护着的东西。"[1]"涌现"一词言说"大地"自身的本质和出现。大地是存在者存在的涌现。"庇护"一词承"作品回归大地"的语意而来。"大地"是家，是母体；"庇护"指大地的保护性、呵护性。

---

[1] ［德］马丁·海德格尔.林中路［M］.孙周兴，译.上海：上海译文出版社，1997：30.

定义三："大地是无所迫促的无碍无累、不屈不挠的东西。"❶"无所迫促""无碍无累""不屈不挠"说的是大地的特性。"无所迫促"英译为 self-dependent，指大地自本自根、自主自立、自足自律，依靠自身而拥有自身，不依附任何外在力量。中国古语说"有得于内，无待乎外"。"无所迫促"强调"无待乎外"。"无碍无累"，英译为 effortless，指大地不刻意用力追求，不像人一样有意奋发拼命进取，大地是纯乎自然的过程。大地的此一特性类似中国古代道家所说的"无为"。只是道家的"无为"不指《本源》所说的"大地"，而主要是对"人"的限定。比如："我无为而民自化，我好静而民自正，我无事而民自富，我无欲而民自朴"（《老子》五十七章）；❷"是以圣人无为故无败，无执故无失……以辅万物之自然而不敢为"（《老子》六十四章）。❸"不屈不挠"，英译 untiring，指大地没有疲惫、困倦、力量衰竭、能量耗尽之类的问题，用汉语特有的词汇来说，大地总是元阳具足，真力弥满、元气淋漓。

"定义性言说"是从"大地和作品的关系"以及"大地自身的特性"上说的。接下来，《本源》就大地和人类的关系、大地和世界的关系、"制造"一词的本质含义三个方面分别作阐释。关于大地和世界的关系，下面专谈。此处可只注意另外两个话题。《本源》以世界为中介，构建大地和人类的同一："立于大地之上并在大地之中，历史性的人类建立了他们在世界之中的栖居。"❹一方面，人类栖居于世界之中；另一方面，人类的栖居以及栖居于其中的世界建立于大地之上、大地之中。"栖居"是海德格尔哲学诗学的特有术语。它包括世俗所说的"居住"，但又不同于居住；其不同在于"栖居"里面有丰富的存在论哲学的内涵。海德格尔的《存在与时间》论定"人存在于世界之中"。《本源》的"栖居"承继了原有的思想。不同于《存在与时间》的是，《本源》强调"栖居"和"世界"都

---

❶ ［德］马丁·海德格尔.林中路［M］.孙周兴，译.上海：上海译文出版社，1997：30.
❷ 老子［M］.卫广来，译注.太原：山西古籍出版社，2003：83.
❸ 老子［M］.卫广来，译注.太原：山西古籍出版社，2003：94.
❹ ［德］马丁·海德格尔.林中路［M］.孙周兴，译.上海：上海译文出版社，1997：30.

依赖"大地","栖居"和"世界"以"大地"为根基而建立起来。"大地"是历史性人类据以建立世界性栖居的基础。人类栖居在自己的世界中,人类栖居的世界建立在大地的基础之上。这里有个问题:作为人类建立栖居世界的基础的"大地"是出现于艺术作品中的还是超越艺术作品的?依海德格尔后面的论述,回答应该是:作品中敞开的大地可以让人类据以建立自己的世界,但人类据以建立自己世界的大地不限于作品中出现的大地。

《本源》中"历史性人类于大地之上建立在世界之中的栖居"的观念在后期海德格尔思想中具有重要地位,蕴含了海德格尔对现代文明危机的重要思考。大地的本质是"涌现",经由世界的建立而"涌现",大地的"制造"因此完全不是器具的那种"制造"。《本源》据此强调:在言说"制造大地"时,对"制造"一词要从"严格意义上来思考"。"大地的制造"是"大地本身"被"挪入一个世界的敞开领域中",并"保留于其中","大地的制造"实际上就是"大地成为大地",大地本质性地呈现。

第四层,要理解大地的不可穿透性。言说"不可穿透性"时,《本源》更喜欢使用的术语是"自行锁闭"。《本源》说:"大地的本质是自行锁闭。"❶《本源》对大地的"自行锁闭"很重视。其重视不仅在论述的篇幅、论述的现实针对性上体现出来,还从论题的定位上体现出来。《本源》以设问引入对自行锁闭的论述。"作品把自身置回到大地中,大地被制造出来。但为什么这种制造必须这样发生呢?什么是大地——恰恰以这种方式达到无蔽的大地呢?"❷从这种设问看,接下来要论述的"不可穿透"是大地之为大地的关键性特征,它比上段所论的"无所迫促""无碍无累""不屈不挠"等特性重要得多。什么叫"不可穿透"呢?"不可穿透"或谓"自行锁闭"指的是:大地不能用与之相异的、人为的方式去破解;大地只能依其自身方式呈现。《本源》用石头和色彩为例,对大地的"自行锁闭"做了说明:"石头负荷并显示其沉重。这种沉重向我们压来,它同时却拒绝我们向它穿透。要是我们砸碎石头而试图穿透它,石头的碎块却决

---

❶ [德]马丁·海德格尔.林中路[M].孙周兴,译.上海:上海译文出版社,1997:31.
❷ [德]马丁·海德格尔.林中路[M].孙周兴,译.上海:上海译文出版社,1997:30.

不会显示任何内在的和被开启的东西。石头很快就又隐回到其碎块的负荷和硕大的同样的阴沉之趣中去了。要是我们把石头放在天平上，以这种不同的方式来把握它，那么，我们只不过是把石头的沉重带入重量计算之中而已。这种对石头的规定或许是很准确的，但只是数字而已，而负荷却从我们这里逃之夭夭了。"❶ 石头的"负荷"和"沉重"是石头本身的"存在"。这一"存在"只能任由石头自身显示。砸碎石头、以重量来衡定石头，都是人为的、与石头的存在相异的方式，都不能穿透石头，不能敞开石头的存在，不能显示石头的真正的"负荷"和"沉重"。"负荷"，英译为 presses downward，动词，指石头"向下压"的性状。当你拿一块石头在手上时，可以有石头"向下压"的感觉。《本源》视此种"向下压"为石头自身的"存在"，反对把它说成是"人的感觉"。色彩的自行锁闭和石头一样。"色彩闪烁发光而且唯求闪烁。要是我们自作聪明地加以测定，把色彩分解为波长数据，那色彩早就杳无踪迹了。只有当它尚未被揭示、未被解释之际，它才显示自身。""闪烁发光"就是色彩自身的"存在"。色彩波长的分析测定对于色彩自身的存在不仅不是揭示，而且是破坏。石头和色泽的"存在"既是"大地"所包含的内容，也是"大地"本身。石头和色彩的"存在"不可穿透，即表明："大地让任何对它的穿透在它本身那里破灭了。"❷

《本源》对大地的不可穿透性的阐释有强烈的现实感和尖锐的批判性。它是直接针对现代科技思维的颠覆性论述。《本源》说："大地使任何纯粹计算式的胡搅蛮缠彻底幻灭了。虽然这种胡搅蛮缠以科学技术对自然的对象化的形态给自己罩上统治和进步的假象，但是，这种支配始终是意欲的昏庸无能。"❸ 引语的批判主要有三个方面：一是说明现代科技思维的努力与大地的本真存在纯粹对立；二是表明自认为体现了文明进步的现代科技实际上并不意味着"进步"；三是说人们感觉中的现代科技的"强大"本质上是"无能"。在《本源》看来，"进步"和"强大"取决于对大地的本

---

❶ ［德］马丁·海德格尔. 林中路［M］. 孙周兴，译. 上海：上海译文出版社，1997：30.
❷❸ ［德］马丁·海德格尔. 林中路［M］. 孙周兴，译. 上海：上海译文出版社，1997：31.

真性把握。现代科技的把握方式是人为的、悖逆大地本真存在的方式。它是以自身的昏聩无能为实质而构成的"胡搅蛮缠",用汉语思维的惯用话语来说,它属于背天逆理之举。《本源》的思想具有从整体上挑战传统西方文明观念的意义。传统西方文明把通过科技方式认识、战胜自然作为自身具有优越性、自身具有强大力量的确证。《本源》则认为西方科技的实验、计算、操纵只是起到了改变和毁损自然物作为"存在者形态"的作用,并没有真正把握大地的"存在",恰恰是遮蔽、背离、违反了大地本身的"存在"。人类靠这种方式从来没有真正读懂自然、读懂大地。一方面,"大地"即使就其具体自然物的形态被破坏了,也依然在它自身的"存在"之中。另一方面,"大地"作为"存在者形态"的被破坏,带来了人类自身的不幸。科技因此本质上是愚昧的方式,显示的只是人类的无能,人类的失败,人类的自我伤害、自我毁灭。

"自行锁闭"与"敞开"从纯粹语词的表层意思上看是矛盾的。但在"大地"这里,二者同一。《本源》强调二者的同一:"只有当大地作为本质上不可展开的东西被保持和保护之际——大地退遁于任何展开状态,亦即保持永远的锁闭——大地才敞开地澄亮了,才作为大地本身而显现出来。"❶简言之,大地只有"锁闭"时才"敞开",只有"敞开"时才"锁闭"。大地的锁闭和敞开构成悖论。《本源》用流水为喻,解释大地"悖论"的机制。"大地上的万物,亦即大地整体本身,汇流(参英译'flow together'改——笔者)于一种交响齐奏之中。但这种汇流并非消逝。在这里流动的是自身持守的河流,这河流的界线的设置,把每个在场者都限制在其在场中。因此,在任何一个自行锁闭的物中,有着相同的自不相识(Sich-nicht-Kennen)。"❷"悖论"的一种理解是"交响齐奏"。"交响齐奏"的神秘在于:一方面,它不是参与者自身的消失;另一方面,它又是整体性效果的生成。整体和个体就其各自为实体而言,总是对立的、排斥的。但在"交响齐奏"中,二者的相互对立消失了。消失的秘密在于:

---

❶❷ [德]马丁·海德格尔.林中路[M].孙周兴,译.上海:上海译文出版社,1997:31.

在"交响齐奏"中，整体和个体都不是以实体的方式出现，而是双方都功能化了。在功能化的层面上，整体和个体都既是自身，又相互一体。每一个体的参与度越大，发挥的功能越强，所形成的整体的力量和效果也就越大。这就等于说，越是"个体"，就越是"整体"。"悖论"的第二种理解是：在场者的设限具有整体性。"这河流的界线的设置，把每个在场者都限制在其在场中"一句说的就是在界限的设定上在场者与参与者的整体同一。在场者的界限落实于在场者的体积、范围、功能、影响等各个方面。西方思维重视在场者界限的设定。《本源》的论述同样是"重视"的表现。与传统观念不同的是，《本源》的重心不是在平面性地认定各在场者的界限上，而是在强调各在场者的界限的整体性构成上。河流持守于自身，给自己设定了界限，也给自身所包含所涉及的在场者设定了界限。河流所包含所涉及的在场者很多，流水、河岸、泥沙、滩头、船只、漂浮物、天空、树木等都可算入。即《本源》所说的"把每个在场者都限制在其在场中"。这种"设定"可从海德格尔避而不谈的认识论角度加以体会：以河流为参照，我们可以辨认天空、滩头、船只等。"悖论"的第三种理解是："相同的自不相识"（Sich-nicht-Kennen）。英译"自不相识"为not-knowing-of-one-another。按英译，"自不相识"即是"互不相识"。"互不相识"既是各自"敞开"的结果，又是各自"锁闭"的表现。由于各不相同，"敞开"的是陌生世界，结果必然是"互不相识"，是"自我锁闭"。因此，"互不相识"中含有"锁闭"。因为"锁闭"源于"互不相识"，"互补相识"又是"敞开"之后的结果；没有"敞开"，没有对各自陌生性的确认，根本上就没有所谓相识不相识的问题，所以，"互不相识"中又包含"敞开"。《本源》说"互不相识"是每个物、每个在场者都蕴含的特性，"每一个"作为全称判断的语词因此规定了大地自我锁闭的绝对性。而大地自行锁闭和敞开的"同一"因此也意味着"制造大地就是把作为自行锁闭者的大地带入敞开领域之中"。"悖论"的第四种理解是，"锁闭"是针对存在者思维而说的。"敞开"则说的是大地自身"存在"的澄明。就人类把大地作为存在者看待的思考方式而言，大地是"锁闭"的，是不会向人类敞开的，因为人类这种对待大地的思维方式本身是错误的。但大地在艺术中、在世界中，其"存在"是敞开的、澄明的。由此，"锁闭"和"敞开"并不矛盾，反而是互相呼应的，正因其"锁闭"，才有其"敞开"。反过来，也正因其"敞开"，才有其"锁闭"。

围绕"大地""自行锁闭"的论述直接展开的视阈是"大地"和"现代科技"的对比。不过，由于这一"对比"的源发基础是艺术和艺术作品，因此，事实上，"视阈"还包括艺术作品和现代科技的对立、艺术作品和大地的同一性关联。与现代科技不同，艺术作品维护大地的自行锁闭。也正是以维护大地的自行锁闭为基本原则，艺术作品才实现"制造大地"和"把自身置回到大地中"的双重目的。从艺术作品维护大地自行锁闭这一点来说，艺术作品是从属于大地的，是以大地的存在为自身存在的。但艺术作品的"从属"又并不是绝对被动的。除了"从属"，相对于"大地"，艺术作品还有"超越"：它能够把"大地"敞开，包括把"大地的自行锁闭"敞开。正是在艺术作品中，人们能够看到、领悟到大地是自行锁闭的。

第五层，要理解大地展开方式与展开形态的丰富性。《本源》说："大地的自行锁闭并非单一的、僵固的遮盖，而是自行展开到其质朴的方式和形态的无限丰富性中。"[1] 接下来，《本源》又谈到作品所使用的"质料的非消耗性"："雕塑家并不消耗石头"；"画家""并不""消耗颜料"；"诗人""不""消耗词语"。[2] "非消耗"的确切意思是：在艺术作品中质料不像在非艺术活动中一样，一经使用，便失去自身的存在，而是保留自身的存在，甚至在更高层面，更丰富的形态上赢得自身的存在。神庙之类的建筑使岩石显示其"承载"与"持守"；绘画使颜料"闪耀发光"；诗歌使语言力透纸背、惊心动魄。正是因为不消耗质料，因为作品事实上是回归于质料，因为石头显示为石头，颜料显示为颜料，词语显示为词语，所以，在艺术作品中，质料就获得了各不相同的、丰富多样地展开。依《本

---

[1][2] ［德］马丁·海德格尔. 林中路［M］. 孙周兴，译. 上海：上海译文出版社，1997：31.

源》，质料自身存在的展开构成"大地"。把"质料的展开"叫作"大地"，或者说用"大地"来指称"质料的展开"，是《本源》特有的"命名"。此一命名包含多方面的意味。之一，基于"质料"和"大地"的原生性。质料，如石头、颜料、语言等，相对于构成的作品而言，是原材料，具有原生性。大地也不是人造品，也具有原生形态。"命名"无疑依据了二者的同一。之二，"大地"作为质料自身形态的展开，并不简单地等于质料，而是就质料的"存在"而言。之三，《本源》所说的"质料"包括传统诗学所说的艺术作品使用的"媒介材料"；在有些情况下也包括自然物，如希腊神庙作品中的岩石、海浪、夜晚。"自然物"在艺术作品中的出现具有多种形态，如岩石、海浪一样在希腊神庙中的出现采用的是类似于传统所说的媒介材料的形态。自然物在绘画、音乐、诗歌中的出现则是另一种形态。这"另一种形态"有复杂性。一方面，就绘画是使用颜料、音乐是借助声音、诗歌是依据语言而言，这类艺术作品中的自然景物或场景（如"柳塘春水漫，花坞夕阳迟"中的柳塘、春水、花坞、夕阳）不属于"质料"的范畴。但另一方面，就自然景物在传统艺术作品中的出现是在于借景抒情、托物言志来说，则自然物又具有"质料"性质。希腊神庙中的岩石等自然物可称为纯质料。诗歌中如"柳塘""春水"之类的自然物可称为准质料。《本源》的"大地"是从"纯质料"的角度说的。"准质料"是否也可纳入"大地"的范畴呢？对此，《本源》没有涉及，可以将之作为值得思考的疑问保存。

第六层，要理解作品中质料的非质料性。《本源》说："在作品中根本就没有作品质料的痕迹。"❶ "没有作品质料的痕迹"意在表明：前面所说的回归于"质料"，并不是说回归于作为"存在者"的质料本身，而是说回归于质料的"存在"。回归于"石头"，不是回归于作为存在者的石头，而是回归于石头的"负荷"与"沉重"。"颜料的回归"是回归于颜料的"闪耀发光"；词语的回归是回归于词语的命名力量，回归那种"一字千钧重""诗成泣鬼神"的效果。中国古人论文时说"盐之于水有味而无

---

❶ [德]马丁·海德格尔.林中路[M].孙周兴,译.上海：上海译文出版社,1997：32.

盐"。这比喻是用来说明诗中意义的不可确指，可以借用来说明《本源》所说的"作为存在者的质料"和"作为存在的质料"的区别。"没有作品质料的痕迹"是说没有"作为存在者的质料"的痕迹，并不是说没有"作为存在的质料"的痕迹。除了作品中"质料的回归"不能从"存在者"的角度理解，《本源》甚至认为，器具制造中的质料也不能简单地理解为存在者："甚至，在对器具的本质规定中，通过把器具标识为在其器具性本质之中的质料，这样做是否就切中了器具的构成因素，这一点也还是值得怀疑的。"❶ 话虽然委婉，但否定是明白的。不能"把器具标识为在其器具性本质之中的质料"，意思就是不能把器具看成存在者形态上的质料。联系前面关于对作为器具的农鞋的非对象性描述，海德格尔所希望的就是要从"存在"的角度理解器具。器具的理解如此，作品的理解就更应该如此。论器具的"非存在者"解读，目的也正在于强调作品的存在论解读的必要性。

## 二、"建立一个世界"的经验

《本源》论"建立一个世界"时，对"建立"作了明确的界定："这种建立乃是奉献和赞美意义上的树立"。❷ 该界定包含三个词："奉献""赞美""树立"。《本源》对之分别作了具体阐释。"奉献"是"神圣之献祭"，是"神圣作为神圣开启出来，神被召唤入其现身在场的敞开之中"。❸ "献祭"是原始社会和保留原始思维的现代人群普遍遵循的仪式。"献祭"包含用祭品供奉神灵的成分。野蛮的献祭甚至用人作为祭品。《本源》此处谈献祭剥离了"用祭品供奉神灵"的语义，喻指的只是其精神品格：开

---

❶ [德]马丁·海德格尔. 林中路[M]. 孙周兴, 译. 上海：上海译文出版社, 1997: 32.
❷❸ [德]马丁·海德格尔. 林中路[M]. 孙周兴, 译. 上海：上海译文出版社, 1997: 27.

启神圣，召唤神灵使其在场。"赞美""是对神的尊严和光辉的颂扬"。❶ 理解"赞美"，核心是理解"神的尊严和光辉"。《本源》说："尊严和光辉并非神之外和神之后的特性，不如说，神就在尊严中，在光辉中现身在场。"❷"并非神之外"和"并非神之后"否定的是"尊严和光辉"相对于神来说的本质上的外在性。英译此句为：dignity and splendor are not properties beside and behind which the god, too, stands as something distinct. 中国人说"近朱者赤，近墨者黑"，意思是：靠近某个东西就可能沾上那个东西的特征。《本源》的"神之外"和"神之后"说法也在于说明"尊严"和"光辉"的"外部给予性"：在有的情形中或在有些观念中，神虽有尊严和光辉，但其尊严和光辉不是神本身具有的，而是某些外在因素赋予的。《本源》否定此种情形在作品中的出现；认为在神庙和其他类型的艺术作品中，神的尊严和光辉是神自身具有的，不是外在因素赋予的。接下来的语句正是对"自身具有性"的正面叙说："神就在尊严中，在光辉中现身在场。在神之光辉的荣耀中光芒四射者正是神一词之所指。"❸ 如果说前句"神在尊严和光辉中现身"似乎还含有"神"与"尊严—光辉"的区别，后句则是二者完全同一的言说。"光芒四射者"不是说有四射之光明的"东西"，而是说"光芒四射"本身。"神"这个语词喻指的就是光芒四射本身。神即光芒四射，不是光明四射的"存在者"。这一区分的背后有海德格尔区别存在和存在者的本体论哲学的支撑。前句否定"神之外"和"神之后"也包含此一语意。英译 not properties beside and behind which the god, too, stands as something didtinct（不是那种神作为独特的存在者立于其旁和其后的特性）即包含指明神不是独特的"存在者"。"神不是存在者"：这是现代神学的一个重要思想。比如，现代有神学家说，上帝即爱。当你感受到那种纯洁的不受欲念支配的爱时，你就等于感受了上帝。《本源》的思考与现代神学吻合。另外，《本源》关于神的言说也可同费尔

---

❶❷ ［德］马丁·海德格尔. 林中路［M］. 孙周兴，译. 上海：上海译文出版社，1997：28.

❸ Martin Heidegger. Poetry, Language, Thought［M］. Translated and with an introduction by Albert Hofstadter. China Social Sciences Publishing House，1999：44.

巴哈的无神论对读。费尔巴哈认为神无非是人的本质的异化。人因为既畏惧大自然又对大自然怀有感恩之心，于是就将大自然神化，创造了神。按费尔巴哈的解读，神就是人的敬畏和感恩的凝聚。此一含义与《本源》所说的"神就是光芒四射本身"几乎同义。两者都否定了人格化的神灵，也都认同人类关于神的意向中蕴含深厚的人性生存的内涵。而有意思的区别是，费尔巴哈的言说目的在于否定神的存在，《本源》却是要肯定神的存在。两者之间同一和背离的形成蕴含的西方文明两百年间的历史变迁值得深入品味。

"树立（Er-richten）意味着：把在指引尺度意义上的公正性开启出来；而作为指引尺度，是本质性因素给出了指引。"[1]按此，"树立"含义有两层：一是开启指引的公正性；二是以存在的本质为基础定义指引的公正性。"树立"包含"指引"。"指引"与中国人说"身正为范"时所说的"范"类似，也与康德论"范导原理"时所说的"范导"相通。"指引"意味着把某种重要的、优异的、高贵的前景、原则、方式、方法告知给被指引者。"指引"中含有"优化""净化""升华"等标志着"提升"的语词的意味；也含有"先知""牧羊人""启蒙"等标志着"引领"的多种语词对文化等级的设定。"指引"意味着肯定精英文化对大众文化的超越。这种文化价值倾向的选择也正是海德格尔从展开哲学运思以来一直秉持的立场。它与后现代、特别是英美后现代反精英的文化观念形成尖锐的对比。《本源》论"树立"的"指引"时重心没放在"指引"本身上，而是放在"指引"内含的"公正性"上。这种侧重至少有两个方面的意味。一是就"指引"和其内含的"公正性"或者说"正当性"而言，后者显然更重要。拥有"公正性"，自然就构成"指引"。这样说似乎同有些社会逆淘汰盛行的情形相反，因为在逆淘汰的社会中可以说也有"指引"，但没有"公正"。人类历史上的确常有让人扼腕、让人气愤的"劣币淘汰良币"的荒谬。但问题在于，"有'公正'便有'指引'"并不包括"有'指引'便有'公正'"。另外，虽然有人在被"指引"去制造和参与逆淘汰时内

---

[1] ［德］马丁·海德格尔. 林中路［M］. 孙周兴，译. 上海：上海译文出版社，1997：28.

心矛盾，但其"被指引"仍然是考量"正当性"的结果。即使是因被逼为娼、违心作恶而痛苦，人们也还是认为自己是"正当"的。内心矛盾的情形一般是发生在他者和自我的对立之间。从他者、社会、理性原则来看的"恶"表现为自我所需要的"善"。一方面，人们为了自我的"善"被引向"恶"；另一方面，如果在他者的善和自我的善两者能全的情况下，人们会拒绝"恶"的"指引"。这两种情形最终说明："正当性"或谓"公正性"，是起决定作用的因素。侧重"公正性"的另一意味是：在现代杂音喧嚣的社会里，弥漫着不具"公正性"的"指引"。现代社会不缺少"指引"，缺少的是真正具有"公正性"的"指引"。中国古代的韩愈说，人们好为人师。"师"即"指引"者。较之韩愈的时代，当今媒体社会，"指引者"如过江之鲫，远非韩愈能想象。历史差异的形成不难理解，它与社会的急剧变动、生存形态的失范，传播手段的便利等均有关联。《本源》置"公正性"为重心，可以认为包含了对现代文明恶症的针砭。

"公正性"是重要的，但更重要的是公正性的构建。何谓公正？如何能保证公正？这是更关键的问题。《本源》论"树立"时讨论的第二层含义正是对此问题的回答。《本源》说"是本质性因素给出了指引"。英译此句为：in which what belongs to the nature of being gives guidance。which 即"指引尺度"。按英译，给出"指引"的是属于 the nature of being（"存在的本质"）的东西。"存在"是海德格尔哲学所确立的本体，也是《本源》全部的艺术思考得以展开的理论基础。基于"存在"在整个文本中的定位，此处可以不再予以关注，只需要注意"指引的公正性来自于存在的本质"这一规定。《本源》"公正性"的"存在论确认"喻示着海德格尔的"公正性"与传统西方的"公正性"的含义差异：对汉语思维来说，理解这方面是重要的。

《本源》在阐释了奉献、赞美、树立三者之后，以自问自答的方式就"建立"和"奉献、赞美、树立"的同一作了三个层面的总结性提示。"三问三答"基于不同逻辑层面。前两个问答以递进方式分两层从因果论上探讨二者"同一"的自身构成。"为什么作品的建立是一种奉献——赞美着的树立呢？因为作品在其作品存在中要求如此。作品是如何要求这样一种建立的呢？因为作品本身在其作品存在中就是有所建立的。"❶ 了解这两问的逻辑定位可参看亚里士多德著名的四因说。亚里士多德认为事物的构成和发展取决于四个因素：质料因、动力因、形式因、目的因。"质料因"即"事物所由产生的，并在事物内部始终存在着的那东西"。"动力因"即"那个使被动者运动的事物，引起变化者变化的事物"。"形式因"即事物的"原型亦即表达出本质的定义"。"目的因"即事物"最善的终结"。（《形而上学》）《本源》第一问说的"作品在其作品存在中要求如此"，显然是从"目的因"上看的。"奉献—赞美着的树立"是作品的目的，作品的"最善的终结"；"作品存在"需要以此为目而构成自身。第二问所说"作品本身在其作品存在中就是有所建立的"，则包括质料因、形式因、动力因。作品的"质料""形式""动力"三者合起来意味着作品存在本身具备以"奉献—赞美着的树立"作为自身"建立"的资质、能量、条件。第三个问答为："而作品之为作品要建立什么呢？作品在自身中突现着，开启出一个世界，并且在运作中永远守持这个世界。"❷ 第三问是"建立"这一"行为"指向的"结果"。第三问的意义可以说更多地属于文本的行文结构方式：引出下文的论述。下文接着论述的就是"何为世界"。从艺术原理言，第三问值得注意的是：它强调了艺术作品的世界的永恒性。《本源》说："作品……开启出一个世界，并且在运作中永远守持这个世界。"❸19世纪中后期以来的历史主义是质疑艺术的永恒性的。20世纪初方兴未艾的相对主义思潮对艺术的永恒性形成更严重的威胁。《本源》的运思包含了对历史主义和相对主义的回应。

《本源》对世界的阐释包含下列多个方面。第一，世界是非对象性的；不能以存在者的观念理解世界。"世界并非现存的可数或不可数的、熟悉或不熟悉的物的纯然集合。但世界也不是加上了我们对这些物之总和的表

---

❶❷❸ ［德］马丁·海德格尔.林中路［M］.孙周兴，译.上海：上海译文出版社，1997：28.

象的想象框架"❶:"并非"和"不是"两个否定都是说对世界的理解要摆脱对象化的、存在者的观念,因为"世界绝不是立身于我们面前能让我们细细打量的对象","世界就始终是非对象性的东西"。❷"并非"一句是从对象化的诸种"存在者"的角度说的。当人们说"世界"就是这个世界上曾有现有的所有东西(衣服、房子、道路、车辆、男女、虫鱼、花木、风雨、雷电……)时,人们就是从"存在者"的、即从"现存的可数或不可数的、熟悉或不熟悉的物的纯然集合"上来理解"世界"的。"不是"一句否定的是"世界"作为包容性的对象化"空间"的观念。"想象框架"即人们想象中的囊括一切的空间架构。把世界想象成通常的"空间"的观念也是世俗的存在者观念,因为它把世界看成了"包容所有存在者"的空间,也因为它本身作为一种想象性"空间"事实上也是一个存在者。

第二,"世界"要从"世界化"的角度理解。《本源》说:"世界世界化,它比我们自认为十分亲近的那些可把握可攫住的东西的领域更完整。"❸"世界世界化"的字面意思是:我们所说的"世界"要从"世界化"的角度领会。"世界世界化"的原文是:Welt weltet。孙注指明此为"海德格尔的一个独特表述,相类的表述还有'存在是'(Sein ist)、'无不'(Nichts nichet)、'时间时间化'(Zeit zeitigt)和'空间空间化'(Raum räumt)"。❹ 英译"Welt weltet"为 world worlds。Weltet 和 worlds 是动词,以之界定 welt(世界),意思是:世界是事件、过程、状态、动变。要从动态的、"进行中的状态"上来理解"世界",不能把"世界"理解成静态的、固定的、"立身于我们面前能让我们细细打量的对象"。"Welt weltet"是"世界世界化""世界世界着""世界世界进行中""世界世界化""世界世界着"的意思是:我们所说的"世界"拥有世界的功能、发挥着世界的作用、展现世界的魅力、呈现世界的风貌。"世界着"是动词、是状态、是具体的施行、是整个过程。在汉语思维中理解"世界着"可以借助常用的

---

❶❷❹ [德]马丁·海德格尔. 林中路[M]. 孙周兴, 译. 上海:上海译文出版社,1997:28.

❸ Martin Heidegger. Poetry, Language, Thought[M]. Translated and with an introduction by Albert Hofstadter. China Social Sciences Publishing House, 1999:44.

一些语言方式。比如说："你是野孩子，你野着吧。""你是狂徒，你狂吧。""你是混蛋，你混吧。"这里的野、狂、混都是作动词，都意味着具体的动作、状态、过程。"世界着"是同类型的用法。古汉语里常有的名词动化的现象，也可用来理解"世界着"的言说方式。"沛公军灞上"；"苍山负雪，明烛天南"："军""烛"，都是名词，但都用于动词，表达具体的动作、状态。"军""烛"与"世界着"的不同之处是，它们是用来言说某个他者性的事物，而"世界着"是用来言说"世界"自身。假如"军"和"烛"用于下列方式，则与"世界世界着"就更接近：军者军着；烛者烛着。另外，"军者""烛者"都是存在者，世界则不是存在者；因此，"军着""烛着"容易理解为军和烛的现实表现，不具有下定义的作用，而"世界着"除了是具体表现，还有下定义的作用。总之，"世界世界着"的意思就是：所谓"世界"即具体展现、具体落实世界内涵。"世界"是动态性的过程。

第三，世界有包容性、完整性、历史活动性等特征。"世界化"就是"成为世界""生成世界"；展现、发挥"世界"一词的所指包含的功能、作用。那么，"世界"这一事件、过程、状态、动变到底有何特征？从《本源》的论述看，可认为包含三种特征。特征一，包容性。《本源》说"我们人始终归属于它"。❶《存在与时间》讨论人的存在时，有一著名观点："存在于世界中。"❷《本源》没有复述此观点，但从"人始终归属于它"的论述看，"世界包容人的存在""人在世界中"的观念应该说是没有放弃的。"人在世界中"就意味着人不可能"外"在于世界，"世界"不可能是摆在面前的"对象"。传统观念把"世界"理解成物理性的地域性的"空间"，其中也含有"包容性"的规定。《本源》否定传统"空间"的界定，但依旧保留"包容性"。可以认为也正是因保留"包容性"，才仍旧用"世界"一词。《存在与时间》曾强调"在世界中"的"在……之中"不是"存在者"意义上的"在其中"，不是"水在瓶子中""人在教室中"那种含义上的"在之中"。《本源》的理解是同样的。"世界"不是空

---

❶ ［德］马丁·海德格尔.林中路［M］.孙周兴，译.上海：上海译文出版社，1997：28.
❷ ［德］马丁·海德格尔.存在与时间［M］.陈嘉映，王庆节，译.熊伟，校.北京：生活·读书·新知三联书店，1987.

间，只是事件、过程、状态、动变，但即使如此，人仍是可以"在其中"的。笔者前面阐释"大地"的含义时曾指出，"大地"不是地理学上的空间，而是"存在者存在的涌现"；但即使如此，也具有包容性。此处"世界"的"包容性"与之逻辑上相通。特征二、完整性。"世界"的"完整性"蕴含"充实""饱满""全部"诸种含义。《本源》说"世界""比我们自认为十分亲近的那些可把握可攫住的东西的领域更加完整"。"亲近的""可把握""可攫住的东西"即诸种"存在者"。世界由人自身的整体"存在"构成。"存在"比"存在者"更丰富更饱满更全面；人自身的"存在"比"亲近"的"可把握"的诸"存在者"更丰富更饱满更全面：这就是"世界的完整性"。"世界的完整性"在《本源》的语境中具有合目的性意义。但要注意的是，此种"合目的性"不等于伦理学上的"善"，不是说它只意味着属人的美好东西的获得与实现。"完整"也包含灾难与不幸。《本源》对此有强调："甚至那诸神离去的厄运也是世界世界化的方式。"❶ 在海德格尔的思想中，一方面，诸神离去是现代文明的灾难；另一方面，这一灾难也是世界世界化的内容。由此可知，"世界世界化"是对于世界本质的一种中性意义上的阐释，并不含有善恶意义上的褒扬。特征三，"世界"由人的活动及其历史构成。《本源》说："只要诞生与死亡、祝福与惩罚不断地使我们进入存在，世界就始终是非对象性的东西，而我们人始终属于它。在此，我们的历史的本质性的决断才发生，我们采纳它，离弃它，误解它，重新追问它，因为世界世界化。"❷ 此论述表明："世界的非对象性""世界的世界化"，由"使我们进入存在"的"诞生与死亡、祝福与惩罚"构成；由以"采纳""离弃""误解""重新追问"等为具体内容的"历史的本质性的决断"构成。"诞生与死亡、祝福与惩罚"和"历史的本质性的决断"都是人之生存的活动、人之存在的历史。说诸种现象是"人之生存的历史"，也即：它们不属于自然界演变的范畴，不是传统所说的与人生现象相对的自然现象。认为"祝福与惩罚"和"历史的本质性的决

---

❶ ［德］马丁·海德格尔.林中路［M］.孙周兴，译.上海：上海译文出版社，1997：29.
❷ ［德］马丁·海德格尔.林中路［M］.孙周兴，译.上海：上海译文出版社，1997：28.

断"不是自然现象，这一观念很容易被认同。的确，"诞生与死亡"在一定、甚至很大程度上是自然生理现象，但《本源》此处不是从生理自然的角度言说它们的。从"不断地使我们进入存在"这一限定可知，《本源》说的"诞生与死亡"是它们的超生理、超自然的意义。历史上生死意识的演变表明，"诞生与死亡"都饱含丰富的哲学、宗教、伦理、美学、社会学、心理学的内涵。这些内涵完全超越了生理学、生物学的范围。从人之生存、人之历史的角度定义的"世界"隐含了"世界"和"大地"的区别，后面将专门讨论。人之生存、人之历史的内容无限丰富广阔，在不同的思想语境中，对之有不同的关注。比如，汉民族的古代经典《大学》主要关注的就是"三纲领"（"明明道""亲民""止于至善"）、"八条目"（"格物""致知""正心""诚意""修身""齐家""治国""平天下"）。《本源》在言说"世界"的人之生存时，特别提出"使我们进入存在"的"诞生与死亡、祝福与惩罚""历史的本质性的决断"诸种主题。这一特别关注有多方面的意义。它凸显了作者自己的哲学观，因为"进入存在""历史的本质性的决断"是海德格尔的存在论哲学特别关注的话题。它表明《本源》以及作者全部思想中蕴含深厚的基督教神学的背景，因为"诞生与死亡、祝福与惩罚"正是基督神学的核心主题。它与后现代思潮参与影响下的当代生存方式构成尖锐对比。在现代消费主义、犬儒主义、混世主义的视阈中，人生没有庄严、神圣，嬉戏、娱乐、消费就是生存的全部意义所在甚至全部内容。《本源》认定"进入存在"的"诞生与死亡、祝福与惩罚""历史的本质性的决断"是人之生存的基本内容，完全否定了"娱乐本位化""消费本位化"之类的当下选择。当然，"娱乐至死"之类的意识也并非完全没有生死祸福之类的感触在内，甚至可以说前者正是以后者为基础建立起来的。但"娱乐至死"之类的观念与《本源》的观念有根本差异：《本源》倡导的是直面人之存在的"诞生与死亡、祝福与惩罚"本身；现代消费主义的"娱乐本位化""消费本位化"则是以消费和娱乐来应对人的生死祸福，其"应对"采用的实际上是"背对"人世生死祸福诸种严酷境遇的逃避方式。

第四，只有人才有世界。《本源》说："一块石头是无世界的。植物和动物同样也没有世界，它们不过是一种环境中的掩蔽了的杂群，它们与这环境相依为命。与此相反，农妇却有一个世界，因为她居留于存在者之敞开领域中。"❶ 传统西方思想强调人作为超生物族类的特征与优异。"人是理性的动物""人是符号的动物""自然向人生成""人化自然"诸类著名观念的提出，都建立在人和自然物的比较以及对于人的优异性的确认之上。《本源》也重视人和自然物的区分。与传统不同的是，《本源》的"区分"不是依据人作为特殊存在者所具有的人格心理上的优异性；而是说人拥有建立在"存在者的存在"敞开了的基础之上的"世界"。自然物没有世界，人有世界：这里的"有"与"没有"包含两个层面的规定。其一是"何谓""有"与"何谓""没有"的区分。其二是"何以""有"与"何以""没有"的差别。关于"人有世界"，前面论农妇和古希腊神庙以及相关的分析已做出说明。关于"动物没有世界"，《本源》给出的描述是："与……环境相依为命"的"掩蔽了的杂群"。"杂群"指各自没有特殊性、优异性；相互间没有区别性。"掩蔽"指它们的"存在"没有敞开出来，而是处于遮蔽之中。"与……环境相依为命"则是说没有超越环境，没有从环境中分离出来。"何以"涉及世界的"生成"。在动植物这里因为没有世界也就没有所谓世界生成的问题。依《本源》，人的世界的生成则在于他"居留于存在者之敞开领域"之中。关于"存在者存在的敞开"，前面已有不少论述，后面还有专门阐释，此处可不赘言。《本源》围绕人与动植物的差异而给出的关于"世界"的论述在中西古今思想的比较视阈里有特殊意义。以中西思想的对比来说，与西方强调人与自然的差异不同，中国古代的思想强调人与自然的同一。天人合一即是此一思想的经典表达。就当代思想的发展而言，重视人与自然的同一成为包括生态学在内的不少思想学派的选择。反人类中心主义、后人文主义都蕴含对传统所定义的人的优异性、卓越性的排斥。但简单地牺牲和剥夺人自身的超生物属性以求得人与自然物的同一也绝不可能是当代人的正确选择。人类社会存在的非人化

---

❶ ［德］马丁·海德格尔.林中路［M］.孙周兴，译.上海：上海译文出版社，1997：29.

思潮泛滥、丛林原则肆虐、黑恶猖獗等现象警示人们：重要的仍然是促使人从动物化的状态中脱离出来，而不是"绝智弃圣""猪化""狼化"。如何在人与人、人与环境的协调中维护和发展人自身的卓越应该是当代生存应有的选择，《本源》的思想可在此层面上考量。

第五，人依靠器具的使用获得自我的世界。《本源》说：农妇的"器具在其可靠性中给予这世界一个自身的必然性和亲近"。❶此论断的主要意思是：世界从器具及其使用中来。"器具""给予世界必然性和亲近"可依"必然性"和"亲近"两词的不同，分两层理解。所谓"器具""给世界以自身的必然性"，其意是：相对于世界来说，器具是必然会有的。为何"必然有器具"？具体可从"世界需要器具"和"器具需要世界"两个方面回答。就"世界需要器具"层面而言，包含两个规定：器具的使用必然生成世界；世界只能来自器具的使用。前者是"有之（器具）必然（世界）"，充分条件；后者是"无之必不然"，必要条件。就"器具需要世界"言，只有在拥有"世界"的意义上，器具才是"器具"，否则便是传统认识论所说的对象性的"物"。而从总体上说，"世界需要器具"和"器具需要世界"两个方面实际上是一个意思。它旨在表明：世界和器具紧密相依，须臾与共，不可分离；世界在器具及其使用之中，器具因有世界而成为器具。所谓"器具""给以自身的亲近"，主要指器具的使用让器具获得自身的存在。"亲近"既可是相对于人而言，也可是相对于"世界"而言，不管是哪个方面，总的意思是说：人在使用器具时，器具的存在和人的存在与"世界"融合在一起，亲密无间；器具不是作为传统意义上的对象性的"物"与人疏离，与人对立：这就是器具的"亲近"。

第六，在世界的世界化中，诸神据以给予赏罚的广袤被聚集起来。《本源》说："在世界化中，广袤（Geräumigkeit）聚集起来；由此广袤而来，诸神决定着自己的赏罚。"❷ "广袤"意指"开阔""辽远""浩瀚"，是属于空间、领域的状态。世界的世界化具有广袤的特征，其展开极为壮

---

❶❷ ［德］马丁·海德格尔.林中路［M］.孙周兴，译.上海：上海译文出版社，1997：29.

阔。《本源》用"聚集"定义"广袤",有悖论效果。"广袤"指空间领域的壮阔,人们常用来言说的是"展开""辐射"之类"外扩性""无边性"的语词。"聚集"则是有"内收性""凝结性"含义的语词,与"广袤"的主要内涵有别。但《本源》着意这样说,目的很清楚,一是要在凸显"壮阔"的同时,排除无限性,确立有限性。其规定是:世界的世界化一方面是广袤的、壮阔的,另一方面又仍然是有限的。二是要在坚持丰富多样的同时,强调内在统一。"广袤"意味着丰富多样,"聚集"则标志着内在统一。"广袤"与"诸神的惩罚"有内在的同一性。"由此广袤而来,诸神决定着自己的赏罚":"诸神"是依据"广袤"来对人世给予惩罚的。《本源》所说的"诸神的惩罚"当然不是指神学和神话意义上的那种惩罚,而是指命运的降临,指人世祸福的遭遇。其言下之意是:如果世界的世界化拥有它的广袤,人们就能享受幸福;否则,便是灾难。梅洛·庞蒂在《眼与心》中说:"绘画……把可见的实存(existence)赋以给世俗眼光认为不可见的东西,它让我们勿需'肌肉感觉'(sens musculaire)就能够拥有世界的浩瀚。"❶ 如果人们不是如此行事,而是"像某种衰落的精神分析和文化论""所做的那样","人真正变成了他想成为的操作者(manipulandum),那么,人们将进入到——就涉及人和历史而言——既不再有真也不再有假的某种文化体制(régime de culture)当中,进入到不会有任何东西把他们唤醒的睡梦或恶梦当中。"❷ 梅洛·庞蒂所说的"拥有世界的浩瀚"和"恶梦"之间的对立就可看作《本源》所说的"广袤"和"诸神惩罚"之间的同一。

## 第三节 艺术、诗、语言的关联经验

《本源》认为,艺术、诗、语文三者本质上同一。在讨论三者的同一

---

❶ [法]莫里斯·梅洛-庞蒂.眼与心[M].杨大春,译.北京:商务印书馆,2007:43.
❷ [法]莫里斯·梅洛-庞蒂.眼与心[M].杨大春,译.北京:商务印书馆,2007:32.

时,《本源》有三个论题值得重点关注:"艺术本质上是诗";"诗是道说";"诗是三个层面的真理的创建"。下面对这三个论题分别进行解读。

## 一、艺术本质上是诗

依据自身的经验,海德格尔认定:"艺术本质上是诗。"海德格尔这一论断包含的基本规定是:艺术和诗的共同本质是让真理发生。"真理,作为存在者的澄明和遮蔽,发生在构建之中;真理的构建同诗的构作一致。作为让存在者真理的发生,所有艺术本质上都是诗。"[1] 这几句话核心是谈艺术和诗的本质性同一,但涉及对真理、艺术、诗三者的阐释。关于三者的阐释又包含两个方面。第一,指明三者有共同之处,即三者都是"被构建的";第二,指明诗和艺术本质上都是真理的构建。第一个"指明"的关键词是"构建"和"被构建"(英译用compose和being composed来描述)。"构建"意味着从无到有的发生;意味着被人为地制造;意味着制造者的意图意愿在其中发挥作用。第二个"指明"的核心是"真理的构建"。此处"真理的构建"重心不在于表明真理是构建的,而在于表明真理的构建依从于真理的本质,真理的构建非其他类型的构建所能取代。"艺术本质上是诗"这一论断包含两个"指明",是以两个"指明"为依据建立起来的。也就是说,认定艺术是诗,首先是在断定:艺术和诗一样,都是"被构建"的,其中包括有"从无到有""人为制造""受制于制造者意图"等规定;其次是认定:艺术和诗一样都是真理的构建。关于"真理的构建"和"艺术是真理的构建"两个观点前面已有深入论述。此处隐含的问题是:第一,从何证明诗是真理的构建?第二,既然艺术和诗都是真理的构建,何以视诗为艺术的本质、给出"艺术的本质是诗"这样的论断;而不是相反的论断,不说"诗的本质是艺术"?第三,既然艺术和诗的本质都是真理的构建,何以在以"真理的构建"规定了艺术的本质之后,又仍

---

[1] Martin Heidegger. Poetry, Language, Thought [M]. Translated and with an introduction by Albert Hofstadter. China Social Sciences Publishing House, 1999: 72.

要从诗的角度来规定艺术的本质?《本源》没有明确提出这些问题，但对这些问题的回答实际上支配着下文的论述。

"艺术本质上是诗"的论断不只是平列性地规定了艺术和诗的同一，而且表明了两者地位的差异：相对于一般性艺术，诗的地位更高。"地位更高"意味着诗是本质上的艺术，是艺术在淘汰了自身的杂质、去掉了自身外在的肤浅之后的内核、精华。诗何以有如此更高的地位？这就要追究诗的特质了。

"诗是道说"是从语言本质的角度对诗的阐释。按《本源》的思路，关于诗的非虚构性的论述是直接针对诗的建构性论述而作的补充，因此还不能算是对诗的主要特质的论述。真正对诗的主要特质的论述是随后开始的。在结束诗的虚构性论述、转入对"诗的特质"的论述之前，《本源》首先从现象层面讨论诗和艺术的差异。"如果所有艺术本质上都是诗，那么，建筑、绘画、雕塑、音乐必须归结为诗歌。这样说是纯粹的独断论。如果可以随随便便地用语言艺术这种误解性的名称来定义诗歌，并在此基础上，认定建筑绘画等艺术门类都是语言艺术的变体，可以肯定地说，把建筑等归结为诗歌的观念确实是独断论。诗歌只是真理澄明性筹划的一种方式，只是广义的诗意创造的一种方式，尽管这种语言艺术，即狭义上诗歌，在整个艺术领域中有优越地位。"❶这一段文字意义芜杂，包含下面几层意思。第一，"诗"应分为两个层面："狭义的诗歌"和"广义的作为诗意创造的诗"。前者只是后者的一种具体方式。第二，用"语言艺术"这个名称来定义狭义的诗歌，并不很妥当。第三，说"艺术的本质是诗"不等于说"所有艺术门类都可以归结为诗歌"。前者是正确的看法，后者是独断论。第四，可以承认，狭义的诗歌相对于其他艺术门类有一定的优越性。海德格尔的这四层语意都可以认可。诗和诗歌的区分也就是诗的精神和诗作为具体样式，即常说的体裁的区分。"用语言艺术来喻指狭义的诗歌"之所以不恰当，是因为"语言艺术"这个名称意味着"语言只是诗歌

---

❶ Martin Heidegger. Poetry, Language, Thought [M]. Translated and with an introduction by Albert Hofstadter. China Social Sciences Publishing House, 1999: 72.

的媒介",而在海德格尔的思想中,语言不是媒介。"所有艺术门类都可归结为诗歌"的观点之所以是独断论,是因为它人为地拔高了诗歌的定位。不能过高估价诗歌的地位,但也可以承认诗歌相对于其他艺术门类有一定的优越性。这种优越性,比如,它对人的精神世界的影响深度、它的普及性等。

理解诗是"道说"(Sagen,saying),首先要理解的问题是何为"道说"。道说在海德格尔的思想中,简单来说,指的是对区别于存在者的存在的言说。"道说"与"日常语言的言说"本质上不同。海德格尔说:"流行的观点把语言当作一种传达。语言用于会谈和约会,一般讲来就是用于互相理解。但语言不只是、而且并非首先是对要传达的东西的声音表达和文字表达。语言并非只是把或明或暗如此这般的意思转运到词语和句子中去,不如说,唯语言才使如此存在者作为存在者进入敞开领域之中。"❶ 海德格尔所说的"传达",把语言"用于互相理解""会谈和约会","对要传达的东西的声音表达和文字表达""把或明或暗如此这般的意思转运到词语和句子中",指的都是日常世俗生活中的语言。为了论述的方便,可以称这种类型的语言为"俗说"。在1958年作的《黑格尔与希腊人》中,海德格尔说:"道说,即古高地德语的sagan,意味着:显示、让显现和让看。人乃是这样一种生物,他道说之际让在场者在其在场状态中呈放并且觉知这个呈放出来的东西。只是由于人是道说者,人才能言说。"❷ 海德格尔在这里所说的"让在场者在其在场状态中呈放",也就是让"存在"澄明,也就是本书所谓"言说存在"。海德格尔说"人是道说者,人才能言说"。把"道说"同"言说"摆在对立位置上。本书所谓"俗说"即是海德格尔的"言说"。"俗说"与"道说"相对立,"俗说"言说的是存在者,"道说"言说存在。"道说"同"存在者的敞开"并存。没有"道说",就没有存在者的敞开。海德格尔认定:"在没有语言的地方,比如,在石头、植物和动物的存在中,便没有存在者的任何敞开性,因而也没有不存在者和

---

❶ [德]马丁·海德格尔.林中路[M].孙周兴,译.上海:上海译文出版社,1997:57.
❷ [德]马丁·海德格尔.路标[M].孙周兴,译.北京:商务印书馆,2000:519.

虚空的任何敞开性。"❶ 此处"没有语言"的地方，准确地说，是"没有道说"的地方。按海德格尔的观念，即使有语言、但如果这种语言只表现为"俗说"，不表现为"道说"，也同样没有存在者的敞开。海德格尔在《形而上学导论》中批判"存在被遗忘"的情形时说，存在的被遗忘即表现为语言的误用："对在（指"存在"——引者）本身的、被毁坏了的关联是我们对语言的全部错误关系的真正的原因。"❷ 这话反过来说即是，语言的误用即是存在的遗忘。而语言误用就是仅仅把语言当作"被使用和被利用的""取之不尽，用之不竭，但又无所主属""可任意使用的理智手段，就像一种公共交通工具，像任何人都可以出入上下的公共汽车一样"。❸

"道说"和"俗说"基于"存在"与基于"存在者"的对立，会在自身形态上衍生出其他很多差异。海德格尔在20世纪50年代作的《面向存在问题》中所谈到的"道说"的多义性就可以看作诸多差异的一种。"这些道说始终渗透着语词及其用法的根本多义性"，"那些'犹如花朵一般产生'（荷尔德林：《面包与美酒》）的词语的多义性，乃是荒野上的花园，在那里，生长与培养由于一种不可思议的亲密性而相得益彰"。❹ 这里没谈到"俗说"，但很清楚，它是隐含了与俗说的比较的。"俗说"的特征是"单义性"。在此文的结尾，海德格尔还引用歌德的话总结自己的观点。"如果有人把词语和表达视为神圣的证明，并且绝不仅仅使它们——像硬币或纸币那样——快速而短暂地流通起来，而是要在精神行为和变化中把它们了解为真正的交换等价物，那么，我们就不能抱怨他，说他促使人们去注意，那些不再令人作出反应的传统表达如何会造成有害的影响，会使观点阴郁，会使概念扭曲，并会给予全部学科一个错误的方向。"❺ 歌德所说的"传统表达"即是"俗说"。"快速而短暂的流通"和"作为神圣证明"的区别即是海德格尔观念中的"俗说"和"道说"的另一区别。

---

❶ [德]马丁·海德格尔.林中路[M].孙周兴，译.上海：上海译文出版社，1997：57.
❷❸ [德]马丁·海德格尔.形而上学导论[M].熊伟，王庆节，译.北京：商务印书馆，1996：51.
❹ [德]马丁·海德格尔.路标[M].孙周兴，译.北京：商务印书馆，2000：498.
❺ [德]马丁·海德格尔.路标[M].孙周兴，译.北京：商务印书馆，2000：501.

把语言区分为道说和俗说是一回事，对语言作本质上的规定是另一回事。按海德格尔对道说的论述，事实上，语言不只是可以在现实情形上区分为道说和俗说两种类型，更重要的是：语言"本质上"是道说，不是俗说。从语言的本质来看，"俗说"应该看作语言的误用、滥用。海德格尔关于语言有一个著名定义："语言是存在之家。"在《诗人何为》中，海德格尔说："语言是存在之区域——存在之圣殿（templum）；也即说，语言是存在之家（Haus des Seins）。语言的本质既非意谓所能穷尽，语言也决不是某种符号和密码。因为语言是存在之家，所以我们是通过不断地穿行于这个家中而通达存在者的。"❶"语言是存在之家"的基本意思是：语言不是存在者之家。由此定义，"俗说"作为对存在者的言说就没有体现语言的本质，"俗说"其实不能算作语言。

语言何以成为存在之家？语言在本质上何以不是符号、不是对存在者的言说？《本源》的解释是：语言本质上是命名，对存在者的命名。"命名"是对存在者的初次言说，第一次言说。"命名（Nennen）指派（ernennen）存在者，使之源于其存在而达于其存在。"❷对比"俗说"，命名的初次性很容易理解，因为"俗说"的本质就是在"命名"之后的重复言说。人们熟谈的所谓"花比美人"的例子可以借用来说明"命名"和"俗说"的不同。其所以初次言说者是天才，而后来的复说者是庸才、蠢材，差别就在于"初次言说"是"命名"，而后来的都不是，只是重复性的"俗说"。给一个事物"命名"意味着面对存在者之存在本身的丰富、昏乱，意味着把存在者全部的存在浓缩到一个词语之中。正因此，命名是存在者存在的敞开，是存在者"源于其存在而达于其存在"。"源于"意思是：命名是基于存在者的存在给出名称。"达于"的意思是：在被给予的名称中，存在者的存在获得了敞开，获得了澄明。海德格尔说："道说（Sagen）乃澄明之筹划，它宣告出存在者作为什么东西进入敞开领域。筹划是一种投射的触发，作为这种投射（Wurf），无蔽把自身打发到存在者

---

❶ ［德］马丁·海德格尔.林中路［M］.孙周兴，译.上海：上海译文出版社，1997：316.
❷ ［德］马丁·海德格尔.林中路［M］.孙周兴，译.上海：上海译文出版社，1997：57.

本身之中。而筹划着的宣告（Ansagen）即刻成为对一切阴沉的纷乱的拒绝（Absage），在这种纷乱中存在者蔽而不显，逃之夭夭了。"❶ "筹划"在这里再一次表明它的本意只是"向可能性的推进"。"命名"的"道说"正是这样的"推进"，因此，"道说"就是"筹划"。道说是存在者的澄明，是存在的敞开，是筹划的宣告。筹划的宣告把存在者的存在凝聚起来，集中到命名给定的名称之中、语词之中，存在者的原始的纷乱因此被破解了，被消除了；存在者获得了存在，澄明了自身的存在，不再像在原始的纷乱中一样，被遮蔽，被漠视，被取消。这就是所谓"筹划着的宣告（Ansagen）即刻成为对一切阴沉的纷乱的拒绝（Absage），在这种纷乱中存在者蔽而不显，逃之夭夭了"。

理解"命名""道说"，对于汉语思维来说，要注意的是，"命名"不只是把一个名称加在某个"明确的存在者"身上。"命名"的确包括给予名称，但"给予名称"绝不意味着被给予名称的事物已经是"明确的存在者"。"事物"在没有"命名"之前是和其他事物混溶在一起的，是没有加以区别、没有明确的，是一团混沌的状态，像混溶的云团。混溶的云团是事物自身原始的"存在"凸显的状态。命名的关键是将混溶的云团加以划分、将事物源始的存在浓缩、拢集，使其以存在者的方式进入名称之中。正是在将事物源始的存在加以浓缩、拢集的意义上，命名才是道说，才是"澄明之筹划"，才是"存在者作为什么东西进入敞开领域"。

"命名"作为"初次言说"对于"俗说"的"重复性言说"的否定，是从"重复性言说""遗忘存在"的实质性意义上出发的。"否定"并非针对话语的表层形式。话语"表层形式"上的重复性言说不一定与道说对立，不一定是"俗说"。《红楼梦》中，林黛玉临死时说："宝玉，你好。""你好"二字就表层形式而言，是"重复性"的话语，人们在日常生活中无数次说过它。但在黛玉这里，它仍然是初次言说，是让存在敞开的"道说"。判断属于道说还是俗说的关键是看它是否把某种从未言说过的存在带入话语之中。

---

❶ ［德］马丁·海德格尔. 林中路［M］. 孙周兴，译. 上海：上海译文出版社，1997：57.

反过来，理解话语的本质也就是理解话语中蕴含的存在。当人们通过一个语词，进入语词蕴含的存在者的存在之中，也就意味着语言实现了它的道说的本质。语言以道说为本质，语言在本质上因此是存在之家。语言作为存在之家，意味着人要置身于存在之中，就必须置身于道说的语言之中。海德格尔在《诗人何为》中对"语言是存在之家"的论述正是从这样的义理上出发的。他说："存在作为存在本身占有它自己的区域，此区域是由存在自身的语词中的出场标划（temnein，tempus）的。"❶ 存在"在语词中的出场"标划了存在自身的领域，这也就是说是语词确定了存在。海德格尔还说："因为语言是存在之家，所以我们是通过不断地穿行于这个家中而通达存在者的。当我们走向一口井，当我们穿行于森林中，我们总是已经穿过'井'这个词语，穿过'森林'这个词语，哪怕我们并没有说出这些词语，并没有想到语言方面的因素。从存在之圣殿（temple）方面来思考，我们能够猜断，那些有时冒险更甚于存在者之存在的冒险者所冒何险。他们冒存在之区域的险，冒语言之险。一切存在者，无论是意识的对象还是心灵之物，无论是自身贯彻意图的人还是冒险更甚的人，或所有的生物，都以各自的方式作为存在者存在于语言之区域中，因此之故，无论何处，唯有在这一区域中，从对象及其表象的领域进入到心灵空间之最内在领域的回归才是可完成的。"❷ 人总是生活在语言之中，生活在语言的区域、即为存在者的存在所划定的区域之中；人之到达存在总要通过语言，通过语言的区域；也只有在语言的区域中，从对象到心灵空间的回归才是可能的；由此，存在的冒险，即是冒语言所划定的存在区域的险，冒语言之险；海德格尔所有这些论证都是在强调语言对于存在者的存在的意义，对于人的意义。它意味着：存在依赖语言，人依赖语言。当然，这里的语言只是"道说"层面的语言，不是"俗说"层面的语言。

"道说"和"俗说"是语言的两种形态，这两种形态又可看作语言的两个阶段：语言在初始阶段为"道说"，在后初始阶段成为"俗说"。比

---

❶ Martin Heidegger. Poetry, Language, Thought [M]. Translated and with an introduction by Albert Hofstadter. China Social Sciences Publishing House, 1999: 132.

❷ ［德］马丁·海德格尔.林中路［M］.孙周兴，译.上海：上海译文出版社，1997：316.

如，海德格尔举例的"井""森林"，当人们以之对原始的存在进行命名的时候，它是"道说"的语言。但到今天人们的闲谈中，它们便成了"俗说"的语言。同一语言为什么会由"道说"变为"俗说"呢？此种演变如何造成？其变化取决于什么因素？回答这些问题，可能需要对"道说"和"俗说"作结构上的分析。可以认为，"道说"和"俗说"实际上都包含两个方面："拢集存在"和"确定存在者"。两者在任何时候都是密切相关的，但是在"道说"和"俗说"中，两者的关联方式不同。"道说"的重点在于"拢集存在"，"确定存在者"这一面只是以"从属"方式蕴含在"拢集存在"之中。"俗说"相反，以"确定存在者"为重点，只以从属的方式蕴含"拢集存在"。所谓"道说"是"言说存在"，"俗说"是"言说存在者"，针对的都是它们的主要功能，并不是说"道说"绝对不包含对存在者的言说，"俗说"绝对没有对存在的言说。那么，为什么以"拢集存在"为主的"道说"会变为以"确定存在者"为主的"俗说"呢？这就涉及人类生物性存活所看重的"效率原则"了。从生物性存活的立场和目标来看，人类的生存活动是重视效率的。它意味着以最少的投入获取最大的效果。"效果"是"存在者"，具体到生物性存活的层面就是"生存资料"。为什么会从以"拢集存在"为主的"道说"变为以"确定存在者"为主的"俗说"呢？原因是"俗说"关注的正是"存在者"，能够直接为人类获取更多的生活资料；而以"拢集存在"为主的"道说"，则没有这样的效果。

"语言是存在之家"意味着把语言定位在"道说"的层面上，意味着放弃"俗说"。这是一方面。另一方面，也意味着"存在依赖语言"，意味着"只有在语言中存在才成为所谓'存在'"。"存在依赖语言"表明：不可能有先于语言而出现的存在。本书前面说的"命名的关键是将混溶的云团加以划分、将事物源始的存在浓缩、拢集"，不意味着"被浓缩、拢集的源始存在"是先于语言而出现的。某个事物的"源始存在"可以先于被给出的世俗性的"名称"，但不能先于对其进行的划分、浓缩、拢集，也就是说不能先于对其进行的"本质上的命名"。存在，不管它是否源始，都是随着对其进行划分、浓缩、拢集的命名活动而获得其本质的。存在因"命名"而"存在";语言在确认存在、使存在获得自身本质的层面上具有本体意义。语言作为存在之"家"的规定除了排除语言的存在者属性外还包括赋予语言以本体性品格。

海德格尔思想中的"语言的本体性"品格与汉语思维中"语言的非本体性"观念形成富有意义的中西文化形态上的对照。从先秦哲学的道论、意论,到中世纪佛学的"不立文字",到后代诗学的"不着一字尽得风流",中国文化崇尚先于语言、外于语言、高于语言的不可言说的意味、境界。"道可道,非常道;名可名,非常名。"(《老子》)"道物之极,言默不足以载。"(《庄子·则阳》)"知者不言,言者不知,故圣人行不言之教。"(《庄子·知北游》)"至言去言,至为去为。"(《庄子·知北游》)"意之所贵者,不可以言传也。"(《庄子·天道》)"言者所以在意,得意而忘言。"(《庄子·外物》)老庄对语言非主体性的论述包含了非常丰富的内容,其核心规定则是:真正精深高妙的、决定宇宙万事万物的本体是"外在于"语言的东西。这一核心也是后代的佛学和诗学所继承的东西。

分析海德格尔式的语言本体论和老庄式的语言的非本体论两者之间的差异及其差异的形成,可以注意的内容有多个方面。第一,语言多层面解读和单一性解读的不同。老庄的语言指的就是日常现实生活中的语言,在海德格尔那里是被视为"俗说"的语言。海德格尔的语言包含俗说,但又以道说为其本质性类型。第二,"语言的纯粹符号学意义与本质意义的分离"与"语言的纯粹符号学意义"的区别。老庄之所以对语言作单一性的认定,是因为在他们的视野中,语言一定是被说、被听的符号。语言不能从可以脱离听、脱离说的本质上理解。海德格尔将语言理解成命名主要的依据正是语言可以从脱离听、脱离说的纯本质层面上理解的。第三,从被言说的内容上看,老庄语言的非本体性取决于"被言说内容"本质上可以脱离语言;而海德格尔语言本体论的决定机制则正在于"被言说内容"不能脱离语言。第四,之所以在汉语中有"言—被言"的分离,而在西方语言本体论中没有"言—被言"的分离,除了因为对"言"本身的理解有区别之外，也因为对"被言"内涵的理解有不同。中国式的"被言"是道、意。海德格尔式的"被言"是存在、真理。关于"存在"和"道"的复杂差异，容作专论，此处只略作说明。"存在"是从事物自身的在场、生成、发展上说的。古希腊的"存在"指的是依其自身力量而成就自身者。海德格尔的"存在"是与存在者相对的事物自身的如其所是。中国古代的"道"是宇宙万物的始基，是"自本自根""自古以固存""神鬼神帝，生天生地"的力量。"存在"与"道"的基本差别是：存在是自为性的，现身于事物自身的发生与变化之中；道虽然自本自根，但之作为"道"，主要在于它是作用于他者的力量，有强大的他者性，现身于事物的关系之中。还要说明的是，道所现身的事物关系表面看有两大类：人和天的关系、天与天所包含的物的关系。两大关系虽有区别，但就中国人的生存经验来说，人天关系为主，天与物的关系只是人天关系的投射，对后者的理解由前者的体验构建。从思想机制来说，要理解的也就只是人天关系。作为"被言"的道与"存在"的不同与"言—被言"的结构会有什么关联呢？言是人的行为。对道的言说实际上是对人天关系的言说。人天关系的主要内容虽然在中国人的思想中，常常表现为天对人的作用，但实际上是人对天的把握、领会。人天关系的言说实际上是对人自身行为和感受的言说。而人的感受和行为作为人的身体和心灵的活动，本质上是可以与语言分离的。由此，在中国人这里，言与被言的分离得以形成。在西方，对存在的言说是对事物自身性的言说。从"事物自身"与"人的语言"的纯粹逻辑性区别而言，"言"与"被言"应该说原本是可以分离的。但问题是：事物自身总是在人的把握中、在人的语言中才得以成为人们眼中的事物自身。西方哲学之所以从本体论走向认识论、从认识论走向语言论，其中的奥秘正在这里：在人类意识中，没有所谓能脱离语言的"物自体"，被康德式哲学看作物自体的事物实际上仍与人类意识有关，与人类语言有关。要注意的是，这里说的是"人类"，不是人之"个体"。在"人类"的层面上，事物自身与意识、与语言天然地交织在一起，相伴相依，相生相长。由此，西方语言本体论中的"言—被言"的同一性就形成了，两者的分离性就被取消了。

"言—被言的同一性"的形成当然没有抛弃"被言"。"语言是存在之家"仍包含着对"存在"的凸显。就语言和存在二者的关系而言,"存在"仍是第一位的。语言的本体性是附属在存在的基础上形成的,而不是在脱离存在的基础形成的。因为附属于存在,所以不能离开存在而谈论语言的本体性。也因为语言仅仅依附于存在,不依附于任何其他文化现象,因此,相对于其他异于存在的文化现象,语言就具有了本体性。语言的这种本体性可以在同存在者、理性、人的比较中看出来。相对于存在者,语言是第一位的。不否认在世俗生活的层面上,就人们的日常生活意识而言,存在者是第一性的东西,语言只是对存在者的言说。但问题是,低于存在者的"语言"只是"俗说",不是体现语言本质的"道说"。俗说是在道说的基础上形成的,是道说的蜕化形式。"俗说"低于"被言说的存在者"不等于"道说"也低于"存在者"。从存在者和存在的关系来说,存在者是由存在构成的,存在是第一性的。由此,言说存在、并构建存在的道说因为与存在的同一就具有了超越存在者的品格。不过,要指出的是,当人们说语言是对存在者的言说时,这里的"存在者"本质上是和语言(俗说)分离的事物,语言仅仅指的是作为符号的语言本身,不包含被言说的存在者。而在"道说"中,情形则不同。"道说"不只是作为符号的语言本身;也包含了被言说的存在。"道说"是"言"和"被言"的同一体。"道说"实际上指称的是存在本身,是"存在者自身的敞开"本身。也正是而且只是在这样的意义上,"语言"才高于"存在者",具有本体性。

"道说"高于"存在者",也高于"理性"。传统西方思想推崇理性。对"人是理性的动物"这一观念的普遍接受即是此种"推崇"的表现。尽管"理性"一词含义复杂,不同思想家的理解常有重大差异,但在一般情况下,理性都是指"通过概念逻辑获取真理的方式和能力"。阿奎那说:"用语词表达的理智是智力从事物中想出来并用语言表述的某种东西。"[1]

---

[1] [英]布宁,余纪元.西方哲学英汉对照词典[M].北京:人民出版社,2001:850.

康德说：" 理性是从全称命题或先验认识推导特称命题的能力。"❶ 阿奎那说的 "理智" 是 ratio，康德说的 "理性" 是 reason。ratio 和 reason，都可以看作作为一般哲学概念的 "理性" 所包含的东西。阿奎那所说的 "从事物中想出来并用语言表述"、康德所说的 "命题推导" 都意味着理性的本质是 "通过概念逻辑来获取真理"。依海德格尔的思想，"道说" 高于此种理性。"高" 首先表现为 "不同"。"不同" 有多个方面。其一，"道说" 不依赖概念逻辑，不建立在概念逻辑的基础上。其二，"道说" 蕴含的 "真理的发生" 与理性所诉求的 "真理" 不是一回事。其三，"理性" 不区分存在和存在者，"道说" 是在区分存在和存在者的基础上关注存在。其四，"理性" 属于认识论范畴，"道说" 是存在论概念。"高" 内含的 "不同" 同时设定了自身的优异性和崇高性。崇高性同样可从多方面理解。存在决定存在者，在地位上 "高于" 存在者，这就意味着关注存在的 "道说" 高于理性，因为在 "理性" 那里存在没有被凸显出来。理性所追求的真理是认识论上的真理，是符合论上的真理。此一真理必须以道说所蕴含的真理为基础。在追求真理的行程中，道说指向本源。理性指向的只是本源的衍生物。由此也证明，"道说" 超越理性。与认识论的定位相适应，理性对真理的追求依赖的是概念逻辑。现代哲学的研究和心理学对无意识领域的揭示则已经证明，概念逻辑把握真理的能力极为有限。真理的源头因为并不是理论概念，而是超越理论概念的存在本身，所以概念逻辑所把握的就常常只是真理的苍白的倒影。前述海德格尔论真理的发生时把依赖概念逻辑的科学排除于外，就是此种观念的表现。哈耶克把现代文明对 "自觉控制" 的高扬看作现代理性的滥用，并斥之为大灾难，其内含的依据也与之有相通之处。哈耶克说：那种认为 "自觉控制的过程肯定优于任何自发的过程" 的观念，"是一种毫无根据的迷信"，❷ 应该承认 "各种社会要素自发的相互作用，有时确实解决着任何个人头脑都不能自觉解决甚至认识到的问题"。哈耶克当然不是说任何时候 "自发" 都高于 "自觉"，他强调的只

---

❶ ［英］布宁、余纪元.西方哲学英汉对照词典［M］.北京：人民出版社，2001：858.
❷ ［英］弗里德里希·A.哈耶克.科学的反革命 理性滥用之研究［M］.冯克利，译.南京：译林出版社，2003：90.

是不能用"自觉"来绝对排除"自发",消灭"自发"。承认"自发"有其一定的合理性,也就是说要看到理性的"自觉"有它的局限性。"理性的自觉"之所以是有局限的,当然与其依赖概念逻辑有关。不过,要指出的是,此处所说的哈耶克反对过分高扬概念逻辑的理性自觉的做法虽然与海德格尔高扬道说的观念有相通之处,但两者还是有区别。在哈耶克这里,对概念逻辑及其真理的看低,只意味着赋予"自发"以一定的地位。很显然,他的"自发"并不等于海德格尔的"道说",并不具有和"道说"同等重要的理论地位。

"道说"高于人的观念在海德格尔的著作中有明确的阐释。作于1951年的《筑·居·思》说:"人的所作所为俨然他就是语言的构成者和主人,而实际上,语言才是人的主人。……在我们人能够从自身而来一道付诸言说的所有呼声中,语言乃是最高的、处处都是第一的呼声。"❶作于1950年的《语言》说:"语言之为语言如何成其本质?我们答曰:语言说话(Die Sprache spricht),"❷"语言说话……意味着:语言才产生人,才给出(er-gibt)人。倘若这样来看,则人就是语言的一个保证了。"❸在海德格尔这里,"语言说话","语言是人的主人"并不排斥日常生活中是"人在说话"。《语言》一文的开头首先就是对这一现象的肯定:"人说话。我们在清醒时说话,在睡梦中说话。我们总是在说话。哪怕我们根本不吐一个字,而只是在倾听或者阅读,这时候,我们也总是在说话。"❹"语言说话"显然是针对"人说话",并且颠覆"人说话"的论断。"人说话"明显表明"人是语言的主人",但海德格尔偏说"语言是人的主人"。海德格尔何以能从日常现象走向他的颠覆性论述呢?其间的转换是如何构成的呢?海德格尔的一个思路是:"人说话"揭示出语言对人具有决定性。"人们坚信,与植物动物相区别,人乃是会说话的生命体。这话不光是指,人在具有其他能力的

---

❶ [德]马丁·海德格尔.演讲与论文集[M].孙周兴,译.北京:生活·读书·新知三联书店,2005:153.
❷ [德]马丁·海德格尔.在通向语言的途中[M].孙周兴,译.北京:商务印书馆,2004:2.
❸ [德]马丁·海德格尔.在通向语言的途中[M].孙周兴,译.北京:商务印书馆,2004:5.
❹ [德]马丁·海德格尔.在通向语言的途中[M].孙周兴,译.北京:商务印书馆,2004:1.

同时也还有说话的能力。这话的意思是说，惟语言才使人能够成为那样一个作为人而存在的生命体。作为说话者，人才是人。"❶ 语言使人成为人：不是人决定语言，而是语言决定人。语言由此就成为人的主人。语言既然不是由人决定的，语言就是由它自身决定的。所谓"语言说话"喻指的正是这一意思：语言靠语言自身演绎自身，语言由它自身决定，语言是中国古代庄子所说的"自本自根"的东西。从"人说话"到"语言使人成为人"，论断的变换蕴含了多层意思。其一，"人说话"是在下面的意思上理解的：惟有"人"才说话，其他不属于"人"的物种都没有说话的能力。其二，"惟有人才说话"，可以理解成：人在获得了语言之后人才成为人。其三，如果"人在获得了语言之后才成为人"这一观点成立，则意味着：语言是超出人的掌控的东西。而就语言和人的关系而言，则关系是：语言掌控人，人不掌控语言。当然，要再一次说明的是，这里的人，是个体，不是人类。在"类"的层面上，应该说，还是"人"掌控语言。

"人在获得了语言之后才成为人"这一观点可以在一种很浅近的层面上理解：就现代文明社会中出生的个人而言，语言总是先于他而存在着的。个人的出生和成长只是"接受"早已存在于世上的语言。此种语言的"先在性"可以用来论证语言对人的决定性。但海德格尔对"语言决定性"的论述不是从这一层面展开的。海德格尔关注的是"人靠语言成就自身"这一更为深刻的层面，即关注"语言产生人、给出人"的问题。语言何以"给出人"？何以人在语言中才拥有属人的生命？海德格尔的回答可以作简单地说明："人与存在同一"由于"存在与语言同一"而蕴含了"人与语言的同一"；"人与语言的同一"则表明"语言给出人"。"人与存在的同一"即是说：人是以"被抛的筹划"而获得自身存在的存在者，用《存在与时间》的著名定义来说，人作为存在者，其特质在于"在其存在中有所领会地对这一存在有所作为"，❷ 人的本质就是有所领会有所作为地拥有存在。"存在"和"有所领会、有所作为地拥有存在"都依赖语言，都是由

---

❶ ［德］马丁·海德格尔.在通向语言的途中［M］.孙周兴，译.北京：商务印书馆，2004：1.
❷ ［德］马丁·海德格尔.存在与时间［M］.陈嘉映，王庆节，译.熊伟，校.北京：生活·读书·新知三联书店，1987：27.

语言构建的：这是"存在和语言同一"这一论断所认定的内涵。存在"依赖"语言；人"依赖"存在，由此，结论就是：人"依赖"语言，人由语言"给出"。海德格尔在《语言》一文中说："对语言的沉思意味着：以某种方式通达语言之说话，从而使得这种说话作为那种允诺终有一死者的本质以居留之所的东西而发生出来。"❶ "终有一死者"是人。"人的本质"的"居留之所"是"存在"。语言给"人的本质"以"居留之所"，是说语言给人以"存在"。"给人以存在"，即是让人拥有自身的本质，让人成为人。海德格尔对"语言让人成为人"这一观点的阐释当然还有远比这里的说明更为复杂的方式，但限于篇幅，不再展开。

依《本源》，道说的本质即诗的本质，诗与道说同一。"诗与道说的同一"就表述形式来看，可以分成两个方面："道说即诗"和"诗即道说"。两个表述在语意上可以略有区别。前者以对于人类历史上诗的地位的认定为前提强调道说的实质和意义。在人类文明的历史上，诗的地位可以从"富有诗意"之类的言说方式上体会。"富有诗意"意味着合目的性、能够给人以精神上的高扬和满足，能够把人带进世界和人生所构成的幸福之中、高贵之中。"道说即诗"等于认定：道说是合目的性的体验，是人生诗意的构成、人性庄严和高贵的获得。"诗即道说"，则以道说本身的内涵和意义为前提定义诗的地位。道说是存在的澄明，是真理的发生。"诗是道说"是表明诗和存在、真理同一。

从其潜在的否定性语境来看，"诗和道说的同一"否定了历史上无数有重大影响的关于诗的观念。从古希腊的"模仿"到浪漫主义的"主体性"，从象征主义的"象牙塔"到形式主义的"形式"，从精神分析学的"性欲升华"到审美主义的"美感体验"，都在此种否定之中。就《本源》自身的建设性而言，诗与道说的同一则意味着肯定前文所有的积极性论述。也正是基于对前文论述的肯定和强调，文本出现了下列重复性的论述："筹划着的道说即是诗：世界和大地的道说（die Sage），世界和大地之争执的领地的道说，因而也是诸神的所有远远近近的场所的道说。诗乃是

---

❶ ［德］马丁·海德格尔.在通向语言的途中［M］.孙周兴，译.北京：商务印书馆，2004：4.

存在者的无蔽的道说。始终逗留着的真正语言是那种道说（das Sagen）之生发，在其中，一个民族的世界历史性地展开出来，而大地作为锁闭者得到了保存。筹划着的道说在对可道说的东西的准备中同时把不可道说的东西带给世界。在这样一种道说中，一个历史性民族的本质的概念，亦即它对世界历史的归属性的概念，先行被赋形了。"❶ 这里的"世界和大地""诸神""存在者的无蔽"都是前文已作过专题性阐释的观念。"历史性"是新出现的话语，后文将专门阐释。中译"道说在对可道说的东西的准备中同时把不可道说的东西带给世界"一句中所言说的"可道说的东西"和"不可道说的东西"也许最好理解成"可说的东西"和"不可说的东西"，英译为 the sayable, the unsayable。"可说的"包括存在者、存在者的名称。"不可说的"即是"存在"。这里的"说"指日常世俗的、定义式的说，不指"道说"。"道说"既是关于存在的言说，就意味着"存在"可以"言说"，也意味着在"道说"的层面没有"不可言说的东西"。

海德格尔把艺术分成两类。一类是语言型的艺术，即原始性诗歌；另一类是非语言型的艺术门类，如建筑、绘画等。海德格尔极为推崇原始性诗歌。"由于语言是存在者之为存在者对人来说向来首先在其中得以完全展开出来的那种生发，所以，诗歌，即狭义上的诗，在根本意义上才是最原始的诗。……原始诗歌发生在语言中因为语言保存了诗的源生性。"❷ 此段论述涉及四个方面的因素："语言"（指作为道说的语言）、"原始诗歌""诗的源生性""存在者作为存在者对人来说的首先完全展开"。海德格尔认为四者完全同一：语言等于原始诗歌，等于诗的源生性，等于"存在者作为存在者对人来说的首先完全展开"。四者的同一包含一个否定，即"四者"不与"一般的诗歌作品"同一。海德格尔明确地说："语言不是诗，因为语言是原始诗歌。"（英译："language is not poetry because it is the primal poesy"）"不是诗"的"诗"指的就是包括各个民族各个时代的一

---

❶ ［德］马丁·海德格尔. 林中路［M］. 孙周兴, 译. 上海：上海译文出版社, 1997: 57-58.

❷ Martin Heidegger. Poetry, Language, Thought［M］. Translated and with an introduction by Albert Hofstadter. China Social Sciences Publishing House, 1999: 74.

般意义上的诗歌作品。"一般意义上的诗歌作品",在海德格尔看来,因为不是"原始诗歌",不能与"道说性语言"同一。只有"原始诗歌"才与"道说性语言"完全同一。海德格尔没有明言"原始诗歌"的含义,从其论述来看,应该主要是指对存在作最初性言说的诗歌,至于其外延,当然包括原始社会的作品,也包括文明社会的作品。海德格尔说的"存在者作为存在者对人来说的首先完全展开"指的就是前文反复言说的存在者的敞开、存在的澄明、真理的发生。它是"道说的语言""原始诗歌""诗的源生性"三者的共同本质。

非语言类的其他艺术门类相对于原始诗歌,地位要略低一点。"相反地,建筑和绘画总是已经、而且始终仅只发生在道说和命名的敞开领域之中。它们为这种敞开所贯穿和引导,所以,它们始终是真理把自身建立于作品中的本己道路和方式。它们是在存在者之澄明范围内的各有特色的诗意创作,而存在者之澄明早已不知不觉地在语言中发生了。"❶按海德格尔的语意,存在者的敞开、存在的澄明、真理的发生有两个层面:一是"源发性"的,一是"继发性"的。原始诗歌属于"源发性"层面,建筑、绘画等艺术则属于"继发性"层面。"继发性层面"的特点是:其内含的真理发生在已获得的"道说和命名的敞开领域之中",并为"这种敞开所贯穿和引导"。建筑、绘画等艺术作为真理"继发性"的艺术,固然是"各有特色的诗意创作",但它们要依靠"早已不知不觉地在语言中发生了的存在者之澄明"作为前提,作为自身发生的基础、领域。何以理解海德格尔的论述所包含的"源发"和"继发"的区别?这一区别成立吗?有事实依据吗?可以设想的一个理解途径是:作为"整体轮廓性的相对模糊的构成"和作为"具体局部的更为清晰的构成"两者的区别。在人们经验中,这两者是可以有区别的。整体包含局部,局部必须要以整体为基础,为范围。同时,整体又不能代替局部。"局部的清晰化"有自身存在的价值和努力的空间。艺术、道说性语言、原始诗歌的差异也许就可以从这样的区别上理解。道说性语言是存在的整体性言说,相对也是模糊性的言说。这

---

❶ [德]马丁·海德格尔.林中路[M].孙周兴,译.上海:上海译文出版社,1997:57.

一言说为建筑等艺术打下了基础,设定了范围。但建筑、绘画等仍有自身的真理的发生,因为它们是构建在局部的、相对更为清晰的层面上。因为有"模糊的整体"不能代替的"局部"和"清晰性",所以,建筑、绘画等虽然地位略低于原始诗歌,但并不意味着因此就没有意义,没有价值,因为它们同样"始终是真理把自身建立于作品中的本己道路和方式"。也因为本质上的诗是道说,是为建筑、绘画等艺术奠定言说空间、并始终贯穿和引导它们的原始性的存在者的敞开,所以,诗的本质始终潜在地渗透在诸艺术门类之中,诗始终是在作为诸艺术的本质而发挥着作用;这从另外的方面说,也就意味着,诸艺术和诗一样,始终保持了自身和道说的同一。

## 三、诗是三个层面的真理的创建

"诗是蕴含三个层面的真理之创建"是直接从真理创建的角度对诗作的阐释。《本源》在论创作时探讨过真理在艺术作品中的自我建立。此处仍是谈真理的建立,但针对的不是艺术,不是艺术作品、艺术创作,针对的是本质意义上的诗。"本质意义之诗的真理的创建"与"具体艺术创作中的真理的建立"不属于一个层面,论述因而自然是在更为深邃、更为崇高的层面上展开。

海德格尔说,从诗的本质上看,真理的创建包含三个维度。"在这里,……理解的'创建'有三重意义:即作为赠予的创建,作为建基的创建和开端……创建。"❶《本源》接下来分别讨论赠予、建基、开端各自的含义。《本源》……强调了"真理的创建"与"保存"的同一性:"创建唯有在保存中才是现实……因此,保存的样式吻合于创建的诸样式。"❷ 从逻辑上说,真理的建立当……保存,艺术如此,诗也是如此。强调"诗的真理的创建"和"保存"……一,原因之一是诗的真理的创建是从抽象的哲

---

❶❷ [德]马丁·海德格尔. 林中路[M]. 孙周兴,译. 上海:上海译文出版社,1997:58.

学层面给出的规定，本身没有涉及诗的作品的现实性；但本身没有涉及现实性，不等于可以没有现实性。诗的真理的创建同样要落实在现实的层面上，对"诗的真理的创建"和"保存"的同一性的"强调"正从此"同样要"而来。另外，要注意的是，在《本源》中，"保存"是与"创作"相对的艺术活动。对于诗的真理创建的现实性落实而言，"创作"同样重要，为何此处只谈"保存"而不涉及"创作"？回答可以是："创建"一词本身即喻示了、包含了"创作"。"诗的真理的创建"虽然是从抽象的哲学层面说的，本身没涉及现实性，但"创建"一词既然意味着从无到有的生产、发生，就逻辑地暗含了"创作"。也就是说，只要从诗的真理发生的现实性上考虑，"创作"就在真理的"创建"中了。从另一方面看，谈"保存的现实性"虽然是强调"保存"的重要，但对"现实性"的强调，实际也就包含了对"创作"的重要性的强调。由此，"创作"就没有必要明确提出了。

《本源》论"赠予"，主要强调的是真理的"外来性""他者性"。"在作品中开启自身的真理决不可能从过往之物那里得到证明并推导出来。过往之物在其特有的现实性中被作品所驳倒。因此艺术所创建的东西，决不能由现存之物和可供使用之物来抵消和弥补。"❶ "过往之物""现存之物""可供使用之物"都是创建展开之前现有的东西、已有的东西。"创建"之所以是"创建"，意味着否定现有、已有、本有，意味着从"外在"、从"他者"获得。"赠予"在《本源》这里，不是说把自身的东西给予他者，而是指从他者手里"接受"自身原本没有的东西。赠予的语意包含"给－受"关系。有意思的是《本源》的"赠予"一词与通常的"给－受"关系相反。通常所说"赠予"是指自我"给出"，接受者一方是他者。《本源》的"赠予"是真理的建立，关注的是被"立"的、被"成就"的真理自身，因此，"赠予"不是真理的"给出"，而是真理的"获得"。真理的建立之所以是真理的"赠予"可从伟大艺术的经验性品格上加以证实："真

---

❶ ［德］马丁·海德格尔.林中路[M].孙周兴，译.上海：上海译文出版社，1997：58-59.

理之设置入作品冲开了阴森可怕的东西，同时冲倒了寻常的和我们认为是寻常的东西。"❶ 自身原本已有的东西无疑是很熟悉的东西，很习惯的东西，能够很轻易地使用、利用、享有的东西，对自身不构成任何危险、威胁的东西。外来的、他者性的东西就不是这样，它是陌生的、不习惯的、不能轻易地使用和享有的对象。海德格尔用"阴森可怕"来定义，就充分表明了所建立的真理的"外来性"和"他者性"。放到汉语思维的语境中来看真理的赠予，可以注意的是他的反自身性、反目的性。汉语思维强调对自身的维护、守成，强调对过往之物的爱护、保存。这实际上是对一种熟悉性、轻易性、非挑战性的迷恋。它带来的结果是萎缩、枯凋、腐朽、灭亡。文化是如此，个体的生命也是如此。

《本源》论"建基"，重视的是真理的厚重性、牢固性、坚实性、基础性的获得。真理是"基础"。"基础"是可以让他者由之生发、得以确立、得以成就自身的依托。"建基"意味着为再发生之物、为他者打下基础，意味着他者可以由之出发，也意味着诗本身是放置在坚实、牢固、不可动摇的基地上。真理的建立何以是建基，可以从"基"和"建"两个方面理解。从"基"的方面看，"基"即"真理"，真理包括两大方面：大地和世界。关于"大地"和"世界"本章第二节已有论述，此处论"大地"强调的是历史性民族对它的依靠。论"世界"，特别谈到的是人类与"存在的无蔽状态"的关联。民族的历史性生存"依靠"大地，说明大地具有坚实性、厚重性、不可摧毁性。"世界"由于是人类与"存在的无蔽状态"的关联，因此，相对于大地，"世界"具有主导性。"主导"等于源源不断地"创造"，因而意味着"丰富"。大地和世界作为真理的具体内容由此意味着真理不是空洞的东西，不是飘忽不定的东西；真理是坚实的、丰富的。从"建"角度看，"建"不是任意胡来，不是凭空虚构。"建"是"诗意的筹划"，是"真理"向历史性人类的"投射"，是"对历史性此在已经被抛入其中的那个东西的开启"。"建"规定："从筹划中人与之俱来的那一切，必须从其锁闭的基础中引出并且特别地被置入这个基

---

❶ [德]马丁·海德格尔. 林中路[M]. 孙周兴, 译. 上海：上海译文出版社, 1997: 59.

础之中。""锁闭的""被置入"的"基础"具体说即"大地"和"世界"。"人与之俱来的那一切"即是人在自我的生存中所拥有的、与之打交道的一切。人在自我生存的历史过程中会有无穷无尽的遭遇，会和无数的事物打交道。所谓"建"一方面是丰富的，但另一方面又不是所有一切人世间的"遭遇"和"事物"都属于"建"。"建"有排除、有选择。"建"关注的是隶属于"基础"的"遭遇"和"事物"。"建"要求"遭遇"和"打交道的事物"都从大地和世界构成的基础中"引出"，也都要置于大地和世界这个基础之中。从具体艺术环节来说，"建"就是"创作"。海德格尔说，由于创作是真理的建基，"创作"因此"等于从井中汲水"（据英译）。"从井中汲水"意思是：有其源头，且受源头决定。艺术"受源头决定"的创作同主体性诗学的规定截然不同。海德格尔说："毫无疑问，现代主观主义直接歪曲了创造（das Schöpferische），把创造看作是骄横跋扈的主体的天才活动。"❶ 从对于"基"和"建"的论述可以看出，"基"与"建"的理解方式虽然可以两分，但海德格尔重视的是"基"，"建"服从于"基"，从属于"基"，因此二者并不两立。另外，"建基"因为一方面设定了基础，设定了基础的厚重性、坚实性、牢固性；另一方面又喻指从无到有的"建"，而且规定所建之"基"不是"过往之物""惯常之物""现成之物"，所以真理就具有了既"是无"又"不是无"的二重性。海德格尔对此有明确的阐释："真理的创建不光是在自由赠予意义上的创建，同时也是在铺设基础的建基意义上的创建。它决不从流行和惯常的东西那里获得其赠品，从这个方面来说，诗意创作的筹划乃来源于无（Nichts）。但从另一方面看，这种筹划也决非来源于无，因为由它所投射的东西只是历史性此在本身的隐秘的使命。"❷ 真理来源于无，因为它从"现存""现成""现行"的层面上找不到，因为它是"自由赠予"的创建。但真理又不是无，因为它是"基础"，是大地和世界，是"历史性此在本身的隐秘的使命"。

《本源》论"开端"，重心在揭示真理创建的初始性、潜伏性、超前

---

❶❷ ［德］马丁·海德格尔. 林中路［M］. 孙周兴，译. 上海：上海译文出版社，1997：59.

性、自身丰富性、反平庸性。海德格尔说："赠予和建基本身就拥有我们所谓的开端的直接特性。但开端的这一直接特性，出于直接性的跳跃的奇特性，不是排除而是包括了这样一点，即开端久已悄然地准备着自身。"❶ "开端的直接特性"指的是开端不是从某个前在的事物或状态发展而来，开端不是连续性的状态；开端意味着从自身开始，开端是初始的、处女性的、以零为起点的。开端标志着同以往事物的断裂，是新的开始。海德格尔的"直接性""跳跃"两个词都是用来定义开端的初始性。"开端久已悄然准备自身"说的是开端有一个潜在的准备过程，酝酿过程、形成过程。开端虽然是初始的、是纵身一跃的状态，但这一跃仍然有一个长久的准备过程。"跳跃"言时间之短，"潜伏"言时间之长，但因为二者指涉的是不同层面，前者指"显在"，后者指"潜在"，所以虽矛盾，但又可统一。"真正的开端作为跳跃始终是一种领先，在此领先中，凡一切后来的东西都已经被越过了，哪怕是作为一种被遮掩的东西。"❷ "领先"说的是开端的超前性。开端指向未来，超越眼下的情形。开端的超前性有时很遥远。伟大作品就常具有这样的超前性，它们揭示在未来历史中才会显示、才会证明的真理。"超前"意味着"开端"不光"空前"，而且"绝后"。所谓"绝后"不是说绝对没有后来者，而是说没有能在本质上可超越它的东西。开端总意味着无数的后来者的模仿，就像我们在文学史上所看到的情形一样。但模仿总是拙劣的。模仿既然是模仿，就意味着它总是处在开端的覆盖之下，总是处于开端的范围之内，不能越出开端，因为"越出"就意味着有了新的"开端"。"哪怕是作为一种遮掩的东西"这一句补充说明，针对的是开端。开端有时不显示自身的本来面貌，不以"开端"的真身出现。相反，开端常以"陈旧"的方式包裹自身。"借历史的旧装束来演历史的新戏剧"是"开端"常使用的诡计。开端的不可超越是因为开端蕴含着丰富的内容。每一个模仿者总只是从某一个方面出发，都只是抓住了开端的某一个侧面，因而不可能在整体上超越开端，不可能有开端那种

---

❶ ［德］马丁·海德格尔.林中路［M］.孙周兴，译.上海：上海译文出版社，1997：59.
❷ Martin Heidegger. Poetry, Language, Thought［M］. Translated and with an introduction by Albert Hofstadter. China Social Sciences Publishing House, 1999：76.

内容的丰富性。开端的不可超越也可从开端的"自为目的""自为结果"上理解。海德格尔说:"开端已经隐蔽地包含了终结。"❶ "终结"既指最终的结果,也指目的。开端的目的和结果在它自身之中,也就是说开端没有超出它自身之外的其他目的、其他结果。开端有它自身的整体性、完整性。海德格尔说:"开端总是包含着阴森可怕之物亦即与亲切之物的争执的未曾展开的全部丰富性"。❷ 这句话既说了开端内容的丰富性,也说了开端的反平庸性。开端包含的是阴森可怕之物,包含的是同亲切之物截然对立的东西。这就是说,开端在本质上是反平庸的。开端的反平庸性是艺术的反平庸性的具体体现。《本源》把反平庸性看作伟大艺术的基本特征,在多个层面对之进行了阐释。下文将对之作专题性的集中性的探讨。

开端的诸种特性,特别是开端的反平庸性使自身同历史上常见的草率荒唐浅薄的所谓创新性行为构成了区别。海德格尔说:"真正的开端决不具有原始之物的草创特性。原始之物总是无将来的,因为它没有赠予着和建基着的跳跃和领先。它不能继续从自身中释放出什么,因为它只包含了把它围缚于其中的那个东西,此外无它。"❸ 海德格尔所说的"原始之物"的"原始"英译为 primitive,主要指简朴、粗糙、幼稚、未成熟、刚萌芽、没有丰富内容、不具备完整性、不具有反平庸性等内涵;并不是指原始社会所产生的东西。"无将来","没有""跳跃和领先","不能""从自身中释放什么",以及不接纳阴森可怕之物,等等,对所谓"原始之物"作了很清楚的描述。海德格尔所说的"不能继续从自身中释放出什么,因为它只包含了把它围缚于其中的那个东西,此外无它",指的是原始之物没有自身丰富的构成,不能自本自根、依据自身而存在,而是像风筝一样,纯粹被某种外在的东西操控,它拥有的也只是这围缚它的外在东西。当代世俗社会在追求创新的旗帜下,常常有许多换汤不换药的、肤浅无聊的、仅仅在外表形式上追奇逐异的所谓"创新",海德格尔的"原始之物"虽没有表明也包含此类现象,但其"开端"对此类现象的排除则是毫无疑义

---

❶ [德]马丁·海德格尔. 林中路[M]. 孙周兴, 译. 上海:上海译文出版社, 1997: 59.
❷❸ [德]马丁·海德格尔. 林中路[M]. 孙周兴, 译. 上海:上海译文出版社, 1997: 60.

的。那些"仅仅在外表形式上追奇逐异的所谓'创新'"同"原始之物"一样,没有"跳跃和领先",没有自本自根的力量,是极端平庸的"伪创新"。当代社会的可怕现象是,这种"伪创新"正在败坏真正的创新,淘汰真正的"开端"。

《本源》在讨论了开端的诸种特征之后,谈到了作为诗的艺术与"开端"的同一。"艺术作为诗是创建,是在真理的争执性发生的第三个意义上的、作为开端的创建。"❶ 此语的主要意思是:艺术是作为开端的创建,是以开端为内容、为本质的创建。"真理的争执性发生的第三个意义"指的即是"开端",与"赠予""建基"并列为"三"的"开端"。特言"开端"并不包含"排斥""赠予""建基"的意思,因为"特言"开端并不是在"特别强调""开端"的重要性,而是想把论题转移到"艺术"上来,为下文的论述开路。接下来的语句便是对包括"赠予""建基""开端"三者都在内的"艺术"的整体性"创建"的阐释:"每当存在者整体作为存在者本身要求进入敞开性的建基时,艺术就作为创建而进入其历史性本质之中。"❷ 何为"艺术的创建"?何谓"艺术创建的历史性本质"?此处的交代是:"存在者整体作为存在者进入敞开性的建基"。"敞开性建基"本质上既是分别说的"赠予""建基""开端",也是整体性意义上的"创建"。

## 第四节 艺术经验的反平庸性

海德格尔所关注所重视的艺术经验是卓越优异的、与平庸陈旧相对立的经验。

---

❶❷ [德]马丁·海德格尔. 林中路[M]. 孙周兴,译. 上海:上海译文出版社,1997:60.

一

艺术颠覆平庸；艺术以其卓异崇高的存在颠覆日常普通的萎靡颓废的生存方式和观念构成：这是《本源》提出的一个重要命题。海德格尔对此命题有清晰地说明："作品本身愈是纯粹地进入存在者的由它自身开启出来的敞开性中，作品就愈容易把我们移入这种敞开性中，并同时把我们移出寻常平庸。"❶

《本源》要"移出"的"平庸"指的是排斥崇高、消灭卓越的现代文明的主导性构成机制，指的是现代大众浑浑噩噩的生存方式和观念态度。在基本成型于和《本源》同时的著作《形而上学导论》(1935)中，海德格尔不无愤激地说，现代文明由美国和俄国的文化主导，正陷入"毁灭性的灭顶之灾的恶魔冲动之中"；这种恶魔冲动的特点是："无差别平均状态""盛行"，"咄咄逼人"地"要摧毁一切秩序，摧毁一切世界上的精神创造物并将之宣布为骗局"。❷海德格尔认为，这一恶魔冲动的风行是从19世纪上半叶"德国唯心主义的破产"之后开始的。自那时起，时代"开始丧失其强大的生命力"，"不再能保持那一精神世界的伟大、宽广和原始性"；生存失去了"向着人并返归于人，使人达到卓越状态并谈得上按照某一品级行事"的"深度"；"所有的事物都陷在同一个层次上，陷在表层"；"占统治地位的维度变成了延伸和数量的维度，'能力'不再意指从高高的充盈处流溢的与可从力量之大有可为处发出的潜能，而是仅指那任何人都可以学得的，总是与一定的血汗和耗费相联系的一点技能"。❸海德格尔还概括性地指出："在地球上并围绕着地球，正发生着一种世界的没落。这一世界没落的本质性表现就是：诸神的逃遁，地球的毁灭，人类的

---

❶ [德]马丁·海德格尔.林中路[M].孙周兴，译.上海：上海译文出版社，1997：50.
❷❸ [德]马丁·海德格尔.形而上学导论[M].熊伟，王庆节，译.北京：商务印书馆，1996：46.

大众化，平庸之辈的优越地位。"❶ 海德格尔的这些论述，既清晰地说明了他所说的"平庸"的内涵，也雄辩地指明了在现时代反抗平庸的重要性、严峻性。从其对平庸内涵的描述来看，平庸指的是精神性世界的贫乏，不是汉语语境中所说的功业上的碌碌无为；平庸指的是生存力量的匮缺，既不是传统哲学所说的客观性因素的缺失，也不是传统哲学所说的主体心理境界的崩溃；平庸指的是缺乏应有的生存的品质，这种品质既不是伦理性的利他主义的人格，也不是哲学认识论上所说的逻辑推理能力；平庸指的是缺乏"从高高的充盈处流溢的与可从力量之大有可为处发出的潜能"，而不是缺乏夺取权利、地位、财富、美色的"技能"。海德格尔把平庸看作19世纪上半叶德国唯心主义破产之后出现的现象，这说明平庸由来已久，而且有深刻的根源。在现实层面上，海德格尔把平庸归结为由美国文化和俄国文化所主导的世界性情形，这说明平庸有技术文明和社会乌托邦等重大的时代因素作为其内在的动因，有政治、经济、科技交互作用所形成的内在推动。其对世界的影响是全方位的、全覆盖的。"19世纪以来"的时间性和"美俄"两国的空间性叠合在一起，充分暴露了平庸的巨大现实效用和严重程度。

期待用艺术来摧毁平庸，依据之一是对艺术的独特定位。海德格尔眼中的艺术是由像凡·高《农鞋》一样的伟大作品构成的艺术。海德格尔在谈到艺术作品和艺术家的关系时说："作品要通过艺术家进入自身而纯粹自立。正是在伟大的艺术中（本文只谈论这种艺术），艺术家与作品相比才是无足轻重的，为了作品的产生，他就像一条在创作中自我消亡的通道。"❷ 此段话的重要理论意义当然主要是说明"艺术的自立"和"艺术家的死亡"两者之间的同一性。但此处要注意的只是"在伟大的艺术中"和括号里的"本文只谈论这种艺术"两个提示。艺术形态和艺术现象千差万别，海德格尔对此并不否认。但是在海德格尔眼中，只有伟大的艺术才算是真正的艺术。什么是真正的艺术？这个问题是《艺术作品的本源》要回

---

❶ [德]马丁·海德格尔.形而上学导论[M].熊伟,王庆节,译.北京：商务印书馆，1996：45.

❷ [德]马丁·海德格尔.林中路[M].孙周兴,译.上海：上海译文出版社，1997：24.

答的中心问题。关于真正艺术的内涵，海德格尔展开了广阔深入地论述，要真正深入理解"真正的艺术"对平庸的摧毁，也确实需要深入海德格尔的主导性论述之中。但在这里，人们可以只限定于从否定层面纯现象地理解海德格尔关于什么不是真正艺术的说明。按照海德格尔的思想，那种没有真正的自立性品格的艺术不是真正的艺术，那种仅仅是模仿现成存在者而形成的艺术不是真正的艺术，那种纯粹来自于作家主观想象的艺术不是真正的艺术，那种仅仅为了满足公众和个人的艺术享受而摆在陈列馆和展览厅中的艺术不是真正的艺术，那种按照意识形态的要求生产出来的艺术不是真正的艺术，那些以穿越为特征，沉湎于历史事件的幽愁遗恨、迷恋历史场景及其富贵荣华的艺术不是真正的艺术，至于那些一味搞笑戏说历史的艺术、那些装神弄鬼自求脑残的艺术、那些纯粹以财富和美色诱惑观众的艺术当然更不是真正的艺术。

## 二

放弃对现成存在者的模仿，摆脱主观浅薄的想象，淘汰普通的艺术享受，这些都意味着把艺术从普通大众的欢呼声中解放出来。伟大艺术和普通大众的对立，由此构成海德格尔"艺术反平庸论"的第一个规定。但是，这一规定能成立吗？伟大艺术真有这样的力量吗？对抗大众，也就是对抗市场，在现代文化语境中，这样的艺术有出路吗？如果放到汉语语境中来说，海德格尔的这一规定不仅是神话，而且荒谬，完全不具备历史的合理性和逻辑上的必然性。中国文化不允许同大众的对抗。对抗大众就意味着取消自身的必要性，意味着自取灭亡，而且是非正义地自杀。

但在海德格尔这里，伟大艺术和普通大众的对立是成立的。这一成立需要从"伟大艺术"和"普通大众"两者自身的内涵上来理解。

所谓"普通大众"，当我们言说其普通性、平庸性的时候，指的是其日常世俗的普遍性生存方式和观念。在日常世俗的普遍性的生活层面上，大众是平庸的。揭露大众日常生活的平庸是海德格尔一贯的思想。早在《存在与时间》中，海德格尔就用"沉沦"来描述大众的"常人式"生存。"常人"是失去了生存的本真性、本己性、失去了个体独特性的、千人一面普遍雷同的平庸状态。海德格尔说："平均状态是常人的生存论性质。常人本质上就是为这种平均状态而存在。"❶尼采曾以"末人"来描述现代大众的平庸。依学者们的研究，尼采眼里的末人有三大特征："第一，没有创造的愿望和能力；第二，谨小慎微，猥琐卑劣，浑浑噩噩地过日子；第三，个性泯灭，千人一面。"❷海德格尔的常人观念和尼采的末人观念大体上吻合。20世纪30年代海德格尔的思想出现重大的转向。但其对大众平庸的批判丝毫没有减弱，反而更强烈了。前引《形而上学导论》中将"人类的群众化"并列为现代文明的四大灾难之一就充分表明海德格尔后期大众批判意识的强化。

但是，日常世俗生活的构成并不是普通大众生存的全部。前者的平庸也不意味着后者都可以用平庸来定义。按海德格尔，生存的本源是此在的存在。此在的存在有其本真性和本己性。本真本己的存在不仅不是平庸的，而且是同平庸本质上对立的。海德格尔在《存在与时间》中讨论畏的时候说："在畏中，周围世界上手的东西，一般世内存在者，都沉陷了。'世界'已不能呈现任何东西，他人的共同此在也不能。所以畏剥夺了此在沉沦着从'世界'以及从公众讲法方面来领会自身的可能性。畏把此在抛回此在所为而畏者处去，即抛回此在的本真的能在世那儿去。畏使此在个别化为其最本己的在世的存在。"❸畏是一种生存情态。海德格尔对畏的生存情态的讨论就是对本真的、非沉沦非平庸的生存状态的揭示。普通大众的生存作为平均状态是平庸的，但是作为生存本身，有非平庸的本源。艺术对平庸的颠覆是通过对非平庸的本真性生存的展示来实现的。大众由个体构成。对非平庸的本真性生存的展示也包括"大众"所包含的个体的

---

❶ ［德］马丁·海德格尔.存在与时间［M］.陈嘉映，王庆节，译.熊伟，校.北京：生活·读书·新知三联书店，1987：156.

❷ 周国平.尼采：在世纪的转折点上［M］.上海：上海人民出版社，1986：218.

❸ ［德］马丁·海德格尔.存在与时间［M］.陈嘉映，王庆节，译.熊伟，校.北京：生活·读书·新知三联书店，1987：227.

生存在内。所以，艺术对大众平庸的颠覆，实际上不是作为某种特别形态的艺术品和大众的对立，而是通过展示并激活存在于大众生存本身的本源性品格来实现。表面上看是艺术和大众的对立，实际上是大众生存自身内部差异的对立。战场看似摆在伟大艺术和普通大众之间，实际上是存在于大众生存的内部。正因为战场是在大众生存内部，颠覆大众平庸的力量来自于大众自身生命的深处，所以艺术颠覆平庸不存在不可能的问题。

## 三

艺术和大众的对立，艺术对大众平庸的摧毁，从两者的对立上看，被关注的似乎只是艺术的作用、艺术的力量；不是艺术自身的构成、内涵。但当我们从大众自身生存的内在对立上来看艺术对平庸的颠覆时，我们的关注点可以发生相应的变化：可以不把这种"颠覆"仅仅看作艺术的作用，可以把它看作艺术自身的构成。不再是艺术同大众平庸之间的争斗，而是艺术自身展开了"本真存在的非平庸"同"非本真存在的平庸"之间的斗争。如果从大众自身的内在争斗上看，不再是 A 和 B 之间的对立，而是 A 自身内部的对立；那么，现在从艺术的角度则可以说，不再是 A 和 B 之间的对立，而是 B 自身内部的对立。

海德格尔的诸多描述和论述都可以而且应该从艺术的自身"构成"上解读。可引两例。"作品自己敞开得越彻底，那唯一性，即作品存在着，的的确确存在着这一事实的唯一性，也就愈加明朗。进入敞开领域的冲力愈根本，作品也就愈令人感到意外，也愈孤独"；"作品愈是孤独地被固定于形态中而立足于自身，愈纯粹地显得解脱了与人的所有关联，那么冲力，这种作品存在的这个'此一'，也就愈单朴地进入敞开之中，阴森惊人的东西就愈加本质性地被冲开，而以往显得亲切的东西就愈加本质性地被冲翻"。❶ 这类论述布满了海德格尔的特殊术语。但可以不管它术语的

---

❶ ［德］马丁·海德格尔. 林中路［M］. 孙周兴，译. 上海：上海译文出版社，1997：50，20.

特殊，只注意其晦涩外表下面的核心内容。海德格尔所谓的"敞开""孤独""唯一性""冲力""阴森惊人的东西被冲开"，说的都是"非平庸状态"；而与"敞开"相对的"遮蔽"、"与人的关联"、原有的"亲切的东西"，指的都是平庸状态。所谓艺术作品"进入敞开领域"，"冲开""阴森惊人的东西"，"冲翻""以往的亲切的东西"，这些论述都是从艺术作品的自身构成上立论的；这说明非平庸对平庸的颠覆是在艺术作品的内部发生的。艺术作品自身蕴含了平庸和非平庸的对立，蕴含了前者对后者的颠覆。海德格尔把非平庸对平庸的颠覆完全看作了艺术品自身的内容、自身的构成。这也就是说，表面看来是"伟大艺术"和"普通大众"两者之间的对立，就如同是大众生存自身不同层面的对立一样，同时也是艺术自身内容不同成分之间的对立。非平庸和平庸都存在于艺术的内部，都是艺术内含的要素。它们两者之间的冲突就是艺术的本质构成。如果说，在外表上艺术对平庸的颠覆是艺术的基本品格，那么，实质上，这一基本品格正是作为艺术的实际构成、并依靠其作为艺术的实际构成来实现的。

## 四

从理想的形态上说，艺术内容的实际构成和大众生存的实际构成都表现为非平庸同平庸的对抗，表现为非平庸对平庸的颠覆。由此，伟大艺术和大众生存之间就出现了一种同一性。这种同一性是否意味着艺术是对于生存的模仿？能否用传统的摹仿论或再现论来解读两者之间的同一？

首先要说明的是海德格尔拒绝传统再现论。在《本源》中，海德格尔明确指出，他的艺术观决不意味着"已经过时的"再现论、"即那种认为艺术是现实的模仿和反映的观点卷土重来"。海德格尔解释了他拒绝的原因："对现存事物的再现要求那种与存在者的符合一致，要求去摹仿存在者；在中世纪，人们称之为符合（adaequatio），亚里士多德早已说过肖似。长期以来，与存在者的符合一致被当作真理的本质。但我们是否认为凡·高的画描绘了一双现存的农鞋，而且是因为把它描绘得惟妙惟肖，才使其成为艺术作品的呢？我们是否认为这幅画把现实事物描摹下来，把现实事物转置到艺术家生产的一个产品中去呢？绝对不是。"❶"绝对不是"的绝对语气在海德格尔幽深诡异的言说方式中是值得特别注意的。海德格尔对传统再现论的拒绝包含了传统哲学和传统诗学的双重维度。其中涉及的内容极为复杂丰富。此处可注意的关键是：海德格尔是从存在与存在者的区别上来贬斥传统的再现论的。在他看来，传统的再现着眼的都是存在者，而完全忽视了存在。海德格尔的这种看法也许有些武断。可以说很多思想家的再现论确实有海德格尔所认定的缺点。比如，柏拉图所说的再现就是如此。柏拉图对艺术再现价值的否定源于他眼中的再现仅仅是指再现存在者。柏拉图没有看到艺术可以再现存在者的存在，可以再现存在者的世界。如果看到了后一方面，柏拉图就不会那样否定艺术了。但历史上也有很多再现论者并不是只从存在者角度看再现。有很多思想家谈再现时实际上超越了存在者的视域，涉及海德格尔所说的那种存在，比如像海德格尔所激赏的亚里士多德的再现论、荷尔德林这样一些有浪漫主义倾向的诗人在诗艺上的追求。

如果再现也包含对于超越存在者的存在本身的再现，那么，这样一种"再现"能否被海德格尔认同呢？他的艺术观是否因此也可以定义为再现论呢？回答仍然是否定的。在海德格尔看来，"存在"与存在者的不同就在于：存在不可能作为被看的东西摆在某个位置，然后等着艺术家去把他再现出来。存在者可以对象化，但存在不能对象化。存在是发生的。说展示存在者的存在，并不是像展览存在者一样让其成为可观照的对象，而是展示存在的发生。更准确地说，所谓"展示"在这里是"让……发生"。展示存在就是让存在者发生。由此，对于存在来说，就不可能再现，不能用"再现"来命名艺术对于存在的展示。

具体到生存的非平庸与平庸的对峙何以不能成为艺术再现的对象，基本原因与上面所论逻辑上相同。如果说在生存的层面上有非平庸和平庸的

---

❶ ［德］马丁·海德格尔. 林中路［M］. 孙周兴，译. 上海：上海译文出版社，1997：50，20。

对峙，那么，这么一种"对峙"也不能作为一种已经现成的对象性材料搬进艺术之中。历史上有这样的再现论，但这种观念不是海德格尔所认同的。在海德格尔这里，存在的发生、非平庸的展现、非平庸对平庸的颠覆，始终是初始性的、开端性的、第一次性的。它不可能是依样画葫芦，不可能是"再"一次，不可能重复。从生存的角度来看是这样，从艺术的角度来看也是这样。

再现论有一个前提，即艺术活动和生存活动的截然区分。海德格尔反对再现论，与取消这一"截然区分"有关。海德格尔对艺术的定义有两种情形。一种情形是局限于"与艺术作品的不可分割性"来谈艺术，另一种情形是在完全解除"与艺术作品的不可分割性"的基础上谈艺术。两种情形的共同之处是都强调艺术和艺术作品的区别。区分艺术和艺术作品是海德格尔在《本源》中所坚持的一个基本观点。正是依赖这一区分，他才提出"艺术是艺术作品和艺术家的本源"这一观念。但是两种情形在是否保留"艺术和艺术作品的不可分割性"上仍然有明显的区别。海德格尔一再说"艺术是真理在作品中的自我设置"。在这一基本观念中，"艺术"显然是不能离开"艺术作品"的。尽管"艺术"的本质与"作品"有别，"艺术"是"真理的自我设置"；但是"在艺术作品中"，这一限定仍然规定了艺术和艺术作品的不可分割。因为按此观念，可以认为，艺术只有在艺术作品中才可能成就真理的自我设置；在其他领域，艺术不可能有这样的成就。与之相对的另一种情形是否定艺术与艺术作品的不可分割性：艺术可以离开艺术作品来成就真理的自我设置。海德格尔很多时候的论述展示的就是这种思想。比如，他说："艺术为历史奠基。"这里的"艺术"应该就是脱离了艺术作品的艺术，即艺术的本质；而不再是同艺术作品裹挟在一起的、把艺术作品包含在自身之内的艺术。这样说的理由很简单：因为历史上不可能有为历史奠基这样的"作品"出现，不管它有多伟大。荷马史诗、但丁《神曲》、莎士比亚戏剧，这些不就是历史上最伟大的作品吗？能说它们为古希腊、中世纪、文艺复兴的欧洲历史奠基了吗？能说欧洲的历史是按照它们的指引而发展的吗？显然不能。但是在纯艺术本质的层面、在去掉了作品这一具体形态的层面，说艺术为历史奠基则未必不可能，因为这里的"艺术"指的是宇宙本身发生的方式，指的是人类把握自身存在的方式。这样的"方式"当然是可以为历史奠基的。因为这等于说某段历史是按照人类把握自身存在的某种方式而发展的。在《本源》中，海德格尔还将艺术和诗、语言放在同一性的层面展开论述。此种论述同样可用来说明"分割艺术与艺术作品的可能性"。海德格尔说，艺术和诗同一；而诗和道说同一。海德格尔的所谓道说，指的是语言对于存在者的存在的命名。语言在日常现实生活中，用来述说存在者。超越对于存在者的述说而进入对存在者的存在的命名，这就是语言的道说。道说是远比日常存在者的言说更深远的领域，也是超越传统所谓艺术活动的领域。艺术等于诗、等于道说，就说明艺术可以摆脱艺术作品，艺术实际上具有跨越艺术领域的品格。概括上面的论述，一句话，所有存在的展现、非平庸对平庸的颠覆其实都是艺术，不管它是发生在传统所说的与生存相对的"艺术活动"中，还是发生在传统所说的与艺术相对的"生存活动"中。发生在传统所说的艺术活动中，它固然是"艺术"，发生在传统所说的生存活动中，它同样也是"艺术"。在这样一种"非区分"的基础上，艺术就是存在的展示，存在的发生。在这里，当然不再有"再现"可言。

## 五

在《本源》中，海德格尔关于"存在"的讨论、关于"颠覆平庸"的论述，使用的是"真理""真理的发生""真理的敞开"此类概念形式。前论海德格尔对传统再现论的拒绝时，本书已经引述了涉及海德格尔真理观的话语。综合《本源》所包含的海德格尔的真理观，其中要注意的是下列几个方面：其一，"真理"和"存在"在概念内涵上的关联；其二，海德格尔的真理观对传统"符合论"的颠覆；其三，海德格尔从"世界"和"大地"两大范畴层面对真理概念的阐释。

在海德格尔的思想中，存在和真理本质上是可以互换的范畴。《存在和时间》进入对真理问题的讨论时以这样的论述开头:"哲学自古把真理与存在相提并论。"❶海德格尔虽然不赞成传统对"真理"和"存在"各自的理解,但对传统哲学所认定的两者的同一性是赞成的。他肯定"存在与真理为伍",强调"为了更尖锐地提出存在的问题","该明确地界定真理现象并把包含于其中的问题确定下来"。❷他还明确地说:"陈述着的'真在'(真理)必须被理解为揭示着的存在"。❸至于真理和存在是如何同一的,两者的内涵和外延有何同一与差异,这些问题却不可能有确切的概念性解答,这里的"不可能"是由海德格尔思想中"存在"和"真理"的非概念性所决定的。但概念性解释的不可能不等于应该放弃对二者的领会。在有关对真理的理解中,进入两者同一性的近处的领会是可以获得的。海德格尔关于二者的同一性的各种论述也富有启示性地揭示了领会二者的内涵的可能性。

海德格尔认为传统真理观的本质是"符合":观念和实在的符合;概念和现象的符合,认识和对象的符合。在海德格尔看来,"符合论"是浅薄的。其浅薄在于:它没有意识到"符合"必须建立在"真在"(Being-true)或者"被揭示着的存在"(Being-uncovering)的基础上。没有"真在",就没有所谓"符合","真在"是更为源始的层面。真理问题关注的应该是"真在",不是"符合"。"真在"也就是"存在"本身,是存在的澄明、存在的敞开。正是因为是从真在的层面来谈真理,所以海德格尔干脆就把"真在"叫作"真理"。"真在",在汉语中可以叫作"真"。海德格尔认为,艺术是真理的发生。这意思就是说,艺术是真在的澄明,是汉语的"真"的展示。

海德格尔从"世界"和"大地"两大范畴层面对"真理"概念的展开属于更深层面地对"真理"的解读。海德格尔在说明何谓艺术的真理时指

---

❶ [德]马丁·海德格尔.存在与时间[M].陈嘉映,王庆节,译.熊伟,校.北京:生活·读书·新知三联书店,1987:256.

❷ [德]马丁·海德格尔.存在与时间[M].陈嘉映,王庆节,译.熊伟,校.北京:生活·读书·新知三联书店,1987:258.

❸ [德]马丁·海德格尔.存在与时间[M].陈嘉映,王庆节,译.熊伟,校.北京:生活·读书·新知三联书店,1987:263.

出，艺术作品"建立一个世界并制造大地"；世界和大地之间有对立和争执；艺术作品就是世界和大地的"争执的诱因"，"作品之作品存在就在于世界和大地的争执的实现过程中"。海德格尔的这些论述都是关于艺术真理的说明。详细解释这些论述不是此处的重点，可以注意的是这些论述主要包含三个方面的内容。首先，它涉及对世界和大地各自意味的理解；其次，它提出世界和大地具有争执性这样一个问题；最后，它把"建立一个世界并制造大地"规定为艺术作品的两大特征，把艺术作品的真理放在同世界和大地之间的争执的同一性上加以解读。海德格尔这些思考都有极为复杂的成分，此处可略作提示。海德格尔的"世界"指的是人类实践活动的精神性构成。在《形而上学导论》中，海德格尔说："世界指的是什么？世界总是精神性的世界。动物没有世界，也没有周围世界的环境。"[1]这段话是对于世界的精神性的明确界定。但是，海德格尔的这种世界的精神性与历史上的浪漫主义者、理性主义者对世界的精神性的界定又明显不同。它指的是蕴含在人同器物打交道的过程中的种种关联、因缘、意义。一句话，这种世界具有物质实践性的维度，它是在物质实践性基础上构成并无法离开物（器具）的世界。海德格尔的"大地"指的则是宇宙自然的存在的涌流，是宇宙自然本身在人的现实行为和历史生存层面的生成。大地离不开宇宙自然。但是大地又不是物理学、地理学上的构成。海德格尔说："大地是一切涌现者的返身隐匿之所。"[2]这种"庇护者"角色的定位是从功能上说的，但也暗示了大地不能从作为现成存在者的自然物和土地的层面定义。大地是庇护者，因此具有锁闭性。世界是敞开的，具有敞开性。世界建立在大地之上，说明二者同一。但是世界的"敞开"和大地的"锁闭"又构成品性上的对立。

## 六

真理的发生何以表现为对平庸的颠覆？"艺术对平庸的颠覆"与"艺

---

[1] [德]马丁·海德格尔.形而上学导论[M].熊伟，王庆节，译.北京：商务印书馆，1996：45.

[2] [德]马丁·海德格尔.林中路[M].孙周兴，译.上海：上海译文出版社，1997：26.

术作品蕴含世界—大地的争执"两者之间有何联系？这是需要回答的两个问题。这两个问题可分别作答。

按照海德格尔的观念，真理自身包含两个方面：敞开与遮蔽。要说明的是，海德格尔的论述涉及两个"真理"概念：一个是纯粹合目的性的、不包含"遮蔽"的"真理"概念；另一个是相对合目的性的、包含"遮蔽"的"真理"概念。海德格尔说："真理是非真理，因为在遮蔽意义上的尚未被解蔽的东西的渊源范围就属于真理。"❶这里的"真理"就是从相对合目的性上解释的。所谓"真理是非真理"，意思是说，真理并不是任何时候都真实地显示自身，真理有时处于遮蔽之中。强调真理的遮蔽性、获取的艰难性，是海德格尔的一贯思想。海德格尔说："在作为真理的非—遮蔽中，同时活动着另一个双重禁阻（Verwehren）的'非'，真理之为真理，现身于澄明与双重遮蔽的对立中。"❷真理被遮蔽着，这是一个否定，一个"非"；真理否定对自身的遮蔽，让自身敞开，这是第二个否定，是另一个'非'：这就是所谓"双重禁阻的'非'"。在艺术作品中，真理的敞开就是艺术的非平庸性，真理的遮蔽则表现为艺术作品的平庸。真理克服对自身的遮蔽，进入敞开领域之中，即是艺术对平庸的颠覆。

不过，要说明的是，"在艺术中"真理的发生构成对平庸的颠覆，并不意味着真理只能在艺术中发生。海德格尔认为，真理的发生有五种形态：其一，真理把自身置入作品，这就是真理在艺术作品中的发生；其二，真理现身为建立国家的活动；其三，真理邻近于那种并非某个存在者而是最具存在者特性的东西；其四，真理表现为本质性的牺牲；其五，真理成为思想者的追问。此处不能详论海德格尔所说的这五种真理的发生方式各自具有的内涵和特征，此处的引述只简单地说明一个问题：在海德格尔的思想中，真理在艺术作品中的发生只是真理发生的一种方式，不是它的全部。

海德格尔把世界和大地的争执看作艺术作品的真理的主要内容。这样

---

❶❷ ［德］马丁·海德格尔. 林中路［M］. 孙周兴，译. 上海：上海译文出版社，1997：44.

界定有两大意义。其一，把真理放到人类生存活动、人类历史领域加以解读。前已说明，海德格尔的"世界"指的是人类物质性活动的精神性构成。依此对"世界"的理解，则"以建立一个世界为主要内容"的艺术的"真理"不能在离开人类生存活动的、纯自然科学的领域之内加以解读。也就是说，当我们领会真理的时候，必须着眼于人类的生存本身，着眼于人类的生存活动，着眼于在这种历史活动中的人的构成。真理的敞开和遮蔽必须联系人的生存活动、联系人的构成来领会。其二，真理既然包含大地的锁闭，则又说明，真理不是人类的肆意胡为，不是人类的狂妄行动。真理以大地的庇护为基础，真理必须依从大地的律动。海德格尔这一方面的思想表现出了对现代世界绝对主体性的深刻批判，其被当代世界反人类中心主义者所看重，是有缘由的。

以"世界"和"大地"为主要内涵的"真理"当然包含了对平庸的颠覆。这种"颠覆"可从下列层面体会。前面说过，海德格尔的所谓"平庸"正是"精神世界的贫乏"，正是"生存力量的匮缺"。平庸是失去世界。重建世界自然就是颠覆平庸。由此，海德格尔强调"世界"和"世界的建构"，实际上等于否定"平庸"，取消"平庸"。依海德格尔，"建立""世界"，不是仅凭行动者的自身意志和欲望行事，不是凭理性思考和科学计划去创建某个领域，而是遵循大地的律令、按照大地的庇护去行动。而这样一种行动在海德格尔的思想中就是颠覆平庸，因为，它从本质上来说，"是此在摆脱存在者的困囿向着存在之敞开性的开启"，从行动者自身的素质上来说，是发挥"从高高的充盈处流溢的与可从力量之大有可为处发出的潜能"。按此观念，失去大地的庇护和锁闭，就等于陷入平庸，因为它等于行动者仅凭自身的意志和欲望行事；纯粹按照理性思考和科学计划行动；困陷于存在者的制约之中；失去"从高高的充盈处流溢的与可从力量之大有可为处发出的潜能"。失去大地就是平庸：这就是海德格尔的逻辑结论。海德格尔论艺术作品的真理，强调"大地"，可以说，目的也正在于颠覆平庸。